인비저블 레인

Invisible Rain

© Tetsuya Honda, 2009, 2012
All rights reserved.
Original Japanese edition published by Kobunsha Co., Ltd.
Korean Publishing rights arranged with Kobunsha Co., Ltd. through Shinwon Agency Co., Seoul.

이 책의 한국어판 저작권은
신원 에이전시를 통한 저작권자와의 독점 계약으로 자음과모음에 있습니다.
저작권법에 의해 한국 내에서 보호받는 저작물이므로 무단 전재와 무단 복제를 금합니다.

혼다 데쓰야
이로미 옮김

인비저블 레인
インビジブル レイン

자음과모음

서장	7
제1장	21
제2장	103
제3장	177
제4장	261
제5장	335
종장	419

* 본문 속의 각주는 모두 옮긴이의 것입니다.

서장

누나는 몰랐을 거야.

그날 밤도 꼭 이렇게 비가 내렸어. 후드득후드득 거리에 울려 퍼지던 굵은 빗방울 소리.

불쑥 사람 그림자가 나타나더니 자동문이 열렸어. 차갑고 축축한 바람과 함께 검은 그림자가 다가왔어. 그는 빗물도 털지 않은 우산을 그대로 우산꽂이에 집어넣었어.

"어서 오세요."

원래 미소나 친절 같은 거 필요 없는 일이야. 아무도 점원과 손님 사이에 인간적인 관계 따위 기대하지 않으니까.

"몇 시간으로 하시겠어요?"

손님은 잠시 계산대에 붙어 있는 요금표에 눈길을 주었어.

"세 시간."

성인 인증에 필요한 신분증 제시는 하지 않아도 된다고 알려주었어.

"컴퓨터와 텔레비전 중 어느 쪽으로 하실 건가요?"

"컴퓨터."

주문에 맞게 내가 임의로 부스를 골라 전표를 출력해서 건네줬어.

"B10번으로 들어가세요."

세로로 길게 늘어선 커다란 나무상자. 파티션으로 이루어진 작은 방들과 통로. 만화책이 빼곡하게 들어찬 책장 위로 손님의 머리가 보였어. 그 머리는 책장 모퉁이를 돌아 멀어져 갔어.

나는 다시 가게 밖으로 눈을 돌렸어.

자동문 밖, 인적 없는 상점가. 일요일 오전 9시 40분. 길 건너 세탁소 셔터는 아직 내려진 채였어. 지나가던 노파가 받쳐 든 우산은 회색.

그래! 누나는 무늬 없는 진녹색 우산을 좋아했지. 무슨 이유라도 있었던 걸까. 교복 상의가 갈색이라서? 다들 좀 더 화려한 색을 선호하니까? 아니면 도쿄에서는 식물의 푸른빛을 보기 힘들어서? 그래, 그럴지도. 그래서였는지도 몰라.

오른쪽 구석 자리에서 손님이 일어났어. 겉옷을 입고 가방을 등에 지는 모습이 파티션 너머로 보였어. 부스 문을 열고 통로로 나오더라. A5번, 심야 패키지 이용객이었어.

"이용해주셔서 감사합니다. 쿠폰 찍어드릴까요?"

"아니요."

"새로 만드시겠어요?"

"됐어요."

"아홉 시간 심야 패키지 1,900엔입니다."

천 엔짜리 지폐 두 장을 받고 거스름돈을 건네주었어. 나는 예의상 머리를 숙여 인사했어.

남색 나일론 배낭을 짊어진 등. 살집이 있는 데다 고양이 등처럼 두두룩한 뒷모습. 비닐우산을 펴고 역 쪽으로 걸어갔어. 이번에는 그 사람과 엇갈리듯이 입구에 작은 그림자가 나타났어. 20센티 정도 틈이 벌어지자 문이 다 열리기도 전에 그 작은 그림자는 상반신을 틀면서 비집고 들어왔어.

"안녕?"

"어, 안녕."

"지각, 아니지?"

"응, 괜찮아."

다행이라는 듯 미소를 짓고는 문밖에 대고 우산을 털었어.

신기하게도 진녹색 우산이었어.

그것을 우산꽂이에 찔러 넣은 다음 계산대 끝을 잡고 풀쩍 뛰어넘어 내가 있는 쪽으로 들어왔어.

"퇴근 10시야? 아님 10시 반?"

"10시 반."

"그러면 30분은 같이 있겠고마."

또 미소를 짓더니 안쪽 직원실로 들어갔어. 스쳐 지나가면서 어깨가 닿았지만 별로 신경 쓰지 않더라.

짐을 놓고 코트를 벗은 뒤에 직원용 빨간색 앞치마를 두르고 나왔어. 손에는 무언가를 들고 있었어. 플라스틱 도시락 통이었어.

"어젯밤에 갑자기 유부초밥 생각이 나서 조금 만들어봤는데. 같이 묵자."

반투명한 뚜껑 밑에 도톰한 세모꼴 유부초밥이 비쳤어.

"별로가?"

"아니."

"그럼 어서 먹어봐, 어?"

그러면서 계산대 안쪽 작은 탁자 위에다 아무렇게나 올려놓더라고.

"그거 아나? 도쿄에는 유부가 작은 거 밖에 없더라. 그거 갖고 만들면 가마니 모양밖에 안 되거든. 큰 거 찾아다니느라 애 좀 먹었다. 아, 이거저거 넣어가꼬 섞어초밥이긴 한데 그래도 먹을 만은 해."

그 애는 도시락 뚜껑을 열고 내 쪽으로 밀어주었어.

별로 크지 않은 찬통에 꽉꽉 채워넣은 유부초밥 중에서 나는 간신히 하나를 끄집어냈어. 그러다가 유부가 조금 터졌어. 양념이 흘렀지. 그 애가 앞접시 대신 찬통 뚜껑을 건네주었어.

"잘 먹을게."

차가웠어. 맛은 심심했어. 당근, 표고버섯, 곤약, 닭고기가 들었더라.

"어때?"

"응. 맛있어."

"그럼! 누가 만들었는데."

그때부터 어쩌다 보니 엄마 이야기 그리고 오빠와 여동생 이야기까지.

"우치다, 잠깐!"

내가 입언저리에 손가락을 세워 보였더니 갑자기 째려보더라고.

"그게 뭐꼬, 우치다가. 그냥 이름 부르라니까. 다카요라꼬. 아니면 너라고 하든지. 우리 그래도 되는 사이잖아."

호칭이 문제가 아니라 목소리 좀 낮추라는 뜻이었는데.

예정대로 10시 반에 일을 마치고 가게에서 나왔어. 비는 여전히 그칠 줄 몰랐어.

그리 붐비지 않는 상점가를 걸었어. 중심지에서 멀어질수록 내려진 셔터가 많더라. 그때 누나가 살던 집 주변에도 그런 상점가가 있었지. 아니, 여기보다 훨씬 한갓진 편이었나? 쇼핑하기 불편할 정도는 아니었지만 그렇다고 북적거리는 곳도 아니었지. 도쿄의 민영철도 철로변에서 흔히 보는 작은 상점가였지. 해 질 무렵 어디선가 주민들이 쏟아져 나오면 반짝 북새통을 이루다 마는 그런 평범한 동네.

누나는 통화료가 비싸다는 이유로 아직은 휴대전화를 사지 않겠다고 했었지. 그래서 유선전화뿐이었어. 부재중 메시지를 여러 번 남겼지만 누나의 답신은 없었어.

나는 수업을 마치고 일단 집으로 돌아갔어. 아버지와는 며칠째 얼굴도 못 본 상태였어. 저녁밥은 무얼 먹었더라? 기억은 나지 않지만 내 손으로 무언가 만들어 먹었을 거야. 누나만큼 맛나게 만들지는 못했지만 말이야.

어쩐지 가슴이 조금 두근거렸어. 오늘도 연락이 닿지 않으면 직접 찾아가 봐야겠다고 결심했어. 예상대로 누나는 전화를 받지 않았지.

밤 9시쯤이었어. 나는 오리털 점퍼를 입고 목도리까지 두르고 집을 나섰어. 비가 제법 많이 내려서 비닐우산 말고 튼튼하고 큰 우산을 썼어.

아버지는 아직 귀가 전이었지. 역으로 가는 길에 우연히 마주칠 가능성도 있어서 일부러 멀리 돌아 역까지 뛰어갔어.

역에는 마침 하행선 열차가 들어왔어. 전철에서 내린 승객들이 어지럽게 흩어지고, 아무도 없을 때까지 기다리다 개찰구로 들어갔어. 되도록 남의 눈에 띄지 않게 승강장 끝까지 걸어갔어. 어둡고 바람이 세차게 부는 곳에서 다시 우산을 펼치고 아무도 없는 건너편 승강장을 바라보았어.

전철을 두 번 갈아타고 누나가 사는 빌라와 가장 가까운 역까지 갔어. 아직 10시 전이었을 거야. 최근에 교체했는지 아주 새 것으로 보이는 정산기에다 초과 요금을 지불했던 걸 기억해.

몇 번이나 뒤를 돌아봤어. 어두웠고 빗방울로 부옇게 흐려 잘 보이지 않았어. 하지만 스쳐지나는 자동차를 눈으로 쫓으면 전조등 빛이 꽤 멀리까지 닿아서 사물을 분간할 수 있었어. 미행

하는 사람은 없는 듯했어.

인적이 뚝 끊긴 상점가를 빠져나와 왕복 2차선 도로를 건넜어. 어둑어둑한 주택가를 지나갔어. 아주 조용했어. 빗소리와 노면에 빗물을 튀기며 지나가는 자동차 소리가 등 뒤에서 끊임없이 들려왔어.

집 앞 도로에서 새카만 세단과 엇갈렸어. 길 오른편에는 검은 담장. 왼편에는 거무튀튀하고 곰팡이가 핀 벽돌담이 보였어. 길이 좁기는 했지만 자동차가 지나다니기에는 충분했어. 대수로운 사실은 아니지만.

다음 모퉁이에서 왼쪽으로 꺾어 들어가서 바로 오른편. 그 일대에서는 비교적 깨끗한 신축 원룸이었지. 누나 나이 대의 젊은 여자가 혼자 살기에는 안성맞춤이었어. 외부 복도에는 조명도 많아서 무척 밝았어. 거기에 도착해서는 그래도 괜찮겠지 싶었는데 말이야.

1층 가장 안쪽 집. 건물 뒤쪽으로 돌아가서 창문을 확인했어. 누나 방에는 불빛이 없었어. 커튼을 쳐서 그런가 하고 유심히 살폈지만 틈새로도 불빛 같은 건 보이지 않았어.

정말 집에 없나.

잠시 주변에서 어슬렁거렸어. 하지만 도무지 마음이 놓이지 않고 걱정이 되어 일단 들어가보기로 했어. 비에 흠뻑 젖어 무척 춥기도 했고.

가장 안쪽 현관문 앞에 서서 초인종을 눌렀어. 아무 대답도 없었어.

보조 열쇠도 빠짐없이 챙겨 갔어. 집에 누나가 없더라도 들어가 있으라고 했잖아. 그래서 주저할 이유가 없었어. 열쇠를 꽂고 문을 열었어. 그러니 문이 잠겨 있었다는 뜻이지. 확실해.

집 안은 칠흑같이 어두웠어. 가장 먼저 이상하게 느낀 점은 냄새였어. 음식물 쓰레기 냄새치고는 특이했지만 크게 신경 쓰지 않았어. 참기 힘들 만큼 지독하지는 않았거든.

전등 스위치를 찾아봤어. 현관문 바로 옆에 있던 스위치를 누르자 현관 근처만 환해졌어. 네 평 크기의 안쪽 방에도 불빛이 조금 닿기는 했지만 그때까지는 아직 아무 눈치도 채지 못했지.

구두를 벗고 들어갔어. 냄새는 계속 진동했고. 며칠씩 집을 비우면서 음식물 쓰레기도 버리지 않고 나갔나? 누나가 그럴 사람이 아닌데. 하지만 혼자 생활하기도 익숙지 않은 데다 쓰레기 배출 방법이 우리와 다른지도 모르지 하며 다시 손을 더듬어서 다른 스위치를 찾았어.

손끝으로 둥그렇게 튀어나온 부분을 가볍게 누르자 파지직하고 불빛이 몇 번 깜박이더니 전체가 밝아졌어.

누나는 방 안쪽 침대 바로 앞에 몸을 웅크린 채 쓰러져 있었지.

천장을 향한 얼굴은 무표정했고 창백했어. 녹색 플리스 재킷은 지퍼가 열려 있었고 무늬가 들어간 니트는 말려 올라가서 얼굴과 마찬가지로 새하얀 배가 그대로 드러나 있었어.

진녹색 치맛자락도 걷어 올라가 있었어. 엉덩이 밑은 진한 갈색 액체로 젖어 있었고. 목에는 무늬가 눈에 익은 팥죽색 넥타이가 감겨 있었어.

소리를 지르지는 않았던 것 같아. 아마 누나, 하고 부르지도 않았을 거야.

그만큼 누나는 죽은 게 확실했어.

일반인인 내가 보기에도 새삼 확인할 필요도 없이 누나는 분명히 죽은 상태였어.

나도 아직 휴대전화가 없을 때였고 그렇다고 집 전화를 건드려서는 안 된다는 판단에 공중전화 박스를 찾으러 온 동네를 뛰어다녔어. 경찰에 전화해서 뭐라고 해야 좋을까 고민하면서.

실제로 뭐라고 말했는지 기억도 나지 않아. 전화를 걸어 주소를 대고 다시 서둘러 빌라로 돌아왔어. 입구에서 기다리니까 비옷을 입은 경찰관이 자전거를 타고 나타났어.

"네가 신고했니?"

"네."

함께 들어가려고 했는데 밖에서 기다리라고 하더라. 그 말에 순순히 따랐어. 그때 휘몰아치던 비바람이 얼마나 차가웠던지 지금도 기억해.

잠시 후 순찰차가 왔고 나를 그 차에 태웠어. 경찰서로 가는 줄 알았는데 곧장 출발하지는 않았어. 제복 경찰과 사복을 입은 형사가 있었는데 형사가 닦으라며 수건을 빌려줬어. 보송보송하고 포근한 수건이었어.

이것저것 질문을 받았어. 누나 이름, 내 이름, 주소, 본적, 가족관계, 아버지 이름, 누나 직업, 우리 학교, 아버지 회사, 연락처, 발견 당시 상황, 그 집에 오게 된 경위. 시간을 거슬러 올라가면서 여러 가지를 물었어. 대답할 수 없는 질문도 많았어. 그것들은 전부 모른다고 대답했어.

아버지와는 경찰서에서 만났어.

당시 내가 할 수 있는 이야기는 모조리 털어놓은 뒤 취조실을 나와 사무실 같은 곳에서 소파에 앉아 있었는데 아버지가 들어왔어.

아버지는 금방이라도 울음이 터질 듯하면서 몹시 화가 난 듯한 이상한 얼굴이었어. 그러면서도 주위 형사들이 애도를 표하자 냉정하게 머리를 숙이며 응대했어. 경찰서까지 오면서 사건 내용은 대강 들었겠지.

나는 경찰이 빌려준 운동복과 점퍼로 갈아입은 상태였어.

아버지는 그런 내 어깨를 붙잡고 낮은 소리로 으르댔어.

"너, 이 자식!"

그러고는 아무 말씀도 없으셨어.

하지만 뭘 말하고 싶은지는 분명했어.

너, 지에가 사는 데를 알고 있었던 게냐?

네, 알고 있었어요. 난 다 알고 있었다고요.

그로부터 9년.

나는 아직도 그 빗속에 있어.

어떻게 해야 좋을지, 경찰에게 뭐라고 말해야 좋을지 몰랐던 그날 밤의 나 그대로야.

그래서 비가 내리면 마음이 편해져. 그날 밤부터 다시 시작해도 될 것 같은, 혹은 다른 인생을 살 수 있을 것 같은 기분이 들어.

아니, 그렇지 않아. 비 내리던 그 밤에 모든 것을 끝냈어야 했어. 누나와 아버지와 함께 나도 끝났더라면. 그랬어야 했는데. 나는 뭐가 뭔지 모른 채로 오늘까지 살아온 거야. 그때부터 우리는 조금이라도 책임을 지려 했던 건지 의무감에 발버둥 치며 꾸역꾸역 살아왔어.

죽지 못해 살았던 내가 막상 이런 상황에 처하고 보니 오히려 당황스러워.

내가 치러야 할 책무들 다 마치고 나니 뭘 또 어떻게 하면 좋을지 전혀 모르겠어. 사실 전보다 더 갈피를 못 잡겠어.

그렇게 집으로 돌아왔어.

우산을 접고 문을 열었어.

어슴푸레한 방. 표면의 칠이 벗겨진 마룻바닥. 울퉁불퉁 일그러진 주방 싱크대. 그을린 조리용 화로, 누래진 냉장고. 여름부터 방치되어 있는 바퀴벌레 퇴치제.

세 평 남짓한 다다미방에는 밤낮없이 깔려 있는 이부자리. 컴퓨터를 얹어둔 앉은다리책상.

오리털 점퍼를 벗어 벽 옷걸이에 걸었어. 청바지와 양말도 꽤 젖었지만 벗지는 않았어.

컴퓨터 전원을 켰어. 하드디스크가 돌아가기 시작하고 몇몇 프로그램이 자동 실행 할 때까지 기다렸지.

커튼은 걷지 않았어. 여기로 이사 와서 커튼을 열었던 적은 거의 없어. 그러니 잘못 젖혔다가는 먼지단 뿌옇게 일어날 거야.

부팅이 끝났을 때 컴퓨터 앞에 앉았어.

문득 떠오른 생각이 있어서 우치다 다카요에게 문자를 한 통 보냈어. 그걸로 내 뜻이 전부 전해지지는 않겠지만 지금은 이 이상 어떻게 해야 할지 모르겠어. 다음에 다시 생각해봐야겠어.

그다음은 평소와 똑같아.

이제는 일과라고 해도 좋을 정도야. 이 일을 계속해야 하는 이유도 이젠 사라지고 없지만 타성에 젖어서 계속할 뿐이야. 이 일마저 그만두면 나라는 인간은 정말로 끝일지도 몰라.

기지에 설치해둔 서버에 접근해서 축적된 데이터를 이쪽으로 끌어와 일일이 확인하는 작업이야. 변환 오류로 의미가 통하지 않는 문장도 많지만 감으로 해석해나가는 거야. 애초에 암호였던 것이 다시 암호화된 상태라서 해독 작업도 두 번에 걸쳐 하는 게 당연하지.

모니터 속 문자와 눈싸움을 하는 시간에는 한계가 있어. 눈이 피로해지면 그다음부터는 출력해서 읽어. 하지만 그것도 얼마 후에는 한계에 부딪치고 말아. 사실 대여섯 시간을 집중하다 보면 결국 기진맥진해서 나가떨어지지.

의미 있는 정보는 천 개 중 열 개쯤일까. 그 열 개 가운데 돈이 될 만한 게 있느냐 하면 그렇지 않은 경우가 압도적으로 많지. 그래도 나는 계속해. 아무 기대도 하지 않고, 의미도 따지지 않고 그저 읽어나갈 뿐이야.

이것도 누나는 모를 테지만, 그 후 우리 집에도 경찰이 찾아왔었어. 가택수색이라나. 사복형사와 작업복을 입은 경찰이 우루루 찾아와서 온 집 안을 들쑤셨지. 그들은 내 방에도 들어갔어. 그때만 해도 내 방을 기지로 삼고 있었기 때문에 당연히 그 컴퓨터가 형사들 눈에 띄고 말았어.

얼마나 놀라던지. 하지만 곧 노골적으로 불쾌해하더군. 한 형사는 컴퓨터를 걷어차서 부수려고 했다니까. 상사로 보이는 자가 간신히 말렸지.

"그만둬, 미조구치."

"예예, 알았다고요. 이 컴퓨터 자체는 아무 죄도 못 된다, 이 말씀이시죠? 잡아넣을 수 없다는 말씀이시죠? 알겠으니 놓으세요."

그러더니 그자는 경멸하는 듯한 눈빛으로 나를 내려다봤어.

"당최 이 집안 사람들은 왜 다들 이 모양인 거야? 멀쩡한 인간은 한 명도 없으니."

그게 경찰관이란 자가 피해자 집에 쳐들어와서 내뱉을 말인가 하고 화가 났지만 잠자코 있었어. 대꾸해봐야 뭐 좋은 꼴 당하랴 싶었어.

그렇게 지난 일을 생각하고 있을 때 갑자기 초인종이 울렸어. 퍼뜩 정신을 차렸지.

별일도 다 있지. 이 집에 누가 찾아오다니.

책상다리로 앉아 있던 나는 엉거주춤 기어 나갔어.

"예."

다리가 저렸지만 참으면서 기었지.

대답이 들려서인지 상대방은 연속해서 초인종을 눌러대거나 하지는 않았어.

현관 쪽을 보았어. 합판으로 만든 싸구려 문짝. 얼굴 높이에 난 작은 창에 뿌연 하늘이 보였어. 손님의 정체 이전에 사람이 문밖에 있는지 없는지조차 확실하지 않았어. 근처에 사는 초등학생이 장난을 쳤을 가능성도 있었고.

현관 앞까지 기어가서야 거의 일어섰어.

"네, 누구세요?"

아무 대답도 없었어.

"누구……시죠?"

노면의 빗물을 튀기며 지나가는 자동차 소리, 근처에서 들려오는 라디오인지 텔레비전인지 모를 소리. 하지만 그것 말고는 아무 소리도 들리지 않았어.

"누……구?"

트럭인지 점점 다가오는 요란한 엔진 소리. 화물칸의 짐이 덜컹거리는 소리. 트럭의 엔진 소리가 지나가자 다시 정적.

"누구야, 너?"

그러자 작은 창문에 보일 듯 말 듯 손 그림자가 비쳤어.

"나……야."

속삭이는 듯한 쉰 목소리였어.

대체 누구지?

제1장

1

12월 19일 월요일.

히메카와 레이코는 부하 두 명을 데리고 히비야까지 한잔하러 왔다. 어른들의 은신처 같아 레이코가 마음에 들어 하는 바의 별실이었다.

두 잔째 맥주를 깨끗이 마셔버린다.

"기쿠타, 메뉴!"

"예."

애초에 오늘 레이코가 한잔하자고 부른 사람은 같은 10계에서도 가장 젊은 하야마 노리유키 경장뿐이었다. 그런데 어디서 정보가 샜는지 기쿠타 가즈오 경사까지 따라오고 말았다.

"앙리오 브뤼 수브랭이 있네."

"예? 그게 뭡니까?"

기쿠타는 레이코보다 세 살 연상으로 올해 서른네 살이다. 알고 지낸 지도 오래되었고, 누구보다도 신뢰하는 부하가 맞지만, 그렇다고 해서 어디든 같이 다녀야 하는 사이는 아니다.

"유명한 프랑스 샴페인이야. 병으로 시키자."

"진심이세요?"

"그럼, 진심이고말고."

경시청 형사부 수사 1과 살인범 수사 10계. 레이코는 10계 2반 소속으로 통칭 '히메카와 반'의 주임을 맡고 있다.

기쿠타 옆자리에 앉은 하야마는 늘 그렇듯 무표정한 얼굴로 맥주를 한 모금 마셨다.

하야마가 히메카와 반에 배치된 지도 벌써 2년 넘게 지났다. 그런데도 무엇 때문인지 지금도 반 분위기에 섞이지 못하는 느낌이었다. 왜 그럴까? 레이코는 늘 의문이었다. 언젠가 한번 기회를 만들어서 진지하게 이야기해봐야겠다고 생각하던 차였다.

마침 오늘 하야마와 함께 체포술 훈련에 참가했다. 이것 참 좋은 기회다 싶어 훈련 이후 일정을 물으니 딱히 볼일은 없다고 했다. 그럼 퇴근 뒤 잠깐 시간 좀 내달라고 하여 술자리를 만들었다. 그랬는데 본부 청사에서 나올 때 기쿠타까지 끼어들었다.

"이봐, 하야마. 자네는 여자 친구 없어?"

"없는데요."

하야마는 훤칠하니 키가 큰 데다 얼굴도 꽤 반듯했다. 애인

정도는 당연히 있을 것 같았다.

"거짓말이지? 사실 있지?"

"없다니까요, 정말로."

레이코가 오늘 하고 싶었던 이야기는 이런 실없는 대화가 아니었다. 형사라는 일에 어떤 신념을 갖고 있는지, 자기 의견이나 감정을 별로 표현하지 않는데 그 이유는 무엇인지 좀 더 진지한 이야기를 나누고 싶었다. 혹시 마음을 터놓고 지내지 못하는 이유가 주임이 여자라서인지 자신에게 무슨 문제라도 있는지, 그러면 그렇다고 분명히 해주었으면 좋겠다. 대충 이런 얘기를 할 생각이었다. 허나 다 틀렸다. 초장부터 물 건너갔다. 기쿠타가 끼어 있는 한 그런 진지한 대화는 불가능하다.

"그래? 실은 나도 없어. 좋아하는 사람은 있지만······."

기쿠타가 레이코 쪽을 흘깃 쳐다보았다.

후배 핑계로 은근슬쩍 고백할 생각일랑 아예 하지도 마.

그러자 하야마가 갑자기 등을 쭉 펴고 레이코와 기쿠타를 번갈아 쳐다보았다.

"그럼 두 분 사귀시면 되겠네요. 기쿠타 선배님과 주임님 잘 어울리세요. 방해가 된다면 전 그만 물러나겠습니다."

바 안에는 재즈가 흐르고 있었다.

"아니, 하야마. 난 그런 뜻이 아니라······. 그렇죠, 주임님?"

별안간 색소폰 독주가 주위의 공기를 가르며 격정적으로 울려 퍼졌다.

"어, 그, 그래."

마침 다행인지 불행인지 종업원이 얼굴을 내밀었다. 하야마는 이때다 하고 방금 레이코가 말한 샴페인을 주문했다.
"앙리오 브뤼 수브랭! 병으로요."
"주임님, 기쿠타 선배님, 뭐 더 주문하실 거 있으세요?"
아니, 딱히 없다.

잠시 후 하야마는 집으로 돌아갔다.
"하야마한테 쓸데없이 그런 말은 왜 했어?"
"죄송합니다. 아니, 전 그냥……."
"그냥 뭐? 하야마하고 일 얘기나 찬찬히 하려고 했는데. 저 친구 왠지 우리 팀에 잘 어울리지 못하고 겉도는 것 같지 않아?"
기쿠타는 미간을 찌푸리며 고개를 갸웃했다.
"뭐, 별로 그렇게 보이지는 않는데요."
"둔하기는. 같이 한잔하러 가자고 세 번 얘기하면 한 번이나 올까 말까 하잖아?"
"그런 건 개인의 자유죠. 일찍 들어갔으면 하는 놈을 뭐 하러 붙잡습니까? 꼰대도 아니고."
어라, 기쿠타! 말본새 좀 보게.
"일찍 들어가봐야 어차피 니시타니 숙소잖아. 애인도 없다지, 그런 썰렁한 숙소에 혼자 돌아가서 뭘 하겠어?"
"그야 모르죠."
내가 그럴 줄 알았지.
"거봐. 하야마에 대해 의외로 아는 게 없다니까. 그런 점도 포함해서 허심탄회하게 얘기하고 싶었는데 난데없이 어깨에 팔을 두르고는 여자 친구 타령이나 하고 말이야. 기쿠타, 어쩜 그렇게 눈치가 없어?"

머리가 띵해질 만큼 더 따끔하게 쏴주고 싶었지만 하필 그때 전화가 왔다.

"잠깐만."

윗옷 주머니에서 휴대전화를 꺼냈다. 작은 외부 액정 화면을 보니 수사 1과 10계장, 이마이즈미 하루오 경감의 번호였다.

"네, 여보세요?"

"아, 난데 자네 지금 어디 있어?"

"히비야인데요. 기쿠타도 같이 있어요. 조금 전까지 하야마도 같이 있었는데 먼저 돌아갔고요."

"그래? 아니, 뭐…… 지금 당장 가보란 소리는 아닌데, 히가시나카노에서 살인 사건이 났어. 사망한 지 꽤 시간이 흐른 모양이야. 그렇게 알고 내일 아침 일찍 거기부터 가봐."

살인 사건에, 시간이 꽤 지났다고?

"꽤라면 어느 정도인데요?"

"그게 감식과 말로는 부패했다거나 흐물흐물한 상태는 아닌가 봐. 그러니 기껏해야 이틀이나 사흘 정도겠지. 나도 출장 중이라서 자세하게는 듣지 못했어."

이런 겨울철에 이틀이나 사흘이 지났다면 냄새가 난들 음식물 쓰레기나 공중화장실 냄새 정도겠지.

"그럼 나카노 서로 집합하나요?"

"어, 그래도 되고. 오늘 밤에라도 가능하면 빨리 가서 현장을 봐두는 것도 좋겠지. 받아 적을 수 있나? 주소 불러주지."

"잠시만요. ……네, 말씀하세요."

"뭐냐면……."

나카노 구 히가시나카노 5가 ××-×라고 한다.

"알겠어요. 그럼 계장님은 오늘 밤엔 못 오시나요?"

"어, 미안. 난 못 가. 밤늦게라도 괜찮으니 생각 있으면 가 봐. 나중에 나한테도 상황 보고해주면 고맙겠군."

"예, 기쿠타와 가볼게요."

그럼 들어가세요, 하고 전화를 끊자마자 아까 주문한 샴페인을 취소할 수 있나 하는 생각이 스쳤다. 그러나 이미 늦은 후였다.

"주임님, 이거 무지 맛있는데요!"

"세상에!"

어느새 절반도 넘게 마셔버렸다.

"잠깐, 기쿠타. 이리 내."

"한 잔만 더요. 아니, 반 잔만요."

그렇게 옥신각신하는데 또 전화가 왔다.

"여어, 히메! 지금 시간 어때? 이케부쿠로 근처에서 한잔하자고. 마른안주 괜찮은 집 발견했거든."

도쿄 도 감찰의무원 감찰의 구니오쿠 사다노스케였다. 구니오쿠는 레이코에게 법의학 분야의 스승이다. 하지만 아무리 그렇더라도 허구한 날 술자리에 어울리는 건 사양하고 싶다.

"죄송해요. 지금 당장 현장에 가봐야 해서 오늘은 어렵겠어요."

"거짓말이지? 그러면서 또 나를······."
"정말이에요. 다음에 다시 연락 주세요."
전화를 끊었다.
못 살아. 어째서 내 주변에는 이런 이상한 남자들만 꼬일까.

바로 계산을 한 뒤 바에서 나왔다.
히비야도리에서 택시에 올라 기사에게 목적지를 알려주었다.
"기쿠타, 잠깐 하 해봐."
바에서 나와서 본 얼굴은 별로 빨갛지 않았다. 하지만 술 냄새를 풀풀 풍기며 사건 현장에 나가려니 아무리도 껄끄러웠다.
"아, 네. 하아아."
됐어. 뭐, 괜찮겠지. 이 정도 갖고 뭐라고 할 사람은 없겠지.
"주임님은 어떠세요?"
"나는 괜찮아. 구취 제거제를 잔뜩 뿌렸거든."
"그거 저한테도 뿌려주세요."
"싫어! 우리 둘이 똑같은 냄새가 나면 이상하잖아."
"아아, 하긴 그러네요······."
히가시나카노까지는 40분 정도 걸렸다. 기사는 일방통행로가 교차하는 사거리 바로 앞에서 차를 세웠다.
"말씀하신 주소라면 요 앞인데 더 가기는 어렵겠는데요. 무슨 일이 생겼나 봐요."
이층집이 많은 어디에나 있을 법한 주택가였다. 벌써 8시 반이 지났다. 늦은 저녁인데도 거리에 잔뜩 쏟아져 나온 구경꾼들로 길이 꽉 막혀 있었다. 아무래도 택시가 뚫고 지나갈 만한 상황은 아니었다.

"네, 여기서 내릴게요."

요금을 치르고 레이코와 기쿠타는 택시에서 내렸다.

좁은 일방통행로. 오른쪽에는 단층집이 늘어서 있고 왼쪽에는 월정액 유료 주차장이 있다. 보아하니 현장은 이 주차장과 마주 보는 원룸인 듯했다.

가방에서 '수사 1과'라고 적힌 완장을 꺼내 왼팔에 둘렀다. 끈도 꺼내서 머리카락을 뒤로 모아 하나로 묶었다. 항상 같은 위치에서 묶을 수 있을 정도로 머리 길이를 유지한다.

현장에서 30미터쯤 앞에 설치된 출입 통제선이 일반인의 접근을 막고 있었다.

출입 통제를 맡은 제복 경찰에게 완장을 내보였다.

"수사 1과입니다."

"수고하십니다."

그는 가볍게 눈인사를 건네며 출입 통제선을 들어 올려주었다. 그러나 시선은 뒤에 있는 기쿠타를 향해 있었다. 기쿠타는 체격도 좋은 데다 실제로 레이코보다 나이도 많아서 상관으로 보기 마련이었다.

10미터쯤 더 들어간 곳부터는 도로 오른쪽에 현장 보존용 고무 통행대가 깔려 있었다. 레이코와 기쿠타는 그 위를 지나 현장으로 다가갔다.

4층짜리 아담한 맨션이었다. 레이코가 서 있는 곳에서는 어느 집이 사건 현장인지 알 수 없다. 파란 천막이 둘러쳐진 건물 입구를 보니 사복형사와 작업복을 입은 감식계가 분주하게 드나들고 있었다. 감식 작업이 얼마나 진행됐는지도 솔직히 겉으로만 봐서는 모르겠다.

그때 무리 가운데 낯익은 사람의 얼굴을 발견했다. 예전 형사부 수사 4과, 지금으로 치면 조직범죄 대책부 4과 주임이었던 시모이 마사후미였다. 4과는 예나 지금이나 폭력단 사건을 취급하는 부서다. 현재는 시모이가 형사부 소속이고, 계급도 그대로 경위라면 결국 그가 나카노 서 조직범죄 대책과 폭력범 수사계 담당 계장이란 뜻인데. 그렇다면 이번 피해자는 폭력단원이거나 폭력단 관계자란 말인가.

시모이는 건물 입구 앞에서 통화를 하고 있었는데 성난 목소리로 전화를 끊고 주머니에 넣으려고 했다. 레이코가 종종걸음으로 쫓아갔다.

"시모이 계장님!"

무얼 발랐는지 딱 달라붙게 매만진 잿빛 머리가 레이코를 돌아보았다. 회색 코트 자락이 요란하게 펄럭거렸다.

"응? 아니, 이게 누구야. 1과 명물 아가씨 아니신가?"

일본 원숭이를 빼닮은 얼굴. 깊게 주름이 잘린 피부는 간장에 조린 우엉 색을 띠고 있었다.

"오랜만에 봬요. 서른이 넘었는데 그렇게 말씀해주시니 영광인데요."

"쯧쯧, 드디어 자네도 이런 비아냥거림에는 꿈쩍도 않는 나이가 됐군그래."

그 무슨 실례의 말씀을!

"당치 않습니다. 슬쩍 받아넘기는 요령을 터득했을 뿐이죠."

시모이가 콧방귀를 뀌더니 눈을 치뜨고 레이코를 올려다봤다. 키는 레이코 쪽이 아주 조금 컸다.

"자네, 지금 어디 소속이지?"

"여전합니다. 살인범 수사 10계입니다. 시모이 계장님은요?"

"나도 그대로야. 아직 폭력단 담당이네. 자네 계에 주임이 또 누가 있나?"

"구사카 경위가 있습니다."

아, 그랬군, 하고 납득했다는 표정을 지었다.

"그래서 이 사건을 자네가 배정받았나?"

"네, 재청 구성원으로 봐도 그렇지 않나 싶은데요."

재청이란 지금 같은 상황에 대비한 출동 대기 상태를 뜻한다. 오늘 저녁 5시 시점에 재청에 들어간 팀은 살인범 수사 10계 와 4계, 특수반 특수 수사 1계였다. 순번대로 보아도 10계 출동은 합당했다.

"뭐, 어쨌든 그쪽과는 부딪칠 일이 많겠어. 나중에 오염됐다느니 유착되었다느니 그런 소리 나오지 않게 처음부터 증거 확인은 확실히 해두자고. 알았나?"

"예."

레이코는 시모이를 따라 건물 입구로 들어갔다. 기쿠타도 뒤따라 왔다. 세대별 우편함이 붙어 있는 벽을 돌아가자 계단실이

나왔다. 엘리베이터는 없는 듯했다.

"피해자 이름은 고바야시 미쓰루, 29세."

어머나? 이런 계단에서 갑자기 웬 브리핑?

"한자는요?"

"성은 '작다'의 고(小)에 '수풀'의 하야시(林), 이름은 '채우다'의 미쓰루(充), 합쳐서 고바야시 미쓰루야. 로쿠류회라는 조직의 똘마니지. '여섯'의 로쿠(六)에다가 '용'의 류(龍)를 써서 로쿠류회, 야마토회 계열인 이시도 조직 산하 진유회의 하부 조직이야. 그러고 보니 대충 그림이 그려지는데."

"네, 대충은요."

야마토회는 일본 최대의 지정 폭력단이다. 이시도 조직은 그 하부 조직으로, 지금의 이시도 조직 총수는 과거에 현 야마토회 회장인 오쿠야마 히로시게와 의형제 사이였을 것으로 추정된다. 그 이시도 조직 산하에는 분명히 진유회라는 조직이 있었다. 로쿠류회가 그 진유회의 하부 조직이라면 야마토회부터 따져볼 때 4차 단체인 셈인가.

시모이는 3층도 지나쳐서 한 층 더 올라갔다.

"그런데 그 고바야시라는 자는 어떤 사람인가요?"

"글쎄, 솔직히 말하면 나도 잘 몰라. 우리 쪽 경사 말로는 벌이도 변변찮고 성질은 지랄 맞아서 아무짝에도 쓸모없는 놈이라고 하더군."

맨 꼭대기인 4층까지 왔다. 복도에도 고무통행대가 깔려 있고 사건 현장일 듯한 두 번째 현관문 주위에는 파란 천막이 둘러쳐져 있었다.

"그런데 시모이 계장님, 시신은 어떻게 됐죠?"

"후지시로 경감이 괜찮다고 해서 병원으로 옮겼어. 왜? 볼 생각이었어?"

후지시로 경감은 검시관이다. 시체 검안 권위자이자 최고 책임자였다.

"네, 가능하다면요……."

"유감이군. 현장만이라도 봐둬. 마침 감식도 철수한 참이니."

"네."

레이코는 시모이를 따라 안으로 들어갔다.

집으로 들어가자마자 현관에 비닐 덧신이 있었다. 그것을 기쿠타와 두 장씩 집어서 신고 흰 장갑도 꼈다.

"안쪽이야."

"네."

천장이 조금 낮았다. 그러고 보니 현관문, 현관 바닥, 안쪽 거실까지 이어지는 복도까지 조금씩 작았다. 최근에는 임대 건물도 천장을 높게 하는 경향이던데 이 건물은 다른가. 아니면 실은 몹시 낡은 건물인데 외장과 내장을 리모델링해서 그런가.

"어때? 대충 이런 상태야."

시모이는 복도와 거실 경계에 서서 레이코와 기쿠타를 안으로 불러들였다.

"실례합니다."

머리를 숙이며 기쿠타와 함께 안으로 들어갔다.

"어휴! 역시나."

"정말 끔찍하군요."

다섯 평이 넘어 보이는 거실. 안쪽에도 방 한 칸이 있지만 살해 현장은 이 거실이 틀림없어 보였다.

방 저편 중간쯤에는 소파와 낮은 테이블. 소파에서 가장 잘 보이는 벽에 평면 텔레비전이 걸려 있다.

피해자가 쓰러져 있던 위치는 소파 앞인 듯했다. 분필로 그린 사람 형태가 아직 남아 있었다.

"기쿠타, 감식과에서 현장 사진 좀 받아다 줘. 카메라째 가져오든지 아무 노트북에나 옮겨 오든지, 여기서 바로 확인하게만 해줘."

예, 하고 기쿠타는 방에서 나갔다. 다시 한 번 시체가 있던 장소를 살펴보았다.

흰 윤곽선으로 가늠해보면 소파를 등진 자세로 발은 레이코 쪽을 향한 채 몸의 오른쪽이 바닥에 닿게 쓰러져 있었나 보다. 상반신, 그것도 배나 가슴께에서 출혈이 심했던 모양이다. 혈액이 검게 변하여 마룻바닥에 말라 붙어 있었다.

그러나 이상한 점은 시신이 있었던 자리가 아니었다. 오히려 그 주변에 신경이 쓰였다. 천장부터 창문에 드리워진 하얀 레이스 커튼은 물론이고, 커튼 색과 동일한 흰 벽지가 발린 벽 그리고 유심히 보면 텔레비전 화면까지 사방이 온통 피투성이였다.

기쿠타가 노트북을 안고 돌아왔다.

"백업을 마치자마자 통째로 빌려 오느라 시간이 걸렸네요."

화면을 레이코 쪽으로 돌렸다.

"여기를 클릭해서 넘겨보시면 됩니다."

"알았어."

무심코 건네받긴 했지만 컴퓨터가 꽤 묵직했다. 현관 앞 통로 쪽으로 가서 맨바닥에 놓고 보기로 했다.

벌써 전용 이미지 프로그램이 작동 중이었다. 곧바로 '001'이라고 번호가 매겨진 사진을 클릭하자 새 창이 열렸다. 그 안에서 갑자기 피투성이 시체가 튀어나왔다.

"우와!"

"진짜 끔찍하네요."

시신은 짐작대로 몸의 오른쪽이 바닥에 닿게 쓰러져 있었다. 옷은 하얀 운동복. 옷 색깔 때문에 검붉은 핏빛이 한층 두드러졌다. 두 번째 사진부터 다섯 번째 사진까지는 조금씩 각도를 바꿔 찍은 사진이었다.

여섯 번째부터는 안면 확대 사진. 왼쪽 눈은 아무래도 직접 칼에 찔린 듯했다. 눈꺼풀과 안구가 세로로 길게 찢어졌다. 상처는 눈썹 위에서부터 광대뼈까지 약 10센티 정도 크기다. 코와 입도 비스듬히 찢겨 있다. 오른쪽 콧방울에서 윗입술 가운데를 지나 아랫입술로. 바싹 말라 벌어진 입술의 찢어진 틈새로 치아와 잇몸이 고스란히 드러났다. 이만큼 상처가 심각하다 보니 얼굴은 당연히 피칠갑이었다. 피가 말라붙어 보리 과자 같은 색으로 변해 있었다. 오래전에 막과자 가게에서 10엔쯤에 팔았던, 흑설탕을 발라 구운 그 보리 과자 색이었다.

다음 열 번째 사진. 하얀 운동복 상의도 여기저기 칼에 베여 있다. 특히 어깨와 팔. 그러나 큰 상처는 시신 왼편에 몰려 있었다. 피의자는 오른손잡이인가? 이 부위도 비슷한 사진이 네 장이다.

열네 번째부터는 어깨 상처를 확대한 사진이었다. 운동복 상의에 생긴 칼자국과 똑같은 형태로 오른쪽 어깨 근육이 쫙 갈라져 있었다. 피부에는 문신이 있는 듯한데 옷의 찢어진 틈이 좁아서 무슨 그림인지 확인하기 어려웠다.

열일곱 번째부터는 흉부 및 복부 확대 사진. 여기가 치명상이었을 것이다. 상처의 정도까지는 모르겠지만 출혈량이 다른 부위와 비교도 못할 만큼 심각했다. 상의 앞자락은 흰 여백 없이 완전히 핏빛으로 물든 상태였다. 몸통을 찌를 때 칼이 직접 심장까지 건드린 모양이었다. 폐도 크게 훼손됐을 게 틀림없다. 얼굴이 피범벅인 이유는 아마도 폐가 칼에 찔릴 때 출혈이 일어났고, 그 피가 기도를 거쳐 입으로 뿜어져 나온 탓인지도 모른다.

스물한 번째 사진은 왼쪽 손바닥. 스물두 번째 사진부터 세 장은 오른쪽 손바닥. 양쪽 모두 방어흔 같은 칼에 베인 상처가 복잡한 형태로 남아 있었다. 특히 오른손 상처가 깊었다. 피해자가 저항하다가 재빨리 칼날을 움켜쥐었으리라. 하지만 범인이 힘을 주어 흉기를 잡아 뽑았을 테고. 오른쪽 손바닥에 남은 상처는 그런 추측을 가능케 했다.

스물다섯 번째부터는 하반신과 등 그리고 상처가 없는 부분으로 훑어가는 사진이었다. 자세하게 찍기는 했지만 특별히 주목할 만한 점은 없었다.

서른세 번째부터는 실내 모습이었다. 여기저기 튀어 있는 혈흔마다 일일이 번호표를 세워놓고 촬영한 사진이었다. 시모이가 코를 훌쩍 들이마셨다.

"자, 이 사건을 살인범 수사계의 주임 나리께서는 어떻게 보시는지?"

레이코는 일어나서 다시 한 번 거실을 둘러보았다.

"아직 잘 모르겠습니다. 그저 범행 수법에서 초짜 냄새가 난다, 그 정도예요."

시모이는 가만히 고개를 끄덕였다.

"음, 흉기는 단도 종류가 아니라 회칼이나 부엌칼 아니면 대형 잭나이프처럼 큼직하고 폭이 넓은 칼일 거야. 마지막에 한 번 깊이 찌르기는 했는데 그러기 전까지는 이렇게 휘둘러서 긋기만 했어. 단도로도 불가능하진 않겠지만 느낌상. 단도는 쥐어 보면 긋기보다 찌르기에 적당하지. 조폭이라면 더욱더 일단 찌르고 보는 놈들이니…… 뭐, 그건 해부 결과를 보고 나서 할 말이겠지만."

레이코는 안쪽을 가리켰다.

"저쪽 방은요?"

"침실이야. 거긴 피만 조금 튀었고 아무 이상 없어. 물건을 뒤진 흔적도 없고 보석류도 손 하나 안 댔는지 그대로야."

"보석류요?"

손 하나 안 댔다고?

"아, 여기는 고바야시의 애인 집이야. 최초 발견자도 그 여자고. 지금 우리 쪽 형사들이 취조하고 있네."

레이코는 고개를 갸웃했다.

"그 여자가 용의자일 가능성은요?"

무차별 난도질 끝에 복부를 찔러 숨통을 끊었다. 미친 듯이 칼을 휘두르는 여자를 상상해보니 별로 어색한 그림은 아니었다.

시모이는 고개를 가로저었다.

"최초 발견자를 가장 먼저 의심하라 이건가? 자네 엉터리 수사 드라마를 너무 많이 봤군."

무슨 그런 섭섭한 말씀을. 살인범 수사계 형사에게 텔레비전 드라마나 보고 있을 여유 따위는 없다.

"가능성을 얘기했을 뿐입니다. 그럴 가능성이 제로가 아닌 한 피의자 목록에서 제외해선 안 되죠."

시모이는 한쪽 뺨을 씰룩거리며 같잖다는 듯 비웃었다.

"몰라. 나도 그 여자는 아직 못 봤어. 얘기만 들었지. 그러지 말고 살인범 수사계 아가씨가 직접 취조하면 되겠군."

"네, 꼭 그럴 겁니다."

여유가 생기면 직접 취조할 것이다.

2

담배가 다 떨어졌는지도 몰랐다.

담뱃갑을 우그러뜨렸다.

"어이!"

"예."

옆에서 걷고 있던 가와카미 요시노리가 뛰어갔다. 20미터쯤 앞에 보이는 자동판매기 앞에서 멈췄다. 마키타 이사오는 말보로 레드를 피웠다. 그 담배는 거의 모든 담배 자판기에 들어 있었다.

가와카미가 담배를 꺼내는 것과 자신이 담배 자판기 앞에 도착하는 것, 어느 쪽이 빠를까? 그런 생각을 하며 걷다가 따라잡았나 싶었을 때 가와카미가 일어나 마키타 쪽으로 다가왔다.

"죄송합니다. 기다리시게 해서……"

얼른 포장을 뜯고 담뱃갑 바닥을 두드리자 필터 부분이 두세 개 튀어나왔다.

담배 한 개비를 꺼내어 입에 물자 가와카미가 재빨리 불을 붙였다.

깊게 빨아들였다가 가늘고 길게 연기를 뿜었다.

그래, 이 맛이지.

겨울철 길에서 피우는 담배 맛처럼 흡족한 게 있을까.

"형님."

가와카미가 뜯지 않은 담뱃갑을 내밀었다.

"어, 그래."

건네받은 담배를 양복 주머니에 넣어두었다. 뜯은 것은 가와카미가 자신의 주머니에 넣었다.

채소 가게 앞에서 멈추었다. 예전부터 알고 지내온 가게 주인이 반으로 가른 배추를 가게 앞 진열대에 늘어놓는 중이었다.

"안녕하쇼? 어르신."

"어이쿠! 마키타 씨. 오늘은 일찍 오셨구려. 이렇게 추운데."

"아, 그러게요. 나이 탓인지 눈이 일찍 떠져서 말이오."

마키타는 올해 마흔여덟 살이다.

그가 채소 쓰레기 더미에 담배꽁초를 던지려고 하자 가게 주인이 빈 커피 캔을 내밀었다. 고맙소, 하면서 캔 속에 꽁초를 떨어뜨렸다.

"귤? 사과? 뭘 사야 하나……."

"음, 이 사과가 골든 딜리셔스라는 품종인데 꿀이 들어서 맛이 좋아요. 근데 마키타 씨는 딱딱한 걸 싫어하지? 그럼 귤로 해요. 시지 않고 아주 맛있어요."

"그럼, 그럽시다."

항상 고맙습니다, 하며 가게 주인이 귤이 든 소쿠리를 집어 들었다.

종이봉투에 귤을 담는 사이 가와카미가 천 엔짜리 지폐를 내밀었다.

마키타가 그 옆에서 거스름돈은 됐다고 하자 가게 주인은 만면에 미소를 머금고 매번 이러시니 미안해서 원, 하고 머리를 조아렸다.

종이봉투는 가와카미가 받아 들었다.

"매번 찾아주셔서 감사합니다."

주인의 인사를 뒤로하고 다시 발길을 돌렸다.

"형님, 거스름돈 사양하시는 것도 좋지만 너무 후한 거 아닙니까?"

재작년 채소 가게 안주인이 소형 트럭에서 짐을 내리다 발이 걸려 넘어지는 바람에 고관절을 크게 다쳤다. 그 뒤로 날이 추워지면 가게에 나오는 일이 눈에 띄게 줄었다. 주인 혼자 하루하루 힘겹게 가게를 꾸려가는 처지였다.

"건달은 모양도 값도 없는 것을 사고파는 장사치야. 분명한 형태가 있는 물건으로 장사하는 성실한 상인에게는 거기에 합당한 돈을 지불해야 하는 법이다."

"옳은 말씀이기는 한데 그래도 그렇지, 이 한 봉지가 겨우 360엔입니다. 거스름돈이 훨씬……."

"그 거스름돈으로 의리를 샀다는 말이다. 같은 말 반복하게 하지 마라."

방금 산 담뱃갑을 뜯어서 한 개비 물려고 하자 가와카미가 라이터를 내밀려고 했다. 마키타는 됐다고 거절하며 가지고 있던 가스라이터로 불을 붙였다. 담배 끝이 새빨갛게 타오를 때까지 힘껏 빨아들였다.

"그보다 가와카미. 너도 슬슬 따로 사무실을 차려서 나가야지? 이제 집도 샀고 말이야. 허구한 날 내 수발만 드는 것도 모양새가 좋지 않아."

언뜻 젊어 보였지만 가와카미도 벌써 마흔세 살이었다.

"아닙니다. 전 평생 형님 의형제입니다. 조직은 따로 꾸리지 않을 겁니다. 그 생각에는 변함없습니다."

"네가 그러면 네 밑에 있는 놈들이 불편해한다고. 네 눈치 보는 놈들이 한둘이 아니야."

가와카미가 귤이 담긴 종이봉투를 고쳐 안았다.

"저도 압니다. 그래서 겐타나 히데히코에게는 제 눈치 보지 말고 하고 싶은 대로 하라고 일러두었습니다. 제 앞에서 의리 지킬 필요는 없다고요."

"그게 말이 되나? 아랫것들에게 모범을 보여야지."

"그러면 형님! 저하고 서약식을 다시 해주십쇼. 의형제로서가 아니라 부하로서 말입니다. 그러면 되지 않습니까?"

"이봐, 그런 뜻이 아니라니깐……."

나 참, 이런 꼴통을 봤나.

신주쿠 구 햐쿠닌초 2가에 있는 신 모토야마 빌딩. 그리 새 건물은 아니었지만 비교적 규모가 큰 비즈니스 빌딩이다. 마키타의 사무실은 2층에 있었다.

가와카미가 금색으로 '후타바 흥행 주식회사'라는 글자가 들어간 문을 열었다.

"아! 안녕하십니까?"

출입구 근처에서 책상을 닦으며 청소하고 있던 신출내기가 활기차게 인사를 하자 스무 명 남짓한 직원들이 일제히 마키타를 향해 한목소리로 인사했다.

마키타는 손을 들어 답했다.

"그래. 아, 거기! 전화 밑도 깨끗이 닦고."
"예, 말끔하게 닦아놓겠습니다."
마키타는 책상 사이를 가로질러 안쪽에 자리한 사장실로 향했다. 도중에 가와카미가 젊은 부하에게 귤을 건네주었다.
마키타는 사장실로 가다가 한 부하의 어깨를 두드렸다.
"다카오, 장부 좀 갖고 와라."
"아, 예……."
두목이 왜 부르는지는 본인이 가장 잘 알기 마련이다. 대답하는 목소리가 무겁게 가라앉았다.
마키타는 사무실의 다른 문들과 달리 특별히 목각으로 장식한 사장실 문을 열고 머리를 조금 숙이면서 들어갔다.
마키타에게는 문을 드나들 때마다 머리를 숙이는 버릇이 있었다. 맨 마지막으로 쟀을 때보다 줄지 않았다면 키는 여전히 192센티일 것이다.
마키타가 태어나서 자란 집의 출입문은 하나같이 여차하면 이마를 찧기 쉬운 높이였다. 그것이 싫어서 이 사무실 안의 모든 문을 정확히 2미터 높이로 만들게 했다. 그러니 어느 문이든 똑바로 서서 지나가도 상관없는데 버릇 때문인지 저절로 머리가 숙여진다.
사장실 안에 있는 가구라고는 간단한 소파 세트와 사무용 책상 의자가 다였다. 목각 장식이 들어간 출입문과 어울리는 가구는 하나도 없었다.
"실례하겠습니다."

젊은 부하가 차와 귤이 놓인 쟁반을 들고 사장실 문을 열었다. 그 뒤에는 마키타가 조금 전 어깨를 두드렸던 나쓰키 다카오가 서 있었다.

마키타가 응접실 소파에 앉자 두 사람이 민첩한 동작으로 들어왔다.

젊은 부하는 차와 귤을 내려놓고 먼저 사장실에서 나갔다.

다카오는 표지가 검은 장부를 가슴에 품은 채 부동자세로 서 있었다.

"다카오. 2천만 엔은 분명히 어제까지였을 텐티?"

그에게는 사채 두 건을 맡겼었다.

"예. 저…… 그게, 그 건은 당연히 가게에 불러놓고 받아내려고 했습니다만……."

"뭔 말이 그리 많아? 나는 차질 없이 회수했습니다 이 한마디만 들으면 돼."

마키타가 벌떡 일어섰다. 다카오의 얼굴은 그 말 한마디에 얼어붙었다.

"다카오, 이런 장사는 상대한테 우습게 보였다간 그걸로 끝이야. 네놈이 아무리 교쿠세이회 이름을 팔고 다녀도 너 스스로 해결하지 못하면 넌 더 이상 이 조직에 있을 필요가 없는 거라고. 내 말이 틀려? 부동산도 못해, 물장사도 못해, 계집장사는 더 못해. 돈놀이로 만회해보겠다고 해서 사업에 끼워줬잖아. 정신 똑바로 차리고 죽을힘을 다해서 받아 와! 그래도 해결 못 하면 그땐 내가 나서야겠지. 하지만 그랬다간 다카오, 넌 그걸로 끝이다. 명심해!"

턱짓으로 나가라고 지시했다. 다카오는 울상을 지으며 고개를 숙인 채 사장실에서 나갔다.

바로 그때 책상 위에 있던 전화벨이 울렸다. 내선 전화였다.

"응."

"가와카미입니다. 롯폰기에 있는 두비즈 에이전시라고 기억하십니까? 연예 사무실 두비즈입니다만."

두비즈라……

"아! 가슴 큰 여자애들 전문 회사잖아?"

"맞습니다. 그 에이전시 사장 전화인데 뭔가 궁지에 몰렸는지 다급해하는 느낌입니다. 조심하십쇼."

"알았다."

연결하겠다는 말이 끝나자마자 통화가 끊기고 연결음이 들렸다.

"마키타입니다."

"아이고, 살았네. 계셨군요. 일전에는 신세가 많았습니다. 두비즈의 후나야마입니다. 실은 말이죠. 다짜고짜 본론부터 꺼내자니 뭣합니다만 구리야마 유나라고 아십니까?"

"예, 잘 압니다."

남성 주간지 표지에 그라비아 모델로 자주 등장하는 여자다.

"그럼 요요기에 있는 페이스 프로모션도 아십니까?"

"예, 알기는 합니다만."

이래 봬도 연예계 사정에는 밝은 편이었다. 페이스 프로모션이라고 하면 현재 그라비아 업계에서 상위를 차지하는 대형 기획사였다.
"그 페이스 프로모션요. 우리 유나를 빼돌리려고 한다 아닙니까. 유나 그 애를 뺏기면 우리는 폭삭 망합니다."
그야, 그럴 테지.
"제발 부탁입니다. 마키타 씨, 저들 뒤에는 마쓰나미 조직이 있습니다. 이건 뭐, 제가 쌍심지 켜고 달려들 만한 상대도 아니고 해서……. 부탁합니다, 마키타 씨. 힘 좀 써주세요."
마쓰나미 조직이라니 조금 떨떠름한 상대였다.

자초지종을 들은 다음 하나야마에게는 아무 피해 없이 일을 수습하기는 어렵겠다고 일단 거절했다. 하지만 어느 정도 손해를 감수한다면 구리야마 유나를 잃지 않고 무마할 만한 방책이 있다는 말로 여지를 남겼다. 후나야마는 말귀를 알아듣고 모든 일을 마키타의 재량에 맡기겠다며 전화를 끊었다.
그런 연유로 아침 댓바람부터 요요기 변두리까지 몸소 행차해야 했다.
적진 바로 앞 도로변에 흰색 엘그랜드를 주차했다. 이 정도로 큰 차가 아니면 마키타에게는 너무 좁아서 그런 차는 있으나 마나였다. 차창은 온통 새카맣게 코팅했다.
"형님, 저도 가겠습니다."
"됐다니까. 너는 여기서 기다려. 네가 나설 차례는 따로 있다."
끈질기게 물고 늘어지는 가와카미를 운전석에 남겨두고 마키타는 혼자 차에서 내렸다.

가장 가까운 역은 요요기 역이었지만 주소로 보면 센다가야 5가 라이니이이보시 빌딩이었다. 외벽에 부석 같은 것을 붙인 상당히 세련된 건물이었다. 1층에 갤러리가 있어도 전혀 어색하지 않을 만큼 분위기가 고급스러웠다.

마키타는 일단 현관으로 들어가서 스테인리스로 된 안내판을 살펴봤다. 2층이 이이보시 토목건축, 3층이 이이보시 건설, 4층이 오피스 이이보시. '이이보시'는 조직의 3대 두목 이름이었다. 조직 사무실은 4층이 분명했다. 그리고 5층이 페이스 프로모션. 역시 마쓰나미 조직이 페이스의 배후 세력이자 총본산이 맞는 듯했다.

통로 안쪽까지 들어가서 엘리베이터의 상행 버튼을 눌렀다.

잠시 후 문이 열리고 안에서 몸집이 작은 여자아이와 마키타 정도는 아니지만 키가 큰 남자가 내렸다. 탤런트와 매니저 사이인가.

그들과 엇갈려 엘리베이터에 올라 4층 버튼을 눌렀다. 별로 긴장되지는 않았다. 상대가 조직 사람이든 일반인이든 문제를 해결하는 데 일정한 공식은 없었다.

다시 문이 열렸다.

엘리베이터 문이 열리자 바로 사무실 입구였다. 언뜻 보기에 지극히 평범한 사무실이었다. 하지만 흐린 유리문에는 '모리스 이이보시'라고 쓰여 있었고, 그보다는 한 줄 위의 '마쓰나마 조직 도쿄 총본산' 쪽이 누가 보더라도 글자 크기가 컸다. 심지어

붓글씨체로 써서 우락부락하게 느껴졌다. 유리문 앞에 섰다. 열린 문으로 조용히 들어서자 이번에는 회색 칸막이가 앞을 가로막았다. 왼쪽에도 칸막이. 갈 길은 오른쪽밖에 없는 듯했다.

오른쪽으로 걸음을 내딛자마자 우중충한 양복 차림의 남자가 불쑥 나타났다. 감시 카메라라도 있나.

"이런, 이런, 이게 누구신가? 교쿠세이 초대 회장씩이나 되는 분께서 몸소 행차를 다 하시고. 무슨 볼일이실까?"

마쓰나미 조직의 부두목 보좌인 사카니시였다. 마키타와 비슷한 또래였지만 키가 한참 작았다. 마키타는 한숨을 쉬면서 짧은 머리카락을 긁적였다.

"아, 여기 연예 담당이 어느 분이신가?"

"무슨 말이야?"

"실은, 롯폰기에 있는 두비즈라는 탤런트 연예 기획사 사장이 어찌나 우는소리를 하는지. 이 위층에 있는 페이스 프로모션이 자기네 간판 탤런트를 빼돌리려 하니 손 좀 써달라더군. 그래서 당신네 담당자를 먼저 만나는 것이 순서인 듯해서 찾아왔는데…… 그러니 협조 좀 해주시지. 연예 담당 좀 불러주쇼."

굳이 여기서 '연예 담당'이라고 반복하는 데는 이유가 있었다. 마키타는 누가 담당자인지 이미 알고 있었다. 특정인을 지명하면 쓸데없이 상대에게 경계심을 일으킨다. 그러지 않도록 처음 단계에서는 일부러 눙치고 들어간 것이다.

당사자는 의외로 빨리 나타났다.

"그 이야기라면 내가 들어야겠군."

"아, 형님!"

사카니시의 등 뒤에서 등장한 사람은 무토였다. 이곳의 부두목이었다. 관록으로나 체격으로나 사카니시와는 차원이 다른 인간이었다.

"아, 무토 씨가 관리하셨군요? 실례했습니다. 바쁘신데 불쑥 찾아와서 죄송합니다. 커피라도 마시면서 잠시 이야기 좀 나누시죠? 단골 카페라도 있으면 그리로 옮기셔도 괜찮습니다."

무토가 고개를 끄덕였다.

여기까지는 모두 계산대로다.

무토를 따라 라이니이이보시 빌딩에서 나왔다. 이동하는 틈에 엘그랜드를 향해 손짓을 했다. 가와카미가 서두르지 않게 여유 있게 두 번 반복했다.

무토는 메이지도리를 지나 역 쪽으로 50미터쯤 더 걸어간 뒤 도로변에 있는 카페 앞에서 걸음을 멈췄다.

"이런 데라도 괜찮겠소?"

"그럼요, 좋습니다."

무토의 단골 카페로 가자고 했던 이유는 당연히 무토를 안심시키기 위해서였다. 그러면서 한편으로는 조직 보스인 이이보시 다케로가 불쑥 끼어들어 간섭하지 못하도록 협상 장소를 조직 사무실 바깥에 두려는 목적이었다.

가와카미가 금방 뒤따라왔다.

"형님!"

가와카미는 무토에게도 가볍게 고개 숙여 인사했다.

"자네…… 차는?"

"길에 세워놓고 왔습니다만."

"주차장에다 제대로 주차하고 와. 딱지 끊지 않게."

무토가 카페 문을 밀다 말고 제지했다.

"일행이 있었나?"

"예, 그냥 운전기사입니다."

못 미더운 눈초리였다. 이것 역시 예상한 반응이었다.

마키타는 자, 하고 무토를 재촉하여 안으로 들어갔다.

카페는 한가했다. 손님이라고는 작고 하얀 개를 안고 카운터 바에 앉아 있는 노파 한 사람뿐이었다. 개는 몰티즈인 듯했다.

무토는 안쪽 테이블을 선택했다. 자리는 어디든 상관없었다. 무토를 안쪽에 앉히고 마키타도 천천히 자리에 앉았다.

주인으로 보이는 중년 남자가 물을 들고 오자 마키타는 가와카미 몫까지 커피 세 잔을 주문했다.

"그래서 뭐라고 했더라. 빼돌리니 뭐니 하던데……."

"그렇습니다."

무토의 머리 위에 걸려 있는 액자 유리에 카페 입구가 비쳤다. 가와카미가 문을 열고 들어오는 모습이 보였다.

가와카미가 자리에 앉기를 기다렸다가 무토에게 소개했다.

"제 의형제들 가운데 리더 격인 가와카미입니다."

"처음 뵙겠습니다."

무토가 떨떠름한 얼굴로 고개를 끄떡였다.

이로써 협상 주체가 다 모였다. 때마침 커피도 나왔다.

"그래서 그…… 얘기는 간단합니다. 두비즈 간판 탤런트, 구리야마 유나를 마쓰나미 조직 위층에 있는 페이스 프로모션이 가로채려고 한다, 이겁니다. 두비즈의 후나야마와는 예전부터 아는 사이입니다. 간곡하게 부탁을 해 오면 저희 쪽에서도 나 몰라라 하기가 어렵습니다."

아는 사이라고는 해도 기껏해야 이벤트 행사장에서 자릿세나 뜯어내고 귀찮은 일이 생기면 도와주겠다고 말로 때우는 관계일 뿐이지만.

"그런데 말입니다, 연예계에는 별의별 사채업자가 다 있나 보더군요."

가볍게 한마디 툭 던져보았지만 무토의 표정에는 이렇다 할 변화가 없었다.

"무슨 관계가 있는지는 모르지만 스튜디오 구석에 늘 붙박아 있는 꼰대하며, 프로듀서와 꽤 친한 척하면서 떠들어대는 멋쟁이 아줌마도 그렇고요. 야외 촬영 버스의 운전기사도 있습니다."

구리야마 유나는 『주간 긴다이』라는 잡지에 자주 실렸다. 그 편집부가 이용하는 야외 촬영 버스 회사가 마쓰나미 조직의 프런트 기업*이라는 사실은 벌써 확인했다.

"연예인은 수입이 불안정한 직업입니다. 신용카드도 없는 여자애들이 결코 적지 않죠. 그러니 일일이 현금으로 결제해야 하

---

* 프런트 기업: 폭력단이 합법을 가장해 소유한 영리회사.

는데 사무실 월급은 열흘도 더 기다려야 하고, 그럴 때 촬영 현장에서 안면 있던 사람이 10만 엔쯤 빌려줄까 하고 한마디 던지면 당연히 얼씨구나 하겠지요. 거기에 이자니 기한이니 조건이야 붙겠지만 마지막에는 꼭 이렇게 말합니다. '있을 때 갚으면 돼.' 그치들한테 손 벌리는 애들은 애초부터 돈 씀씀이가 헤프기 마련이죠. 그런 애들한테 돈은 있을 떠 갚으면 돼, 하고 바람을 넣는 사채업자가 나타났으니 닥치는 대로 글어다 쓰는 게 당연하겠지요."

무토가 담배에 불을 붙였다. 더 떠들어보라는 눈치였다.

"구리야마 유나도 그런 경우입니다. 제 주제도 모르고 매니저 눈을 피해서 야외 촬영 버스 기사에게 100만 엔도 넘는 돈을 빌렸습니다. 그런데 어떻게 된 일인지 그 사실을 페이스 프로모션이 알았다 이겁니다."

사실 차용증서도 존재하는 데다 액면으로 따지면 대출금은 이자까지 붙어서 1,500만 엔 이상으로 불어나 있었다. 그 빚을 페이스 프로모션이 떠맡을 테니 이적하라는 얘기겠지만 자세한 내용은 얼버무렸다.

"어디를 통해 일이 성사됐는지는 모르지만 아주 치사한 수법 아닙니까? 빚에 팔려 가다니요. 요즘 세상에 에도 시대 요시와라 같은 유곽이 있는 것도 아닌데 말이죠."

솔직히 말해서 마키타 자신도 한쪽에서는 그런 사업을 하는 처지였지만 오늘 이 자리에서만은 시치미를 뗐다.

드디어 무토가 담배를 껐다. 이제야 말할 기분이 난 모양이었다.

"이보쇼, 마키타 씨. 당신 지금 우리가 페이스 프로모션의 뒤를 봐준다는 사실을 알면서 지껄이는 건가 아니면 모르고 그러는 건가?"

마키타는 입을 다문 채 고개를 갸웃해 보였다.

"그런 사정도 모르고 떠들었다면 당신, 세상 물정을 몰라도 한참 모르는 거요. 그 페이스 사장, 그러니까 가지오 다카마사는 우리 3대 총수와 소싯적부터 도박판 친구 사이라고. 지금 전무를 맡고 있는 아들 가지오 쓰네하루와 나는 세상에 둘도 없는 짝패고. 그게 아니더라도 페이스는 우리 건물 세입자요. 우리 쪽에 대해 함부로 나불댔다가는 무사하지 못할 거요."

옳지, 걸려들었다.

체면 운운하는 순간 승리는 우리 차지다.

"어허! 해보자는 겁니까, 무토 씨? 당신 지금 피를 보고서라도 그 계집 하나를 가지오 부자한테 진상하겠다 이거요?"

무토가 뭐라고 대꾸하려는데 마키타가 말을 막았다.

"아, 됐소. 우리 쪽에서는 두목과 부하가 나란히 머리를 숙이러 왔는데 그걸 갖고 함부로 나불댄다느니 하면서 판을 깨겠다 이거요? 그럼 우리 쪽 체면은 뭐가 되겠소? 정 원하신다면 이 자리에서 어디 마음대로 해보시죠. 그래야 여기 가와카미가 후나야마에게 변명이라도 하지 않겠습니까? 나 마키타는 최선을 다했지만 실패했노라고 말입니다. 자, 단칼에 끝냅시다. 목이든 배든 마음대로 골라보십쇼. 칼 정도는 갖고 계실 테고. 없으면 빌려드리죠."

상의 옷자락을 젖히는 척하면서 단도 자루를 슬쩍 내보였다.

무토의 눈썹이 움찔거렸다.

"자, 무토 씨. 당신 처분에 맡기겠습니다."

마키타는 엉거주춤 일어나서 고개를 숙이며 머리를 앞으로 내밀었다.

정확히 30초 동안 거기서 꼼짝도 하지 않았다.

카페에서 흘러나오는 유행 팝송과 메이지도리를 오가는 자동차 소리밖에 들리지 않았다.

갑자기 무토의 기척이 멀어지는 느낌이었다. 의자 등받이에 기대는 모양이었다.

"마키타 씨. 그만 앉으쇼."

이겼다.

조직폭력배가 가진 최대 무기는 당연히 폭력이다. 그러나 현대 사회에서 그런 수단을 썼다가는 휘두른 쪽도 적지 않게 상처를 입는다. 조직 간의 다툼이라면 그 상처는 훨씬 커진다. 따라서 폭력은 최후의 수단이며 끝까지 남겨두는 게 최선이다.

그러나 초장부터 상대에게 사용되지 않을 폭력이란 게 읽힌다면 그 폭력은 아무 가치도 없다. 그 지경까지 가면 그건 더 이상 건달도 아니다. 언제든지 싸운다. 싸울 때는 싸운다. 그런 각오야말로 건달을 건달답게 만드는 힘이다.

그 각오의 가치를 보여줄 자가 과연 누구일까?

이 자리에서는 바로 마키타였다.

교쿠세이회는 결코 규모가 큰 조직은 아니지만 회장인 마키타가 일단 한다고 마음만 먹으면 작정하고 움직였다. 고맙게도 오늘은 의형제들의 리더인 가와카미까지 가세했다. 마키타는 교쿠세이회는 물론이고 자신이 가진 주변 인맥까지 동원할 요량으로 포석을 깔아두었다.

그렇다면 무토는 어떠한가?

부두목은 조직의 2인자였다. 마쓰나미 조직의 3대 총수인 이이보시 다케로의 뒤를 잇는 실력자였다. 그러나 반대로 말하면 진정한 두목은 아니라는 얘기였다. 두목의 의중을 묻지 않고 독단으로 중대 결정을 내리기란 근본적으로 불가능했다. 요컨대 이 자리에서 결투를 결정할 자격이 무토에게는 없다는 뜻이다.

그러한 조직의 상하 관계를 파악했다면 나머지는 어떻게 이야기를 풀어갈지에 달렸다. 마쓰나미 조직이라는 큰살림을 맡은 부두목 무토와 비록 큰 조직은 아니지만 교쿠세이회의 두목인 마키타.

객관적으로 보면 마키타보다 무토 쪽이 우세했다. 휘하에 거느린 부하의 숫자도, 보유하고 있는 현금도 자릿수부터 달랐다.

그렇다면 그 차이를 무엇으로 메울 것인가?

각오다. 싸울 때는 싸운다는 배짱.

무토는 마키타에게서 그 배짱을 읽었다. 마키타의 배짱을 인정하고 한 걸음 물러선 것이다.

"그래서 내가 어떻게 하면 좋겠소, 마키타 씨."

그렇다고 지금 이 승세를 타고 무작정 공격하다가는 일을 그르친다. 너무 궁지로만 몰아세우면 이번에는 무토의 체면이 무너지는 것으로 끝나지 않는다. 이 이야기가 이이보시의 귀에 들어갈 경우 결국 조직 간의 실제 싸움으로 번질 가능성이 높아진다. 그러면 교쿠세이회에 승산은 없다. 절대로 그런 실수를 범해서는 안 된다.

"네. 우리는 그저 무토 씨가 나서서 페이스와 두비즈가 업무 제휴를 하는 선에서 매듭을 짓도록 중재해주신다면 더 바랄 게 없겠습니다. 구리야마 유나에 대한 실무는 기존 방식대로 두비즈에서 맡고 섭외는 페이스 쪽에서 해서 수입은 절반씩 나눈다, 계약 햇수는 다시 논의한다, 이 정도면 어떻겠습니까?"

무토는 미소 지었다. 이 정도 절충안이면 양쪽 다 그리 나쁘지 않은 조건이다.

이야기를 매듭짓고 카페에서 나오자마자 가와카미의 휴대전화가 울렸다.

"예, 여보세요. 뭐야?"

통화 내용은 모르겠으나 표정과 목소리로 봐서 반가운 소식은 아닌 모양이었다.

가와카미가 전화를 끊었다.

"무슨 일이야?"

가와카미는 선뜻 대답하지 못했다.

"그게……."

말하기가 거북한지 눈살을 찌푸렸다.

"뭐야? 말해봐."

가와카미가 간신히 고개를 끄덕이며 입을 열었다.

"실은 그 야나이 겐토 튀었나 봅니다."

야나이 겐토가, 튀었다고?

3

12월 20일 화요일 오전 8시 30분.

레이코는 나카노 서 4층 강당에 설치된 '히가시나카노 5가 조직폭력배 살해 사건 특별 수사본부' 첫 회의에 출석했다.

"통신 센터에 신고가 들어온 시각은 어제 19일 18시 43분. 히가시나카노 역 앞 파출소 소속 오구라 경장이 시신 발견 현장인 히가시나카노 5가 ××-× 써니하이츠 히가시나카노 402호에 도착한 때는 같은 시각 50분."

사회자는 수사 1과 관리관 하시즈메 경정이었다. 지휘석에는 수사 1과장인 와다 총경. 살인범 수사계 10계장인 이마이즈미 경감과 나카노 서장 및 부서장, 조직범죄 대책과 과장, 본청 조직범죄 대책부 4과장, 조직범죄 대책부 4과 폭력범 수사 6계장 등이 동석했다.

레이코 쪽에 앉아 있는 수사관은 수사 1과, 조직범죄 대책부 4과, 나카노 서와 인근 관할 서에서 소집된 형사 다수 그리고 감식원까지 포함해 대략 80명이 넘었다. 통상적인 수사본부보다 규모가 훨씬 큰 편이었다.

"최초 발견자이자 신고자는 사건 현장인 빌라의 임차 명의자 시무라 메구미, 25세. 시무라는 이타바시 지역 관할 서인 시무라 서의 한자와 같고 메구미는 '은혜'의 메구(惠)에 '열매'의 미(實)를 쓴다. 직업은 호스티스. 클럽 접대부, 이케부쿠로에 위치한 '클럽 아리스'라는 업소에 나간다고 확인되었다. 메구미는 16일 금요일 밤부터 3박 4일 동안 홋카이도로 여행을 갔다가 19일 신고 시각 직전에 돌아와서 고바야시 미쓰루의 시신을 발견, 신고했다고 한다. 메구미가 피해자와 동거를 시작한 때는 7개월 전. 처음에는 집세를 절반씩 부담하기로 약속했지만 최근 석 달 동안 밀린 상태였다. 메구미는 얼마간 각오했던 일이라고 했다. 막연하게나마 고바야시의 돈벌이가 신통치 않다는 사정을 알았던 모양이다."

레이코는 회의 전에 나눠준 고바야시의 사진을 보았다. 면허증 사진을 확대한 듯했다.

남자답고 골격이 커 보였다. 그럭저럭 이목구비가 반듯하긴 한데 윗입술이 약간 들려서 어쩐지 천박하다고 할까, 보는 사람에게 야만적인 인상을 주었다. 조직폭력배 얼굴치고 저 정도면 제격 아니냐고 묻는다면 그렇기도 했다.

"메구미는 피해자와 금전 문제나 여자 문제로 인한 갈등은 없었다고 진술했다. 애정 문제가 있었는지는 홋카이도 여행 때 동행자를 파악하면 대강 드러나겠지. 다음으로 피해자와 소속 단체 관련 보고다. 마쓰야 계장!"

호명에 일어난 사람은 조직범죄 대책부 4과 폭력범 수사 6계장이었다.

"예! 우선 계통을 세워 말씀드리면 피해자는 야마토회 계열, 이시도 조직 산하 진유회의 하부 조직인 로쿠류회 조직원입니다. 특별한 역할은 없습니다. 나이는 29세, 도쿄 무사시노 시 출신. 도립 무사시노추오 고교 중퇴. 7년 전 공갈 한 건, 4년 전 폭행 한 건 등으로 형사 고발이 되었습니다만 모두 집행유예로 풀려났습니다. 실형 전과는 없습니다. 현재까지 확인된 전과 기록은 이게 전부입니다. 로쿠류회는 네리마 구, 스기나미 구, 나카노 구 등에서 활동하던 폭주족 그룹 드래곤헤드의 전 총수 다케시마 가즈마가 스무 살 때 총수 자리에서 물러나 진유회에 가입한 후 10년째 되던 해에 결성한 조직입니다. 현재 구성원은 17명, 사무실은 고엔지 소재. 피해자는 다케시마와 부자 관계를 맺은 사이입니다. 당시 21세였습니다."

로쿠류회. 폭주족 근성을 버리지 못하고 결국 그 길을 본업으로 삼은 남자가 만든 신생 단체. 그렇다면 피해자 역시 같은 이력의 소유자란 말인가. 고등학교도 중퇴했나 본데…… 이런! 편견이 지나쳤나.

"로쿠류회 보고는 이상입니다."

"뭐 다른 질문 있나? 없으면 감식과."

하시즈메가 지명하자 형사부 감식과의 아키요시 주임이 일어났다.

"예! 시신은 도호 대학에서 곧 사법해부에 들어갈 예정입니다. 따라서 자세한 보고는 심야 회의 때라도 하겠습니다. 지금은 간략하게 말씀드리겠습니다. 후지시로 조사관이 입회한 자리에서 검시를 실시했습니다. 사망 추정 시각은 17일 밤입니다. 치명상은 명치 부분 폭 8센티 크기의 자상. 아래쪽에서 이런 식으로 쳐올리듯이 심장을 찔렀습니다. 그리고 흉기로 쓰인 칼…… 아, 흉기는 현장에서 발견되지 않았습니다. 그렇다고 칼날의 폭이 8센티라는 뜻은 아닙니다. 실제로는 더 가늘지 않을까 추정합니다. 다음은 가벼운 창상입니다. 안면에 두 군데가 있습니다. 하나는 왼쪽 눈 중앙에 세로로 11.5센티. 다른 하나는 코에서 입으로 이어지며 각도로 보면 11시에서 5시 방향으로 비스듬하게 그었습니다. 아랫입술까지 쫙 벌어졌습니다. 그리고 왼쪽 팔 윗부분에 세 군데, 왼쪽 팔 앞부분에 네 군데, 왼쪽 손등에 두 군데, 왼쪽 손바닥에 한 군데, 오른쪽 손바닥에 크고 작은 상처 모두 네 군데, 오른팔 앞부분에 두 군데, 도합 열여섯 군데로 전부 방어흔으로 여겨집니다."

레이코는 현장에서 보았던 사진을 떠올리며 보고에 귀를 기울였다.

요컨대 고바야시 미쓰루는 흉기를 든 범인과 대치하면서 마치 권투 선수처럼 가드를 올린 상태로 십여 차례 칼부림을 당했다. 도중에 흉기를 빼앗으려다 손에 부상을 입었다. 이 상처들은 치명상까지는 아니었고 마지막에 범인이 가드를 뚫지 못해 빠져나가는 척하다가 아래에서 위로 심장을 찔러 최후의 일격을 가했다. 이런 이야기인가?

보고는 다른 젊은 감식원이 이어받았다.

"시신 발견 현장에서 채취한 지문은 모두 일곱 종류입니다. 하나는 고바야시의 지문, 다른 하나는 시무라 메구미의 지문입니다. 고바야시를 제외하고 시무라와 나머지 지문 다섯 종류는 모두 전과 기록이 없습니다. 크기로 보면 구체적으로 여성이 세 명, 남성이 두 명일 겁니다."

하시즈메가 마이크를 잡았다.

"그 집에 다녀간 사람의 이름, 나이, 주소를 시무라 메구미에게 확인해봐. 누가 취조 담당이지?"

예, 하고 나카노 서 수사관이 손을 들었다.

"아! 됐어. 나중에 팀을 다시 짤 거니까 꼭 자네가 취조할 필요는 없어. 그래, 감식과 계속하지."

저럴 거면 중간에 끊지나 말지, 하고 레이코는 생각했지만 물론 입 밖에 내지는 않았다.

"예! 그런데 시신이 쓰러져 있던 위치와 지문 다섯 종류가 발견된 위치를 맞춰본 결과 범행과는 관련이 없다고 사료됩니다. 이유는 피의자가 남긴 것으로 보이는 현장의 발자국이 다섯 종류의 지문 위치와는 전혀 겹치지 않기 때문에……."

그때였다.

"그랬다면 미리 보고했어야지."

난데없이 복도 쪽 자리에서 누군가 호통을 쳤다.

구사카였다. 레이코와 같은 10계 소속 또 다른 주임 경위였다.

"이봐, 그런 사실은 어젯밤에 벌써 알았을 것 아냐? 우리는 당장이라도 탐문을 못 나가서 안달이라고. 보고에 누락이 있어서도 안 되지만 정확하면서도 간결하고 알기 쉽게 순차적으로 보고하라고. 발자국 다음부터 계속해봐."

레이코는 이런 구사카가 여전히 마음에 들지 않았지만 그가 하는 말은 대부분 옳은 소리였다. 지문 감식 보고는 레이코가 생각해도 어설펐다.

"예, 죄송합니다. 우선 발자국은 25센티 정도. 양말의 종류나 상표 등은 현재 분석 중입니다. 무지외반증 즉 엄지발가락이 둘째 발가락 쪽으로 굽은 듯한 변형이 조금 보이므로 여성일 가능성도 어느 정도는 예상하고 있습니다. 계속해서 발자국의 위치에 대해 말씀드리겠습니다. 피의자는 현관으로 들어와서 거실까지 이용하여 범행에 이르렀습니다."

"단정하지 마! '범행에 이르렀다고 추정합니다.'가 맞아."

또 구사카였다. 이번에는 조금 지나쳤다.

"죄, 죄송합니다. 범행에 이르렀다고 추정합니다. 그 이유는 현관에서 거실까지 가는 복도에 혈흔이 없기 때문에 그렇게 추정했습니다. 현장에서 채취한 모발과 섬유 등의 감식은 아직 끝나지 않았습니다. 저희 보고는 이상입니다."

젊은 감식원은 허리를 푹 숙여 인사하고는 자리에 앉았다.

가엾기도 하지. 구사카 때문에 주눅이 들어도 단단히 들었다.

아무튼 못 말려. 저 사람한테 앞으로 수사회의 시 결과보고 기피증이라도 생기면 어쩌려고 저러지.

조 편성이 끝났다.

레이코는 뜻밖에도 시모이 경위와 함께 참고인 조사를 맡았다.

"잘 부탁해, 레이코 아가씨. 근데 좀 천천히 가지그래."

레이코의 키는 단화를 신어도 170센티가 넘었다. 한편 시도이는 잘해봐야 160센티하고 중반쯤일까. 확실히 보폭 차이가 컸다.

"네, 속도 조절 신경 쓸게요."

명함과 휴대전화 번호를 교환했다. 짐작대로 시모이의 직함은 '조직범죄 대책과 폭력범 수사계 담당 계장'이었다.

"미안한데 잠깐 기다려주게."

시모이가 갑자기 그러면서 지휘석으로 걸어갔다.

"아, 예."

왜 그러지, 하고 봤더니 이마이즈미와 하시즈메 앞을 그대로 지나쳐 와다 수사 1과장 앞에 멈추더니 말을 걸었다.

앉아 있던 와다가 얼굴을 들었다. 아주 잠깐 어리둥절한 기색이더니 이내 상대를 알아본 모양이었다. 안경을 벗으면서 자리에서 일어났다. 오랜만에 만났다는 듯이 시모이의 두 팔을 두드렸다. 시모이도 반갑다는 듯 연신 고개를 끄덕거렸다.

와다는 정년이 코앞이었다. 시모이는 아마도 50대 초반이리라. 사이좋은 선후배 사이로 보였다. 어쩌면 같은 부서에서 근무했던 시기도 있었을지 모른다.

이삼 분 와다와 이야기를 나눈 뒤 시모이는 이마이즈미와 하시즈메와도 몇 마디 나눈 다음 자, 그럼. 하고 손을 흔들어 보인 후 돌아왔다.

"아가씨를 기다리게 했군."

"별말씀을요."

시모이는 그대로 앞장서서 복도로 나갔다. 엘리베이터 앞을 지나쳐 계단 쪽으로 걸어갔다.

"건강을 생각해 가능하면 계단을 이용하자, 그런 뜻이야."

"예!"

시모이가 헛, 둘, 헛, 둘, 구령을 붙이면서 계단을 내려갔다. 발놀림이 의외로 가벼워 보였다. 레이코도 리듬에 맞춰 따라갔다. 그것만으로도 왠지 기분이 좋아졌다. 경찰서 현관에서 나와 오른쪽으로 방향을 틀었다.

"시모이 계장님, 와다 과장님하고는 알고 지내신 지 오래되셨어요?"

생각보다 춥다. 장갑을 껴야겠다.

"어. 나도 4과에서 일하기 전에 1과에 잠시 있었거든. 당시는 본부도 아직 강행범 조사계라고 불리던 시절이야. 우리는 7계였어. 와다 과장님께 신세도 많이 졌지. 우리에게는 든든한 형님 같았거든."

"우리라고 하시면?"

마침 보행 신호로 바뀌어 파란 불이 들어왔다. 횡단보도를 건넜다.

"아! 그 무렵 7계에는 쟁쟁한 멤버가 다 모여 있었거든. 계장이 쓰다 씨였는데 와다 과장님보다 몇 기수 전에 1계장을 단 사람이었어. 당시 주임은 와다 과장님과 하야시 경위였지. 하야시 경위는 아마 자네도 알걸. 지금도 자료반장으로 계시잖아."

"네."

안다. 레이코도 늘 신세를 지고 있다.

"그리고 그 밑에 나하고 이마하루가 있었지. 나중에 간테쓰가 들어왔고."

"정말요?"

'이마하루'는 10계장인 이마이즈미 하루오 경감이다. 간테쓰는 현재 5계 주임인 가쓰마타 겐사쿠 경위의 별명이다.

"그리고 특수반 계장인 아사이도 잠깐 있었지 아마. 모두 잘 풀렸어. 나하고 간테쓰 정도일걸, 여태 현장에서 뻘뻘 기고 있는 신세는."

과연 초호화 멤버다. 특히 와다, 시모이와 더불어 이마이즈미, 가쓰마타까지 같은 시기에 같은 계 소속이었다니 놀랍기단 했다.

잠시 후 지나가는 택시를 잡아 시모이가 먼저 올라탔다.

"고엔지에 있는 히카와 신사로 가주시오."

"예, 고엔지 히카와 신사요?"

그렇다. 오늘은 우선 고엔지에 있는 로쿠류회 사무실을 찾아갈 예정이다.

로쿠류회 사무실은 히카와 신사보다 고엔지 역 쪽에서 좀 더 가까웠다. 아직 새 건물로 보이는 맨션 2층에 있었다.

"레이코 아가씨, 조폭은 내가 상대할 테니 나한테 맡기라고.

멀쩡한 일반인 조사는 자네에게 양보하지."

연극을 하듯 말투가 약간 작위적이었으나 레이코는 시모이의 그런 태도가 싫지만은 않았다.

"알겠어요. 그럼 여기 일은 알아서 하시죠."

자, 솜씨 좀 구경하러 가볼까요.

입구로 들어가서 계단을 올라가자 오른쪽에 목적지가 있었다. 205호.

겉보기에는 양쪽에 있는 이웃집들과 별반 다르지 않았다. 무광 검정으로 도색한 세련된 문에 금색 도어뷰. 문패의 글자도 '로쿠류회'가 아니라 어디까지나 '다케시마 사무실'이었다. 업종도 분명하지가 않았다.

시모이가 초인종을 누르자 전혀 예상하지 못한 높은 억양의 목소리가 인터폰에서 흘러나왔다.

"예! 누구시죠?"

시모이가 으흠, 하고 헛기침을 했다.

"나카노 경찰서에서 나왔습니다. 잠깐 실례하겠습니다."

"네, 잠시 기다려주십쇼."

10초쯤 뒤에 도어체인을 벗기는 소리가 났다.

문이 시모이 쪽으로 천천히 열렸다. 문틈으로 내다본 사람은 조폭이라기보다 호스트에 가까운 아주 경박해 보이는 남자였다.

시모이가 실내를 들여다보려고 했다.

"나카노 서의 시모이라고 합니다. 다케시마 씨 계십니까? 다케시마 가즈마 씨요."

"저, 사장님은 안에 계시는데요."

"잠깐 할 얘기가 있는데."

"무슨 내용이죠?"

그러자 갑자기 시모이는 실내에서 눈을 돌려 박치기라도 할 듯한 기세로 남자에게 얼굴을 바짝 들이댔다.

"이봐, 너희 젊은 부하가 개죽음을 당했어. 경찰이 조사 나오는 게 당연하지. 무슨 잠꼬대야?"

남자는 레이코와 시모이의 얼굴을 번갈아서 흘깃 쳐다보았다. 여전히 망설이는 눈치였지만 이내 들어오세요, 하면서 문을 활짝 열고는 레이코와 시모이를 안으로 들였다.

신발을 신은 채 실내로 들어간다는 점 말고는 보통 아파트와 다르지 않았다. 부엌과 욕실일 듯한 문도 보였다. 집이 남향인지 채광이 좋고, 레이스 커튼이 하얗게 빛났다. 클래식 선율이 들릴 듯 말 듯 나지막하게 흘렀다. 아마도 바흐의 관현악곡일 듯한데 몇 번인지는 잊어버렸다.

거실 한가운데에는 소파 세트가 놓여 있었다. 검은색 가죽 소파에서 남자가 일어났다. 40대 중반으로 피부색이 아주 검고 제법 놀 줄 아는 한량처럼 보였다.

"형사 양반, 이른 아침부터 웬 소란입니까? 좀 삼가시죠. 엄연히 상중 아닙니까?"

시모이는 들은 체도 않고 주위를 둘러보았다.

"댁이 다케시마 씨요?"

"네, 그렇습니다만. 일단 앉아서 얘기하시죠. 거기 여성분도."

시모이는 계속 방 여기저기에 값을 매기듯 둘러보기만 했다.

"일단 그럽시다."

"실례하겠습니다."

곡이 바뀌었다. 아까는 3번이었고 이번 곡이 4번인가? 아무렴 어떠랴.

레이코와 시모이가 자리에 앉자 다케시마는 방금 문을 열어주었던 젊은 부하에게 커피를 내오라고 시켰다.

"신경 쓰지 마시오. 금방 일어날 테니."

"그래서야 쓰나요. 그쪽 질문에는 성실하게 대답할 생각입니다만. 저희도 묻고 싶은 게 몇 가지 있습니다. 거기에 확실하게 대답해주시지 않으면 곤란합니다."

다케시마와 젊은 부하 외에는 딱히 눈에 띄는 사람이 없었다. 이 거실과 연결된 방이 두 개, 그곳에 또 누가 숨어 있는지, 아니면 이 두 사람뿐인지 아직은 확실하지 않다.

시모이가 몸을 앞으로 내밀었다.

"담배 한 대 태워도 되겠소?"

"예, 그럼요."

다케시마가 탁자 한가운데에 있는 재떨이를 손으로 가리키며 말했다.

시모이가 담배 한 대를 물고 불을 붙였다.

푸르스름한 연기가 커튼 뒤의 햇빛을 부옇게 흐리며 퍼져나갔다.

"고바야시가 죽은 건 어떻게 알았소?"

"뭔 소립니까? 당신네 경찰이 먼저 물어 왔다고요. 고바야시가 로쿠류회 사람이 맞느냐고. 그래서 그렇다고 대답해줬을 텐데요."

수사본부의 누군가가 넌지시 찔러봤다는 말인가? 아니면 정식으로 확인 전화를 했나? 지금으로썬 레이코도 아는 바가 없다.

"어떻게 죽었는지 얘기는 들었나?"

"예, 난도질당했다고 하더군요."

그 말은 정확한 표현이 아니었다. 무차별 난도질에 결정적 일격이라고 해야 옳았다.

"왜 그런 일을 당했는지 아나?"

"알기는요. 모릅니다. 이번 사건에서 우리는 전연 남이나 다름없습니다."

남이라는 말에 레이코는 조금 거부감이 들었다.

시모이도 레이코와 같은 기분인 듯했다.

"이봐, 그게 무슨 소리야? 자기네 부하가 난도질을 당했는데 두목이 전연 남이라니, 말이 돼?"

대체 어떤 심리에서 나온 말일까? 다케시마는 씁쓸하게 웃으며 연거푸 고개를 가로저었다.

"이보쇼, 형사 양반. 고바야시라는 인간은 절대로 조직 간의 다툼으로 표적이 될 만한 그릇이 아니라고요."

시모이가 고개를 갸웃하며 물었다.

"그게 무슨 뜻인가?"

"그러니까 개도 안 물어 갈 인간이란 소립니다."

다케시마가 탁자 위로 손을 뻗어 겹쳐져 있던 담배와 라이터를 집어 들었다.

"요즘에는요, 아무리 건달이라도 컴퓨터 정도는 기본이라고요. 경제며 법이며 머리에 든 게 없으면 살기 힘든 시대니까요. 그런데 그 자식 대가리에서는 빈 깡통 소리밖에 안 나더라 이거죠. 툭하면 공갈이니 뭐니 시시한 일로 잡혀가지를 않나. 제 성질에 못 이겨서 주먹질에 칼부림이나 하고. 그런 주제에 싸움이라도 잘하면 또 몰라요. 그렇지도 않았어요. 정식으로 붙으면 역시 제가 한 수 위였거든요. 의리는 둘째 치고 실력으로 보면 제가 셌다니까요. 그런 건달을 두고 뭐라고 해야겠습니까? 형사 양반."

휴우, 다케시마가 길게 한숨을 쉬었다. 시모이는 재떨이에 담배를 비벼 껐다.

"죽어서 속이 시원하다는 뜻인가?"

"나 참, 그렇게 함부로 말해서야 쓰겠소?"

다케시마는 껄껄 웃었다. 자기 부하가 살해당한 이야기를 하는 마당에.

"분명히 말하는데 미쓰루라는 놈은 제 손까지 더럽혀가며 죽일 만한 인간이 아니라는 얘기입니다. 이편저편 막론하고 적어도 이 건달 세계 인간이라면 마찬가지요. 어디까지나 제 생각이지만. 뭐라고 하셨죠? 난도질당했다고 하셨나요? 그럼 범인이 혹시 여자 아닐까요? 이름이 뭐라더라, 메구미였나?"

시모이는 단호하게 고개를 가로저었다.

"시무라 메구미는 미쓰루가 살해당한 날 밤 여행 중이었어. 물론 어제오늘 조사한 걸로 내막이 다 드러나지는 않겠지만."

"사실 알고 보면 그런 거 아닐까요? 기차 시간표를 이용해서 속였다거나."

조직 두목치고 꽤 재미있는 이야기도 할 줄 알았다.

"어쩌면 그럴지도 모르고. 그런데 시무라 메구미 외에 사귀던 여자는 없었나?"

시모이도 범인을 여자로 의심하는 모양이었다. 설마 발자국에 무지외반증 흔적이 있어서일까. 아무리 그래도 지나친 억측이다. 무지외반증이 꼭 여자에게만 생기란 법은 없다. 더러는 남자들에게도 생긴다.

다케시마는 잠시 고개를 저었다.

"글쎄요. 없었을걸요. 돈벌이도 변변치 못했으니까요. 애초에 집세도 못 낼 형편이었으니 여자 집으로 기어들어갔겠죠. 그놈이 할 줄 아는 건 기껏해야 그 메구미라는 여자한테 빌붙어 사는 재주밖에 없었을 테니까. 다른 여자라니, 설마요."

시모이가 얼굴을 쭉 내밀었다.

"자, 이러면 어떻겠나? 돈벌이를 못해서 먹고살기 막막해진 미쓰루는 결국 조직 돈에 손을 댔다. 그 돈으로 시무라 메구미와 도주하기로 했지만 메구미가 여행에서 돌아오지 않았다. 혼자 메구미가 돌아오기를 기다리는 사이에 우락부락한 놈들이 들이닥쳐서……."

다케시마가 눈을 부라렸다.

"형사 양반, 적당히 하시지요. 우리 금고지기는 미쓰루에게 당할 만큼 그렇게 허술하지 않습니다."

레이코는 드러나지 않게 한숨을 쉬었다.

이 이야기를 어디서 어디까지 믿어야 할지 판단이 서지 않았다. 하지만 느낌으로는 전부 맞는 소리 같았다.

어쩐지 레이코가 듣기에는 모든 이야기가 사실로 들렸다.

4

수사는 난항에 빠질 모양이다.

수사관들이 다 나가고 없는 강당을 둘러보며 이마이즈미는 짧게 한숨지었다.

피해자는 스물아홉 살의 폭력단원. 아무리 똘마니라도 조직원이 살해당했다고 하면 조직범죄 대책부가 자동적으로 개입한다. 범인이 피해자와 적대 관계에 있는 조직의 사람일 경우 조직 간 싸움으로 번질 가능성이 크기 때문이었다. 만에 하나 그런 상황이 벌어지면 형사부 수사 1과 선에서 사태를 수습하기 어려워진다. 그때 가서 '조직 간 싸움으로 번졌습니다.' 해봐야 행차 뒤 나팔이다. 소용없는 일이다. 조직범죄 대책부에게 '너희 대응이 서툴렀기 때문'이라고 무시라도 당한다면 얼굴을 들고 다니기도 힘들어진다. 그러니 처음부터 양쪽이 협력해 수사를 하는 편이 바람직했다.

그런 측면에서 나카노 서에서 피해자가 조직폭력배라는 정보가 들어온 시점에, 일단 형사부장에게 보고하고 조직범죄 대책부와 공조수사를 도모한 와다 과장의 대처는 매우 적절했다.

그러나 아무리 임시라고는 해도 서로 지향점이 다른 조직을 하나의 틀로 묶으려니 역시 만만치가 않았다.

얼마 전부터 경시청 조직범죄 대책부는 가택수색을 할 때마다 허탕만 쳤다. 분명 신중하게 내탐하고 만반의 준비 끝에 쳐들어갔을 텐데 무슨 까닭인지 현장에서는 목표물이 나오지 않았다. 총은커녕 실탄 하나 없었다. 각성제나 대마초도 없었다. 총기나 불법 약물 등 증거물을 확보하는 일은 조직범죄 대책부 5과 소관이지만 부서 전체가 패배감에 빠졌다.

그러던 차에 이번 사건이 터졌다.

담당 부서는 조직범죄 대책부 4과지만 조직범죄 대책부의 부장이 이 사건에 몹시 집착한다고 했다. 형사부보다 먼저 범인을 잡아 조금이라도 실점을 만회하라고 불호령을 내렸다고 한다.

조직범죄 대책부 수사관은 형사부와는 전혀 다른 수사이론으로 움직인다. 고바야시라는 조직폭력배의 인간관계, 배후 단체가 안고 있는 문제, 역학 관계, 이권, 다툼의 단서 등을 조사하여 고바야시를 살해했을 때 가장 많은 이익을 볼 조직이나 사람으로 용의자군을 좁혀가려고 할 것이다.

한편 형사부, 그중에서도 수사 1과 수사관은 어디까지나 살인 사건 수사이론에 근거해서 움직인다. 사건 현장에서 확보한 물증, 주변 일대를 탐문해 수집한 정보, 관계자로부터 얻은 증언 등을 종합한 뒤 정밀 조사해서 피의자를 특정한다.

조직범죄 대책부는 조폭 세계라는 큰 틀에서 서서히 수사망을 좁혀간다.

반면 형사부는 사건 현장이라는 한 점에서 출발하여 방사형으로 수사망을 넓혀간다.

양쪽의 수사 계획은 출발부터 방향이 정반대다. 상호 원만한 조정이란 애초에 불가능하다.

조직범죄 대책부의 수사 방식은 형사부 눈에 아무래도 '조폭들 사정에나 밝지, 어림짐작으로 대충 넘겨짚는 수사'로밖에 보이지 않았다. 고바야시 같은 똘마니의 죽음이 총본산이자 모체인 야마토회에까지 영향을 주리란 생각은 하지도 않았다. 계통을 더듬어서 휘하의 이시도 조직까지 엮는다 해도 과장되기는 마찬가지였다. 그렇다면 더 아래 조직인 진유회 주변일까? 진유회는 고바야시가 속한 로쿠류회 직속 상부 조직이었다. 규모가 작은 그런 조직부터 건드려보고 반응을 살피겠다는 의도가 분명했다.

"진유회는 우리가 맡겠습니다."

첫 회의에 앞서 의견 조정 중에 갑자기 조직범죄 대책부 4과장인 미야자키 경무관이 나서서 말했다.

게다가 4과 수사관 13명은 형사부 수사 1과나 사건 지역 관할 서 인원과는 무관하게 자기들끼리 2인 1조나 3인 1조 혹은 단독으로 수사조를 꾸리겠다고 선언했다.

물론 와다는 그 의견에 이의를 제기했다.

"미야자키 과장. 이건 어디까지나 살인 사건 수사라고. 조폭들 상하 관계를 흔들다 보면 언젠가는 성과가 나오겠거니 하고 믿어서는 곤란해."

그러나 뜻밖의 발언은 그때부터였다.

"와다 과장님! 죄송하지만 이번만큼은 저희 쪽에 기회를 좀 주십쇼. 저도 웬만하면 과장님과 맞서는 듯한 모습은 보이고 싶지 않습니다. 하지만 저희는 당장 발등에 불이 떨어진 신세입니다. 가택수색에 줄줄이 실패했다는 얘기가 언론에 새면 무슨 기사가 뜰지 생각해보셨습니까? 정보 관리 태만, 유착, 심지어는 근거도 없는 경찰의 총기와 마약 부정 유출이라는 억측까지. 더 말씀드리지 않겠습니다만 불 보듯 뻔하지 않습니까?"

미야자키는 탁자 위에 손을 짚고 말했다.

"그러니 부탁드립니다. 이번 사건은 우리 방식대로 해결해보겠으니 맡겨주십시오. 나중에 가서 그쪽이 세운 공로까지 우리에게 넘기라고 하지는 않겠습니다. 저도 그렇게 염치없는 사람은 아니니까요. 수사 1과는 수사 1과대로 움직이시면 됩니다. 다만 증거 배당 때는 저희가 먼저 선택하겠습니다. 그런 다음 현장에서 발이 부르트게 뛰라고 하겠으니 우선 진유회만큼은 저희에게 맡겨주십시오. 부탁입니다."

그리하여 진유회 탐문 수사는 조직범죄 대책부 4과 6계 수사관에게 맡겨졌다. 조직범죄 대책부가 그렇게까지 진유회에 집착하는 이유는 모종의 정보를 확보했기 때문이라고 여겨지지만 이마이즈미는 별다른 질문 없이 넘어갔다.

다른 사람도 아닌 와다가 미야자키의 제안에 동의했기 때문이다.

와다 도루는 불가사의한 인간이었다. 형사 영역, 그것도 살인범 수사 외길을 걸어온 경력치고는 타 부서에서도 호평 일색이었다. 미야자키를 비롯한 수사관들 사이에는 와다와 반목하고 싶지 않다는 의식이 적잖이 존재했다.

물론 이마이즈미도 더할 나위 없이 와다를 존경했다.

두 사람의 인연을 이야기하자면 22년 전으로 거슬러 올라가야 한다.

그해 가을 니시이케부쿠로에서 직장 여성 살인 사건이 발생했다. 이케부쿠로 서 형사과 소속이었던 이마이즈미는 당연히 수사본부에 참가했다. 거기서 만난 본부 수사관이 당시 강력반 7계 주임이었던 와다 경위였다.

이때 이마이즈미는 스물여덟으로 형사 6년 차였다. 이미 수사 기법은 충분히 익혔다고 자부하는 데다 자기 나름대로는 실적도 올리고 있던 터라 스스로도 형사가 천직이라고 믿기 시작한 때였다.

하지만 그 보잘것없는 자긍심이 여지없이 깨져나갔다.

와다는 실로 수사의 귀재였다.

별로 크지도 않은 몸집 어느 구석에 그렇게 많은 체력을 비축해놓았는지 의심스러울 만큼 밤낮을 가리지 않고 담당 구역을 돌아다니며 쉬지 않고 탐문을 벌였다.

메모 따위는 전혀 하지 않았다. 물끄러미 상대의 눈을 바라보면서 지나치다 싶을 정도로 진지한 표정을 하고서 연신 고개를 끄덕거렸다. 상대방의 말이 끝났나 싶으면 '그래서?' 하고 뒷이야기를 재촉했다. 그러면 무슨 영문인지 상대방은 황급히 말을 이으며 어느새 쓸데없는 이야기까지 줄줄 쏟아냈다. 이마이즈미는 그런 광경을 여러 번 목격했다.

그렇게 해서 얻은 정보는 나중에 따로 공책에 정리해두었다. 공원을 지나가다 벤치에 앉아 적기도 했고 심지어는 걸어가면서도 기록했다. 글씨도 지저분한 차원을 넘어 괴발개발의 극치였다. 의미가 불분명한 낙서 같았지만 본인은 그것으로 만족하는 듯 보였다. 나중에 말을 꺼낼 때면 그건 말이야, 하며 공책 한 부분을 가리켰다. 어느 것 하나 빠뜨리지 않고 적어놓은 것이다.

지금도 생생하게 기억난다. 저녁이 다 될 무렵에 들어갔던 라멘집에서 와다는 혼잣말처럼 중얼거렸다.

"용의자는 이 나카무라라는 남자야."

식탁 위에 펼쳐놓은 공책 오른쪽 구석에 동글동글하게 그린 이상한 기호. 아무튼 그것이 나카무라라는 남자를 뜻하는 기호인 듯했다. 더군다나 그 시점에 와다는 나카무라와 만난 적이 없었다.

"왜죠?"

"음…… 뭐, 굳이 말하자면 감이랄까?"

무슨 그런 엉터리 같은, 어처구니가 없었다.

감이라면 이마이즈미도 제법 자신이 있었다. 눈을 똑바로 마주치면 상대는 눈길을 피했다. 수상하다 싶어 추궁해보면 아니나 다를까 절도범이었다. 또 어느 때는 목격자가 피해자에 대해 이것저것 말하고 싶어 안달이었다. 이상하다 싶어 캐물으니 역시 그자가 살인범이었다. 지금까지 올렸던 성과에는 많든 적든 감이 작용했다. 자신도 형사로서의 감이 비교적 예리한 편이라고 자신했다.

하지만 와다가 발휘하는 감은 이마이즈미도 이해할 수 없을 만큼 불가사의했다.

와다는 나카무라의 얼굴을 본 적도 없었다. 도대체 어떻게 해서 레코드 대여점 점원인 그 남자에게 주목했을까.

사실 와다는 나카무라를 만나지는 않았지만 그와 만난 수사관의 이야기를 꼼꼼하게 들어두었다.

"헤비메탈이라고 하나요? 검은 가죽점퍼를 입었고, 금속 장식이 여기저기 튀어나와 있는 해괴한 차림을 한 녀석입니다."

그 말을 들은 순간 확신했던 모양이다.

사건 현장인 어떤 빌라에서였다. 그 벽에 생긴 지 얼마 안 되어 보이는 파인 자국. 처음에는 범인이 흉기를 휘두를 때 손목에 찬 시계나 다른 무언가가 부딪쳐 생긴 흔적이 아닐까 생각했다. 그러나 헤비메탈, 금속 장식 같은 단어를 듣는 순간 그것이 와다가 머릿속에서 그렸던 현장 이미지의 빈 조각과 정확히 들어맞았다고 했다.

"그 녀석, 반지는 꼈던가?"

"아, 듣고 보니 그랬던 것 같아요. 해골 모양의 은반지요."

와다는 딱 걸렸다고 생각했다.

그다음부터 두 사람은 이케부쿠로에서 파는 해골 반지를 닥치는 대로 구하러 다녔다. 그러던 중 이마이즈미가 현장 벽의 움푹 파인 곳을 고무로 본뜨자는 묘안을 냈다. 그렇게 복제한 모형을 갖고 찾아보면 일일이 사지 않고 가게에서 직접 확인하면 될 일이었다. 실제로 그렇게 해서 홈 모양에 꼭 맞는 반지를 찾아내는 데 성공했다.

그 반지는 나카무라가 끼던 것과 일치했다. 물론 그것이 직접적인 범행 증거는 되지 못했지만 혐의를 둘 만한 실마리로는 충분했다.

결과적으로 나카무라를 체포한 사람은 와다도 이마이즈미도 아니었다. 맨 처음 나카무라를 찾아갔던 7계 수사관이었다. 그래도 와다는 흡족해했다.

"재미있지 않아? 이걸까 저걸까 하면서 머리를 굴리다가 아, 이거다! 싶었던 게 정답이었을 때 묘하게 흥분되거든."

와다는 수사본부 해체 후에 가졌던 회식 자리에서 그렇게 말하며 웃었다.

그러고는 이렇게 덧붙였다.

"그건 그렇고, 이마이즈미. 자네, 생각 있으면 우리한테 오지 그래? 내 엉터리 수사를 보면서 불평 한마디 없이 따라다닌 녀석이 별로 없었거든."

물론 이마이즈미는 '그럼, 잘 부탁드리겠습니다.' 하고 즉시 화답했다.

그로부터 1년 반 뒤 그는 수사 1과 7계로 뽑혀 갔다.

12월 22일 목요일.

오전 수사 회의를 마친 직후 지휘부 실무자인 10계의 노장 형사 이시쿠라 다모쓰 경사가 알 듯 말 듯 애매한 표정을 지은 채 이마이즈미 곁으로 다가왔다.

"계장님, 잠깐 드릴 말씀이 있는데요."

"그래?"

이시쿠라의 밖으로 나갔으면 하는 얼굴을 보고 바로 자리에서 일어났다.

강당에서 복도로 나오자 이시쿠라가 남의 눈을 피해 메모 한 장을 건넸다.

"제보입니다."

메모에는 '야나이 겐토, 26세'라고 쓰여 있었다.

"뭔가, 이게?"

"실은 고바야시 살인 용의자랍니다. 여자 목소리였어요."

뭐?

"이름의 한자가 이게 확실해? 확인해봤나?"

"네, 확실합니다."

"목소리는 어때? 몇 살 같아?"

"모르겠습니다. 비교적 나이 든 축이었는데 주독이라도 올랐는지 술집 여자처럼 쉰 목소리였습니다."

술집 여자라면 시무라 메구미가 가장 먼저 떠오른다.

"다른 건?"

"없었습니다. 다짜고짜 그 말만······."

"말투는 어땠나?"

"딱 부러지던데요. 당황하는 기색 하나 없이 담담했습니다."

"전화번호는?"

"공중전화였습니다."

"지금 수사선상에 오른 이름 중에 야나이 겐토가 있나?"

"없습니다. 경시청 데이터베이스에도 동명이인 중 26세인 자는 없습니다. 자료반을 통하면 나올 게 있을지도 모릅니다."

심증으로는 반반이었다.

확실한 정보라면 영장을 받아서 NTT*를 통해 제보에 사용된 공중전화를 찾으면 되겠지만, 지금 단계에서 그렇게까지 할 필요가 있는지는 판단이 서지 않았다. 공중전화를 찾아내는 데 성공한다 쳐도 거기서 제보자를 만날 가능성은 희박했다.

"이시쿠라, 미안하지만 자료반에 가서 알아봐 주게."

"알겠습니다."

두 시간 반쯤 지나 이마이즈미의 휴대전화로 연락이 왔다.

"계장님, 곤란하게 됐습니다. 함부로 건드렸다가는 큰일 나겠는데요."

"무슨 소리야?"

이시쿠라는 야나이 겐토가 9년 전에 있었던 어떤 사건의 피

---

* NTT: 일본전신전화공사.

해자 유족이라고 전했다.

관리관 하시즈메와 의논, 와다에게도 연락해 사정을 설명했다. 오후에는 이마이즈미도 가스미가세키에 위치한 본부 청사로 향했다.

이야기는 이미 형사부장 나가오카 치안감에게까지 전해져 회의는 6층 부장실에서 열렸다. 탁자에 빙 둘러앉은 사람은 나가오카 치안감, 참사관 고시다 총경, 와다, 하시즈메, 이마이즈미, 이시쿠라 그리고 10계 구사카 반의 미조구치 경사까지 모두 일곱 명이었다.

나가오카가 와다에게 물었다.

"고바야시 미쓰루 살인 사건 내용은 잘 알겠습니다. 그런데 현재까지 수사선상에 그 야나이 뭐라는 남자 이름은 오르지 않았군요."

"네, 전혀."

"그래서 그 고바야시 미쓰루와 제보자가 언급한 야나이 아무개라는 남자는 무슨 관계랍니까?"

그 질문에 이시쿠라가 나섰다.

"고바야시의 최종 학력은 도립 무사시노추오 고교 중퇴. 야나이 겐토는 고바야시의 3년 후배로 같은 학교를 졸업했습니다."

나가오카가 고개를 갸웃거렸다.

"관계가 있는 듯도 하고 없는 듯도 하군요."

"그렇습니다. 하지만 문제는 그 야나이 겐토의 누나입니다.

야나이 지에, 향년 19세. 9년 전 겐토가 17세, 고바야시가 20세였을 당시 자택 빌라에서 살해당했습니다. 지에도 같은 고등학교 출신입니다. 고바야시와는 한 학년 차이로 선후배 관계였습니다. 당시 기록에 따르면 두 사람은 사건 당시 교제 중이었습니다."

교제 중이라, 나가오카가 중얼거리며 머리를 갸웃했다.

"제보 전화를 그대로 믿는다면 누나를 살인 사건으로 잃은 야나이 겐토가 9년이 지난 지금에 와서 누나의 옛 애인인 고바야시 미쓰루를 살해했다, 이건가요?"

"말씀하신 대로입니다."

"무엇 때문에?"

이시쿠라가 이마이즈미를 보았다. 순서에 따르면 이 대목부터 이마이즈미가 나설 차례였다.

"물론 분명한 사실은 아직 아무것도 없습니다. 하지만 야나이 겐토가 누나를 살해한 범인이 고바야시라고 생각했거나 그렇게 여길 만한 정보를 가졌으리라 가정한다면, 누나의 복수라는 측면에서 이번 살인 사건의 동기로는 충분해 보입니다."

"잠깐."

나가오카는 왼손을 치켜들고 좌중을 둘러보았다.

"9년 전 사건이라는 게 애초에 어떻게 처리되었습니까? 아직 미제 상태인가요?"

와다가 고개를 가로저었다.

"아닙니다, 피의자 사망으로 결론이 났습니다."

"피의자라면?"

"아버지였습니다. 겐토와 지에의 부친."

나가오카의 눈이 휘둥그레졌다.

와다는 이야기를 계속했다.

"야나이 아쓰시라는 자였습니다."

"사망이라니?"

"당시 수사본부는 야나이 아쓰시를 주요 참고인으로 보고 수차례에 걸쳐 참고인 조사를 했습니다. 그런데 9년 전 11월 22일. 아쓰시는 취조를 마치고 경찰서에서 나오는 순간 때마침 접수처를 지나가던 지역과 소속의 이케다 하루토시 경사의 권총을 탈취하여 그 자리에서 자기 머리를 쏘아 사망. 디타카 서 수사본부는 사건을 서류 송치, 검찰에서는 피의자 사망으로 불기소 처분했습니다."

나가오카의 눈빛이 흔들렸다.

"아, 생각나는군요. 분명히 그런 사건이 있었어요. 그 일로 경찰청에서는 각 본부에 오발 방지 캡 장착엄수 지시를 내리지 않았습니까?"

옆에 앉은 고시다 참사관이 고개를 끄덕였다.

"언론에서도 꽤 떠들썩하게 다루었지요."

와다가 설명을 계속했다.

"그 사건으로 당시 형사부장을 비롯한 수사 책임자는 전원 경질. 이케다 하루토시 경사는 일주일 뒤 근무 중 서에서 목을 매어 자살한…… 사건이었습니다."

나가오카의 얼굴이 점점 창백해졌다.

"당시 형사부장은…… 그 후에 어떻게 됐나요?"

"히라마쓰 기요타다 전 치안감은 그 뒤 미야기 현 경찰 본부장을 역임하고 퇴직했습니다. 당시 수사 1과장 후지와라 고이치 전 경무관이나 관리관이었던 사에구사 료 전 경무관도 이미 퇴직했습니다. 수사관 몇 명은 현재까지 수사 1과에 속해 있습니다. 그중 한 명이 바로 미조구치입니다. 미조구치 경사는 야나이 아쓰시의 집을 가택수색했으며 겐토와도 직접 만났습니다만 아쓰시 취조에는 관여하지 않았습니다."

미조구치가 정중히 머리를 숙였다.

"자료를 보면 다시 무언가 생각날지 모르겠으나 현재로써는 이번 사건 수사에 도움이 될 만한 사항은 아무것도 없습니다. 죄송합니다."

나가오카는 미조구치가 하는 말 따위는 처음부터 듣지 않는 듯했다.

"일이 난처해졌군요."

잠시 납덩어리같이 무겁고 차가운 침묵이 부장실을 짓눌렀다.

사건을 수사하는 도중 혹시라도 야나이 겐토가 범인으로 밝혀져 체포한다면 경시청은 당연히 어떤 식으로든 그 범행 동기를 발표해야 한다.

야나이 겐토가 고바야시 미쓰루를 살해했다면 그 이유는 누나를 위한 복수이다. 9년 전 사건의 진범은 아버지가 아니라 고바야시였다는 뜻이다.

사실인지 아닌지를 확인할 방법이 있을까. 현시점에서는 그것조차도 불분명했다. 그러나 만약 이 이야기가 사실이라면 경시청은 다시 한 번 큰 타격을 입고 만다.

나가오카는 문득 천장을 보았다.

"와다 과장."

"예!"

"이 사건을 내게 설명하는 이유가 뭡니까?"

와다는 머리를 조금 숙이고 한숨을 쉬었다.

"혹시라도 절체절명의 위기에 맞닥뜨린다면 그때는 나가오카 부장님도 어떤 식으로든 각오하셔야 하니까요. 하지만 실제로 그런 사태가 벌어지면 어떻게 대처해야 할지 충분히 검토할 여유가 없을 겁니다. 그래서 지금부터라도 만약의 사태를 고려하시라는 마음에서 보고드렸습니다."

나가오카가 눈길을 거두며 천천히 끄덕였다.

"한 가지 확인하고 싶은데요."

예, 하고 대답한 사람은 와다였지만 나가오카의 시선은 이마이즈미를 향해 있었다.

"지금 이야기한 이 사건, 조직범죄 대책부와 공조수사하는 게 맞죠?"

나가오카가 잠깐 주위를 둘러봤지만 다른 사람에게 묻는 말은 아니고 자문자답 같았다.

"네, 조직범죄 대책부 4과 6계가 수사본부에 참여했습니다."

"하나 묻겠는데 야나이 겐토 정보를 조직범죄 대책부 4과도 알고 있습니까?"

"아니요. 아직 보고는 올리지 않았습니다. 이 전말을 아는 사람은 형사부에서도 지금 이 회의에 참석한 사람과 자료반의 극히 일부입니다."

나가오카가 천천히 끄덕였다.

"하나만 더 물어보죠. 경시청 종합 데이터베이스에 야나이 겐토라는 이름이 있습니까?"

점점 불길한 예감이 들었지만 사실 그대로 대답해야 했다.

"아니요, 없습니다. 이름이 기재된 자료는 형사부가 보관하고 있는 야나이 지에 사건 자료뿐일 겁니다."

나가오카는 와다 쪽을 향해 집게손가락을 세우고 이야기했다.

"와다 씨! 그럼 이렇게 합시다. 사태가 최악으로 치닫지 않도록……."

전원이 침묵한 채 나가오카를 주시했다.

"첫째, 이 사실을 조직범죄 대책부에 밝히지 말 것. 둘째, 형사부 수사관은 앞으로 야나이 겐토라는 이름이 수사선상에 오르더라도 수사하지 말 것. 이렇게 지시하세요."

와다가 가늘게 도끼눈을 뜨고 쳐다보았다.

"무슨 뜻입니까, 그게?"

나가오카는 그 질문에 대한 직접적인 대답은 회피한 채 계속 이야기했다.

"와다 씨. 내 말을 천박한 뜻으로 오해하면 곤란합니다. 나와는 무관한 9년 전 사건 때문에 얼굴에 먹칠하기 싫다는 얘기가 아니에요. 오히려 핵심은 현재입니다. 기소는 안 했다지만 당시에 경시청 수사본부는 한 남자에게 억울한 죄를 뒤집어씌워 자살로 몰았을지도 모른다는 말이 됩니다. 그것을 불씨로 새로운 살의가 싹텄고 이번 사건이 발생했다는 얘기 아닙니까. 결론도 나지 않은 옛날 얘기가 새삼 문제 돼서 결국에 또 수치를 당한다면, 여러분과 경시청을 위해서도 좋지 않은 일이라고 생각합니다."

은연중 자신은 경시청에 파견된 고급 관료이니 평직 경찰과는 처지가 다르다고 말하려는 속셈인가. 이마이즈미가 무의식중에 입을 떼려는 순간이었다. 와다가 한발 빨랐다.

"하지만 부장님, 현재 이 사안은 글자 그대로 그저 제보일 뿐입니다. 수사도 하지 않고 방치하다니요."

나가오카가 고개를 저으며 말을 가로막았다.

"신중하게 생각하세요. 만약 이 정보가 확실하다면 야나이 겐토의 범행 동기는 고바야시 미쓰루 개인에 대한 복수입니다. 단순히 쾌감을 좇아 범행을 저지르는 사이코패스도 아니고 묻지마 살인마는 물론 연쇄 살인마도 아닙니다. 설령 잡지 못한다 해도 사회 질서에 크게 영향 줄 일은 없습니다."

와다는 귀를 의심했다. 경찰 관료라는 자가 살인범이 잡히지 않아도 사회 질서에는 아무런 영향이 없다고 말하다니.

"그보다는 9년 전과 동일한 사태, 다시 말해 대량으로 수사 관계자가 경질당하는 사태가 오히려 이 나라 수도 도쿄의 치안 유지에는 더욱 큰 손해를 끼칩니다. 와다 씨. 당신은 임시 대행까지 해서 총 세 차례나 지금의 자리를 맡았지요. 이른바 명수사과장 아니십니까. 그런 분을 과거의 오점이 문제 되어 잃는다면 아무리 생각해도 이보다 큰 손실은 없습니다. 아니, 이번에는 과장이나 부장이 옷을 벗는 선에서 끝나지 않을 겁니다. 자칫하면 치안정감 자리까지 위험할지도 모르죠. 거기까지 깊이 헤아려보세요. 그렇게까지 대가를 치를 만큼 가치가 있습니까? 고바야시라는 건달 목숨에?"

더 이상 아무도 입을 열지 않았다.

나가오카는 그것을 모두 납득했다는 표시로 이해한 모양이었다.

"뭐, 그렇다고 해서 야나이 겐토 수사를 절대로 하지 말라는 뜻은 아닙니다. 이 문제에 대해서는 따로 생각이 있으니 나에게 맡겨주세요. 아시겠습니까?"

역시 모두가 침묵했다.

5

레이코 조에서 고바야시에 대해 조사하기는 했지만 별다른 성과는 없었다.

조직폭력배들은 속칭 '시노기'라고 하는 자금원을 어떤 형태로든 가지고 있었다. 그중에서도 가장 유명하고 악질적인 방법을 꼽으라면 폭행과 공갈, 불법 약물 판매가 있겠지만 그것 말고도 돈벌이 수단은 다양했다.

예를 들면 과도한 보호비 징수가 있다.

우리 구역에서 장사를 했으니 자릿세를 내라는 구시대적 방식은 폭력단 대책법이 시행되면서 지금은 거의 사라졌다. 지정 폭력단의 일원이 조직 문장이 박힌 명함을 내보이기만 해도 공갈 협박으로 간주해서 지금은 그런 행위까지 법률로 금지했다.

그렇다면 무슨 수법이 있을까.

폭력단들은 법에 저촉되지 않고 그럴듯한 명분이 서는 영업 방식을 택했다. 물수건이든 대형 화분 대여든 상관없었다. 판촉용 일회용 라이터나 컵받침도 마찬가지였다. 이런 물건을 주문받아서 실제로 납품도 했다. 그러나 받아 가는 대금은 시세보다 터무니없이 비쌌다. 시세의 열 배를 요구했다면 그중 90퍼센트가 보호비인 셈이었다. 그 대신 '문제가 생기면 우리에게 이야기하라. 해결해주겠다.' 하는 조건을 붙인다. 결국 유흥업소와 폭력단 간의 공생은 예나 지금이나 변함이 없었다.

고바야시도 예외 없이 그런 방식으로 인쇄물을 주문받아 보호비를 징수했다. 주로 가게 전단이었지만 그것 때문에 살해될 만큼 원한을 샀을 것 같지는 않았다.

한 클럽 지배인에게 사정을 물었다.

"네, 디자인도 꽤 세련되게 만들었어요. 가게에서 어떤 식으로 할지 의논한 다음 주문하면 사나흘 만에 가져왔어요. 게다가 의외로 잘 만들어서 오히려 우리가 감지덕지했는걸요."

확실히 지배인이 내민 전단은 꽤 훌륭했다.

그것 말고 메뉴판 따위도 취급했다고 한다.

"이것 보세요. 제 말이 맞죠? 이런 배치하며 참 세련됐잖아요? 글자도 눈에 확 들어오고. 들은 얘기로는 애인이 이쪽 방면에 감각이 있는지 워낙 솜씨가 좋아서 그 사람한테 시킨다더군요. 그래서 빨리도 하셨네 하고 이야기한 적도 있었는데……. 세상에, 고바야시 씨가 죽었어요?"

도리어 레이코 일행은 시무라 메구미에게 그런 감각이 있다는 말이 더 놀라웠다.

아니다. 실상 알고 보니 전혀 다른 여자를 두고 한 말이었는지도 모른다.

12월 22일 목요일.
레이코 일행은 밤 7시쯤 나카노 서로 돌아왔다.
4층 복도 끝에 있는 강당으로 들어가 별 뜻 없이 내부를 둘러봤다. 복귀한 수사관은 대략 절반 정도.
그때 레이코는 문득 시선이 느껴져 뒤를 돌아봤다.
뭐지?
출입문 맞은편이었다. 엘리베이터 쪽으로 이어지는 복도의 막다른 곳. 돌아들어가는 모퉁이 왼쪽 벽 사이로 시꺼먼 그림자가 휙 사라졌다.
"왜 그래, 형사 아가씨?"
"아, 아무것도 아니에요."
기분 탓인 줄 알았는데 조금 더 지켜보니 또다시 휙 지나갔다.
"시모이 계장님! 죄송해요. 잠깐 실례할게요."

레이코는 종종걸음을 치며 복도로 나갔다.

도중에 또다시 시꺼먼 그림자가 힐끗 보이다 사라졌다. 하지만 이번에는 그것이 무엇인지 똑똑히 알 수 있었다. 외근용 경찰복, 다시 말해 지역과 남자 경찰관이다.

좀 더 걸음 속도를 높여 엘리베이터 앞에서 왼쪽으로 돌아가니, 뜻밖에도 그 형체는 계단 구석진 곳에 쭈그려 있었다. 레이코 쪽으로 등을 보이고 앉아 무릎을 껴안은 채 떨고 있었다.

"누구세요?"

그렇게 묻자 어깨 너머로 천천히 돌아보았다.

"혹시 이오카?"

3년 전쯤 세타가야에서 발생한 살인 사건 수사본부에서 처음 짝을 이루었던 형사다. 이듬해 두 차례 더 만났다. 가메아리 서와 가마타 서에서 1년 사이에 두 번이나 짝이 되어 수사를 했다. 작년에는 웬일인지 코빼기도 보이지 않더니 올해 이곳에서 다시 만났다.

"이오카 맞지?"

모자를 썼다가 벗었는지 눌린 자국이 역력한 머리통이 끄덕거렸다.

"그래 쳐다보지 마이소."

이오카는 말은 그렇게 하면서도 웅크린 채 레이코 쪽으로 몸을 돌렸다. 두 팔로 무릎을 끌어안고 있었다. 마치 그 옛날 잘못을 저질러 맨몸으로 남들 앞에 끌려 나온 여인네 같았다. 가려질 리 없건만 어떻게든 조금이라도 더 가려서 몸뚱어리를 감추려 애쓰는 몸짓이었다.

"지금 이 꼬라지예, 레이코 주임님한테는 보이고 싶지 않다 아입니꺼."

보이고 싶지 않다니, 제 발로 나타났으면서.

"대체 무슨 일이야? 이상하잖아, 그런 데서 그러고 있으니까. 그만하지?"

뭐야, 징그럽게.

마침내 이오카가 벌벌 떨면서 고개를 들었다. 뜻밖에도 눈물까지 흘리고 있었다.

"지가예, 지역과에 배치받았심니더."

"그래? 축하해."

그러자 들으라는 듯 한숨을 휴 하고 내쉬었다.

"지랑 레이코 주임님이랑은 인연의 끈으로 맺어진 운명의 경찰 동료인데예. 근데도 지는…… 아, 그리 쳐다보진 마시고예. 지가 꼴이 너무너무 창피하다 아입니꺼. 어쩌다 파출소 순경 나부랭이가 돼가꼬는…… 어휴."

이번에는 다리를 한쪽 옆으로 모아 빼고 앉더니 오른쪽 제복 소맷자락을 튀어나온 앞니로 물었다.

"잠깐만, 이오카. 경찰관이 제복 차림인 게 대체 뭐가 부끄러워? 그리고 파출소 순경 나부랭이라니. 그렇게 말하면 전국에 십만 명이나 되는 지역과 경찰들한테 몽둥이찜질 당할걸."

"그래도 상관없어예."

이오카는 물었던 소매를 다른 손으로 확 잡아당겼다.

"지는예, 레이코 주임님과 인연의 끈을 놓치는 게 더 싫다 아입니꺼. 같은 지붕 아래서 같은 공기를 그짝 입술하고 이짝 입술하고 서로 호흡하면서 그래야 한다꼬예. 짝이 돼서 같이 수사도 못 나가고, 너무합니더. 그럴 바엔 차라리 죽는 게 낫지예."

세상에, 이럴 수가. 원체 능글맞은 인간인 줄은 알았지만 한동안 못 본 사이에 몇 배는 더 증세가 심각해졌다.

"레이코 주임님예. 적어도, 적어도 말이지예. 수사 회의 끝나고 회식할 때 지도 좀 불러주시믄 안 될까예?"

이쯤 되자 레이코도 슬며시 짓궂게 장난기가 동했다.

저도 모르게 히죽했다가 재빨리 표정을 가다듬었다.

"부탁임니더, 레이코 주임님예."

이오카가 레이코의 펌프스 구두를 향해 손을 뻗었다. 레이코는 한 발을 슬쩍 뒤로 빼며 피했다.

"안 돼, 이오카. 솔직히 자기는 더 이상 형사가 아니잖아. 나, 실망했어. 안됐지만 일이 끝나도 같이 술 한잔하기는 어렵겠네. 우리 사인 끝이야."

그러자 예상 밖의 사태가 벌어졌다.

"흐흑!"

이오카는 흐느낌 비슷한 소리를 내며 왼쪽 손등을 깨물었다. 그러고는 '정말 너무하십니더!' 하며 벌떡 일어나더니 쏜살같이 계단을 뛰어 내려갔다.

너무해, 하고 말꼬리를 늘여서인지 절규도 뭣도 아닌 '해애애' 소리가 계단 아래로 서서히 멀어져 갔다. 그렇게 끝났으면 좋으련만, 그 소리는 갑자기 아악, 하는 진짜 비명으로 바뀌었다. 그러더니 우당탕이라고 해야 할지, 통통통이라고 해야 할지 아무튼 그런 둔탁한 소리가 연이어 들려왔다.

위에서 내려다보았지만 어디쯤에 떨어졌는지 알 수 없었다. 뭐, 별로 걱정할 필요는 없겠지.

그리 쉽게 죽지 않는다.

강당으로 돌아오자 시모이가 또 물었다.
"어떻게 된 거야? 무슨 일 있었나?"
"아니요. 아무 일도 아니에요."

자, 회의 때까지 오늘 탐문 결과를 정리해보자, 하고 생각한 순간 휴대전화가 진동했다. 하지만 주머니에서 꺼내기도 전에 진동이 멈추었다. 전화가 아닌 문자메시지였던 모양이다. 이 시간에 누굴까 생각하며 휴대전화를 열어 보니 뜻밖에도 이마이즈미가 보낸 문자메시지였다.

> 회의 종료 후 병원 뒤 어린이 공원으로

문구는 그게 다였다. 그나저나 이마이즈미가 메시지를 보내다니 별일이었다.

레이코는 회의 중에도 메시지에 신경이 쓰여 초조했다.

일부러 메시지를 보냈다는 말은 이 강당에서 손짓해 불러서 할 이야기가 아니란 뜻이다. 과연 레이코 한 사람만 불렀을까?

기쿠타나 구사카는? 다른 팀원들은?

회의 보고는 레이코 조도 포함해서 대부분 이렇다 할 성과가 없었다. 조직범죄 대책부만은 자청해서 조사에 착수한 진유회에 대해 구구절절 늘어놓기는 했지만, 그것도 고바야시 사건과 실제 관련이 있는지는 의문이었다. 애초에 피해자의 소속 단체인 로쿠류회가 '고바야시는 쓸모없는 존재'라고 대놓고 무시할 정도였으니 그의 죽음이 상급 단체인 진유회에까지 영향을 줄 것 같지는 않았다.

다만 현재 진유회가 미묘한 상황에 처했다는 지적은 사실 같았다.

진유회의 직속 상급 단체인 이시도 조직. 그 4대 총수 이시도 신야가 최근에 건강이 나빠져 장기 입원 중이라고 했다.

그 빈자리를 대신하는 사람이 이시도 조직의 부두목이자 진유회 3대 회장 후지모토 히데야라는 자였는데, 이 후지모토가 아무래도 이시도가 없는 틈을 타서 무언가 일을 꾸미는 것 같다는, 풍문이 들린다고 조직범죄 대책부원이 보고했다.

요컨대 후지모토를 중심으로 한 그룹이 머지않아 이시도 조직 안에서 내란을 일으킬지 모르며, 고바야시 살해는 그 포석이 아닐까, 하는 게 조직범죄 대책부의 분석이었다.

솔직히 레이코는 폭력단 내의 그런 얽히고설킨 내막이 전혀 이해되지 않았다. 레이코가 느끼기에 그런 조직 내부 사정은 이번 사건과 아무 관련도 없어 보였다. 조직 내란의 빌미로 삼기에는 고바야시라는 사람의 그릇이 한참 모자랐다. 집세를 낼 능력도 없고 디자인 대금을 가로채기 위해 자신의 정부에게 인쇄물 디자인을 시켰다. 그가 속한 조직의 우두머리인 로쿠류회 총수 다케시마조차 죽은 고바야시를 무시했다. 게다가 고인을 위한 체면이나 복수니 하는 의리에 찬 심경은 조금도 느껴지지 않았다.

레이코는 유감이지만 이번 조직범죄 대책부의 접근 방식은 실패라고 생각했다.

회의를 마친 뒤 시모이에게 볼일이 있다 말하고 강당에서 빠져나왔다. 평소라면 뭐라고 한마디 했을 기쿠타도 오늘은 수고하셨습니다, 하고 상냥하게 인사하며 레이코를 배웅했다. 이시쿠라는 이번 사건에서 지휘부 업무를 맡아 애초부터 이 자리에 없었다. 줄곧 지휘석 옆 정보기기가 설치된 구석에 틀어박혀 근무했다. 하야마는 그렇다 쳐도 또 다른 한 사람 유다 고헤이 경장도 레이코에게 아무 관심을 두지 않았다.

이 분위기는 뭐지.

계단으로 1층까지 내려가서 곧장 현관을 나섰다.

문자메시지의 병원은 나카노 서 뒤편에 있는 미야모토 종합병원이다. 걸어서 병원 옆길을 통과했다. 어두컴컴한 길, 게다가 건물 뒷길인데도 개의치 않았다.

아, 저기 있다.

두 갈래로 갈라진 길. 주택가 사이에 난 삼각주 모양의 공간이 어린이 공원으로 꾸며져 있었다. 높은 담장이나 수상쩍은 구석은 없었다. 시야를 확보하기에도 좋았다. 곧 11시. 물론 공원에 아이들은 없었다.

놀이기구는 통나무로 만든 미끄럼틀과 그네가 전부였다. 모래밭도 있었지만 고양이 퇴치용인지 그물이 깔려 있었다. 공원은 넓지도 좁지도 않아서 도쿄 시내에 딱 알맞은 크기였다.

모래밭 건너편 벤치에 코트를 걸친 남자의 모습이 보였다.

설마 구사카 주임?

화단을 돌아 공원 안으로 들어가자 상대도 알아챘는지 일어섰다.

"히메카와, 자네가 다야?"

"예, 아마 다른 사람들은 연락을 못 받은 모양이에요."

구사카는 고개를 끄덕이더니 그대로 주위를 둘러보았다.

아직 이마이즈미의 모습은 보이지 않았다.

"대체 뭘까, 이런 데로 불러내시고?"

"그러게요."

건조한 바람이 불어와 그네가 끼익 소리를 내며 흔들렸다.

거친 모래가 깔린 바닥에 낙엽이 사르륵 소리 내며 굴러갔다.

레이코가 들어온 쪽으로 흰색 또는 베이지색의 코트를 걸친 사람이 나타났다. 순간 이마이즈미라고 생각했지만 동네 주민이었다. 그는 20미터 정도를 더 걸어가서 불이 켜진 현관으로 들어갔다. 조금 뒤 그 불도 꺼졌다.

5분쯤 지났을 때였다.

"미안하군, 이런 데로 나오라고 해서."

이마이즈미는 추운지 어깨를 움츠리고 고개를 푹 숙였다.

"그거야 괜찮습니다만 무슨 비밀 얘기라도 있습니까?"

구사카가 묻자 이마이즈미는 고개를 끄떡하고 주머니에서 무언가를 꺼냈다. 캔 커피 세 개였다. 레이코와 구사카는 고맙다고 하면서 하나씩 받아 들었다.

따뜻했다. 손으로 감싸고 있으니 스르르 긴장이 풀렸다. 마시기가 아깝다. 하지만 두 남자는 약속이라도 한 듯 딸깍 고리를 잡아당겨 캔을 따더니 고개를 들고 캔을 기울여 마셨다. 그런 뒤에 내뱉은 입김은 아까보다 훨씬 더 하얗게 퍼져 나갔다. 이마이즈미가 또 한 번 고개를 끄덕하고 말했다.

"실은 이번 수사에 한 가지 제한이 생겼어."

제한? 레이코는 의아했지만 묻지 않았다. 구사카도 잠자코 있었다.

"앞으로 수사선상에 야나이 겐토라는 이름이 오르더라도 절대 수사하지 말 것."

야나이 겐토의 한자는 '버들'의 야나(柳)에 '우물'의 이(井), '굳세다'의 겐(健)에 '말'의 토(斗)라고 했다.

"수사 회의 중에 발표는 물론이거니와 보고서에 기재해서도 안 된다. 수사관들끼리도 입에 올리지 않도록 삼가주기 바란다. 틈을 봐서 각자 팀원에게 전달하고 철저히 단속해. 조직범죄 대책부 쪽에는 이 얘기를 보고하지도, 설명하지도 않는다. 기동수사대와 지역 관할 서가 자기네 기관원만으로 파트너를 구성하는 문제는 지휘부에서 조치하겠다."

속에서 무언가가 부글부글 끓어올랐다.

아직 수사선상에 오르지도 않은 인물을 벌써부터 수사하지 말라고 명령하다니.

"그건 왜죠?"

이마이즈미는 대답하지 않았다.

"계장님!"

레이코는 자기도 모르게 언성을 높였다.

레이코의 목소리가 캄캄한 공원에서 꼬리를 끌다 사라졌다.

이마이즈미가 인상을 썼다.

"목소리 낮춰. 민폐 아냐?"

민폐고 뭐고, 지금 문제는 그게 아니었다.

"뭐 하는 사람이죠, 그 야나이 겐토라는 자는?"

레이코가 묻자 이마이즈미는 천천히 고개를 가로저었다.

"계장님, 야나이 겐토라는 사람을 무작정 수사하지 말라니요. 그런 명령은 이해하기 어렵네요. 적어도 이유는 설명해주셔야죠."

구사카가 말리려는 듯 손을 뻗었지만 레이코는 그 손이 닿기도 전에 뿌리쳤다.

"살인 사건 수사에서 특정 인물을 수사하지 말라니, 그런 명령은 들어본 적도 없어요. 그리고 설령 그런 명령을 받았다고 해도 제가 정말 야나이 겐토를 건드리지 않을 거라고 생각하시나요? 천만에요. 저뿐이 아닐걸요. 이 얘기가 전해지면 다른 수사관들도 오히려 흥미를 느낄 게 틀림없다고요. 대체 야나이 겐토가 어떤 놈이야 하고 말이죠. 이건 말도 안 돼요. 영 수상하다고요, 계장님."

다시 커피를 한 모금 입에 문 이마이즈미는 그대로 미끄럼틀 쪽을 바라보았다.

"히메카와, 아무리 수상해도 이번만큼은 모른 척해. 야나이 겐토가 누군지는 언젠가 설명해주겠다. 본부 수사관이 접촉하면 안 된다는 것뿐이야. 야나이 겐토는 별도로 수사팀을 꾸려 조사할 거야. 그러니 아무것도 묻지 말고 건드리지 않겠다고 약속해주게."

이상하다. 평소 말투가 아니다.

"상부의 압력……인가요?"

이마이즈미는 가타부타 말이 없었다.

이름에서 느껴지는 인상으로 그자의 모습을 간단히 추측해보았다. '겐토'라는 어감에서 젊은 남성의 이미지가 떠올랐다.

"야나이 겐토가 고위 관료의 자식이라도 되나 보죠?"

여전히 묵묵부답이었다.

"경찰 관료의 자식이라면 전 그 명령에 따르지 않겠어요. 그런 족속은 2년 전 가메아리에서……."

"그런 게 아니야!"

이마이즈미는 신경질적으로 반응했지만 그뿐 다시 말을 아끼며 어금니를 뿌드득 갈았다.

그래도 레이코는 하려던 말을 멈추지 않았다.

"고위 관료의 자식도 아니면 대체 누군데요? 관료 본인인가요? 아니면 국회의원의 자식? 관계자라면 설마!"

"그만해, 히메카와."

구사카가 끼어들자 이마이즈미가 그의 어깨를 툭 쳤다.

"구사카 그리고 히메카와, 지금 내가 할 수 있는 말은 그게 전부다."

이마이즈미는 짧게 한숨을 쉬었다.

"어쨌든 이번 일에 섣불리 손댔다간 와다 과장님 목이 달아날지도 몰라."

"뭐라고요?"

섣불리 손을 댔다가는 와다 과장의 목이 달아나다니 무슨 뜻일까.

"물론 나나 하시즈메 관리관도 무사하지는 못하겠지. 그래도 우리는 아직 후일을 기약할 수라도 있어. 이 일로 1과에서 쫓겨난다 해도 만회할 기회가 있어. 하지만 와다 과장님은 더 이상 다음이 없다고. 지금 과장직을 그만두면 이후로는 참사관? 학교장? 아니면 다른 과? 어느 쪽이든 그렇게 이리저리 돌다 보면 금방 정년이야. 지금까지 가정도 꾸리지 않고 오직 1과만을 위해 살아오신 분한테 정년을 앞에 두고 오점을 남기게 한다면, 난 차마 눈 뜨고 못 본다."

이마이즈미가 와다를 각별하게 여기는 점은 레이코도 이미 잘 알고 있었다. 단순히 상사나 선후배 관계가 아니라 사제 간이나 부자지간에 더 가까웠다.

그런데 그런 와다가 경찰 세계에서 말살될 위기에 직면했다는 건가? 그리고 그 열쇠를 쥐고 있는 자가 야나이 겐토라고? 대체 뭐 하는 놈이지, 그 야나이 겐토란 자는?

"나도 이런 방식이 옳다고 생각지는 않아. 하지만 지금은 뭘 어떡해야 좋을지 모르겠어. 이대로 덮어두지는 않을 거야. 지금은 그저 묵묵히 명령에 따라주게. 부탁이야. 나는 이런 식으로 과장님의 경찰 인생이 끝장나기를 바라지 않아."

구사카가 고개를 끄덕였다.

"알겠습니다. 어쨌든 야나이 겐토 건은 건드리지 않도록 해보겠습니다."

"미안하네. 그렇게 말해주니 고맙군."

그러나 레이코는 대답하지 못했다.

조사하지 않겠습니다, 건드리지도 않겠습니다, 그런 다짐은 도저히 할 수 없었다.

제2장

1

그 무렵 누나는 정말 힘들었을 거라고 생각해.

엄마였고, 큰딸이었고, 한 사람의 소녀였으니까.

내가 열한 살, 누나가 열세 살 때 엄마가 돌아가셨지. 오랫동안 병원에 입원해 계셨으니까, 어린아이였지만 언젠가 그런 날이 닥칠지 모른다고 각오는 하고 있었어. 그래도 정말 돌아가시고 나니 너무 괴로웠어.

집 안은 엄마가 입원해 계실 때와 다른 게 하나도 없었는데도 말이야. 매일같이 식사를 준비하고 빨래며 청소까지 죄다 해온 누나 덕분에. 하지만 슬픔은 어찌할 도리가 없더라.

나는 종종 계단 맨 위에 앉아 울었지. 특히 해 질 녘 혼자일 때

더 그랬어.

우리 집 현관은 석양빛이 들어서 환했잖아. 나는 자주 그쪽을 내려다보며 엄마가 '얘들아, 엄마 왔다.' 하며 들어오시는 모습을 상상했어. 엄마가 '너희 덕에 씻은 듯이 다 나았단다.' 하시면서 커다란 가방을 현관에 내려놓는 모습을 말이야. '자, 밀린 빨래부터 해볼까?' 하고 소매를 걷어 올리는 엄마를 마음속으로 그려보고는 했어.

하지만 이제 더 이상 그럴 일이 없다고 깨달으면 주체하기 힘들 만큼 울음이 터져 나왔어.

그래도 누나 앞에서는 울지 않았지? 울지 않았을 거야. 꾹꾹 참았거든. 걱정 끼쳐서는 안 된다고 생각했거든.

누나는 중학교 1학년이었어. 동아리 활동도 하지 않고 슈퍼마켓에서 장을 봐서 집으로 돌아왔지. 그러고는 빨래를 개고, 나하고 간식을 나눠먹고, 금방 저녁 준비를 했잖아.

아, 맞다! 누나가 새 메뉴에 도전해서 성공했을 때는 그런대로 괜찮았지만 실패라도 하면 분위기가 어두워지고는 했어. 그럴 때마다 누나가 '미안, 엄마한테 제대로 배워둘걸. 그랬으면 좋았을 텐데.' 하고 미안해하니까 그렇게 우울했던 거야. 누나가 그런 말을 하면 난 다시 슬퍼졌거든. 아, 그러고 보니 그런 일로 누나 앞에서 몇 번 울기도 했구나.

아버지는 10시나 11시쯤 귀가하실 때가 많았어. 누나는 아버지가 돌아오시면 저녁을 차려드리려고 늘 밤늦게까지 안 자고 기다렸지. 누나와 아버지가 나보고 '얼른 가서 자.' 했던 게 지금도 생생해.

 그날은 왜 그랬을까? 그날 밤은 유독 잠이 오지 않았어.
 나는 침대에서 나와 괜히 2층 계단 맨 꼭대기에 걸터앉아 있었어. 복도 등도 켜지 않은 채로. 그래서 아래층 불빛이 몹시 눈부셨던 기억이 나.
 텔레비전 소리가 들렸어. 무슨 방송이었는지 기억은 나지 않아. 그런데 그 소리가 갑자기 뚝 끊겼어. 그리고 커다란 그림자가 아래층 복도의 마루를 돌아서 지나갔어. 아버지였어. 그렇게 생각한 순간 거실 불빛이 꺼졌어. 복도 불빛도 차례차례 꺼졌지.
 마침내 1층은 칠흑 같은 어둠에 파묻혔어. 온통. 우리 집의 소등 시간이었던 거야.
 어, 누나가 벌써 자기 방으로 돌아갔나? 그럴 리가. 나는 계속 깨어 있었는데 누나는 2층으로 올라오지 않았어. 누나는 자기 방으로 가기 전에 꼭 내 방을 잠깐 들여다보고 전등은 확실히 껐는지 이불은 꼭꼭 덮었는지 확인했는데 그날 밤은 그렇지 않았거든. 내가 기억하기로는 분명 올라오지 않았어.
 혹시 누나가 아직 아래층에 있나?
 이유는 확실하지 않았지만 나는 하지 말아야 할 행동이라고 느끼면서도 발소리를 죽이고 계단을 내려가서 1층 복도를 살금살금 걸어갔어.
 갑자기 아버지 침실에서 흐느껴 우는 소리가 들려 깜짝 놀랐어.
 "도모코, 도모코⋯⋯."

나약하고도 한심하게 느껴지는 울음소리였어.

설마 했어. 아버지는 우리 모두 자랑스럽게 여기는 엘리트 회사원이었으니까. 아버지가 다녔던 회사는 지금도 가전 업계에서 일본 굴지의…… 아니, 세계 굴지의 기업이잖아. 회사에서도 아버지는 동기들 가운데 가장 빨리 출세한 사람으로 손꼽혔지. 그런 아버지가 마치 어린아이처럼 도모코, 도모코 하며 죽은 엄마의 이름을 부르면서 울다니, 어린 마음으로는 도무지 이해가 가지 않았어.

요즘 애들 말마따나 어이 상실이었지.

그래서였다고 생각해. 울고 싶은 마음이니 뭐니 싹 달아나고 아버지의 한심한 모습을 봐야겠다는 짓궂은 마음이 더 컸던 이유는.

침실 문을 살며시 열었어. 스탠드 불이 켜져 있어서 침실 안의 광경이 똑똑히 보였어. 아버지는 침대에 엎드려 있었지. 왜 그랬는지 상반신만 기대고 하반신은 침대 밑에 무릎을 꿇은 채였어.

그래, 침대에는 누나가 있었어. 벌거벗은 채로. 몸을 세우고 손은 등 뒤로 짚고 침대에 걸터앉아 있었지. 아버지는 도모코, 도모코 이름을 부르며 누나의 아랫도리에 얼굴을 묻고 뺨을 비볐어.

확실히 누나는 엄마를 쏙 빼닮았어. 하지만 아무리 엄마를 닮았어도 그런 짓은 하면 안 된다고 생각했어. 그때는 나도 벌써 초등학교 5학년이었고 남녀 사이의 일도 대충은 알았으니까.

그래서 내 생각은 더 분명했어. 그러면 안 된다고 말이야.

조금 뒤 아버지가 일어나서 파자마를 벗었어. 누나에게 몸을 포개었지. 누나는 아무 소리도 내지 않았어. 그저 묵묵히 아버지를 받아들이는 것처럼 보였어.

그건 다시 말하면 쭉 그래왔다는 얘기야. 내가 목격했을 때가 관계를 시작할 즈음이었다면 누나가 열아홉에 죽을 때까지 6년 내내 아버지와 누나의 관계는 계속되었을 테지.

내가 갓 중학교 3학년이 됐을 무렵에는 이런 일도 있었어. 누나는 고등학교 2학년이었지.

나는 풀리지 않는 수학 문제를 들고 누나 방으로 갔어. 노크를 했더니 들어오라고 하기에 문을 열었어.

그런데 방 안이 어두웠어. 그렇다고 새카맣게 어둡지는 않았어. 찬찬히 둘러보니 책상 위에 촛불이 켜져 있고 누나는 전신 거울 앞에 서 있었어. 그때도 벌거벗은 채였지.

"괜찮아, 들어와."

나도 뭔가에 홀린 기분으로 수학 교과서를 손에 든 채 머뭇머뭇 방으로 들어갔어. 그랬더니 누나가 살며시 다가왔어. 비누 냄새처럼 향긋한 냄새를 풍기면서 내 목에 팔을 둘렀어. 내가 입고 있던 운동복 너머로도 가슴의 살결이 충분히 느껴졌어. 참 보드라웠어.

"겐토, 여자랑 이런 거 해본 적 있어?"

오른쪽 뺨에 누나의 머리카락이 닿았어. 그땐 이미 내 키가 더 컸지. 반들반들 윤기가 흐르는 아름다운 생머리였어.

"난 말이야, 아버지 말고는 없어. 다른 사람과는……."

교과서가 러그 위에 떨어졌어.

운동복 바지의 허리끈이 스르르 풀렸어.

"아버지하고만……이라니, 난 어쩐지 별로야. 하지만 겐토와도 그런 사이가 되면 어떨까? 이젠 아무렇지 않아. 왜냐고? 아무 생각도 할 필요가 없잖아. 다 똑같아지면……."

하반신이 갑자기 썰렁했어. 윗도리도 하나하나 벗겨지고 있었지.

보송보송하고 향긋한 살결이 내 몸을 애무하며 부드럽게 훑어 내려갔어. 나는 그 풍만하고 부드러운 가슴을 손바닥으로 조심조심 확인했어.

무언가 고조되는 느낌이었어. 거기에는 아픔이 느껴질 만큼 힘이 뭉쳤어.

누나가 이끄는 대로 나는 그 자리에 누웠지.

똑바로 누운 내 위로 누나가 올라타려고 했어.

그때였어. 정말 눈 깜짝할 사이에 누나의 살결과, 따스함과, 무거움이 사라져버렸지. 그 순간 나는 생각이 바뀌었던 거야.

"그만둬."

왜 그랬는지는 나도 잘 모르겠어.

내가 누나와 그런 관계로 빠졌다면 어쩌면 지금만큼 불행한 결과는 생기지 않았을 텐데, 하는 생각도 들어.

그래서…….

맞아, 나는 지금 이 지경이야.

고등학교를 졸업한 누나는 열심히 아르바이트를 해서 반년 만에 꽤 많은 돈을 모은 듯했어. 그래서 아버지가 1박 2일로 출장 가신 틈을 타 재빨리 짐을 정리했지.

"겐토, 정말 혼자서도 괜찮겠어?"

나는 웃는 얼굴로 대답했어.

"몇 번을 물어보는 거야? 괜찮다니까. 이젠 애가 아니야. 밥 정도는 어떻게든 해결하면 되고 빨래는 전부터 해온 일이잖아."

"하지만 단추를 단다든지……."

"괜찮대도. 나도 할 줄 알아."

"화장실 청소는?"

"연말에 할게."

그 무렵 누나에게는 애인이 있었어. 그 사람이 고바야시 미쓰루였지. 고등학교에서는 누나보다 1년, 나보다 3년 위 선배였고 누나와는 그럭저럭 1년쯤 사귄 사이였어. 이사 준비는 대부분 그가 했어. 짐차도 그가 직접 운전해서 끌고 갔지.

"누나를 잘 부탁드려요."

밝은 미래…….

그때 두 사람에게서 그런 걸 보았던 나는 고바야시에게 고개를 숙이는 데도 거리낌이 없었어.

"내게 맡겨."

고바야시는 흔히 말하는 건달이었어. 고등학교 때부터 담배를 피우고 개조한 오토바이를 타고 다녔지. 도저히 좋게 말하기는 힘든 인물이었지만. 그래도 나는 누나를 지켜주기만 한다면 그게 누가 됐든 상관없었어.

　물론 누나가 사라진 집은 쓸쓸했지만 문제는 그게 아니었어.
　"지에 어디 있냐? 너는 알지?"
　누나를 잃은 아버지는 꼴사납게도 미친 듯이 화를 냈어. 누나가 쓰던 방을 마구 뒤지기도 하면서 어디 있는지 찾아내려고 악착같았어.
　"겐토, 넌 알잖아?"
　"몰라요. 학교에서 돌아와보니 이렇게 되어 있었다니까요. 벌써 떠나고 없었다고요."
　"거짓말하지 마. 실은 알고 있잖아. 알면서 나를 골탕 먹이려는 거잖아, 그렇지?"
　알면서 골탕 먹이려고 한다니, 왜 그렇게 생각하는지 되묻고 싶었지만 아무 말도 하지 않았어.
　그 이유는…… 다른 집들과 비교하면 이상한 게 한두 가지가 아닌 가족이라도, 아무리 이상해도 그것을 모두가 입 밖에 내지 않고 모르는 척하면 정상이나 마찬가지 아니냐고, 나는 마음 한편으로 그렇게 생각했어.
　그래서 입을 다물었어. 내가 먼저 두 사람의 일을 누나에게 확인한 적은 한 번도 없었어. 아버지에게도 묻지 않았고. 처음에 어떻게 시작했어? 어떻게 해서 누나를 당신 것으로 만들었지? 이런 질문 따위 하지 않았어.
　해 질 녘이면 누나한테 종종 전화가 왔어. 밥은 잘 차려 먹어?

빨래는 하니? 청소는 욕실까지 하지? 그렇게 묻고는 했지. 그럴 때마다 다 잘하고 있다고 대답하는 게 즐거웠어. 실제로도 그렇게 지냈고. 아버지가 조금이라도 누나를 떠올리지 않게 하고 싶었거든.

하지만 11월 초순쯤부터 누나의 목소리가 무척 침울하게 들렸어.

"저기 말이야, 아버지가 무슨 말 안 하시니?"

"어, 누나 얘기?"

"응. 안 하셔?"

"어, 별말 없었는데. 아니, 사실 요즘 나, 아버지하고 별로 얘기 안 해."

아마 아버지는 누나의 행방을 계속 찾았을 거야. 결정적인 실마리는 무엇이었을까? 역시 이 전화였나? 남겨진 번호를 이용해서 소재를 알아내고는 누나가 사는 빌라 근처에서 서성댔을까?

그러다가 결국 사건이 터졌어.

사건이 일어나기 이틀쯤 전에 누나에게 여러 번 전화를 했지만 누나는 전화를 받지도, 나에게 전화를 해주지도 않았어.

그래서 내가 그날 밤 누나 집에 갔던 거야.

가서 보니 누나는 더 이상 이 세상 사람이 아니었어. 역한 냄새를 풍기면서 처참한 시체로 변해 있었어.

분명히 말하면 나는 처음부터 아버지를 의심했어.

아버지는 누나를 사랑했어. 친딸을 여자로서 사랑했지. 그리고 자기 품을 떠난 딸을 증오했던 거야. 탐정을 고용했는지도 몰라. 전화국을 문턱이 닳게 드나들었는지도 모르고. 어쨌든 아버지는 누나가 사는 곳을 알아냈어. 그리고 누나가 집에 있을 때 쳐들어가서 횡포를 부렸고 끝내는 목을 졸라 죽인 거야.

흉기는 아버지의 넥타이였어. 그 넥타이 때문에 경찰이 아버지를 의심하게 됐다고 생각해. 아버지는 나에게 딱 한 번 '내가 한 짓이 아니야.' 하고 나직이 변명하기도 했지만 말이야.

아버지는 사건 이후 몇 번이나 경찰서에 불려 갔어. 체포되지는 않았어. 수차례 호출을 받으면서도 어김없이 풀려나와 집으로 돌아왔으니까.

누나 사건은 신문과 주간지, 텔레비전에도 나왔어.

19세 소녀, 자택에서 목이 졸린 채 숨져

스토커에 의한 살인처럼 보도되었어. 그런데 어느 순간부터 점점 아버지의 모습이 텔레비전에 나오기 시작하는 거야. 얼굴에는 모자이크 처리를 했지만 경찰서에 출입하는 피해자의 아버지로 날마다 텔레비전에 등장했지.

어떤 방송에서는 기자가 직접 아버지에게 마이크를 들이대기도 했어.

"매일 경찰서에 출두하시는데요. 안에서는 무슨 이야기가 오갔습니까?"

아버지는 아무 대답도 하지 않았어. 그저 마이크를 손으로 뿌리치고 택시에 올라탔지. 의심스럽기 짝이 없는 행동이었어. 흐릿한 모자이크 너머로 아버지의 일그러진 얼굴이 어땠을지 내게는 훤히 보이는 듯했어.

생방송은 아니었지만 나는 아버지가 돌아가시던 순간을 찍은 영상도 텔레비전을 통해 봤어.

화면이 거칠게 흔들리더니 경찰서 입구로 기자와 카메라맨들이 달려가는 장면이었어. '이봐, 구급차!' 하고 누군가 외치는 소리도 들렸어. 당시 상황을 촬영했던 방송국이 하나만도 아니었는데 영상은 죄다 비슷했어. 권총이 발사된 순간을 포착한 방송국은 하나도 없었어. 그래도 사건이 터졌다는 것을 직감했는지 황급히 카메라를 켜고 경찰서 현관으로 부랴부랴 달려가는 영상이었어.

아버지는 머리가 어떻게 되었던 게 분명해. 범인 취급을 받으면서 날마다 경찰에게 불려 다녔으니까. 나중에 알게 된 사실이지만 텔레비전이나 신문보다는 주간지가 훨씬 더 지독하게 다뤘더라고. 그런 일들의 여파로 아버지는 살기 싫었던 걸까.

그게 아니면 이제는 누나가 이 세상에 없다는 현실, 누가 죽였는지는 둘째치더라도 누나의 죽음만은 결코 변함없다는 사실 때문이었을까.

정말로 우리는 이상한 가족이었어.

솔직히 말하면 내가 아버지와 누나의 행위를 훔쳐본 건 맨 처음 한 번만이 아니었어. 그 뒤로도 몇 번이고, 몇 년이고 계속해서 나는 두 사람이 뒤엉켜 있는 모습을 훔쳐봤고 그때마다 방에 돌아와서 나도 누나와 그런다면 어떨까 상상하며 자위를 했어.

하지만 그게 뭐가 나쁘지? 물론 아버지와 누나의 관계가 칭찬받을 짓은 아니었어. 하지만 그로 인해 피해를 입은 사람이 있었나? 슬퍼하는 사람이 있냐고?

누나는 괴로워했어. 하지만 그건 세상 사람들에게 떳떳하지 못해서일 뿐, 아버지와의 관계가 정말로 싫었기 때문은 아니었을 거야. 아버지에게 안겨 있을 때 누나는 늘 다정한 얼굴이었지. 나에게 갓 만든 햄버그스테이크를 맛있게 먹어, 하며 내놓을 때 짓던 표정 같았어. 그런 다정한 얼굴로 언제나 아버지 등을 꼭 껴안았지. 어루만져주고 싶었던 거야. 엄마를 잃고 슬픔의 구렁텅이에서 헤매고 있는 아버지를 어떻게든 위로하고 싶은 마음이었겠지.

나에게 보였던 행동도 그런 의미에서였다고 생각해.

엄마를 잃고 슬픔에 빠진 건 나도 마찬가지였으니까. 그런데도 특별히 아버지만 위로해주었다고 누나는 생각했던 게 아닐까? 나만 내버려두고 싶지 않았던 거지. 그래서 나까지 안아주려고 했던 거야.

우리가 무슨 잘못을 했을까? 뭐가 나빴지? 목이 졸려 살해당할 만큼, 머리에 권총으로 구멍이 나야 할 만큼, 대체 우리 가족이 무슨 나쁜 짓을 했냐고?

응? 뭘 어쨌는데?

말해봐, 고바야시…….

2

23일 이른 아침. 히메카와 반 멤버들은, 나카노 서로 출근하기 전 집합하라는 연락을 받았다. 장소는 성탄절 분위기로 가득한 나카노사카우에 역 근처. 도토루 카페 2층이었다.

레이코가 몇 번씩 주위를 살폈지만 반경 3미터 이내에 손님은 보이지 않았다. 일단 외부인에게 말이 샐 우려는 없어 보였다.

"그러니까 지시 사항은 야나이 겐토라는 이름이 나오더라도 수사는 절대 금지. 수사관끼리 이러쿵저러쿵해서도 안 되고 형사부 말고 다른 사람에게 이야기해서도 안 된대. 보고서 기재도 불허."

예? 기쿠타와 유다는 고개를 갸웃거렸다.

이시쿠라와 하야마는 거의 무반응.

기쿠타가 컵을 내려놓았다.

"누굽니까, 그 야나이 겐토라는 사람이?"

"몰라. 물어봐도 안 가르쳐줘. 고위 관료나 그런 양반들 자제는 아닌가 봐."

유다가 집게손가락을 꼿꼿이 세우며 말했다.

"그럼 우리끼리 몰래 조사해보죠. 분명히 뭔가 큰 사건에 연루됐을 겁니다."

예상한 반응이지만 이 대목에서는 레이코도 고개만 저을 뿐 다른 도리가 없었다.

"그게 좀 곤란해. 뭐라고 해야 하나. 섣불리 나섰다가는 와다 과장님 목이 위험해질지도 몰라."

정장 차림의 회사원이 가까이 다가왔지만 레이코 일행을 지나쳐 맞은편 안쪽 자리에 앉았다. 아직 얼마 동안은 이야기를 계속해도 괜찮을 듯했다.

기쿠타가 옆으로 바싹 다가왔다.

"와다 과장님은 또 왜요?"

"아니, 특별히 와다 과장님만 위험한 게 아닌 모양이야. 아마 수사 관계자 전원이 면직될지도 모르는…… 뭐, 그런 이야기 같았어. 이마이즈미 계장님이 확실하게 그렇다고 하시지는 않았지만 와다 과장님이 걱정된다고 하셨거든. 계장님이 원래 그런 분이잖아."

유다가 끄응 하고 앓는 소리를 냈다.

"왜, 야나이 겐토라는 녀석을 건드리면 수사 관계자 목이 달아난다고 할까요? 네? 무슨 함정 같은 걸까요?"

그러자 웬일로 하야마가 몸을 앞으로 기울였다.

"그 야나이 겐토가 중앙 부처나 정부 관계자가 아니라면 과거 수사상의 오점과 연관이 있나 보죠. 와다 과장님이나 수사 1과 중 어느 쪽하고 말이에요."

전부터 느꼈지만 하야마는 정확하게 핵심을 찌르는 능력이 있었다. 말수가 적어서인지 적중률이 아주 높게 느껴졌다. 어쩌면 현재 히메카와 반에서 가장 머리가 뛰어난 사람일지도 몰랐다. 물론 아무리 좋아도 레이코 다음일 테지만.

"그게 무슨 소리야?"

유다가 말꼬리를 잡았다.

"오점이라니, 무슨? 예를 들면 어떤 거?"

"예를 들면…… 뭐, 모르긴 해도 겐토가 과거에 무슨 사고를 쳤는데 와다 과장님이 그걸 눈감아줬다. 그런데 겐토가 지금 와서 제2의 범행을 저질렀다. 이를테면 고바야시 미쓰루를 죽였다거나."

"왜 과장님이 눈감아줬는데?"

하야마는 눈살을 찌푸리고 도끼눈으로 유다를 흘겨보았다.

"그거야 당연히 모르죠."

그것이 수수께끼였다.

이어서 레이코가 이시쿠라에게 물었다.

"저기, 이시쿠라 씨는 뭐 좀 알아요? 본부 지휘석에 있으면서 눈에 띄는 움직임 같은 거 없었나요?"

레이코가 특별히 어떤 확신을 갖고 던진 질문은 아니었다. 그저 이시쿠라가 이번 수사에서 현장에 나가지 않고 수사본부 정보 관리 담당으로 지휘부 업무를 맡았으니까, 레이코나 다른 이들이 모르는 사항을 보고 들었을 가능성은 충분했다. 그런 뜻으로 물은 말이었다.

"없는데……."

이시쿠라는 갑자기 말끝을 흐리며 주위를 두리번거렸다.

수상하다.

이 어색한 태도를 그냥 지나칠 레이코가 아니었다.

"이시쿠라 씨!"

"어? 아…… 네?"

이시쿠라는 올해 쉰 살인 노장 형사다. 경험이 풍부해서 그야말로 히메카와 반의 보호자 같은 존재였다. 하지만 그런 이시쿠라도 뭔가를 숨기는 데에는 결코 고수가 아니었다. 범죄자의 거짓말을 꿰뚫어보는 눈은 가졌어도 거짓말을 해서 상사를 속여먹을 만큼 뻔뻔한 위인은 아니었다.

"이사쿠라 씨, 뭔가 알고 계시죠?"

이시쿠라는 작게 고개를 저었다.

"아니, 전 아무것도……."

"아시죠?"

"아니요, 전……."

"방금 목소리가 떨렸어요."

"예? 아, 아, 아닌데요."

"이마가 땀범벅이잖아요."

그러자 당황해서 이마로 손을 가져간다. 피부는 보송보송했다.

"거짓말이에요."

"에? 주임님! 뭡니까, 짓궂게."

"다 털어놓으시죠. 야나이 겐토에 대해 알고 있는 걸 여기서 사실대로 말씀해주세요."

기쿠타와 유다, 하야마까지 이시쿠라의 얼굴을 빤히 쳐다보왔다. 그리고 바로 눈앞에 있는 사람은 레이코였다.

"이시쿠라 씨. 그만 포기하세요. 이시쿠라 씨가 이 자리에서 얘기를 하든 말든 우리는 움직여야 할 땐 움직이니까요. 그렇담 아무 정보도 없이 무작정 움직이기보다 뭔가 알고 위험은 피해 가는 게 안전하지 않겠어요? 뭣도 모르고 지뢰라도 밟아서 과장님, 부장님까지 폭삭…… 전멸하면 어떡해요? 만약 그렇게 되면 이시쿠라 씨 책임이에요."

이런 논리가 통할까 스스로도 반신반의했지단 레이코는 이시쿠라의 두 눈을 강렬한 눈빛으로 뚫어져라 쳐다보았다.

자, 어떻게 하실래요, 노장 형사님.

이시쿠라는 결국 모든 것을 털어놓았다.

정체불명의 여자에게서 온 제보 전화. 고바야시 살해범은 야나이 겐토, 26세.

9년 전 미타카에서 발생한 사건의 피해 여성 야나이 지에의 남동생이 야나이 겐토. 한편 사건의 주요 참고인이었던 피해자의 아버지 야나이 아쓰시는 경찰서 안에서 경관의 권총을 빼앗아 자살. 최종적으로 검찰과 경찰은 피의자 사망에 의한 불기소 처분으로 사건 종결. 그리고 이번에 살해된 고바야시 미쓰루는 지에의 옛 애인이었다는 사실까지.

맞아떨어지는 이야기였다. 주요 참고인인 피해자의 아버지가 경관의 권총을 빼앗아 자살할 때까지 손놓고 보고만 있었다는 사실은 경시청 입장에서 보면 크나큰 오점이었다. 그런 의미에서 하야마의 추리는 대부분 적중했던 셈이다. 이런 원인으로 고바야시 살해 사건이 발생했다면 이번에도 수사 관계자들의 목이 한꺼번에 날아갈 것이다. 그런 사태가 전혀 일어나지 않는다고 장담하지 못한다.

다만 그렇다고 해서 수사를 하지 말라니 말이 안 된다. 정보대로 야나이 겐토가 고바야시 미쓰루를 죽였다 쳐도 그 동기가 살해된 누나를 위한 복수라고 단정하기는 어렵다. 어쩌면 야나이 지에가 죽은 후에도 야나이 겐토와 고바야시 사이에 친분이 유지되다가 최근에 돈 문제로 비화됐을 가능성도 배제하기 어렵다. 그런 쪽으로는 주목하지 않은 채 야나이 겐토만 불문에 부치다니, 아무리 생각해도 이상했다.

누가 그런 명령을 내렸을까? 물어보나 마나였다. 이런 발상은 대개 고위 관료의 머리에서 나오는 법. 즉 나가오카 형사부장이나 그 아래 고시다 참사관이다. 그보다 낮은 형사부원은 고위 관료로 치지 않는다.

그런 관료들은 2년쯤 지나면 전혀 다른 부서로 이동한다. 나가오카 부장이라면 다음에는 어느 관할구의 경찰국장이나 지방자치단체의 경찰 본부장 정도가 적당한 자리일 것이다. 요컨대 이 사건을 해결하느라 과거의 오점을 드러내느니 사건 자체를 미결 처리해서 평가가 나기 전에 본인은 경시청에서 발을 빼겠다는 속셈이다. 그런 이유로 형사부 수사관들에게 야나이 겐토 수사 금지라는 어처구니없는 명령을 내린 것이다.

하지만 그런 내막을 안다 해도 상황은 달라지지 않는다. 야나이 겐토가 고바야시를 죽인 이유는 누나를 위한 복수였다. 그런 발표를 하고 싶지 않은 사람은 커리어든 논커리어든 마찬가지일 것이다.

무슨 좋은 방법이 없을까?

"형사 아가씨, 오늘은 내내 정신이 딴 데 가 있구먼?"

그렇다. 레이코는 시모이와 현장에 나와서도 탐문 수사에 전혀 집중하지 못했다. 고바야시 생전에 친분이 있었다는 네리마 구 소재의 인쇄소에서 돌아오는 길. 국도 변의 보행로를 걷고 있었다. 평일 오전인데도 교통 체증은 없었다.

"아, 죄송해요."

"생리해?"

"아니에요. 거참, 말씀 좀 골라서 하시죠."

못 말려. 언제 적 윤리 의식으로 살고 있는 건지.

"아니면…… 뭐, 곤란한 일이라도 있어?"

"아뇨. 곤란한 일이라기보다……."

이 문제만큼은 시모이와 의논한다고 해서 해결될 일이 아니다. 한참 선배기는 해도 그는 이제 수사 1과 사람이 아니었기 때문이다.

그런데도 시모이는 계속 레이코의 얼굴을 들여다보았다.

"얼굴을 봐서는 남자나 가족 문제는 아닌데 말이야."

거짓말. 얼굴만 보고 그런 것까지 어떻게 알지?

"네? 제 얼굴이 어떤데요?"

"어떻다니…… 딱 봐도 남자 복 없는 얼굴이지."

저, 저기요.

"시모이 계장님! 말씀이 지나치시잖아요? 저 이제껏 그런 소리는 한 번도 들어본 적 없거든요!"

"그래? 그럼 다들 같은 생각을 하면서도 말은 삼가고 있었나 보네. 수사 1과는 하나같이 신사들이라니까."

갑자기 다리가 무겁게 느껴졌다. 당장이라도 그 자리에 털썩 주저앉고 싶었다.

서른이 넘은 나이지만 레이코는 자신이 아직 미인 축에 든다고 생각했다. 솔직히 말해 요즘 들어 남자 쪽에서 먼저 말을 걸어오는 일이 줄기는 했다. 하지만 그것은 어디까지나 자신이 경위이고, 중간 관리직인 데다, 원래 가진 성격의 고지식함도 한몫해서, 어딘가 말을 걸기 어려운 분위기를 내는 것이 원인이라고 생각했다. 바꿔 말하면 맹세코 인기가 없어서가 아니라는 결론에 도달했다. 게다가 레이코는 그것이 제법 현실적인 분석이라고 믿었다.

그런데 하필 남자 복이 없을 거 같다니.

"뭐야. 방금 충격 받았나?"

네, 아주 많이.

"아니에요, 별로……."

"그럼 일에 집중하자고."

그렇기는 한데, 지금은 그저 걷고만 있었다.

그보다도 집중을 못 하게 몰아간 사람이 누군데?

흘끗 옆을 보니 마침 시모이도 레이코 쪽을 쳐다보는 참이었다. 타이밍 한번 기막히다.

"뭐야, 그 눈빛은?"

"아무것도 아니에요. 그냥 쳐다봤을 뿐이에요. 괜히 트집 잡지 마세요."

자기가 무슨 조폭인가.

"하고 싶은 말 있으면 해."

시모이에게 하고 싶은 말이라…….

"……아뇨. 별로 없는데요."

"정말?"

"네, 딱히 없습니다."

그러자 이건 또 무슨 의사 표현인지, 시도이는 별안간 발길을 멈추고 크게 한숨을 쉬었다.

"……이렇게까지 양보했는데 아직도 말하기가 어렵나?"

엥? 무슨 뜻이지?

"형사 아가씨, 그럼 내가 먼저 묻겠는데…… 자네, 뭔가 큰 건 하나 잡은 거 맞지?"

설마! 뭐야, 그런 것도 얼굴에 나타나나?

"그러면서 뭘 어영부영 탐문 수사 따위를 하겠다는 거야? 형사라면, 이거다 싶은 증거를 잡았으면 거기에 더 악착같이 매달리라고."

신호가 빨간불로 바뀌었다. 바로 옆 도로에 차들이 하나둘씩 멈춰 섰다. 문득 미니밴 조수석에 앉은 청년과 눈이 마주쳤다. 그 남자의 눈에 레이코는 어떻게 비쳤을까. 도로변에서 상사에게 꾸지람이나 듣는 한심한 여자로 보였을까. 그러나 당장 이 상황을 만회할 만한 좋은 생각은 떠오르지 않았다.

"자네, 형사잖아. 젊은 나이에 벌써 편한 것만 찾아서야 쓰나? 조직에 휘둘리는 졸로 그치지 말라고. 늙은이 보폭에 맞출 게 아니라 자네 보폭으로 힘껏 달려가. 냅다 뛰어. …… 1과잖아. 1과 형사라고, 자네는."

어린이용 보조 안장을 단 자전거가 레이코와 시모이를 앞질러 갔다. 신호등이 파란불로 바뀌자 옆에 늘어선 자동차 행렬이 움직이기 시작했다.

"어서 가봐. 주변 탐문은 내가 알아서 할 테니까. 만약 회의에 들어오기 힘들면 이마이즈미나 다른 윗사람들한테도 적당히 둘러대줄게. 그러니 어서 가라고."

이 상황은 뭐지? 당장 쥐구멍에 숨고 싶은 심정이었다. 관자놀이며 가슴 언저리가 뜨겁게 달아올랐다.

난데없이 자유로운 몸이 되기는 했지만 당장 무엇을 어떡해야 할지 계획이 서지 않았다. 레이코는 우선 본부 청사 6층에 있는 형사부 수사 1과 강력범 수사 2계를 찾아갔다. 널따란 살인범 수사계 사무실과 마주 보며 조금 비껴서 자리한 강력범 수사 2계는 1과의 두뇌 역할 부서로서 '현장 자료반'이라는 별칭으로 불렸다.

간단히 말해, 통신지령본부를 거쳐 들어오는 사건 발생 1차 신고에서부터 도내 각지에서 진행되는 본부 수사의 진척 상황까지 수사 1과와 관련된 모든 정보를 도맡아 처리하는 곳이다. 그리고 과거에 발생했던 방대한 양의 사건 수사 자료도 빠짐없이 보관하고 있을 게 분명했다.

그러나 실제는 예상과 달랐다.

"유감이야. 한발 늦었어."

자료반 제일의 베테랑 경위 하야시는 안쓰러워하는 목소리로 그렇게 말했다.

"네? 늦었다니요?"

"그거 때문에 왔지? 9년 전 미타카 소녀 살해 사건 자료?"

레이코는 고개를 끄덕였다.

"조금 전에 그 사건 자료를 전부 대출해 갔어."

"누가요?"

이번에는 하야시가 고개를 흔들었다.

"내 입으로는 말 못 해. 어쨌든 여기는 뒤져봐야 아무것도 안 나와. 안타깝지만 그렇게 됐네."

이런 어처구니없는 일이…….

"그럼, 미타카 서는요? 거기라면 아직……."

"소용없어. 자네가 지금 가봐야 저쪽 사람들이 빠를 게 당연하잖아. 어쩌면 여기보다 그쪽 먼저 수거해 갔을지도 모르고."

이게 무슨 일이람?

"그 미타카 사건이란 게 그렇게까지 해서 숨길 일인가요?"

하야시도 고개를 갸웃했다.

"모르지. 공무원들 잔머리 쓴다고 비웃어주고 싶지만 그 놈음에 우리까지 휘둘리는 것도 사실이니까. 뭐, 우리도 공무원이고."

왜 저러지? 하야시가 눈과 뺨을 이상야릇하게 움찔거렸다. 등 뒤를 노려보는 것일까? 아무튼 그쪽으로 레이코의 주의를 끌려는 듯했다.

자료반 집무실은 열 평 정도 되는 방으로 사무용 책상이 늘어서 있었다. 일어서 보니 책상에 걸터앉듯이 서 있는 하야시의 오른쪽 뒤에서 레이코보다 조금 나이가 많은 듯한 남자 직원이 컴퓨터로 무언가 작업을 하고 있었다.

"이시쿠라 씨한테 물어보면 어때? 여기서 자료를 봤거든."

하야시는 여전히 오른쪽 뒤에 주의를 두고 있었다.

"아, 그 얘기는 이시쿠라 씨에게 직접 들었어요. 하지만 사건의 전모는 여전히 오리무중이에요. 이미지가 떠오르지 않는다고 해야 하나, 중요한 걸 놓쳤다고 해야 하나. 그래서 수사 자료를 보고 확인할 생각이었는데."

그러자 하야시가 이번에는 레이코의 눈을 지그시 쳐다보았다.

"자네, 9년 전에 몇 살이었지?"

"그게, 그러니까…… 스물두 살요."

"그럼 교통과에 있었나?"

"아니요, 아직 대학생이었는데요. 꽃다운……."

자기 입으로 말하면서도 왠지 서운함이 드는 표현이었다.

"이 사건, 기억해? 생각나나?"

글쎄요, 어땠지?

"솔직히 말하면 잘은…… 경찰한테서 권총을 빼앗아 범인이 자살했다는 건 대강 기억이 나지만 그 사람이 자기 딸을 살해한 범인이었다는 내용까지는…… 별로 신경 쓰지 않았었나 봐요."

하야시는 입을 삐죽 내밀고 흐음 하며 고개를 끄덕였다.

"그때 자네는 뭐 했나?"

그때라면 아마 경시청 공채 시험 공부가 생각보다 쉽게 끝나서 경사 임용 고시 문제집을 사들이고 있었을 것이다.

"공부했는데요. 나름 꽤 성실했거든요. 뭐, 어차피 학생이었으니까요."

"텔레비전도 안 보고?"

뭐야? 무슨 말이지?

"주간지도 안 읽었나?"

아하! 그거였군. 이제야 알겠다.

"미디어도 나름 가치가 있어. 편견을 버리고 숨은 정보를 읽어내면 그럭저럭 쓸 만하다고. 이런, 너무 많은 말을 쏟아놓았군."

하야시는 또 오른쪽 뒤를 신경 쓰면서 쓴웃음을 지었다.

그런 하야시를 레이코는 경시청에서 이마이즈미 다음으로 존경했다.

그길로 국회 도서관으로 갔다. 사쿠라다몬에서 유라쿠초선으로 갈아타면 나가타초까지 한 정거장이지만 번거롭게 계단을 오르내리고 전철을 기다려야 했다.

국회 도서관 이용 카드는 갖고 있었던가? 중앙에 커다란 바코드가 찍힌 파란색 카드를 찾았다. 다행히 지갑 속에 얌전히 들어 있었다.

우선 신관 2층 잡지 서가로 갔다. 야나이 지에 사건이 일어났던 시기에 발행된 주간지들을 신청했다. 유명 주간지 『슈칸분슈(週刊文秋)』, 『슈칸신소(週刊新窓)』, 『슈칸초요(週刊朝陽)』와 주간 사진잡지 『Faraway』 그리고 『AREA』까지 각각 세 달분씩.

대출 신청을 하고도 한참 기다려야 했다. 20분 이상은 걸렸다. 하지만 자료를 받아 보니 시간이 걸릴 만도 했겠구나 싶었다. 별로 두껍지 않은 주간지였어도 각각 열서너 권씩 다섯 종이나 되었다. 레이코의 힘으로는 한 번에 나르기 힘든 양이었다. 대출 담당 직원의 도움을 받아 열람실까지 겨우 옮겼다.

주변 사람들에게 죄송합니다, 실례합니다, 하고 양해를 구하면서 책상 위에 잡지를 놓을 자리와 검색 공간을 만들었다.

지금부터 수사 개시.

11월 둘째 주 발행분부터 훑어나갔다.

야나이 지에 사건 기사를 처음 발견한 잡지는 『슈칸분슈』였다.

11월 6일, 도쿄 도 미타카 시 무레 소재 빌라에서 19세 파트타임직 야나이 지에의 시신이 발견되었다. 시신에는 목을 조른 흔적이 남아 있었다. 스토커 짓일까?

이때까지는 아직 지극히 작은 기사였다. 별반 흥미를 끄는 내용은 없었다.

다음 호부터는 모든 잡지에 야나이 지에 사건 기사가 보였다.

그렇게 상냥했던 그녀를 누가! 울부짖는 애인 고바야시 미쓰루.

레이코는 당신이 죽이지 않았느냐고 속으로 날카로운 일침을 날렸다.

사건 기사에 큰 변화가 생기기 시작한 것은 『슈칸분슈』의 그 다음 호.

야나이 지에의 시신에는 성폭행 흔적이 있었고 경찰은 시신에서 범인의 것으로 추정되는 체액을 채취하여 분석 중이다.

처음 보는 정보였다.

야나이 지에가 강간당했다니.

생각이 거기까지 미치는 순간 울컥 구역질이 치밀어 올랐다. 얼굴은 근질거릴 만큼 열기로 달아올랐다. 갑자기 시야가 좁아졌다.

레이코는 눈을 꾹 감고 코로 숨을 들이마시면서 산소가 뇌세포 속으로 충분히 고르게 퍼져 나가는 이미지를 그려보았다. 그러기를 네다섯 번. 구역질과 얼굴의 열기가 서서히 가라앉았다.

아, 십년감수했네.

순식간이었다. 어쩌다 그만 자신을 피해자와 동일시하고 말았다. 자칫 불안한 감정에 끌려들 뻔했다.

안 되지, 안 돼. 이런 일일수록 더 침착해야 해.

정신을 가다듬고 작업을 재개했다. 다른 잡지들을 들춰 보았다. 11월 중반 기사에 이르러 보니 지에가 살해되기 전 성폭행을 당했고, 경찰에서는 강간 살해 쪽으로 방향을 잡아 범인을 찾는 중이라는 추정은 이미 사실로 굳어진 듯했다.

그리하여 세 번째로 집어 든 『슈칸신소』에서 사건 관련 페이지를 연 순간이었다.

레이코는 드디어 자기가 찾아 헤매던 마지막 퍼즐 조각을 발견한 것 같은 기분에 휩싸였다.

기사 첫머리에 경찰서로 들어가는 정장 차림의 남자 사진이 실려 있었다. 사진은 별로 선명하지 않았다. 남자가 움직이는 순간을 찍었는지, 초점이 맞지 않아 얼굴을 판별하기 힘들었다. 게다가 눈 부분은 검은 선으로 가려져 있었다.

그러나 그렇게까지 감추었으면서 사진 속 인물이 누구인지 똑똑히 나와 있었다.

야나이 지에의 부친인 야나이 아쓰시는 연일 미타카 서에 출두하여 참고인 조사를 받고 있다. 지금까지는 범인이 야나이 지에의 주변 인물일 가능성은 별로 제기되지 않았다. 그런데 이제 와서 수사본부는 야나이 아쓰시가 얼마간 사정을 알고 있을 것으로 판단했다는 뜻일까?

다른 박스 기사에는 이런 내용도 있었다.

수사본부는 이미 야나이 지에의 체내에서 채취한 체액이 누구 것인지 특정 지었을 가능성이 높다. 그것이 범인, 또는 주변 인물의 것이라면 임의동행이나 체포는 시간문제다.

이 기사에서 구체적으로 언급된 이름은 야나이 지에와 야나이 아쓰시 둘뿐이었다. 그리고 핵심 정보는 지에의 체내에서 채취한 체액, 즉 정액이 누구의 것인지 특정하는 작업은 이미 완료됐다는 점이다.

의문이 아예 없지도 않았다. 이렇게 사생활과 관련된 문제를 수사 관계자가 왜 언론에 흘렸을까 하는 점이었다. 그러나 이제 와 반문한들 소용없었다. 어쨌든 누설되었다. 엄연한 사실이었다.

다른 잡지에 실린 기사도 읽어보았다. 어느 잡지나 분명하게 밝히지는 않았지만 전체를 통틀어 보면 야나이 지에의 체내에서 나온 체액은 야나이 아쓰시의 것이고, 그로 인해 야나이 아쓰시에게 혐의를 두어 경찰서에서 여러 번 취조했다는 논조가 대부분이었다. 요컨대 야나이 아쓰시가 혼자 사는 친딸을 강간, 살해했다는 식의 이야기가 당시 세간에 널리 퍼졌을 가능성이 매우 높았다.

잡지 발행일을 확인했다. 판권장의 정보는 확실하지 않아 보여서 다음 호 예고를 찾았다. 다음 호는 11월 27일 수요일 발매였다. 즉, 지금 열어본 잡지는 그보다 일주일 전인 11월 20일에 발매됐을 것이다.

이 잡지가 나온 이틀 뒤, 그러니까 9년 전 11월 22일. 야나이 아쓰시는 미타카 서에서 권총으로 자살했다.

3

마키타는 무의식중에 가와카미에게 얼굴을 들이댔다.

"야나이 겐토가 튀었다니, 그게 무슨 소리야?"

가와카미는 고개를 옆으로 갸웃했다가 휴대전화를 주머니에 넣었다.

"일단 문을 열고 집 안을 살펴봤는데 텅 비었더랍니다."

"살피다니, 누구한테 시켰는데?"

"예, 그게…… 시게루입니다."

시게루는 돈만 주면 무슨 짓이든 한다. 가와카미가 가부키초에서 데려온 지옥의 저승사자 같은 놈이었다.

"넌 왜 그런 기분 나쁘고 정체도 불분명한 놈을 쓰는 거야? 우리 애들한테 시키면 되잖아."

"형님, 그건 안 됩니다."

가와카미는 주위를 흘끗 둘러보았다.

"그 일에 우리 애들을 썼다간 큰일 납니다. 아무도 엮이게 해서는 안 됩니다. 저는 웬만하면 형님도 관여하지 않으셨으면 좋겠습니다."

뭐, 무슨 뜻인지 모르지는 않는다.

입속이 타들어가 담배가 몹시 당겼다. 주머니를 뒤지기도 전에 가와카미가 담뱃갑을 내밀었다. 한 개비가 톡 튀어나왔다. 그것을 뽑아서 입에 물자 가와카미가 곧바로 라이터 불을 대주었다.

깊게 빨았다가 천천히 내쉬었다. 몸속에서 연기와 함께 조바심까지 빠져나오는 듯했다.

"마침 집을 비웠던 거 아닐까?"

가와카미는 쓸쓸한 표정으로 고개를 갸웃했다.

"그럴지도 모르죠. 하지만 아르바이트에도 나오지 않았답니다. 적어도 시게루의 말에 따르면 요 사흘간 집에도 들어가지 않은 모양이었고, 장롱 서랍 여기저기에 빈 공간이 많았답니다. 커다란 가방에는 뭐가 들었는지 그런 것도 조사해놨더라면 좋았겠지만 아무래도 거기까지는……."

마키타는 필터 경계 부분을 손끝으로 톡 쳤다. 담뱃재가 허공에서 맴돌았다. 빨간 불씨만 남았다.

야나이 겐토.

녀석과는 단순히 정보통과 고객 이상의 관계라고 생각했다. 아니다. 그 이상이다. 어떤 의미에서는 녀석을 신뢰했다. 그래서 마키타는 비싼 대금을 미리 지급했다. 녀석도 그 선급금에 만족하지 않았던가.

달아난 게 사실이라면 살려두어서는 안 된다. 그 정도까지는 아니어도 그냥은 못 넘어간다.

가와카미가 휴대용 재떨이를 갖다놓으면서 마키타를 올려다보았다.

"형님, 이 일은 제게 일임하시죠."

"일임? 네가 이걸 어떻게 하려고?"

"일단 어떻게든 찾아내겠습니다. 어쨌든 받기로 한 정보를 아직 넘겨받지 못했잖습니까."

분명 맞는 말이기는 했다.

대체 무슨 일이 벌어진 걸까.

마키타가 가와카미와 처음 만난 때는 지금으로부터 약 12년 전이었다.

당시 마키타는 이시도 조직에서 한낱 똘마니에 불과해, 의형제나 부하라고 해봐야 손가락으로 꼽을 수 있을 만큼 아주 적었다. 자기 조직을 운영하기에는 아직 돈도 힘도 부족한 시기였다.

한편 당시 20대 후반이었던 가와카미는 자신이 운영하던 회사가 막 궤도에 오른 참이었다. 타코라이스 체인점 '핫추즈'의 오너였다. 타코라이스란 잘게 썬 고기나 치즈 등 원래는 타코스에 들어가는 재료를 쌀밥 위에 살사 소스와 함께 얹어 먹는 음식으로 오키나와에서 유래한 패스트푸드였다.

가와카미는 우선 푸드트럭 한 대로 이동 판매부터 시작해서 도내 민영 철도 선로변의 작은 가게를 빌려 고정 점포를 운영하다가 차츰 점포 수를 늘려갔다.

핫추즈의 장점은 다양한 소스와 고기였다. 확실히 핫추즈의 타코라이스 고기는 맛이 훌륭했다. 살사 소스를 곁들인 고기는 맛이 깔끔하고 간이 적당했고 크림을 섞은 오리지널 코코넛 소스를 곁들이면 달짝지근했다. 마요네즈 드레싱을 곁들이면 어땠는지 잊어버렸지만 꽤 고심해서 개발한 음식들이라 어떤 메뉴든 그것대로 맛이 좋았다.

마키타가 단골로 찾던 곳은 롯폰기의 텔레비전 방송국 앞에서 운영하던 푸드트럭이었다. 가와카미는 그 무렵 사업이 궤도에 올라 차량 점포와 고정 점포까지 모두 합쳐 스무 곳 이상의 체인점을 거느렸는데 직접 차를 끌고 나가 광장에 의자를 깔고 손수 타코라이스를 만들어 팔았다. 다만 그 시절의 마키타는 그저 손님일 뿐이어서 가와카미의 속사정까지는 알지 못했다.

그날도 가와카미의 푸드트럭은 롯폰기의 방송국 앞 광장에 서 있었다. 평소보다 주문을 기다리는 줄이 약간 길어 보였지만 마키타는 별로 개의치 않고 줄을 섰다. 물론 마키타는 조폭일망정 일반인에게 비키라고 위협하는 짓은 하지 않았다. 아무리 배가 고파도 얌전히 자기 차례가 올때까지 기다렸다.

그러던 중 마키타는 자기 앞에 대기자가 서너 명 정도 남았을 때 수상한 낌새를 눈치챘다.

가게 주인, 즉 가와카미의 얼굴이 가관이었다. 왼쪽 눈에는 안대를 찼고 이마와 오른쪽 눈꺼풀, 뺨과 입술이 보라색으로 부어 있었다. 기다리는 손님이 모두 이 꼴을 본다면 줄이 반 이하로 줄어들지 않을까 싶을 만큼 몰골을 참혹했다

속에서 무언가 부글부글 끓어올랐다.

가와카미는 정신없이 바빠 보였다. 얼굴만 아니라 다른 곳도 다쳤을 테니 타코라이스를 만드는 것 자체가 고역일 터였다. 그

러니 일부러 말을 걸어 방해하지 말자고 생각했지만, 자기 차례가 오자 결국 연유를 묻고 말았다.

"어떻게 된 거야? 그 얼굴은."

가와카미는 푸드트럭 안에서 마키타를 내려다보며 잠시 일손을 멈추었다.

"아, 또 오셨군요. 감사합니다."

자기를 기억한다는 생각에 쓸데없이 친근감이 느껴졌다. 마키타 뒤로는 아직도 기다리는 손님들로 줄을 이루고 있었다. 길게 이야기할 상황은 아니었다.

마키타는 주문한 코코넛 소스 큰 사이즈와 코로나 맥주를 받아 들고 푸드트럭 앞에서 비켜 섰다. 근처에 보이는 벤치에 걸터앉아 타코라이스를 볼이 미어져라 입속으로 밀어 넣었다.

다 먹고 시계를 보니 20분 정도 지났다.

점심시간이 지나서인지 손님은 눈에 띄게 줄어 있었다.

조금 더 기다리자 손님들이 버린 빈 그릇이 가득 차서 터져 나갈 듯한 쓰레기봉투를 교체하러 가와카미가 차에서 내려왔다. 보고 있으려니 걸을 때 왼쪽 다리를 절룩거렸다. 쓰레기봉투도 오른손으로만 펼쳤다. 부상은 왼쪽에 집중된 모양이었다. 마구잡이로 두드려 맞는 모습이 머릿속에 그려졌다.

이제 말을 걸어도 괜찮을 것 같아 마키타는 그에게 다가갔다.

"내가 좀 도와줄까?"

조금만 움직여도 몸이 아픈지 가와카미는 뒤를 돌아보며 보라색 뺨을 고통스럽게 움찔거렸다.

"아, 번번이 고맙습니다."

"이리 줘봐."

그러나 가와카미는 마키타가 내민 손을 슬며시 물리쳤다.

"손님에게 어떻게 이런 일을……."

손등에도 멍이 들어 있었다.

마키타는 일부러 얼굴을 가까이 들이댔다.

"이봐, 무슨 일이 있었던 거야? 어디서 자릿세 안 냈다고 주먹질이라도 당했어? 그런 일이라면 내가 전문인데. 얘기해봐."

가와카미는 엉거주춤한 자세로 얼어붙었다.

눈앞에 보이는 것은 텅 빈 플라스틱 쓰레기통.

가와카미는 무언가를 노려보았다.

거기에 없는 무언가를.

거기에 없는 누군가를.

살기를 띤 시퍼런 눈빛이 파르르 떨렸다.

지금 이 녀석은 자신도 이해할 수 없는 내면의 충동과 필사적으로 싸우고 있다.

녀석을 이대로 뒀다가는 상대를 죽이고 말 것이다.

그래, 그때의 나처럼…….

가와카미의 손에서 새 봉투를 빼앗아 쓰레기통에 씌웠다.

"말해보라니까. 쓸데없는 참견이 필요 없다면 얘기만 들어보자고. 그러니까 털어놔 봐."

흘러내리는 가와카미의 눈물은 무척 투명했다.

피눈물이 아닌 게 오히려 신기할 정도였다.

가와카미에게는 동업자가 있었다. 푸드트럭 한 대로 장사하던 시절부터 함께해온 이토 루미라는 여자. 사업 전반에 걸쳐 경리 일을 도맡았고 3호차 영업까지 관리했으며 사적으로는 가와카미의 연인이기도 했다.

그런 그녀를 짝사랑한 남자가 있었다. 이야기 초반에는 가와카미가 처음에는 그게 누구인지 말하려 하지 않았다. 마키타는 이야기가 중간에 끊기는 것을 원치 않았고 결국 가와카미는 얼마간 버티다가 겨우 털어놓았다.

"진유회 소속 와타나베라는 녀석입니다."

한순간 안 들었으면 좋았을 것을, 하고 생각했다.

진유회는 이시도 조직의 직속 하부 조직이었다. 3대 총수 후지모토 히데야는 당시에는 아직 이시도 조직의 부두목 보좌였고, 마키타에게는 좋은 형님이었다.

그 진유회의 와타나베는 걸핏하면 싸움이나 일으키고 뚱보 주제에 여자나 밝히는, 바로 그 와타나베 유타가 틀림없었다.

이야기를 들어보니 와타나베는 3호차를 끈질기게 쫓아다니면서 이토 루미에게 교제를 강요했고, 심지어 영업 방해에 가까운 행동도 서슴지 않았다고 한다. 그 얘기를 들은 가와카미는 3호차에 합류해서 와타나베에게 항의했지만 폭력으로는 이겨낼 재간이 없었으니…….

"요즘에는 오히려 역 앞 푸드트럭이나 다른 체인점들이 피해를 보는데요……. 아르바이트 직원들이 겁을 먹고 그만두는 일도 몇 번 있었습니다."

딱히 정의의 수호자인 양 거들먹거릴 생각은 없었다. 마키타도 어차피 건달. 힘으로 여자를 차지하거나 자영업자들을 협박한 적도 있었다.

하지만 와타나베가 하는 짓은 유치하기 짝이 없었다.

여자에게 폭력을 행사하든 하지 않든 결론적으로 그 남자에게 매력이 없으면 여자는 떠난다. 더 강한 남자가 나타나면 그쪽으로 팔랑 날아가버린다.

폭력을 좋아하는 여자도 있어, 하고 말하는 놈도 있기는 하다. 마키타는 그 말에 동조하지 않았다. 폭력적인 남자를 받아주는 여자는 폭력 다음에 따라오는 아주 사소한 친절이라도 포기할 수 없는 상황이기 때문이다. 그 모순을 '애정'이라 믿고 싶어 한다. 바보나 마찬가지다. 그런 남자나 여자는 제대로 된 인간이 아니다.

협박도 마찬가지다. 조직폭력배가 돈도 안 되는 일에 협박을 해서 무엇 하겠는가. 조폭에게 폭력이란, 이익을 지키기 위해서라면 주먹도 쓰겠다는 각오의 표현이어야 한다. 그것이 두목을 위한 이익인지, 보호해주기로 약속한 상대가 바라는 이익인지는 경우에 따라 다르다. 어쨌든 남자라면 자기가 맡은 일에 책임을 다할 줄 알아야 한다. 그저 자기 욕심만 채우려고 폭주한다면 그것은 이미 조폭도, 건달도 아니다. 그저 폭도일 뿐이다.

결국 마키타는 담판을 짓기 위해 진유회 사무실까지 찾아갔다.

"형님, 실은 말입니다."

고자질하기는 싫지만 하고 운을 뗐다. 그러고는 가와카미와 그의 여자 그리고 와타나베의 관계를 후지모토에게 귀띔했다. 후지모토는 처음에는 마키타를 노려보았지만 끝내는 길게 한숨을 내쉬었다.

"미안하다, 마키타. 그 얘기를 하러 일부러 왔나?"

"아닙니다. 저는 다만 그 가게의 타코라이스가 좋을 뿐입니다."

그러자 후지모토는 눈썹을 치떴다.

"그건 그렇고, 아까부터 네가 말하는 그 타코라이스라는 게 뭐야? 다코야키하고 볶음밥을 섞은 건가?"

마키타는 며칠 안으로 가와카미 가게의 타코라이스를 가져오겠다고 약속하고 그 이야기는 매듭지었다.

결과적으로 일은 순조롭게 풀렸다.

후지모토에게 호된 꾸지람을 들었는지 그 뒤로 와타나베가 가와카미의 가게에 찾아와서 횡포를 부리는 일은 물론이고 이토 루미의 신변을 위협하는 일도 사라졌다. 마키타가 사다 준 50인분의 타코라이스를 후지모토를 비롯한 진유회 일당들은 아주 맛있게 먹었다. 그 자리에서 와타나베는 심려를 끼쳐 죄송하다며 마키타에게 머리까지 숙였다.

그러나 이것은 어디까지나 결과만 보았을 때의 이야기다. 부하 일로 외부인이 쓴소리를 하면 '내가 교육을 잘못 시켰다는 말이야?' 하며 적반하장으로 나오는 두목이 대부분이다. 그럴 경우 이쪽도 언성이 높아지고, 점점 수습하지 못할 지경에 이르고 만다.

와타나베 건은 운 좋게도 후지모토가 사리분별을 잘해주어 원만히 해결된 것뿐이다. 결코 마키타의 수완이 좋아서가 아니었다.

이 이야기에는 또 다른 후일담이 있었다.

와타나베가 두려웠는지 아니면 눈앞에서 맥없이 뻗어버린 가와카미가 미덥지 못했는지, 이토 루미는 가와카미 곁을 떠나버렸다. 끝내 가와카미와 이토 루미는 헤어지고 만 것이다.

"지난번 일 때문에…… 이러는 건 아닙니다만 어느 정도 마음을 굳혔습니다."

무슨 영문인지 일부러 마키타가 사는 집까지 찾아와서 사정을 이야기하는 가와카미의 표정은 활짝 펴서 빛이 났다.

"흐음, 마음을 어떻게 굳혔는데?"

"네, 오늘은 저 마키타 씨의 아우가 되려고 찾아왔습니다."

물론 마키타는 포복절도했다.

"저, 정말입니다. 진짜라고요. 저는 그 뭐냐, 마키타 씨 세계에 대해선 아무것도 모릅니다. 그러니까 그쪽 업계에 들어간다든가 그런 생각과는 조금 다를지도 모르겠습니다. 하지만 저는 마키타 씨에게 도움이 되고 싶습니다. 가방 들어주는 조수도 좋고 구두닦이도 좋고 이 집 청소나 빨래, 무엇이든 하겠습니다. 마키타 씨에게 도움이 되어드리고 싶습니다. 그 증거로……."

가와카미는 안고 있던 가방에서 무언가 서류를 꺼냈다.

"등기부입니다. 넘겨드리겠습니다. '핫추즈'를 통째로 마키타 씨께 드리겠습니다. 사장이 되셔도 되고 팔아서 현금으로 만

드셔도 좋습니다. 아무튼 이걸로…… 선물이라고 하면 이상하지만 부탁드립니다. 저를 마키타 씨의 아우로 받아주십시오."

대충 그런 경위로 가와카미는 오늘날까지 마키타와 형님, 아우 하는 사이였다.

'핫추즈'는 현재도 서른두 개 점포를 거느리고 착실하게 성장하는 중이었다. 실무는 직원에게 맡긴 상태지만 사장은 여전히 가와카미였다. 마키타는 어디까지나 자문역에 불과했다. 이를테면 '핫추즈'는 교쿠세이회의 산하 기업이 된 셈이다.

그러고 상황이 변했다.

오랫동안 함께 이시도 조직을 지탱해왔던 젊은 두목 후지모토가 요즘 들어 이상한 움직임을 보이고 있었다.

그것은 4대 총수 이시도 가미야가 지병인 당뇨병에 더해 심장까지 나빠져 입원을 한 시기부터 조금씩 시작됐다.

후지모토는 최근 수년간 아키하바라나 도요스, 기타신주쿠, 무사시코스기 등지에서 진행되는 도시 재개발 사업에 적극적으로 참여했다. 그것 자체는 사업에 열심이라고 칭찬할 일이었지만 문제는 그의 동업자였다. 최근에 손댄 대형 사업에는 반드시라고 해도 좋을 만큼 오쿠야마 조직 직계의 종합 건설 회사가 얽혀 있었다. 간단히 말하면, 후지모토는 사실상 오쿠야마 조직의 2대 총수 오쿠야마 히로시게와 동업을 한다는 이야기였다.

오쿠야마 히로시게는 지난해 야마토회의 5대 회장으로 취임했다. 야마토회의 회장이면 현재 일본 암흑가의 대부나 마찬가지였다. 그 오쿠야마 히로시게와 이시도 총수는 의형제 사이였다. 즉 후지모토에게 오쿠야마는 백부 격이었다.

후지모토는 자신의 두목 이시도가 병으로 요양 중인 틈을 타 백부 오쿠야마에게 접근, 이전보다 훨씬 더 규모가 큰 사업을 벌였다. 물론 그것이 단순히 비즈니스를 위해 맺은 유대 관계면 문제없다. 하지만 이쪽 세계의 부자 관계까지 뒤흔드는 사태로 번진다면 그야말로 큰 문제이다.

딱 잘라 말해 이시도 총수의 병세는 심상치 않았다. 마키타도 인정하기는 싫었지만 모두가 그렇게 여겼다. 이제 얼마 남지 않았다고. 그런 마당에 후계자로 가장 먼저 거론되는 부두목 후지모토가 오쿠야마에게 접근 중이었다.

이시도 총수가 세상을 뜬 뒤 후지모토가 조직의 간판을 짊어져준다면 상관없었다. 그렇게 되면 마키타는 지금처럼 형님으로서, 나아가 자기보다 상위 조직의 회장으로 후지모토를 보필할 각오까지 서 있다.

그러나 만약에…….

가령 두목을 잃은 후지모토가 오쿠야마와 다시 부자 관계 따위를 맺는다면 그것은 가당찮은 일이었다. 이시도 조직은 오쿠야마 직속 산하 조직으로 위상이 떨어지고 조직 내 서열에서 가장 낮은 위치로 내려앉는다.

더욱 심각한 경우는 후지모토가 이시도 조직을 버리고 오쿠야마 밑에 들어갈 경우다. 후지모토가 이끄는 진유회는 이시도 조직 안에서도 가장 큰 파벌이다. 진유회가 송두리째 빠져나가면 이탈과 동시에 이시도 조직은 금세 존립할 근거를 잃고 만다. 정식 해산 절차를 밟기도 전에 해산하고 말 것 없이 순식간에 공중분해 될 것이다.

그런 상황에서 한 줄기 빛을 보여준 자가 야나이 겐토였다.

야나이는 진유회가 괴멸될 만큼 큰 타격을 입힐 수사 정보를 쥐고 있다고 했다. 그걸 사지 않겠느냐고 마키타에게 흥정을 걸어왔다.

그때까지 받아 본 겐토의 정보는 언제나 정확했다. 정보대로 움직이면 경찰의 압수수색을 피한다거나 사전에 관련자를 도피시키는 것도 뜻대로 할 수 있었다.

당연히 그때도 마키타의 대답은 '사겠다'였다.

그런데 하필 그 모든 일의 열쇠를 쥐고 있는 겐토가 자취를 감추다니.

4

레이코는 조사를 마치고 도서관에서 나왔다.

잡지 덕에 야나이 지에 사건과 그에 관한 세간의 평가는 대강 이해할 수 있었다. 거짓인지 참인지는 둘째 치고, 야나이 아쓰시는 친딸을 강간하고 죽인 것처럼 보도되었다. 아마도 아쓰시는 그러한 상황을 비관해 자살했으리라.

그러나 이전 사건의 전말을 알았다고 현 수사의 흐름이 호전

되었느냐 하면 그건 아니었다. 오히려 더 심각해졌다. 가령 야나이 지에 살해 사건의 진범이 고바야시 미쓰루였다면 야나이 겐토가 고바야시를 살해할 동기는 더욱 확실하게 성립한다. 겐토는 살해된 누나 때문만이 아니라 아버지까지 잃은 원한으로 더욱더 고바야시를 증오하게 됐을 것이다.

자, 다음 수는 어떻게 던져야 하나? 어려운 문제였다.

지에는 살해됐고 아쓰시는 자살했으며 고바야시 또한 살해당했다. 이제 남은 사람은 단 한 명. 관련자 중 생존해 있는 야나이 겐토가 열쇠였다. 하지만 현재 레이코에게는 마땅한 수사권이 없었다. 겐토의 현 주소지를 조사할 수단조차 갖추지 못한 상태다.

참으로 난감했다. 이런 경우는 처음이었다.

차라리 이시쿠라에게 전화해서 비밀리에 수사 관계 사항 조회서를 내달라고 할까. 그걸 구청에 가져가기만 하면 본적을 이용해 현 주소지를 쉽게 파악할 수 있다. 아니, 안 된다. 그런 짓을 했다가는 시모이와 떨어져 혼자 마음대로 수사하고 다닌 행적이 들통난다. 이시쿠라의 경력에 쓸데없는 오점을 남길지도 모른다.

이게 뭐람. 혼자서는 용의자의 현 주소지조차 알아내지 못하다니.

모르는 사이에 조직 수사에 길들여진 모양이었다. 레이코는 문득 자신의 나약함을 깨달았다. 여태껏 자신은 남보다 명석한 두뇌와 자기만의 감각으로 수사해내는 형사라고 자부했다. 다른 형사는 갖지 못한 직감이 자신을 사건의 진실로 이끌어주었다고. 아마도 그런 능력은 경찰이 되겠다고 결심하는 데 중요한 계기였던, 사타 미치코의 죽음과 깊은 연관이 있을지 모른다고 생각한 적도 있다.

하지만 아무래도 그런 직감 따위는 특별한 능력도 아니었나 보다. 오히려 경찰력을 행사하는 데 필요한 영장이나 회의 중에 언급된 정보 하나하나가 수사의 기초 체력을 이루었던 것 같다.

이제 어쩐다? 지금 나한테 가능한 일이 뭐지?

레이코는 고민 끝에 결국 겐토와 지에, 고바야시 이 세 사람이 다녔던 모교를 찾아가기로 했다.

도립 무사시노추오 고등학교. JR 추오선 미타카 역에서 버스로 5분 거리에 위치. 벽돌로 만든 교문을 통과하자 바로 오른쪽 건물에 안내 창구가 있었다.

"실례합니다. 경시청에서 나왔는데요, 교감 선생님이라든지 협조해주실 만한 분이 계실까요?"

창구에서 한 중년 여성이 레이코를 맞았다. 경시청에서 나왔다는 말에 조금 놀란 눈치였지만 고바야시 살해 사건 때문인지 얼른 잠깐 기다리세요, 하고 안쪽으로 들어갔다. 잠시 뒤 내선 전화로 연락이 온 듯했다.

"기다리시게 해서 죄송해요. 교감 선생님께서 만나시겠답니다. 이 길 끄트머리에서 오른쪽으로 가시다가 가장 안쪽에 있는 교무실로 들어가세요."

"네, 고맙습니다."

어쩌면 본부 수사관도 벌써 다녀갔으리라는 생각이 스쳤지만 그래도 상관없었다.

창구에서 가르쳐준 대로 복도를 따라 들어갔다. 방송실, 교장실, 그 맞은편이 교무실인 듯했다.

"실례합니다."

레이코가 입구에서 안을 살피자 50대로 보이는 여성이 자리에서 일어나 레이코 쪽으로 다가왔다.

정중히 고개를 숙이고 경찰수첩의 신분증을 제시했다.

"경시청에서 나온 히메카와 레이코라고 합니다. 불쑥 찾아와서 죄송합니다."

벽에 걸린 시계는 4시 30분을 가리키고 있었다. 창문 밖 운동장에서는 축구부원들이 슈팅 연습을 하고 있었다.

"안녕하세요. 교감 다카기입니다. 그런데 오늘은 무슨 용건으로 오셨나요?"

"네, 실은 8년쯤 전에 졸업한 졸업생 가운데 야나이 겐토 씨가 있다는 말을 들어서 몇 가지 여쭈려고 찾아왔습니다."

다카기 교감은 "아, 8년 전요" 하며 고개를 끄덕였다.

"잠깐 기다리세요. 저는 이 학교에 3년 전에 부임해서 8년 전 일은 잘 모르거든요."

두 사람은 무심히 교무실을 둘러보았다. 선생님으로 보이는 사람은 네 명. 남녀 각각 두 명씩이었다.

"기노시타 선생님, 잠깐 와보시겠어요?"

다카기 교감이 말을 건넨 사람은 그중에서 가장 나이 들어 보이는 남자였다.

기노시타가 네 하고 레이코를 보며 일어났다. 보고 있던 파일을 덮고 레이코 쪽으로 다가왔다. 와이셔츠에 검정 조끼를 입었다. 키는 레이코와 비슷했지만 약간 내장지방형 비만인 듯했다.

"경시청에서 나온 분이세요. 8년 전에 졸업한…… 누구라고 하셨죠?"

"야나이 겐토입니다."

레이코 말에 기노시타는 슬며시 미간을 찌푸렸다.

"아, 그때! 그 사건을 당한 졸업생의 남동생 말이시죠?"

역시 당시 사람들 사이에는 기억에 남아 있는 모양이었다.

"기노시타 선생님, 여기서 할 얘기는 아닌 듯하니 교장실로 가실까요? 마침 비었을 거예요."

"그럴……까요?"

다카기 교감을 따라 교장실로 향했다. 나무로 된 사무용 책상과 비교적 고급스러운 소파 세트. 벽에는 역대 교장들인지 하나같이 관록 있어 보이는 얼굴들이 액자에 담겨 걸려 있었다.

세 사람은 자연스럽게 소파에 앉았다.

레이코는 다시 한 번 고개를 숙여 보였다.

"그럼 본론부터 말씀드리겠습니다. 야나이 겐토 씨는 이 학교 졸업생이 맞습니까?"

기노시타가 고개를 끄덕였다.

"네, 제가 직접 담임을 맡지는 않았지만 틀림없이 우리 학교 졸업생입니다."

"그에 관한 기록 같은 게 있을까요?"

두 사람은 잠시 얼굴을 마주 보았다. 이윽고 다카기 교감이 잠깐 기다리세요 하며 일어났다. 자료를 찾아오려는 모양이었다.

조금 전 교무실에서 보았던 여성이 다카기 교감과 교대라도 하듯 차를 들고 들어왔다.

"실례하겠습니다."

차를 세 잔 조용히 놓고 나갔다.

그 뒷모습을 눈으로 좇으면서 기노시타 선생이 입을 열었다.

"저, 야나이 겐토가 일전의 고바야시 미쓰루 사건과 무슨 관계라도 있습니까?"

역시 이런 얘기가 나올 줄 알았다. 하지만 아직은 말을 아껴야 한다.

"저 말고도 경시청 사람이 찾아왔었나 보죠?"

"네, 그저께쯤이었나. 어떤 분께서 두 사람을 동반하고 오셨어요. 하지만 고바야시 일이라면 벌써 10년도 더 지난 데다 그것도 중퇴한 학생이라 이제 우리 학교에는 직접 아는 사람이 없습니다. 고바야시에 대해서도 별로 드릴 말씀이 없고요. 경시청 분들이 왔다 가신 직후에 기자들도 찾아왔었지만, 여하튼 고바야시는 졸업생이 아니어서 사진도 찾기 쉽지 않았습니다. 그러더니 이제는 발길이 뚝 끊겼군요."

기자라. 언론 쪽 대응은 레이코의 업무와 거리가 멀어 확신하기는 어렵지만, 이 사건이 그리 크게는 보도되지 않았을 것이다.

잘 마시겠습니다, 하고 답례한 뒤 차를 한 모금 마셨다. 색은 짙었지만 맛이 흐렸다. 레이코는 찻잔을 내려놓자마자 다시 질문했다.

"기노시타 선생님은 야나이 겐토 씨에 대해 별다른 기억이 없으십니까?"

기노시타가 크게 숨을 들이마셨다. 두툼한 가슴이 더욱더 둥글게 부풀었다.

"뭐랄까, 그다지 활달한 학생은 아니었어요. 그런데 누나에 이어 아버지까지……. 참으로 딱한 일을 당해서였을까요, 전 되레 사건이 있은 뒤에야 그 학생을 인식했습니다. 그래서인지 어두운 인상이 아무래도 가장 기억에 남더군요."

"당시에 담임선생님은 어느 분이셨죠?"

"미쓰이라는 선생님이셨는데 이미 전근 가고 안 계십니다. 부임 학교는 알아보면 되니까 자세한 얘기는 그쪽에서 들으시면 될 겁니다."

그때 다카기 교감이 검은색 파일과 얇은 상자를 들고 돌아왔다.

"졸업생 명부입니다만, 조금이라도 도움이 될까 해서 가져왔습니다."

"감사합니다. 좀 보겠습니다."

건네받은 졸업생 명부에서 '야'로 시작하는 부분을 찾았다. 글자 순서로 볼 때 꽤 뒤쪽에 있을 것이다. 아, 여기 있었다. 야나이 겐토. 됐다! 고가네이 시 마에하라초라고 주소가 적혀 있었다. 게다가 취직한 직장까지 나와 있다. 야지마 전기통신 서

비스. 구체적인 업무 내용은 여기서 물어봐도 소용없겠지. 일단 다이토 구의 주소와 전화번호를 적었다.

다카기 교감이 들고 온 얇은 상자는 졸업 앨범이었다.

"어디 보자. 이 학생인가요? 기노시타 선생님."

"아, 네. 맞습니다."

다카기 교감이 앨범을 레이코 쪽으로 돌려 보여주었다.

"감사합니다."

학생의 개인 얼굴 사진. 확실히 큰 특징 없는 얼굴이었다. 길지도 둥글지도 않고 이목구비에도 인상적인 부분이 없었다. 굳이 특징을 꼽자면 곱슬머리인지 머리가락 끝이 귀 언저리에서 바깥으로 말렸다. 또 입술이 약간 두꺼워 보였다.

이 사람이 고등학교 시절의 야나이 겐토.

사진을 복사해서 챙겼다.

그길로 곧장 졸업생 명부에서 본 고가네이 시 마에하라초의 주소지로 찾아갔다.

무사시코가네이 역에서 걸어서 7분 거리. 상점가에서 약간 떨어진 조용한 주택가였다. 그러나 졸업생 명부를 보고 적어온 번지수에는 비교적 새 건물로 보이는 원룸 아파트가 들어서 있었다. 아무리 봐도 야나이 일가가 이곳에 살았다고는 생각하기 어려웠다.

건물 이름을 확인했다. 사쿠라이 아파트.

곧장 역으로 되돌아가 부동산을 찾아볼까 했지만 귀찮았다.

남쪽 출입구 근처에 있는 파출소로 갔다.

"실례합니다. 여기서 가장 가까운 부동산이 어디죠?"

입초 근무 중인 제복 경찰은 무심하게 곧장 건널목 쪽을 가리켰다.

"신호기가 있는 저 첫 번째 교차로에서 왼쪽."

'왼쪽입니다.'로 시정하라고 한마디 하려다가 관두었다. 막 건널목 신호가 바뀌었기 때문이다.

"감사합니다."

얼른 뛰어갔다.

경찰관이 알려준 대로 가 보니 정말 부동산이 있었다. 나카타 부동산. 전면에 파란 차양을 친 작은 부동산이었다. 이 지역에서 꽤 오래전부터 영업을 한 듯 보였다.

아직 저녁 6시도 되지 않았는데 벌써 형광등 불빛이 훤히 켜져 있었다.

레이코는 유리 미닫이문을 조금 열었다.

"계십니까?"

곧 안쪽 칸막이 저편에서 사람의 기척이 났다.

"네, 어서 오세요."

뜻밖에도 젊은 남자가 나타났다. 짙은 남색 양복을 맵시 있게 차려입었다. 표정도 부드럽고 호감 가는 인상이었다.

"실례합니다. 저기, 마에하라초 3가 22-×에 있는 사쿠라이 아파트에 대해 여쭤볼 게 있는데요."

안으로 들어가서 고개를 숙여 인사한 뒤 경찰수첩을 내밀었다.

남자는 잠깐 뜻밖이라는 표정이더니 이내 미소를 지었다.
"네. 사쿠…… 뭐라고 하셨죠?"
"사쿠라이요. 사쿠라이 아파트."
"잠깐 기다리세요. 편히 앉으세요."
남자가 권하는 대로 사무실 안쪽 테이블 앞에 앉았다.
"고맙습니다."
남자는 칸막이 안쪽으로 들어가더니 금방 돌아왔다.

그는 맞은편에 앉아 테이블 가장자리에 놓인 컴퓨터 모니터를 레이코 쪽으로 돌려 보여주었다.

"사쿠라이 아파트라고 하셨죠?"

부동산 업자용 사이트인가? 그가 바로 옆에 있던 키보드로 '사쿠라이 아파트 마에하라초'라고 입력하자마자 방금 본 건물의 외관 사진이 모니터에 나타났다. 맑고 파란 하늘 배경에, 외벽은 눈부실 만큼 하얗게 빛났다.

레이코가 본 저녁 무렵의 광경과는 전혀 다른 이미지였다.

"이 매물이 맞나요?"
"네."
"이 매물에 대해 뭐가 궁금하시죠?"
"지은 지 얼마나 됐나요?"
남자는 집게손가락으로 모니터 위를 짚었다.
아, 거기에 적혀 있었구나.
"6년 됐군요."
젠토가 졸업하고 2년 뒤인가. 젠토가 고등학교 졸업과 동시에 집을 내놓자 부동산 업자가 그걸 사들였고, 이 원룸 아파트가 완성된 때가 6년 전이라고 하면 계산이 맞았다.

"이전 소유자를 확인할 수 있을까요?"

"음……."

남자가 입을 동글게 오므렸다.

"시간이 조금 걸리겠지만 확인은 가능합니다."

"죄송하지만 부탁 좀 드려요. 시간이 걸려도 괜찮으니까 알아봐 주세요."

어차피 오늘 밤에는 수사본부로 돌아갈 생각이 없었다.

"알겠습니다. 한번 찾아보죠."

그는 자리에서 일어나 다시 칸막이 안쪽으로 들어갔다. 레이코는 부탁드립니다 하며 고개를 숙인 뒤 그대로 자리에 앉아 있었다.

남자는 어디론가 전화를 걸었다. 전화기에 대고 나카타입니다 하고 말하기에 이 부동산은 그가 창업했을까 아니면 부모로부터 물려받았을까 추측해보았다.

나카타는 '사쿠라이 아파트'를 몇 번인가 되풀이했고 통화 상대에게 확인을 부탁했다. 상대로부터 돌아온 대답은 아마도 '후지키'인 듯했다. 후지키가 부동산 이름인지, 사람 이름인지는 분명하지 않았다. 뒤이어 들려온 말은 '가이즈'였다. 마지막으로 '마쓰모토'라는 말이 반복되었다. 최종 정보는 아무래도 그 마쓰모토로부터 얻어야 하는 모양이었다. 여기까지 확인하는 데 대략 35분 걸렸다.

"오래 기다리셨습니다."

나카타는 메모 한 장을 레이코에게 건넸다.

야나이 겐토. 세타가야 구 아카쓰쓰미 5가 ××-×, 이와키)하이츠 102호. 고맙게도 전화번호까지 있었다.

"대단히 감사합니다. 정말 큰 도움을 받았습니다."

"이분은 7년쯤 전에 마쓰모토 부동산이라는, 이 역 맞은편에 있는 상당히 큰 회사를 통해서 이 토지를 매각한 모양이더군요. 그걸 메이다이마에에 위치한 후지키 그룹이라는 회사가 사들여서 지금의 원룸 아파트를 짓고 세를 주나 봅니다."

"그렇군요. 잘 알았습니다."

전에도 여러 번 느꼈지만 부동산 업자들의 정보망은 제법 쓸모 있는 시스템이었다. 특히 지금같이 수사권이 없는 레이코에게는 든든한 아군이었다.

"하지만 이분이 지금도 이 동네에 사시는지는 확실하지 않은데요."

"네. 그건…… 직접 가서 확인해야겠죠. 정말 감사했습니다."

또 뭔가 알게 되면 연락해도 되겠냐고 나카타가 묻기에 레이코는 명함 뒷면에 휴대전화 번호를 적어 건넸다. 레이코는 현재 전화번호를 두 개 사용하는 중이라 메모에는 업무용 전화번호를 적어주었다.

"성함이 히메카와 레이코이시군요."

"네."

"멋진 이름이군요."

은근히 기분이 좋기도 하여 평소보다 두 배로 더 상냥하게 미소 지었다.

"감사합니다."

레이코가 태어났을 때 아버지는 '아름답다'는 의미의 '레이(麗)'를 써서 레이코(麗子)라고 이름을 짓고 싶어 했지만 어머니가 강력하게 반대했다. 한자를 '옥소리'의 레이(玲)'로 바꾸자고 간신히 설득하여 이런 이름이 되었다고 들었다. '히메카와 레이코(姬川玲子)'도 어지간하지만 히메카와 레이코(姬川麗子) 역시 부담스럽기는 마찬가지였다. 스스로도 지나치다고 생각했다.

게다가 어머니의 이름은 미즈에(瑞江), 여동생 이름은 다마키(珠希)다. 모두 '구슬' 시리즈다.

답례인지 그도 명함을 건넸다.

"나카타 도시히데입니다. 아쉽죠?*"

"어머! 그러네요?"

일단 받아주기는 했지만 레이코는 그 한마디가 조금 실망스러웠다. 속으로 이 사람은 이런 수법으로 여자를 몇 명이나 꾀었을까 하고 생각했다. 최소한 클럽 같은 데서는 백발백중 효과 만점의 수작일 게 뻔했다.

느낌이 좋은 남자였는데, 패스.

그날 밤 나카타가 알려준 주소로 찾아갔다.

---

* 일본의 유명 축구 선수 '나카타 히데토시(中田英壽)'의 이름을 의식해서 한 농담이다.

세타가야 구 아카쓰쓰미 5가. 무사시코가네이에서 먼 거리는 아니지만 아무리 찾아봐도 한 번에 가는 전철이 없었다. 아마도 가장 가까운 역은 시모타카이도인 듯했다. 모바일 인터넷으로 검색해 보니 일단 JR 국철을 타고 신주쿠까지 돌아간 다음 게이오선으로 갈아타는 방법이 최선인 듯했다. 하지만 그것도 번거로워서 그냥 택시를 잡아탔다. 택시에 타자마자 레이코는 곧 후회했다. 이번 단독 수사 과정에서 사용한 경비는 용도가 어찌 됐든 수사본부에 청구하지 못한다. 이제부터는 최대한 절약하기로 마음을 다잡았다.

근처에 도착한 시간은 8시쯤이었다.

3층이나 4층짜리 맨션과 2층짜리 빌라, 단독주택이 밀집한 주택가였다. 상점도 별로 없고 시간상 행인도 드물었다. 교차로는 전부 일방통행이어서 직접 차를 몰고 왔으면 헤매고 다녔을 게 분명했다.

"말씀하신 주소가 저기 아닌가요?"

택시 기사는 내비게이션 화면과 비교해 보면서 세련된 단독주택 건너에 있는 낡은 외관의 2층짜리 빌라를 가리켰다.

"그런가요? 수고하셨습니다. 아, 참! 영수증 주세요."

택시에서 내리자 갑자기 세찬 바람이 스치고 지나갔다. 옷자락을 여미고 바람을 맞으며 재빨리 인도로 올라섰다. 이윽고 택시의 빨간 표시등마저 사라지자 냉기와 함께 무거운 암흑까지 한꺼번에 몰려왔다.

우선 목적지인 이와키 하이츠 앞까지 이동했다.

2층짜리 시멘트 건물이라는 표현이 적절할까. 외벽은 황토색으로 분무식 도장을 했고 지붕에는 거무스름한 일본 재래식 기와를 얹었다. 1층과 2층에 각각 두 집씩 모두 네 집의 출입문이 보인다. 1층 집들 현관 위로는 2층의 바깥 복도가 꼭 차양처럼 튀어나와 있고 현관문 위에 설치된 형광등이 희미하게 주위를 밝히고 있었다. 벽돌 울타리 같은 것은 없었다. 출입문이 밖에서도 그대로 보였다.

우편함은 건물 오른편, 2층으로 올라가는 계단 밑에 있었다. 102호 우편함에 적힌 이름을 보았다.

'야나이 겐토'라고 분명하게 적혀 있었다. 7년 전쯤 집을 팔고 여기로 온 다음에는 이사를 하지 않았나 보다.

다시 빌라 정면으로 돌아갔다. 102호 현관문에 달린 작은 창이나 그 왼쪽 옆에 난 알루미늄 격자창이나 어느 쪽에서도 불빛은 보이지 않았다. 아무리 살펴봐도 집 안에 불빛은 없었다.

레이코는 휴대전화를 꺼내 들고 아까 나카타에게서 받은 메모를 펼쳐 전화번호를 눌렀다. 번호 앞머리에 '*184#'을 붙여 발신 번호 표시 제한 서비스로 전화를 걸었다.

곧 현관문 안쪽에서 따르릉 전화벨 소리가 들렸다. 일곱 번 울리고 전화를 끊자 문 안쪽에서 나던 소리도 멈췄다. 전화번호도 틀림없었다. 부재중이라는 사실도 확인했다.

날씨가 여간 춥지 않아 레이코는 역 쪽으로 되돌아가 렌터카 사무실을 찾았다. 역 맞은편 대여소에서 바로 빌릴 수 있는 저

렴한 차를 문의하자 대여소 주인이 경차를 추천했다. 경차는 싫다고 하자 닛산 마치는 어떠냐고 물었다.

"티다는 비싼가요?"

"네, 한 등급 높으니까요."

"마치로 할게요."

절약해야지, 절약.

다행히 내비게이션이 기본 옵션이라 이와키 하이츠까지는 쉽게 돌아갔다.

미리 봐둔 유료 주차장으로 들어갔다. 빌라에서 50미터쯤 떨어진 모퉁이에 있었다. 요금 안내판에는 '최대 2,000엔'이라는 글자가 대문짝만하게 적혀 있었다. 결코 싼 요금은 아니었지만 아무리 오래 세워둬도 저것보다 더 내지는 않을 테니 이득이라고 위안했다. 어쨌든 이와키 하이츠 앞이 훤히 내다보이는 절묘한 주차 위치까지 확보하지 않았는가.

휴대전화를 꺼내 시간을 확인하니 10시가 조금 안 된 시각이었다. 지휘부 직원에게 연락을 해둬야겠다는 생각이 들었지만 그쪽은 아직 회의 중일 것 같아 전화 대신 문자메시지를 보냈다. 수신자는 기쿠타 정도면 적당하겠지.

　수고가 많지? 오늘 밤과 내일 아침 회의에 가지 않더라도 걱정하지 마. 하야마와 유다에게도 그렇게 전해줘. 레이코.

그런 다음 잠깐 시동을 걸어 따뜻해지면 껐다가 다시 추워지면 시동 걸기를 반복했다.

맙소사! 깜빡 잠이 들었다. 그것도 시동까지 켜둔 채. 눈을 뜨니 벌써 아침 6시였다. 자동차 앞 유리에는 이슬이 흠뻑 맺혀 있었다.

큰일인데.

잠복근무는 오랜만이었던 데다 혼자서는 처음이었으니까, 하고 스스로 이런저런 변명을 대보지만 '형사 자격 상실'이라는 글자가 머릿속에 선명하게 떠올랐다. 거기에 '공회전 금지', '환경문제', '경비 삭감' 따위의 단어들까지 휘몰아치듯 줄줄이 따라붙었다.

잠복근무는 역시 혼자서는 힘드네.

레이코는 한숨을 지으며 엔진을 끄고 차에서 내렸다.

그래도 아직 해가 완전히 뜨기 전이었다. 서쪽 하늘은 여전히 캄캄했다.

한 바퀴 쓱 둘러보니 주차장 모퉁이에 코카콜라 상표가 그려진 자동판매기가 있었다. 혼자 새벽 커피라도 마실까.

걸음을 내딛자 펌프스 바닥이 철퍽철퍽 지면을 울렸다. 가는 비라도 내렸는지 아니면 그저 서리인지 주위의 자동차나 지면이 촉촉이 젖어 있거나 심지어 얼어붙은 곳도 있었다. 시동을 걸어두길 잘했다 싶은 생각마저 들었다.

자동판매기 앞에 서자 마음이 바뀌었다. 커피보다는 즉석 콘수프를 먹자. 커피는 잠을 쫓기도 하지만 이뇨 작용을 촉진해서 잠복근무 중에는 적합하지 않다. 콘수프를 뽑았다.

그런데 이렇게 금방 화장실에 가고 싶어질 줄이야.

"공원 화장실은 질색인데. 추운 데다 더럽고."

혼자 중얼거리며 렌터카 앞까지 돌아왔을 때였다. 어디선가 문을 여닫는 소리가 들렸다. 자동차 소리는 아니었다. 훨씬 가벼운 소리였다. 정확하게는, 이와키 하이츠에서 보았던 그 싸구려 문짝을 여닫는 소리였다.

설마 하고 돌아보니 뜻밖에도 이와키 하이츠 앞에 사람 그림자가 보였다. 이제 막 건물에서 나온 듯했다. 몸이 움직이는 방향으로 짐작건대 102호에서 나온 게 틀림없다.

운 좋게도 레이코 쪽으로 걸어오는 중이었다. 하지만 유감스럽게도 야나이 겐토가 아니었다. 아니, 애초에 남자가 아니었다.

어깨까지 늘어뜨린 머리카락. 아주 밝은 갈색 거리. 키는 레이코보다 조금 작았다. 구두 굽 높이를 빼면 165센티 정도일까? 모자나 선글라스는 쓰지 않았다. 더블 스탠드업 칼라가 달린 짙은 남색 코트가 잘 어울렸다. 무릎 아래로 흰 바지가 보였다. 가는 다리. 체중은 50킬로가 조금 넘어 보였다. 어깨에 멘 거무스름한 가죽 핸드백이 앙증맞았다.

가까워졌다. 몰래 얼굴도 확인했다.

갸름한 얼굴에 미인이라고 할 만한 이목구비였다. 눈꼬리가 조금 올라가 있고 입술은 약간 도톰했다. 남자들이 좋아하는 유형이라고 해야 하나. 전체적으로 인상이 세련되고 관능적이었다. 나이 대는 추측하기 조금 애매했다. 레이코 또래 같기도 하고 훨씬 어리게도 보였다. 20대 초반부터 30대 초반 정도까지.

누구일까? 겐토의 애인인가? 그렇다면 레이코가 깜빡 잠든 사이 집에 들어갔나? 혹시 겐토와 함께 들어갔다가 그녀만 볼일이 생겨서 서둘러 돌아가는 것은 아닐까?

만약 그렇다면 겐토는 지금 방에 있을 것이다.

5

이시도 조직은 매달 9일과 24일에 '정례 회의'를 소집한다.

전에는 그냥 '집회'나 '모임'이라 부르고 정해진 날짜도 없었지만, 마키타가 들어온 무렵부터 '회의'라고 칭하며 매월 10일, 20일, 말일에 전원이 모였다. 그러나 폭력단 단속법이 시행되고 거품 경제가 꺼지면서 사정이 달라졌다. 쉽게 말하면 열흘마다 모여 의논할 만큼 중요한 사안이 없어진 데다 일반인이든 조직 폭력배든 매월 5와 10으로 끝나는 날이 바쁘기는 마찬가지였다. 결국 날짜를 다시 조정하자는 의견이 나왔고 그 뒤로 날짜를 9일과 24일로 변경해서 지금까지 이어지고 있다.

의제는 회의 때마다 가지각색이다. 어느 조직이 상납금을 체납하고 있다는 둥, 어느 시에서 경매 물건이 나왔는데 권리관계가 복잡하니 도와줄 사람을 찾는다는 둥. 그 밖에 이쪽 업계만의 고유한 일이라면 파문 통보장과 절연 통보장의 확인 작업이 있다.

예를 들어 파문 통보장은 이런 식이다.

파문장

삼가 아룁니다.

목하 존경하옵는 귀일가의 무궁한 발전을 기원합니다-.

다름이 아니오라 금번 전(前) ××회 ××일가 ×× 조직의 일원인 ××(××세) ××현 ××시 출신의 위 사람은 의협의 도리에 비추어 용납 불가한 과오를 범하였으므로 20××년 ×월 ×일부로 '파문'을 결정하였습니다. 이에 향후 ××회 ××일가 ×× 조직과 일절 무관함을 통보합니다.

더불어 다짐컨대 귀일가와는 결연, 교우, 상거래 등 여하를 막론하고 일절 불가함을 밝힙니다. 위와 같은 행위가 있을 시, 본 조직에 대한 적대 행위로 간주하여 단호한 조치를 취할 것임에 유념하시기 바랍니다.

20××년 ×월 ×일
××회 ××일가 ×× 조직
총수 ××

이런 서한은 전국의 주요 조직 전처에 전달된다. 파문장을 받으면 각 조직들이 책임을 지고 말단 조직에까지 통지해야 한다. 파문과 절연의 차이를 일반적인 형벌에 비유하면 파문은 무기징역, 절연은 사형이나 다름없다. 즉 파문이라면 아직 업계에 복귀할 가능성이 있지만 절연에는 그럴 여지가 전혀 없다. 그러한 절연장을 받은 인물과 어쩌다 의형제 또는 부자 관계를 맺었다가는 화근이 되기 때문에 앞서 말한 통지 확인이 대단히 중요하다.

다시 돌아온 회의 날, 진유회 산하 조직인 로쿠류회의 말단 간부 고바야시 미쓰루 살해 사건에 대한 보고가 있었다. 그러나 현재 경찰이 수사 중이고, 애당초 이시도 조직 전체가 나서서 어떤 대응을 해야 할 정도의 사건은 아니라는 쪽으로 의견이 모아져 특별히 화제에 오르지는 않았다.

업무상 공지까지 거의 끝나가는 회의 막바지에서였다. 마키타와 같이 부두목 보좌 역인 미하라 데쓰오가 할 말이 있다는 듯 발언권을 요청했다.

의장을 맡은 부두목 후지모토는 미하라에게 턱짓으로 발언을 허락했다.

"뭐냐?"

미하라는 예, 하고 고개를 끄덕이긴 했는데 좀처럼 입을 떼지 않았다.

무거운 침묵이 이어졌다. 후지모토도 의아한 얼굴로 주위를 둘러보았다.

미하라는 한 차례 헛기침을 한 뒤 겨우 입을 열었다.

"그러니까…… 그게, 이런 얘기를 이 자리에서 하는 게 맞는지 모르겠습니다만…… 후지모토 형님."

오늘 회의에 참석한 사람은 총 스물세 명이었다. 모두 이시도 회장의 부하이자 후지모토의 아우였다. 그러나 최근에는 누구나 후지모토를 '두목'이라고 불렀다. 그럼에도 구태여 후지모토 '형님'이라고 불렀다는 데서 미하라의 현재 의중이 훤히 들여다보였다.

"그래도 말은 해야겠다, 이건가?"

후지모토는 엷은 미소를 띠는 여유까지 부렸다.

"네. 뭐, 이미 알고 계시겠지만 가미우마의 간나나 공사 건 말입니다."

마키타는 금시초문이었다. 가미우마라면 세타가야 구의 도큐 덴엔토시선 철로 주변에 있는 시가지 아닌가.

후지모토는 얼굴색 하나 변하지 않고 잠자코 듣기만 했다.

"그 지명 입찰 말입니다. 다음 차례는 저희 쪽이 떼놓은 당상이었습니다. 그런데 누가 다 된 밥에 재를 떨었다, 이겁니다. 예정 가격이 1억 5천만 엔. 그걸 저희가 1억 1,350만 엔에 낙찰을 받는다, 그런 시나리오였는데 어찌된 영문인지⋯⋯ 하나지마 건설 회사가 1억 1,310만 엔에 낙찰을 받았습니다. 억 단위 거래에서 겨우 40만 엔 차이라니요. 전부 다 똑똑히 보셨던 거 아닙니까?"

뭘 봤다는 걸까? 말할 필요 없이 지명 업자 명부와 희망 낙찰가에 대한 정보였다. 누가 봤는가? 바로 하나지마 건설 회사의 입찰 담당자였다. 하나지마 건설 회사는 오쿠야가 조직 산하의 종합 건설 회사였다.

"형님, 꼬리는 잡혔습니다. 이번에 희망 낙찰가를 결정한 자가 다이토 건설의 사에키 아닙니까? 그 사에키가 지난달 초 시나가와에 있는 요정에서 형님과 둘이 복어회를 먹는 모습을 봤다는 사람이 있습니다."

후지모토는 고개를 갸웃했다.

"나는 다이토 사람하고 복어회도 먹으면 안 되는 거냐?"

"이제 와서 시치미 떼겠다는 겁니까?"

"무슨 시치미를 떼? 난 그냥 물어봤을 뿐이야. 내가 다이토 사람과 복어도 먹으면 안 되냐는 말이다."

두 눈썹을 추켜올린 미하라의 모습과 대조적으로, 후지모토의 말투에서는 여유가 느껴졌다.

"그게 아니면…… 아, 그거군, 미하라. 너도 복어가 먹고 싶었던 게로구나?"

취임식만 하지 않았을 뿐, 그래도 조직의 부두목이 던진 농담이었다. 여느 때 같으면 누구 하나쯤은 웃음을 터뜨리고도 남을 만한 상황이었다. 그러나 오늘은 사정이 달랐다. 모두가 마른침을 삼키며 상황의 추이를 지켜보기만 했다.

미하라가 탁자에 양손을 짚고 일어났다.

"어디서 개수작이야!"

회의용 탁자는 장방형. 의장인 후지모토는 당연히 상석에 앉았고 미하라는 창가 중간쯤에 있었다. 마키타는 정확히 두 사람 사이 한가운데에 앉아 있었다. 위치로 보면 후지모토는 12시 방향, 미하라는 9시 방향, 마키타가 10시 반 방향이었다.

미하라의 의자가 천천히 뒤로 기울더니 결국 요란한 소리를 내며 쓰러졌다.

"두목님이 위중한 시기에 말이야!"

아차 싶었다. 지금 여기서 그 주제를 꺼내면 돌이키지 못한다. 비록 모두에게 중대한 관심사이긴 하지만 그것을 이 자리에서 후지모토 본인에게 들이밀다니 무모한 짓이다.

"두목님이 안 계신 틈을 타서 때는 이때다 하고 백부님께 꼬리나 흔들어대는 자식이……."

"그만해, 미하라."

마키타는 자기도 모르게 미하라 앞을 막아섰다. 그런데도 미하라는 멈추지 않았다. 마키타를 제치고 상석으로 나가려고 했다.

"무슨 꿍꿍이로 그 자리에 앉아 있는 거야, 어?"

"그만하라니까."

마키타가 정면에서 포박하듯 껴안아 제지하자 미하라는 눈을 치뜨고 마키타를 노려보았다.

"이봐, 이거 놔."

마키타와 미하라는 비슷한 서열의 의형제 사이였다.

"안 돼. 못 놔!"

"됐으니까 놓으라고. 형제들도 저 개자식이 숨어서 무슨 짓을 하는지 다 알잖아?"

"아무튼 지금은 그만둬. 이 자리에서 할 말이 아니다."

마키타는 가능한 한 목소리를 낮췄지만 주위가 너무 조용했다. 후지모토 귀에도 들렸을 것이다.

"마키타……."

등 뒤에서 후지모토가 일어서는 기척이 느껴졌다. 하지만 마키타는 굳이 돌아서지 않았다.

"너도 미하라와 같은 생각이냐?"

그는 마키타 쪽으로 다가왔다.

"응? 말해봐. 나를 개 정도로 취급하는 부하 녀석하고 사이좋게 어깨까지 걸고 말이야. 너도 같은 꿍꿍이라고 생각해도 되겠냐 이 말이다."

"두목!"

옆에 있던 자가 말리려 했다. 마키타는 그제야 뒤돌아보았다.

"죄송합니다, 두목."

마키타가 고개를 숙였지만 워낙 키가 커서 눈 위치가 높았다. 고개를 숙여도 눈앞의 상황이 내려다보였다. 후지모토는 왼발에 중심을 두어 짝다리를 걸은 채 양손을 축 늘어뜨리고 있었다. 진심으로 다툴 생각은 없어 보였다.

"미하라는 나중에 잘 타이르겠습니다. 그러니 이쯤에서 그만 고정하십쇼."

더 깊이 고개를 숙였다.

"뭐야? 중재의 달인 마키타 씨께서 솜씨 자랑이라도 하시는 건가?"

후지모토는 저지하려는 누군가의 손을 뿌리친 다음 자기 자리로 돌아갔다.

정례 회의는 그렇게 끝났다.

"미하라, 지금은 참아라. 나한테도 생각이 있다."

이시도 조직 본부 근처의 카페. 크리스마스 장식인지 창문에 흰색 스프레이 페인트를 하얗게 뿌려놓았다.

미하라는 이제 막 불 붙인 담배를 재떨이에 비벼 끄고는 마키타를 노려보았다.

"생각이라니 무슨 생각?"

"지금은…… 말하기 그렇고."

"생각 따위 원래 없었겠지."

반은 맞고 반은 틀렸다.

겐토가 진유회에 대한 정보를 쥐고 있다. 그것을 잘만 이용하면 지금 이시도 조직이 안고 있는 골치 아픈 문제는 단번에 해결된다.

"있어. 궁리 중이야. 그러니 미하라, 지금은 참아라. 더 이상 두목과 부딪치지 않겠다고 약속해."

진심으로 납득한 눈치는 아니었지만 미하라는 고개를 끄덕인 뒤 얌전히 돌아갔다.

카페에서 나오자 하얀 엘그랜드 앞에 가와카미가 대기하고 있었다. 선글라스를 썼는데도 석양이 눈부신지 잔뜩 인상을 썼다.

"수고하셨습니다."

"그래."

가와카미가 옆으로 밀어서 문을 열어주어 차에 올라탔다. 차창을 짙게 코팅해서 차 내부는 언제나 어두웠다. 시트도 검은색 가죽이라 차문을 닫는 순간 동굴 속에서 출구를 바라보는 느낌이었다. 마키타는 오히려 그 폐쇄된 느낌이 좋았다.

시동이 걸리고 방향등이 깜박깜박 점멸했다. 가와카미가 창문 너머로 오른쪽 뒤를 확인했다.

"가와카미."

"예."

대답과 동시에 가와카미는 가속 페달을 밟았다. 능숙하게 오른쪽 차선으로 끼어들었다.

방향등 소리가 꺼졌다.

"사무실에 급한 일은 없지?"

"예, 오늘 일정은 다 끝났습니다. 하지만 밤에는 '실크'에 잠깐 들르셔야 할 텐데요. 10주년 기념 파티 마지막 날인 데다 오늘 밤은 크리스마스이브 아닙니까."

"아, 그런가."

'실크'는 마키타가 처음으로 롯폰기에 낸 클럽이었다. 그로부터 벌써 10년. 그렇게 생각하니 감회가 새로웠지만, 공교롭게도 오늘은 파티에서 기분이나 낼 때가 아니었다. 성탄절 기분도 나지 않았다.

"그럼 그 전에…… 아카쓰쓰미로 가자."

가와카미는 시선을 정면에 고정한 채 반문하듯 왼쪽 귀를 마키타 쪽으로 향했다.

"아카쓰쓰미. 야나이 겐토가 사는 데 말이야."

"아니, 그건……."

"가봐야겠어. 내 눈으로 직접 확인하고 싶다."

가와카미는 또 한 번 부앙 소리를 내며 가속 페달을 밟았다.

"형님이 보시든 누가 보든 마찬가지입니다. 야나이 겐토는 사라졌고 남은 건 허름한 빌라뿐입니다."

"그런 뜻이 아니야."

마키타는 겐토를 신뢰했다. 비실비실하고 유령같이 생긴 풋내기였지만 내면에 숨은 분노는 거짓이 아니었다.

"일단 가보자고. 정말 사라졌다면 그때 가서 다시 생각하지."

역시 이번 건은 남의 손에 맡겨서 될 일이 아니었다.

근처에 차를 세우고 겐토가 살던 빌라까지 조금 걸어서 가보았다. 별다른 의미는 없었다. 그래보고 싶었을 뿐이다. 굳이 이유를 대자면 차에서 내리는 모습을 겐토에게 보이고 싶지 않았던 것 같다. 겐토에게는 부하가 운전하는 차에 타서 어깨를 으스대며 찾아온 건달 나부랭이 같은 인상을 주고 싶지 않았다.

네 집밖에 없는 작은 빌라. 아래층 왼쪽 집이 겐토가 사는 곳이라고 가와카미가 가르쳐주었다.

확실히 낡을 대로 낡았다. 틀림없이 쇼와 시대 때 지어진 건물이다. 아카쓰쓰미는 결코 땅값이 싼 지역이 아니었지만 이렇게까지 허름한 집이면 월세 7만 엔은 넘지 않을 것이 분명했다. 5만 엔 정도면 적당하지 않을까 하는 생각이 머리를 스쳤다.

102호 문 앞에 서서 눈 위에 보이는 전기 계량기를 확인했다. 계기가 돌아가기는 했지만 눈에 띄게 빠른 속도는 아니었다. 이런 계절에 집 안에 있다면 꽤 많은 전기를 소비할 테니 부재중이 틀림없었다. 어쩌면 마키타나 부하들이 찾아올까 두려워서 냉장고 말고는 전부 스위치를 끈 채 숨죽이고 있을 가능성도 없지 않았다. 실제로 빚에 묶여 옴짝달싹 못하게 된 사람들이 종종 그런 식으로 쥐 죽은 듯 숨어 살기도 했다.

일단 초인종을 눌러보았다. 딩동. 좋지도 나쁘지도 않은 초인종 소리가 현관문 저편에서 울려 퍼졌다.

아무 반응도 없었다.

"겐토, 집에 있나?"

느긋하고 친근하게 불러보았다.

"나다, 마키타. 가와카미가 몇 번씩 연락 달라고 부탁했을 텐데…… 어떻게 된 거야? 왜 연락이 없나? 화를 내는 게 아니니까 좀 나와봐."

아르바이트도 안 나간다며? 말하려다 그만두었다. 이쪽에서 그런 사생활까지 확인했다는 것을 겐토는 모를 터였다.

"집에 없나. 겐토? 얼굴이라도 보여봐."

파란 스포츠카 한 대가 등 뒤에서 빠른 속도로 지나갔다. 코트를 입지 않아 등에 느껴지는 바람이 제법 찼다.

지나치게 조용한 저녁이었다.

문득 홀로 버려진 듯한 기분이 들었다.

겐토, 나는 너를 믿었는데.

그렇게 생각한 순간이었다.

"저어……."

가까이에서 사람 목소리가 들렸다. 자신에게 하는 말이라고는 생각지도 못했다. 무심코 돌아보니 제법 키가 큰 여자가 한 명, 그곳에 서 있었다. 낯선 얼굴이었다. 그런데 전혀 거리낌 없이 마키타를 똑바로 쳐다보았다.

"예?"

"아, 그게, 야나이 겐토 씨를 찾아오셨나요?"

이 여자는 또 뭐지?

짙은 회색 정장 바지에 두툼한 코트. 어깨에는 같은 색 계열의 가죽 토트백을 걸쳤다. 무슨 영업 사원이라고 보기에는 건방진 느낌이었다. 물장사 쪽이라고 보기에는 화려하지 않았다. 얼굴이 반듯하기는 한데 딱히 미인이라고 칭찬해줄 정도는 아니었다. 나이는 30대 중반쯤일까. 아니, 그보다 조금 더 어린가. 바람에 휘날린 탓인지 중간 길이의 머리카락도 깔끔하게 손질한 것처럼은 보이지 않았다. 요컨대 마키타 주변에 존재하는 여자들보다 수수하고 색기도 없고 촌스러운 느낌이었다.

그런데 겐토의 이름을 알고 있다. 녀석에게 용건이 있는 게 확실하다. 혹시 민생 위원*인가? 아니다. 그런 데서 도움을 받아야 할 만큼 겐토가 궁핍했다고는 생각되지 않는다.

마키타는 일단 예에, 하고 대답하면서 반응을 살폈다.

"그러시군요. 야나이 겐토 씨, 집에 없죠?"

여자도 마키타의 정체를 살피는 눈치였다.

마키타는 오늘 짙은 남색 신사복 차림이었다. 쓸데없는 액세

---

* 민생 위원: 일본의 지방정부가 빈곤층을 보살피기 위해 민간인에게 위촉하는 직위.

서리나 선글라스는 걸치지 않았다. 넥타이와 와이셔츠도 별로 화려하지 않았다. 롤렉스 시계가 그나마 눈에 띨지 모르지만 특별히 다이아몬드 장식이 들어간 제품도 아니었다. 시계에 대해 어지간히 해박하지 않다면 200만 엔이 넘는 물건이라는 생각은 못할 것이다.

지금은 시치미를 떼고 일반인의 얼굴로 상대해야겠다.

"네, 몇 번 불러봤는데 집에 없나 봅니다."

마키타가 먼저 신분을 밝혀야 하나 아니면 조심스레 물어봐야 하나 망설이는 사이 여자가 먼저 가방에서 무언가를 꺼내 들었다.

"전 경시청 소속 형사입니다."

여자는 여권 케이스처럼 생긴 경찰수첩을 내밀었다. 사진이 붙은 신분증과 중앙에 벚꽃 문장이 들어간 금배지가 들어 있었다. 겉만 보고서 진짜인지 아닌지 판별하긴 어려웠지만 적어도 취미 삼아 흉내나 내는 경찰 마니아로는 보이지 않았다. 다시 말해 진짜 경찰이다.

방심했다. 마키타가 아는 경찰은 폭력단 담당 형사 정도였고, 다들 건달 못지않게 험악한 인상들뿐이었다. 여자 형사는 전혀 예상 밖이었다.

이 여자는 소속이 어딜까. 지서를 밝히지 않는 걸 보면 본청 소속일지 모른다. 그렇다면 본청에서 겐토에게 무슨 볼일이 있을까. 설마 고바야시 사건 때문에 찾아왔나. 그럴 리 없다. 고바야시 사건과 야나이 일가 사건을 연관 짓기란 쉽지 않다.

여자는 연이어 질문했다.

"실례지만 야나이 겐토 씨와 무슨 관계시죠?"

우선은 마키타도 형사의 의도를 파악할 필요가 있었다.

"아, 저는……."

여러 가지 명함 중에서 가장 무난한 부동산 명함을 내밀었다.

"고요 부동산의 마키타 고이치라고 합니다."

이 부동산은 실제로도 등기상 완벽하게 건전한 회사로 운영하고 있었다. 조사를 해도 교쿠세이회와 얽힌 관계가 쉽게 드러나지 않게 만들어놓았다. 게다가 이름도 '마키타 고이치'로 바꿔두었다. 직책은 영업부장. 폭력단 담당 형사라도 금방 눈치채지는 못할 것이다.

"아, 부동산 일을 하시는군요."

여자는 그렇게 말하면서 마음을 놓은 듯 표정을 누그러뜨렸다.

혹시 의심했나. 오늘 입고 나온 옷은 남들이 한눈에 보고 자신의 정체를 알아차릴 만한 옷차림이 아니었다.

아니, 그런 건 상관없었다. 이제는 마키타 쪽에서 공격할 차례였다.

"괜찮으시면 명함 좀 주시겠습니까?"

마키타가 먼저 명함을 주었으니 그 보답을 요구해도 과한 행동은 아니었다.

여자는 네 하고 끄덕인 다음 경찰수첩을 집어넣고 가방 속을 뒤져 명함 지갑을 꺼냈다.

"히메카와 레이코입니다."

경시청 형사부 수사 1과 살인범 수사 10계, 경위 히메카와 레이코.

수사 1과 살인범 수사라면 역시 고바야시 살해 사건과 관련해서 겐토와 접촉하려는 의도로 봐야 할까. 게다가 이 나이에 경위라니. 형사치고는 제법 실력이 좋은 형사인가 보다. 기억해 둬야겠다.

히메카와 레이코 형사가 고개를 갸웃하며 다시 물었다.

"회사는 롯폰기에 있군요. 겐토 씨와는 어떻게 아시죠?"

그렇다. 고요 부동산과 겐토의 관계까지는 미처 생각하지 못했다.

자, 뭐라고 둘러대면 좋을까.

"아, 회사는 그게…… 롯폰기에 있습니다만 사업상 몇 번인가 겐토 씨의 아르바이트 자리를 알아봐 주다 안면이 생겼습니다."

믿어줄까.

"그러시군요."

레이코는 흥미롭다는 듯 맞장구를 쳤다.

"그래요. 그럼, 겐토 씨가 일하는 곳은 이 근처인가요?"

젠장, 이상한 대목에서 꼬투리를 잡혔다. 쓸데없는 말을 지껄이고 말았다.

제3장

1

 나는 여러 번 취조를 당했어. 죽은 누나를 최초로 발견한 사람이니까.

 왜 그날 누나의 집을 찾아갔는지, 당시 주변 상황은 어땠는지, 수상한 자는 못 봤는지, 어떻게 해서 집에 들어갔는지, 무엇을 만졌는지, 무언가 건드린 것은 없는지, 나중에 생각난 것은 없는지, 범인으로 여겨지는 사람은 없는지.

 밝혀도 되는 범위 안에서 내가 아는 모든 것을 진술했어.

 쓰러진 누나 근처에 있던 넥타이. 그걸 본 기억이 있냐고 묻기에 모르겠다고 대답했어. 사실 아버지 것인 줄 한눈에 알아봤지만 차마 말하지 못했어. 아버지와 누나의 관계를 내가 나서서 떠벌리고 싶지 않았거든.

그래도 며칠 지난 뒤에 아버지한테는 물어보았어.

"아버지, 사선 무늬 있는 팥죽색…… 그거 어떻게 하셨어요?"

아버지는 잠시 입을 다문 채 아무 말도 하지 않았어. 매고 있던 넥타이를 꽉 움켜쥐고, 주먹을 부르르 떨고, 짧게 한숨을 짓더니 내가 한 짓이 아니다 하고 중얼거리듯 작게 대답했어.

물론 믿고 싶었어. 친딸과 관계를 가졌어도, 그것 때문에 누나가 죽을 만큼 괴로워했어도, 결과적으로 누군가에게 살해되었어도, 아버지가 누나를 사랑했다는 사실만은 의심하고 싶지 않았어.

다만 그 애정이 증오로 변질되기 쉬운 감정이라는 것도 나는 진즉에 알고 있었어.

누나가 집을 나간 뒤부터 아버지는 분명 정상이 아니었어. 지에가 연락 안 했어? 넌 지에가 있는 곳을 알잖아. 모른다면 어째서 넌 지에가 어디 있는지 찾지 않는 거야? 지에가 어디에 있는지 걱정도 안 돼? 너는 네 누나가 걱정되지 않냐고? 매일 밤 내 멱살을 잡고 그런 말들을 되풀이했어. 가끔 주먹도 휘둘렀어.

그때 아버지가 누나를 만났다면 그 폭력은 분명히 누나를 향했을 거야. 불 보듯 빤한 일이야. 그래서 아버지에게는 알려주지 않았어. 누나도 그래주길 바랐으니까. 알려주면 누나가 집을 나간 의미가 없잖아.

얼마 지나지 않아 수사의 손길은 아버지에게 뻗쳤고, 갈수록 취조받는 시간이 길어지더니 마침내 얼굴을 모자이크로 가린

아버지가 매일 텔레비전에 나왔지.

아버지는 애꿎은 경찰의 권총을 가로채서는 경찰서에서 스스로 목숨을 끊었어.

처음부터 정상적인 가정은 아니었어. 우리 가족은 엄마가 돌아가시고부터 서서히 무너지기 시작했던 거야. 그러다가 누나의 독립과 죽음이라는 사건을 거치면서 단숨에 가속이 붙었고 아버지의 자살로 끝이 났지.

평범한 사람이 보기에는 모두 정상이 아니었을 거야. 어리석었어. 아버지도, 누나도. 두 사람의 관계를 묵인했던 나도 마찬가지.

사실 가장 어리석었던 사람은 바로 나야.

어떻게든 손을 썼더라면 누나의 죽음을 막을 수 있었을까. 그건 장담할 수 없지만 어쩌면 아버지의 자살만큼은 내가 한마디 말로 막을 수 있었을지 몰라.

그날 밤 나는 내 손으로 잠긴 문을 열고 누나네 집에 들어갔어. 틀림없어. 비에 젖은 손으로 현관 문고리를 잡았을 때 느꼈던 차가움도, 열쇠 구멍에 열쇠를 꽂을 때의 감촉도, 그 소리도 전부 기억해.

그건 다시 말하면, 누나를 죽인 다음 그 집에서 나온 누군가가 마지막으로 열쇠를 사용해 문을 잠갔다는 뜻이야. 물론 경찰도 그 정도는 알아냈겠지. 아버지도 그것과 관련된 질문을 받고 자기는 여벌 열쇠 따위 안 가졌다고 해명했을지 몰라. 정말로 아버지에게는 열쇠가 없었을 거야. 하지만 형사들은 아버지의 그런 대답에도 의심을 풀지 못했겠지. 아버지와 누나는 남녀 관계였으니까. 그리고 경찰도 그런 증거는 몇 개쯤 쥐고 있었을 테고 여벌 열쇠가 없다는 말만으로는 경찰을 납득시키지 못했던 게 틀림없어.

만약 내가 증언을 했다면 달라졌을지도 몰라.

누나는 아버지에게서 도망치고 싶어 했어. 아버지에게 여벌 열쇠를 건넸을 리가 없어. 그러니까 내가 누나네 집에 들어가기 전에 열쇠로 문을 잠그고 나간 인물은 아버지가 아니야. 다른 사람이야.

하지만 내가 그 사실을 깨달았을 때는 이미 아버지가 자살한 뒤였어. 너무 늦었지.

내가 아는 범위에서 누나네 집 여벌 열쇠를 가진 인물은 고바야시 미쓰루, 그놈뿐이야.

머릿속에서 모든 상상력을 동원해서 사건의 경위를 짜맞춰 보면 결국 이런 이야기가 아닐까.

그날 밤 아버지는 누나네 집에 갔어. 어떻게 알아냈는지 모르지만 어쨌든 누나 집을 찾아냈어. 그리고 초인종을 눌렀지. 어쩌면 현관문 앞에서 '문 열어! 문 열라고!' 하면서 소리쳤을지도 몰라. 그 소리를 이웃이 들었고 나중에는 경찰에 신고가 들어가서, 아버지는 점점 더 불리한 상황에 빠졌는지도 몰라.

누나는 마지못해 문을 열고 아버지를 집 안으로 들였겠지. 처음에는 왜 집을 나갔느냐 같은 이야기로 시작했을 거야. 하지만 아버지는 점점 감정이 격해지고 폭력적으로 변해서 결국에는 관계를 강요했을 거야. 누나가 집에 있던 때와 달리 강압적인 방법으로.

그때 아버지의 기분은 어땠을까. 다시 누나와 관계를 이어갈 수 있겠다 하고 안도했을까. 아니면 이제 다 끝났다고 체념했을까. 전혀 모르겠어. 하지만 이성을 잃고 허둥거린 것만은 분명해. 그러니까 넥타이를 떨어뜨리고 갔겠지.

그 장면을 엿본 걸까? 고바야시가 두 사람의 관계를 알게 된 거야.

내 추리는 여기까지야.

다 지난 뒤에 말해봐야 아무것도 달라지지 않잖아. 그건 내가 가장 잘 알아. 하지만 말하지 않고는 버틸 방법이 없었어. 어떻게 해서든 확인해야 했어.

당시 고바야시는 취직도 못 해서 낮에는 자기 집이 있는 무사시노에서 어슬렁거리는 처지였어. '드래곤헤드'라는 폭주족 일원이었던 고바야시는 밤마다 어딘가로 폭주를 즐기러 나갈 게 틀림없었어. 낮에 집 근처에서 붙잡아야 했지.

집으로 찾아갔지만 금방 만나지는 못했어. 고바야시의 집은 아주 평범한 단독주택이었어. 가족이 함께 사는 것 같았는데 초인종을 눌러도 아무도 나오지 않았어. 서너 번 허탕을 쳤지. 어머니인 듯한 사람이 인터폰으로 고바야시 미쓰루는 집에 없다, 하더니 툭 끊어버린 적도 있었어.

그러다가 고바야시가 쇼핑백을 들고 인근 편의점인가 어딘가에서 돌아오는 길에 겨우 만났어. 고바야시는 제집 앞에서 기다리는 나를 보고 흠칫 놀라더라.

"오랜만입니다, 고바야시 씨."

고바야시는 내 시선을 피하면서 '그래.' 하고 그냥 지나치려고 했어.

"저, 잠깐만…… 이야기 좀 하죠."

고바야시는 아주 잠깐 멈칫했지만 다시 현관 쪽으로 향했어. 나는 엉겁결에 그의 손목을 붙잡았어. 생각보다 훨씬 뼈가 굵고 단단한 팔이었어.

"어? 뭐 하는 짓이야, 너?"

무서웠어. 하지만 물러설 수 없었어. 아무 성과도 없이 겁박만 당하고 돌아오는 짓만은 하지 말자고, 며칠에 걸쳐 나 자신을 타이른 뒤에 크게 결심하고 찾아갔으니까.

"저, 누나 일로 여러 가지 묻고 싶은 게 있어요."

"웃기시네. 나도 며칠씩이나 경찰한테 이래저래 불려 다닌 걸 생각하면 아주 징글징글하다고. 지에는 네 아버지가 죽였잖아. 그 누명을 내가 뒤집어쓸 뻔했는데 그런 나한테 뭘 더 묻겠다는 거야?"

눈만 마주쳤는데도 도망치고 싶었어. 한 대 얻어맞은 것도 아닌데. 하지만 그 자리에서 도망치면 모든 것이 수포로 돌아갈 것만 같았어.

"여러 가지로요. 장례식에는 왜 안 왔는지 같은."

"얼빠진 소리 하네. 나는 의심받는 처지였잖아? 장례식에는 기자들이 벌떼처럼 몰려와 있었다고. 그런 자리에 누가 구경거리나 되자고 좋다고 가겠냐?"

"그래도 누나를 사랑했다면 와야죠. 내가 누나를 부탁드린다고 했을 때 당신이 그랬잖아요. 맡겨두라고요."

미간에 잔뜩 힘을 주더군. 가늘게 다듬은 눈썹이 브이 자가 될 정도로 찌푸렸어.

"잠깐 기다려."

고바야시는 현관 쪽으로 가서 문을 열고 쇼핑백을 안에다 던져 넣은 뒤 다시 나를 향해 돌아섰어. 그제야 이야기를 할 마음이 들었던가 봐.

고바야시와 나는 작은 놀이터로 갔어. 조금 후미진 곳에 보이는 나무 밑 벤치에 앉았어. 주변에는 초등학생과 유치원생들, 그 아이들의 엄마들이 있었지만 모두 고바야시를 보자 멀찌감치 물러났어. 유치원생쯤으로 보이는 아이들이 우리 쪽으로 오려고 하면 아이 엄마인 듯한 사람들이 재빨리 제지했어.

그날 고바야시는 화려하게 금실로 수놓은 야구 점퍼를 입고 있었어. 바탕색은 번들거리는 검정이었던 것 같아. 고바야시는 그 점퍼 주머니에서 담뱃갑을 꺼내 한 개비 입에 물었어.

"그래서 뭘 묻고 싶은데?"

그러더니 라이터를 켰어.

"그건……."

막상 입을 열려니 무엇부터 물어보면 좋을지 금방 떠오르지 않았어. 그렇게 열심히 질문 거리를 다양하게 생각해두었는데도 말이야.

아, 그렇지.

"저, 고바야시 씨는…… 누나 집 여벌 열쇠…… 갖고 있었죠?"

고바야시의 턱 근육에 힘이 들어갔어.

"아아, 그랬지. 그게 뭐 어쨌다는 거야?"

부정하지 않아서 당시에는 조금 뜻밖이었어.

"그게…… 누나가 살해된 날 밤…… 고바야시 씨는 누나 집에 가지 않았나요?"

"웃기는 소리 하지 마. 안 갔어."

연기 섞인 침이 사방으로 튀었어.

"하지만 제가 그 집에 들어갔을 때 현관문은 열쇠로 잠겨 있었어요."

"그런 걸 내가 알 게 뭐야? 네가 착각했는지도 모르잖아."

"아니, 착각이 아니에요. 전 똑똑히 기억해요."

"그러니까 난 모른다고. 그 문이 열려 있었든 닫혀 있었든 그게 무슨 상관이야?"

"고바야시 씨가 갔을 때 문은 잠겨 있었나요?"

"뭐라고? 그러니까 가보질 않아서 모른다니까. 말 같지도 않은 소리 계속 하면 한 대 맞는다."

하지만 나는 그의 말이 믿어지지 않았어. 그렇게 안절부절못하는 태도야말로 고바야시가 뭔가를 숨기는 증거라고 느꼈어.

"그럼 이것만이라도 가르쳐주세요. 고바야시 씨는 누나를 진심으로 사랑했나요?"

갑자기 고바야시의 얼굴에서 험악한 기색이 사라진 듯 보였지만 그것은 정말 한순간이었어. 눈 깜짝할 사이에 부글부글 끓어오르는 분노가 미간으로 콧날로 입 양 끝으로 번져나갔어.

"그럴 리 있겠냐?"

"어째서요?"

나는 다시 물었어.

고바야시는 멀찍이 떨어진 땅바닥을 무섭게 노려보며 말했어.

"그런…… 제 애비하고 눈 맞은 더러운 년을? 그런 년을 진심으로 좋아하는 놈이 세상 천지에 어디 있냐?"

그래, 그게 핵심이었어.

"고바야시 씨는 그 문제로 고민을 들어주고 느나를 도와줬던 거 아닌가요?"

아니, 나 역시 진심으로 그렇게 믿고 질문한 게 아니었어. 단지 고바야시의 반응이 궁금했을 뿐이었어.

"웃기지 마. 그딴 걸 알았으면 돕지도 않았어. 재수 없게."

"그랬군요. 누나의 이사를 도와줄 때는 몰랐군요. 그럼 누나와 아버지의 관계를 언제 알았죠?"

그 순간 고바야시의 흔들리는 눈빛을 나는 놓치지 않았어.

고바야시의 뇌리를 스친 장면이 아버지와 뒤엉킨 누나의 모습은 아니었을까. 어떻게 그것을 보게 되었을까. 현관문을 조금 열고 보았을까. 아니면 베란다에서 이웃집으로 통하는 틈에 몸을 숨기고 있다가 커튼 사이로 엿보았을까.

"언제 아셨어요? 설마 살해되기 직전은 아니겠죠?"

사실은 그때 처음 알았잖아? 당신은 아버지와 누나가 관계하는 모습을 보고 질투에 사로잡혔어. 아버지가 가고 난 다음 집에 들어가서 상처 입은 누나를 또다시 난폭하게 다그치며 욕설을 퍼부었는지도 몰라. 그러다 끝내 아버지가 떨어뜨리고 간 넥타이로 누나의 목을 졸라 죽였겠지. 안 그래?

 고바야시는 부들부들 떨며 고개를 저었어.

 "내, 내가 알게 된 건 주, 주간지를 통해서야……."

 뭐라고? 내가 아는 한 어떤 주간지도 그렇게까지 자세한 내용은 내보내지 않았어. '부친인 야나이 아쓰시가 어떠한 사정을 아는 것으로 추측된다. 피해자의 몸에서 채취한 체액이 주변 인물의 것이라면?' 하는 식의 카더라 기사밖에 나지 않았다고.

 "그런 사실을 알고 나니 고바야시 씨는 무슨 생각이 들던가요? 자기 여자라고 믿었는데 사실은 아버지와 근친상간 관계라는 걸 알고 당신은 무슨 생각을 했죠?"

 나도 그런 말을 입에 올리고 싶지는 않았어. 하지만 그 순간 내 정신이 어떻게 됐었나 봐.

 누나와 아버지의 관계를 이야기하자 고바야시의 감정이 폭발했어. 그런 반응이 어쩐지 유쾌하게 느껴졌어. 역시 누나를 죽인 범인은 아버지가 아니라 고바야시였다는 확신이 들었어. 누나를 모욕하는 말을 할수록 고바야시는 더욱 상처 받는다, 상처 입히고 또 상처 입혀서 고바야시를 발가벗기자. 나는 그렇게 악마가 된 기분에 사로잡혔어.

 "고바야시 씨. 당신은…… 양다리 상대였던 거야."

나는 멱살을 잡혔어.

"그래서 눈이 뒤집힌 거지."

주먹이 날아왔어.

"누나를 죽였지?"

또다시 얻어맞았어. 박치기도 당했어.

"당신이 누나를 죽인…… 거라고."

울고 있었어. 고바야시는 눈물을 흘리면서 나에게 주먹세례를 퍼부었어.

한 번도 부정하지 않았지.

결국 자신이 죽이지 않았다는 말은 한마디도 하지 못했어.

이제는 죽여야 한다고 생각했어. 경찰이 고바야시를 체포하지 않는다면, 아버지를 용의자로 남겨둔 채 고바야시를 방치한다면 내가 죽여야 한다고 생각했어. 두들겨 맞은 게 분해서 그런 결심을 한 건 아니었어. 흠씬 얻어맞으면서 확신이 생겼고 실행할 결심을 했던 거야.

이건 어디까지나 누나와 아버지를 위한 복수야. 내가 고바야시를 죽일 이유는 그것밖에 없어. 아니, 어쩌면 혼자 살아남은 내가 반드시 완수해야 할 유일한 사명인지도 몰라.

복수야말로 내가 살아가는 단 하나의 의미 복수만 끝나면 언제 죽어도 상관없다.

막연하지만 그런 생각이 들었어.

처음에는 칼을 들고 찾아갔어. 하지만 소용없었어. 찌르기도 전에 걸어차여서 내가 먼저 나가떨어졌거든. 몇 번인가 칼을 휘두르기도 했지만 옷이나 찢어지고 결국 나만 엉망진창으로 얻어맞고 끝났어.

고바야시는 줄곧 내 존재를 경계하는 눈치였어. 불시에 습격해도 상처 하나 낼 수 없게. 애초에 상대가 되지 않았지. 시간이 흐를수록 내가 이길 가망은 없어 보였어.

고바야시는 드래곤헤드를 탈퇴하고 얼마 지나지 않아 로쿠류회라는 폭력단의 일원으로 들어갔어. 옷차림도 그 시점에 바뀌었지. 화려한 캐주얼 차림은 검은색 신사복으로 바뀌었고. 주위에 비슷하게 차려입은 사람들이 늘어났어. 아무리 노력해도 나 같은 인간은 접근조차 쉽지 않아.

그래도 나는 고바야시가 혼자 있을 때를 노려 죽이려고 했어. 정원수 뒤에 숨어서 놈이 지나가는 순간을 노렸어. 재빨리 달려들어 옆구리를 칼로 찌르자고 마음먹었지. 그러나 달려들기도 전에 놈은 내 앞에 서서 손을 내밀었어.

검은색 권총이 들려 있었지.

"이제 그만 포기하는 게 어때?"

나는 칼을 꽉 움켜쥐고 쭈그려 앉은 채 얼어붙고 말았어.

"나는 더 이상 옛날의 고바야시가 아니야. 조직의 일원이란 말이다. 마음만 먹으면 살인도 서슴지 않는 인간이야. 너 같은 애송이한테 자다가 목이 잘릴 만큼 허접한 인간이 아니라고."

총구는 정확히 내 이마를 겨눈 채 1밀리도 움직이지 않았어.

"너도 이제 적당히 잊어버려. 나 같은 깡패 하나 해치워봤자

감옥에서 콩밥이나 먹는 게 다잖아. 나도 이왕 죄를 지을 바엔 너 같은 애송이보다는 어디 유명한 조직 두목이라도 죽여서 사나이 체면을 세우는 편이 낫다고. 난 그런 세계에서 산단 말이다. 그 추레한 낯짝으로 언제까지 내 주위에서 얼쩡거릴 거야? 얼른 잊어버려. 암캐 같은 누나하고 짐승 같은 애비 때문에 네 인생 허비해서 뭐 해?"

허비할 인생 따위는 벌써 오래전에 사라졌다고.

"가봐. 칼은 거기 내려놓고……. 시키는 대로 하면 지금까지 있었던 일은 전부 없던 일로 해줄 테니까."

나는 시키는 대로 그 자리에 칼을 놓고 뒷걸음질쳤어. 한 아파트 주차장이었는데 달음질쳐서 출구로 나오자마자 그길로 집까지 도망쳤어.

일이 이렇게 되자 나도 각오를 다시 해야 했어. 고바야시를 죽이려면 칼 따위로는 부족하다. 더 강력한 힘을 가져야 한다.

아무리 그래도 권총을 사야겠다는 생각은 하지 않았어. 그래서는 잘해봐야 고바야시 같은 인간밖에 되지 않으니까. 그 녀석보다 더 강력한 힘을 손에 쥐어야 했어.

어떻게 해야 할까? 내가 무엇을 할 수 있지?

2

이와키 하이츠 102호에서 나온 여자.

레이코는 뒤를 쫓아야 하나 잠시 고민했지만, 야나이 겐토가 집에 있는지 확인하는 것이 먼저라고 판단했다.

결과는 역시 부재중이었다. 그렇다면 아까 그 여자는 여벌 열쇠를 건네받을 정도로 가까운 사이일까. 누구인지 모르지만 중요한 정보로 기억해두자. 외모 특징도 공책에 기록해두었다. 신장 165센티 정도, 날씬함, 눈꼬리가 올라감, 도톰한 입술, 20대 초반에서 30대 초반. 그림도 그려봤지만 우스꽝스러워서 중간에 그만뒀다. 그림 솜씨도 참. 이렇게 못생기지 않았는데.

여자가 사라진 뒤 다시 한동안 차 안에서 시간을 보내다가 10시가 조금 넘은 시간에 필요한 물건을 사러 한 번 더 밖으로 나왔다. 시모타카이도 역 근처에 있는 세이유 마트에서 일회용 손난로, 쿠션 겸용 무릎 담요, 먹을거리를 조금 구입했다. 차로 돌아온 뒤에는 겐토의 집을 다시 확인했다. 초인종을 누르고 휴대전화로 전화를 걸어보았다. 여전히 아무도 없었다.

차로 돌아와서 다시 정신을 가다듬고 사온 물건들의 포장을 북북 뜯었다. 조수석에 앉아 담요로 무릎 전체를 감싸고 일회용 손난로를 왼손으로 비비면서 오른손으로 빵과 과자를 입에 넣었다.

음료수는 토마토 주스를 골랐다. 이 정도 채소 섭취량으로는 변비 예방은 어렵겠지만 커피보다는 몸에 이롭겠지 싶었다.

배가 부르고, 감기에 걸리지 않을 정도로 차 안이 따뜻해지자 당연하게도 또 졸음이 밀려왔다. 박하 맛이 강한 과자를 입안 가득 물고 몸 이곳저곳을 꼬집으면서 졸음을 쫓아봤지만 그것도 소용없을 만큼 강력한 수마가 순간적으로 덮쳐왔다. 가끔가다 다른 집에 드나드는 사람이라도 있다면 지켜보는 사람도 기분 전환이 될 텐데 그런 건수는 손에 꼽을 만큼 적었다.

정신을 차리고 보니 앞 유리가 부옇게 흐려져 아무것도 보이지 않았다.

맙소사, 또 깜빡 잠들고 말았다.

주먹으로 이마를 때려 자기혐오를 몰아낸 다음 서둘러 겐토의 집을 확인하러 갔다. 오들오들 떨면서 초인종을 누르고 문은 두드려 보고 다시 전화를 걸었다. 역시나 부재중. 잠든 틈에 겐토가 돌아왔다가 다시 외출했을 가능성도 없다고는 못 한다. 레이코는 저 혼자 풀이 죽어 차로 돌아왔다.

그 뒤로 해가 질 때까지 졸음과 싸우며 시간을 보냈다. 수마는 또 언젠가 분명히 덮쳐올 것이다. 어떡하지. 누군가에게 지원을 요청할까. 같은 계 사람 말고 다른 누군가에게…… 이오카? 아니, 아니다. 그 녀석을 부를 바에야 혼자 있는 편이 낫다. 그 녀석이 옆에 있으면 도리어 마음 놓고 선잠도 못 잘 테니. 아니지. 오히려 더 만만하려나. 난 대체 뭘 원하는 거지.

쓸데없는 상념에 빠져 갈팡질팡하면서, 바깥 거리를 내다보는데 키가 훤칠한 남자가 이와키 하이츠 쪽으로 걸어가는 모습이 눈에 들어왔다. 분명 190센티는 넘었다. 정장을 입은 등판은 널찍했고 하반신은 고르게 다부져 보였다. 상당히 균형 잡힌 뒷모습이었다. 한데 그 남자가 설마 이와키 하이츠 앞에서 멈출 줄은 몰랐다.

레이코는 뿌옇게 흐려진 앞 유리를 손수건으로 닦으며 남자의 행동을 지켜봤다. 남자는 틀림없이 102호 현관문 앞에 서 있었다. 초인종에 손을 올리는 동작도 확인했다. 몸을 조금 앞으로 기울이고 소리 내어 불러보는 듯했다. 아는 사이인가. 저 남자는 야나이 겐토와 무슨 관계일까.

레이코는 조용히 조수석에서 내려 이와키 하이츠로 향했다.

목소리가 들릴 거리까지 다가가니 남자는 고개를 조금 떨어뜨리고 한숨을 짓고 있었다.

"저어……."

레이코가 말을 걸자 남자는 조금 거리를 두고 뒤돌아보았다.

이목구비가 매우 날렵한 남자였다. 야성적이다, 다부지다, 강직하다. 이런 예스러운 수식어가 제대로 어울리는, 실로 마초다운 분위기가 물씬 풍기는 남자였다. 연령은 40대 초반에서 후반 정도로 보였다. 그런데도 정장을 입은 취향이 촌스럽지 않았다. 최신 디자인에 짙은 남색 바탕과 진한 회색 줄무늬가 어우러져 있어서 세련된 느낌이었다. 사업가라고 보기에는 와이셔츠와 넥타이가 조금 튀는 듯싶지만 고리타분한 아저씨와 거리가 먼 남자였다. 놀기 좋아하는 사장님일까. 연예계나 홍보 쪽? 그러고 보니 조폭 냄새도 난다.

마침 '예?' 하고 대꾸하는 낮고 굵직한 목소리는 어떻게 들으면 위압적이기도 했다.

이 남자, 정체가 뭘까.

"아, 그게, 야나이 겐토 씨를 찾아오셨나요?"

재차 묻자 남자는 수상쩍은 눈으로 레이코를 보며 예예 하고만 대답했다.

"그러시군요. 야나이 겐토 씨, 집에 없죠?"

"네, 몇 번 불러봤는데 집에 없나 봅니다."

남자의 목소리가 조금 부드러워졌다.

일단 선제공격에 들어가야겠다.

경찰수첩을 보여준 다음 남자의 표정을 살폈다. 놀라는 눈치였지만 금세 원래 표정으로 돌아왔다. 오히려 냉정하게 무언가를 생각하는 듯했다. 경찰이 야나이 겐토를 주시하는 이유를 자신이 아는 야나이 겐토의 모습에서 찾아내려 했는지도 모른다.

이어서 레이코가 야나이 겐토와 무슨 관계인지 묻자 남자는 당황한 얼굴로 안주머니에 손을 넣었다.

"고요 부동산의 마키타 고이치라고 합니다."

영업부장 마키타 고이치. 소재지는 롯폰기였다. 사장님이 아닐까 했던 짐작은 빗나갔지만 롯폰기의 부동산이라는 말에는 왠지 모르게 설득력이 있었다. 호사스러움과 돈 냄새라고 하면 적당할까. 마키타라는 남자에게서는 돈 냄새가 풍겼다.

"아, 부동산 일을 하시는군요."

레이코도 태도를 조금 누그러뜨렸다. 괜히 상대에게 경계심을 갖게 해 좋을 게 없었다.

마키타는 아까부터 검은 가죽 명함 케이스를 왼손에 든 채 몸을 조금 앞으로 내밀고 있었다. 왜 저러나 싶었더니 이유가 있었다.

"괜찮으시면 명함 좀 주시겠습니까?"

바로 그거였군. 형사에게 명함을 요구하다니, 만만하게 볼 남자가 아니라는 뜻이었다. 물론 요구를 거절할 이유는 없었다.

"히메카와 레이코입니다."

명함을 내밀면서 다시금 얼굴을 주시했다. 그러나 이렇다 할 변화는 눈에 띄지 않았다. 능수능란한 포커페이스? 아니면 레이코의 명함에 별다른 정보가 없어서일까? 그럴 리 없다. '살인범 수사'라고 적혀 있다. 겐토의 지인이라면 그가 어떤 살인 사건에 연관됐는지 걱정부터 해야 옳다.

대체 롯폰기의 부동산과 겐토가 무슨 관계였을까? 여기는 세타가야 구 아카쓰쓰미다. 미나토 구에 있는 롯폰기와 꽤 멀리 떨어진 데다 동네 분위기도 딴판이다. 그 점을 지적하자 무슨 까닭인지 마키타는 처음으로 당황하는 기색을 보였다.

"아, 회사는 그게…… 롯폰기에 있습니다만 사업상 몇 번인가 겐토의 아르바이트 자리를 알아봐 주다 안면이 생겼습니다."

뭐, 아르바이트 자리?

"그렇군요. 야나이 씨가 일하는 곳은 이 근처인가요?"

"네, 시모타카이도 역 상가 안에 있습니다."

레이코는 즉시 '안내해주시겠어요?' 하고 머리를 숙여 부탁했다. 마키타는 아주 잠깐 성가시다는 표정을 지었지만 레이코는 지금 남의 기분에 신경 쓸 여유가 없었다.

레이코가 이렇게까지 높이 올려다봐야 대화가 이루어지는

상대도 드물었다. 키가 큰 축에 속하는 기쿠타도 185센티 정도. 레이코가 힐을 신으면 10센티 정도밖에 차이가 나지 않는다. 하지만 마키타는 거기서 10센티 정도 더 크다. 어쩐지 자신이 갑자기 작아진 듯한 느낌이 들어 기분이 이상했다. 졸묘하게도 거리는 온통 성탄절 분위기로 가득했다. 관계야 어떻든 이런 날 남자와 커플처럼 거닐다니 행운인가. 상점가를 오가는 아줌마들이 본다면 뭐, 저런 키다리 커플이 다 있나 하고 신기해할지도 모르겠다.

그리고 눈. 마키타는 눈이 컸다. 굳이 표현하자면 부리부리하다고 할 수 있는데 어쩐지 쓸쓸함이 느껴진다. 바로 그 점이 조금 전부터 레이코의 눈길을 잡아끌었다. 무언가 의식이 빨려들어가는 듯한 감각에 휩싸였다. 얼굴이 별로 내 취향도 아닌데 왜 이럴까.

정신 차려, 레이코. 이런 망상에 사로잡히다니. 좀 더 수사에 도움이 될 만한 대화를 하자.

"야나이 씨가 일하는 곳에는 무슨 일로 가셨나요?"

마키타는 으음 하고 잠시 머뭇거렸다.

"뭐, 매물을 내놓을지 말지 하는 일이었습니다. 다 끝난 얘기지만요."

"야나이 씨는 무슨 일을 하시죠?"

"만화 카페 직원입니다."

"거기 다니시면서 친해지셨군요."

"네. 뭐, 평소 영업 상태가 어떤가 하고 가게 돌아가는 사정을 물어보다가요. 어쩌다 보니 좋아하는 만화 이야기로 흘렀지요. 그다음부터, 뭐…… 그렇습니다."

야나이 젠토는 올해 26세. 마키타와 나이 차가 꽤 날 텐데 대체 어떤 만화 이야기를 나눴을까. 하지만 묻지 않았다. 애당초 레이코는 만화에 취미가 없었다. 게다가 소년 만화 얘기라면 횡설수설할 게 틀림없었다.

"그다음부터 구체적으로 무슨 이야기가 오갔나요?"

"으음, 지금 사는 집에서 나오고 싶다면서……. 하지만 아르바이트로 버는 돈만으로는 아무래도 이사 비용까지 감당하기 힘들다고 하더군요."

"그랬군요. 그럼 오늘은 무슨 일로 야나이 씨를 찾아오셨나요?"

이번에도 난감해하는 표정을 지었다. 하지만 이쪽은 형사다. 이 정도 질문은 할 자격이 있다.

"뭐, 이사 비용이라면 조금은 융통해줄 수 있다고…… 그런 이야기를 했습니다."

"그러니까, 돈을 빌려주겠다?"

"네, 쉽게 말하면 그렇습니다."

세상에, 이렇게 친절한 부동산 업자가 다 있다니.

"실제로 돈을 빌려주셨나요?"

"아니요, 오늘 그 문제도 정식으로 의논하고 적당한 매물도 소개하려고 찾아왔어요."

그러면 허탕을 친 셈이었다. 왜 이렇게까지 할까. 요즘 그 정도 일은 주머니 속 휴대전화로도 얼마든지 가능할 텐데.

"아, 여깁니다."

마키타는 젠토의 빌라에서 보면 역에서 반대 방향, 상점가의 중간쯤까지 와서 걸음을 멈추었다.

만화 카페라고 해서 막연히 건물 위층이겠거니 예상했는데 가게는 1층에 있었다. 전면 통유리에 시트지로 는가림한 가게였다. 예전에 오락실이 아니었을까 하는 추측이 들었다. 성탄절 장식도 없었다. 보면 볼수록 오락실에 가까웠다.

"그럼 들어갈까요?"

그러자 마키타는 아니요, 하고 고개를 흔들었다. 그는 레이코에게 얼굴을 가까이 대고 똑바로 시선을 맞췄다. 가슴이 두근거렸다.

"저는 여기서 실례하겠습니다. 그나저나 젠토가 무슨 사건에라도 연루됐습니까?"

이제 좀 걱정하는 마음이 생겼나.

속내가 드러나지 않게, 레이코 역시 눈을 피하지 않았다.

"아뇨, 딱히 그런 건 아니고요. 몇 가지 물어볼 일이 있어 왔는데 집에 없더라고요. 솔직히 곤란한 상황이었어요. 그래도 아르바이트 장소를 알았으니 다행이에요. 정말 감사해요. 안내까지 해주시고……. 실례했습니다."

그렇게 인사치레를 하며 일단락 짓고 가게로 들어가려 했다. 그러나 마키타가 레이코 옆을 뜨려고 하지 않았다.

"죄송합니다만, 혹시…… 젠토를 만나면 제게도 연락 좀 해주시면 안 될까요?"

"네, 그거야 괜찮지만…… 지금 일하고 있는지도 모르잖아요."

마키타는 그렇지 않다고 대답했다. 오늘 결근한 것을 벌써 확인했다고 했다.

"아, 네. 알겠습니다. 연락은 회사로 드리면 될까요?"

"아니요, 휴대전화가 좋겠습니다. 경찰에서 연락하면 회사 사람들이 무슨 일인가 할 테니……. 잠깐만요."

마키타가 명함 케이스에서 또 한 장을 꺼내 적으려고 하자, 레이코가 휴대전화를 내밀었다.

"불러주시면 바로 휴대전화에 저장할게요."

"그러시겠습니까? 네, 그럼."

그가 부르는 대로 090으로 시작하는 번호를 눌렀다.

확인을 위해 다시 번호를 되풀이했더니 마키타가 맞습니다, 하고 고개를 끄덕였다.

"무언가 알게 되면 이쪽에서도 연락을 드리겠습니다. 아까 주신 명함 번호로 전화하면 됩니까?"

"아, 그럼 저도 휴대전화가 좋겠는데요."

본부에 무턱대고 전화했다가는 곤란해진다. 무엇보다 지금 자신은 단독 수사 중 아닌가.

"지금 걸어주시면 그 번호로 전화드릴게요. 그러면 되겠죠?"

"네, 부탁합니다."

마키타 고이치를 찾아 번호를 선택했다. 업무용 번호로 발신하게 설정했다. 가슴이 또 두근거려서 당혹스럽다.

별로 대단한 일도 아닌데 왜 이러지. 이건 그저 업무상의 연락처 교환일 뿐이야. 레이코는 스스로 타일렀다.

"지금 걸었어요."

"네. 아, 왔군요."

마키타가 휴대전화를 닫았다. 커다란 손에 검은색 휴대전화가 쏙 들어갔다.

"그럼, 저는 이만."

마키타가 인사를 건넸지만 이번에는 어째서인지 레이코가 저기요, 하며 그를 불러 세웠다. 세워놓고는 당황해서 할 말을 찾는다. 그게, 그러니까…… 참, 그렇지!

"그게…… 야나이 겐토 씨는 어떤 분이죠?"

마키타는 잠시 어리둥절해했다. 반응에 꾸밈이 없었다. 생생하다고 할까. 마키타 고이치라는 인물의 진솔한 면을 목격했다는 생각에 레이코는 큰 수확이라도 얻은 기분이었다.

"겐토는…… 아주 착한 사람입니다. 레이코 씨가 지금 수사하고 계신 사건이 무엇이든 간에…… 그와 무관하다고 봐도 좋을 겁니다."

역시.

"네. 저도 그와 관련이 없기를 바랍니다."

어떤 의미에서는 진심이었다.

만화 카페에 들어서자 입구 바로 오른쪽에 카운터가 보였다. 스무 살쯤으로 보이는 여자가 카운터를 보고 있었다.

"실례합니다. 저는 경시청에서 나온 히메카와 레이코라고 하는데요, 여기서 야나이 겐토라는 분이 아르바이트를 한다고 하던데 맞습니까?"

경찰수첩을 보여주며 묻자 그녀는 눈이 휘둥그레져서는 어색한 자세로 고개를 끄덕였다.

"야나이 겐토가 여기서…… 아르바이트 하는 거 맞긴 한데요."

억양에서 간사이 지방 사투리가 조금 묻어났다. 하지만 이오카가 하는 사투리와 전연 딴판이었다. 그녀의 억양은 훨씬 더 자연스럽고 거부감이 없었다.

"오늘은 안 계시나요?"

"네, 요즘 며칠 동안 안 나왔어요."

문득 불길한 예감이 스쳤다.

"근무시간인데도 오지 않고 결근했다는 말인가요? 아니면 원래 근무시간이 아니라서 안 나왔다는 말인가요?"

"근무시간표에 들어 있기는 하니까, 무단결근이네요."

그렇게 말하는 표정이 어딘가 슬퍼 보였다. 왜일까.

"요즘 며칠 동안이라고 하면 정확히 언제부터죠?"

카운터 안에 달력이라도 있는지 그녀는 몸을 조금 앞으로 구부리고 무언가를 확인한 뒤 대답했다.

"무단결근은…… 화요일부터네요. 화목금 근무인데 나오지 않았어요. 전화를 해도 통 받질 않더라고요."

"그럼 마지막으로 야나이 겐토 씨를 만난 때가 언제였죠?"

그녀는 흠칫 놀라며 눈을 동그랗게 떴다. 어쩌면 문득 최악의 상황을 연상했는지도 모른다. 하지만 그건 그녀의 지레짐작일 뿐이다. 레이코는 겐토가 이미 죽었다든가 하는 말은 한마디도 내비치지 않았다.

"마지막으로 만난 때가…… 일요일 오전이었는데요."

"일요일이라면 18일인가요?"

"아, 예. 맞아요."

18일은 고바야시 살해 사건 다음 날이자 시체 발견 전날이다.

"그날 야나이 씨가 몇 시부터 몇 시까지 여기 있었는지 아시나요?"

그녀는 또다시 카운터 안에 있는 무언가를 보고 나서 대답했다.

"17일 밤 11시부터…… 18일 아침 10시 반까지 일했어요."

사법해부 결과 사망 추정 시각은 17일 21시 전후로 판명되었다. 겐토가 고바야시를 살해한 뒤 아르바이트하는 곳으로 가서 알리바이를 조작하고 행방을 감췄다, 하는 식의 윤곽은 나오지만…….

레이코는 그녀에게 이름을 물었다. 우치다 다카요, 스물세 살이라고 했다. 어려 보이는 편이지만 그 나이에 맞는 얼굴이었다.

"야나이 씨 연락처는 집 전화인가요, 휴대전화인가요?"

"휴대전화요. 아, 하지만 집으로도 걸어봤어요."

"다카요 씨가 직접 전화하셨나요?"

"저도 걸어봤고 점장님도 하셨고요. 그래도 계속 받지 않아서 이게 뭔 일이고 싶어가, 점장님이랑 얘기하던 중이었어요."

"야나이 씨 집에는 누가 찾아가 보셨나요?

"네, 지가 몇 번."

이것 봐라.

"그게 언제쯤이었나요?"

"월요일 밤이랑 그다음엔…… 하루 건너 한 번씩요."

"월요일 밤이라면 결근한 날과는 겹치지 않는군요."

그녀의 얼굴에 서글픈 빛이 지나갔다.

"전화를 해도 안 받아서 어쩐지 걱정이 돼갖고요. 그래서 월요일 밤에 아르바이트 끝난 뒤에."

"몇 시쯤이었죠?"

"11시쯤이었을까요."

"그때 겐토 씨는?"

"없었어요."

"방에 불은 켜져 있던가요?"

"아뇨. 꺼져 있었어요."

틀림없이, 고바야시의 사체가 발견된 시각에는 이미 행방을 감췄을 것이다.

"아! 저, 겐토가 혹시……."

그녀는 어디까지나 겐토를 피해자로 여기는 모양이었다.

"아니요, 야나이 씨에게 물어볼 일이 있을 뿐 사건과 직접 연관이 있는지는 확실하지 않아요. 지금으로써는 그렇군요."

애매한 말밖에는 못 했지만 그래도 우치다 다카요는 조금 마음을 놓은 듯 표정이 풀렸다.

대충 짐작은 가지만 일단 확인해둘까?

"저, 실례되는 질문인데, 야나이 씨하고는 무슨 사이시죠? 말씀을 듣자니 개인적으로 전화도 걸고, 받지 않아서 집에도 찾아갔다고 하셔서 대강은 알겠지만……."

우치다 다카요는 난처한 얼굴로 고개를 끄덕였다.

"사귀었어요. 그렇긴 해도 지 혼자서 그래 생각했는지도 모르지만요."

참 안쓰러운 말이었다. 게다가 오늘 밤은 크리스마스이브. 이런 날 밤, 어린 여자한테 저런 말을 하게 만들다니. 다카요를 동정하는 자신과 야나이 겐토를 잘 아는 사람을 만났다는 사실에 쾌재를 부르는 또 다른 자신이 분명하게 나뉘었다. 레이코는 자신이 한 개인이기 앞서 형사라는 생물이 되고 말았구나, 하고 뼈저리게 통감했다.

"죄송합니다. 야나이 겐토 씨에 대해 좀 더 물어봐도 될까요?"

자신 같은 형사에게 크리스마스이브를 낭비하고 싶지는 않겠지만.

3

12월 24일, 야간 수사 회의.

이마이즈미는 지휘석에서 수사관들의 보고를 차례대로 기록하며 듣고 있었다. 특수부 설치 닷새째. 굳이 말하자면 수사 1과보다 조직범죄 대책부 4과 쪽이 더 활발하게 움직였다. 보고 내용도 4과 수사관들은 어딘지 모르게 장황했다.

지금 이시도 조직에 대해 보고하는 사람은 4과 6계의 마루야마 경사였다. 4과에서는 상당히 노련한 축에 속했다.

"다이세이회 2대 회장, 미하라 데쓰오는 가미우마의 간나나 공사 관련 제반 문제로 진유회 3대 회장 후지모토 히데야와 충돌했다는 소문이 있습니다. 미하라는 자신이 고문을 맡은 게이요 건설 쪽에 이 간나나 공사를 낙찰시키려고 했던 모양입니다. 그런데 뚜껑을 열어 보니 낙찰을 받은 쪽은 하나지마 건설 회사였습니다. 하나지마는 오쿠야마 조직의 후원을 받는 종합 건설사입니다. 미하라는 그 입찰을 막후에서 조종한 자가 후지모토 히데야라고 의심했던가 봅니다. 이시도 조직의 부두목 후지모토가 같은 이시도 조직의 부두목 보좌 미하라의 일을 방해한 셈이었죠. 게다가 그 이익을 가로챈 건 오쿠야마 조직 계열의 하나지마 건설 회사. 이것이 앞으로 중요한 화근이 되리라 예상합니다."

옆에 앉은 와다 과장이 낮게 신음하며 눈쌀을 찌푸렸다. 아마도 이마이즈미와 비슷한 생각을 한 모양이다. 이럴 때는 늘 이마이즈미가 나서서 질문했다.

"마루야마 경사, 그게…… 이시도 조직 내부에서 분쟁의 조짐이 보인다는 건 요 며칠 계속 보고를 들으면서 이해는 했습니다만 이 자리는 어디까지나 로쿠류회의 고바야시 살해 사건 본부인 만큼 주제에서 너무 벗어나지 마세요."

이마이즈미가 말을 마친 순간이었다.

그의 눈에는 4과 형사들이 모두 히죽거리는 것처럼 보였다. 곁눈으로 보니 와다 맞은편에 있는 미야자키 조직범죄 대책부 4과장도, 또 그 맞은편에 있는 조직범죄 대책부 4과 마쓰야마 6계장도 무슨 이유에서인지 조소를 머금고 있었다.

가장 우쭐해하는 사람은 보고자인 마루야마 경사였다.

"본론은 지금부터입니다. 계속 들어주십시오. 이시도 조직은 매월 9일과 24일 낮에 간부 전원을 모아놓고 정례 회의라는 것을 엽니다만 정확히 오늘 낮에 그 회의가 있었습니다. 그 자리에서 미하라가 드디어 후지모토에게 반기를 들였다는 정보가 들어왔습니다."

어디선가 정보의 출처를 밝히라는 지적이 빗발쳤다.

"그 부분은 양해 부탁드립니다. 저희는 1과 분들과 달리 사건 하나 끝났다고 해서 수사진을 전부 새로 재구성하지는 못합니다. 한 사건이 종결된 후에도 기존 협력자를 활용하지 않으면 일하기가 힘듭니다."

마루야마는 한 호흡 가다듬었다. 더 이상 야유는 없었다.

"뭐, 내통자가 있다고 생각하셔도 상관없습니다. 계속해서 말씀드리겠습니다. 미하라는 입찰 직후, 입찰 자체는 지난달 초였으니까, 11월 9일 수요일에 끝났습니다만, 아무튼 입찰 직후 범인 색출에 나섰다가 최근에야 가까스로 꼬리를 잡은 것 같습니다. 요컨대…… 간나나 공사를 조사한 결과 비공식적으로 각 회사에 입찰금액을 제시한 다이토 건설의 사에키 신이치라는 남자…… 이 다이토 건설도 말하자면 야마토회 계열입니다. 구체적으로 말하자면 하마구치 조직과 연관된 종합 건설 회사입니다. 그 다이토 건설의 사에키가 입찰 직전 시나가와에 있는 요정에서 후지모토를 만났다는 정보를 미하라가 입수했던 겁니다. 이때 낙찰금액 정보가 사에키를 통해 후지모토에게 누설되었고, 후지모토가 하나지마 건설 회사 측에 일러주어 하나지마가 완벽하게 낙찰을 받았다고 미하라는 추측한 겁니다."

이야기하는 의도가 무엇인지는 모르겠으나 일단 잠자코 듣기만 했다.

"후지모토 히데야는 이시도 조직을 단념하고 현 야마토회 회장인 오쿠야마 히로시게에게 접근하는 듯합니다. 지금 이시도 조직 안에서 그런 분위기는 거의 기정사실화되어 있습니다. 반응도 여러 가지가 있는데 가능하면 후지모토의 마음을 돌려서 지금까지와 같이 이시도 조직을 지키고자 하는 온건파도 있고, 차라리 이 기회에 후지모토를 쳐서 자신이 이시도 조직의 이인자로 올라서려는 하극상파도 있습니다. 온건파는 현재 입원 중인 이시도 가미야 총수가 가장 총애하는 자로, 아들이나 마찬가지인 교쿠세이회의 마키타 이사오가 앞장서고 있으며, 하극상파는 앞서 말씀드린 다이세이회의 미하라가 선두에 있습니다. 그럼 그 미하라가 어떻게 후지모토와 사에키의 밀회 사실을 알아냈느냐 하면…… 바로 로쿠류회의 고바야시 미쓰루를 통해서였다고 사료됩니다."

그렇군. 결론은 그거였어.

"로쿠류회는 결코 큰 조직이 아닙니다만 대표인 다케시마 가즈마는 후지모토가 꽤 마음에 들어했던 모양입니다. 다케시마가 워낙 수완이 좋아서 후지모토는 보디가드 대신 주로 그자를 데리고 다녔습니다. 고바야시는 그 다케시마에게 바싹 붙어 다니는 동안 후지모토와 사에키의 밀회를 목격한 겁니다. 고바야시는 다들 아시다시피 매달 집세도 내기 어려운 조무래기였습니다. 푼돈에 쉽게 넘어갔겠지요. 뭐, 미하라 측이 어떻게 고바야시를 구워삶았는지 아직 구체적으로는 모르지만 고바야시를 통해서 미하라에게 정보가 들어간 게 거의 확실합니다. 그러나 그것이…… 이 고바야시 미쓰루라는 자에게는 화근이었습니다. 이번에는 거꾸로 다케시마 가즈마도 고바야시의 소행을 알게 된 겁니다. 말하자면 로쿠류회 조직원이 진유호를 상대로 벌인 적대 행위였기 때문에 일의 전말이 후지모토의 귀에까지 들어가지 않을까 겁에 질린 다케시마 쪽에서 재빨리 고바야시를 처리했다는 게 사건의 대략적인 줄거리인 듯합니다."

분명히 흥미진진한 이야기지만 곧이곧대로 받아들이기는 어렵다.

"마루야마 경사. 사건의 대강 줄거리는 잘 알겠습니다. 하지만 어디까지가 정보이고, 어디서부터가 추측인지, 그 정보도 어디까지 신뢰해야 하는지, 그게 확실하지 않으면 본부로서는 수사 정보로 채택할 수 없습니다."

이마이즈미의 말에 마루야마는 눈치를 살피듯 마쓰야마 계장을 쳐다보았다. 마쓰야마가 어떤 반응을 보였는지 이마이즈미에게는 보이지 않았다.

마루야마는 난감하다는 듯이 희끗희끗한 머리카락을 쓸어넘겼다.

"정보의 출처를 밝히라고 하신다면, 뭐…… 현시점에서는 로쿠류회 내부자라고밖에 드릴 말씀이 없습니다."

몹시 애매한 말이었다.

"잠깐만요. 지금 말씀대로라면 후지모토의 반응을 두려워한 로쿠류회의 다케시마 가즈마가 자기 부하인 고바야시 미쓰루를 제거했다는 뜻인데요. 실행범이 누구인지는 둘째 치더라도 그 정보를 같은 로쿠류회 내부 사람한테 얻었다는 말입니까?"

마루야마는 고개를 크게 끄덕였다.

"그렇습니다. 로쿠류회는 지금 대단히 불안한 상태입니다. 간단히 말하면 다케시마의 조직 운영 능력이 형편없다는 뜻이죠. 밑에서 갈취해서 위에 갖다 바치는 상납은 착실하게 이루어지는데 부하들에게 변변한 돈벌이를 제공하지 못하는 탓에 불평분자도 적지 않습니다. 대충 그렇게 이해하시기 바랍니다."

아무리 그래도 설득력이 부족하다.

"후지모토가 그 사에키라는 자에게 정보를 얻어서 하나지마 건설 회사에 흘렸다는 얘기는 확실합니까?"

"정황상 틀림없다고 봐야겠지요. 억 단위 입찰에서 몇십만 엔 차이로 낙찰되는 일은 흔치 않으니까요."

"후지모토와 사에키의 밀회를 고바야시가 미하라에게 누설했다는 말은?"

"그건 로쿠류회 사람에게 얻은 정보입니다."

"다케시마가 고바야시 살해를 시도 혹은 지시했다는 말은?"

"그 부분은 지금부터 밝혀야 할 문제입니다. 그래서 1과에도 협조를 구할 생각입니다. 공조하도록 말이지요."

결국 전부 정황 증거일 뿐이다.

회의도 막바지에 이르고 고바야시 주변 탐문을 맡은 시모이가 '별다른 성과 없음'이라고 보고를 끝냈을 때 앞서 보고를 마친 마루야마 경사가 한마디 덧붙였다.

"그런데 시모이 계장님 파트너 말입니다. 그 여자 주임 모습이 어제부터 안 보이는데 어떻게 된 겁니까?"

시모이가 앉으려다 말고 다시 일어섰다. 옆줄 중간쯤 시모이 곁에 앉아 있던 마루야마에게 고개를 돌렸다.

"히메카와는 낮에 만나지 못한 참고인을 만나러 갔소."

"어젯밤도, 오늘 아침도, 오늘 밤도 말입니까?"

"그렇소. 상대에 따라서는 나보다 히메카와가 더 적합한 경우도 있으니. 맡겨둘 만해서 맡겼는데 무슨 불만이라도 있소?"

마루야마가 코웃음을 치면서 고개를 흔들었다.

"시모이 계장님, 어설픈 연극 그만하시죠. 본부를 떠난 지 오래돼서 잘 모르시나 본데 그 히메카와라는 여주임으로 말하자면 회의도 절차도 깡그리 무시하고 단독 수사에만 매달리는 걸로 아주 유명합니다. 좀 젊은 여자라고 순진한 얼굴로 제멋대로 구는 걸 그냥 놔뒀다가는 큰코다치십니다."

왼쪽 줄 끄트머리에서 드르륵 하고 의자 소리가 났다. 돌아보니 기쿠타가 엉거주춤한 자세로 일어나려는데 그 뒤에 앉은 유다가 얼른 눌러 앉히는 중이었다.

"걱정도 팔자구려. 그저 일을 분담한 것뿐이오. 상관 마시오."

마루야마가 지적한 대로 현재 레이코의 행동은 분명히 단독 수사였다. 그렇다고 레이코의 단독 수사가 다른 과 사람에게 지적을 당할 만큼 자주 있는 일도 아니라고 이마이즈미도 맞받아치고 싶은 심정이었다. 파트너와 미리 의논했든 고의로 떨어져 나갔든 여러 경우가 있겠지만 두세 번의 단독 수사는 형사라면 누구나 하는 일이었다. 다만 레이코는 그럴 때마다 남의 입에 오르내리기 십상이어서 한번 그런 소문이 돌면 마치 매번 원칙을 무시하고 단독 행동을 하는 사람으로 취급당하기 일쑤였다.

"시모이 씨. 설마 그 연세에 젊은 여자한테 말 그대로 홀딱 넘어가신 건 아니겠지요?"

말이 심했다고 생각했는지 마쓰야마가 '마루야마!' 하고 언성을 높였다. 하지만 정작 그런 말을 들은 당사자 시모이는 동요하는 기색 없이 졸린 눈을 하고 손가락으로 코끝을 문질렀다.

"그런 게 아니라서 미안하군. 여느 때처럼 탐문 수사를 시켰을 뿐이지."

"그럼, 그거군요? 미인계라도 써서 상대를 낚아보라는 지시라도 하셨습니까?"

마루야마는 로쿠류회에서 중요한 정보를 잡았다고 의기양양한 모양이었다. 마쓰야마가 노려봐도 전혀 물러설 생각이 없는 듯했다.

사실 이마이즈미도 레이코를 둘러싼 비난에는 익숙했다. 레이코가 10계 주임으로 부임할 당시에는 수사관 다수가 당사자 앞에서 훨씬 더 몹쓸 말을 아무렇지 않게 지껄였다. 그런데다 레이코마저 정면으로 대드는 바람에 소란이 더 크게 번지기도 했다. "그럼 저하고 붙어보실래요?" 하고 받아치는 경우도 다반사였다. 심지어 진 쪽이 머리를 빡빡 밀자는 조건까지 붙여서 이마이즈미도 기함할 지경이었다. 레이코는 당시 사건의 범인을 보란 듯이 검거했고 본부 해산 모임에서 단발식이 언급되기까지 했지만 레이코도 사람이었다. 이제 됐어요, 하며 상대방의 어깨를 툭 치고서 '자, 술이나 한잔하러 갑시다.'라며 기쿠타 일행을 이끌고 강당에서 나갔다. 한참 뒤에 그날 밤 레이코가 선술집에 들어가 앉자마자 십년감수했네, 하고 울기 시작하더니 토할 때까지 마시고도 울음을 그치지 않았다는 이야기를 들었다.

그 뒤로 레이코에 대한 험담은 서서히 잦아드는 듯했다. 하지만 결코 완전히 사라진 게 아니라는 사실이 오늘 회의만 봐도 분명했다.

시모이가 대답했다.

"특별히 그런 지시는 하지 않았지만……. 어쨌든 지금 나는 여기 있으니 히메카와가 어떤 방식으로 탐문하는지는 모르겠군. 하지만 마루야마, 자네도 회의에서 떳떳하게 밝히지도 못할 양아치까지 동원해서 로쿠류회 정보를 얻어 오지 않았나? 그런 걸 두고 똥 묻은 개가 겨 묻은 개 나무란다고 하는 걸세. 그게 아니면 남자로서 날 질투하나? 추하잖나. 큰일이군, 큰일이야."

시모이가 청산유수로 마루야마의 입을 막자 이마이즈미가

마이크를 잡았다.

"다른 질문?"

더 이상 질문은 없는 듯했다.

회의가 끝나자마자 이마이즈미의 휴대전화가 울렸다. 저장된 번호가 아니었다. 액정 화면에 나타난 것은 03으로 시작하는 수도권 번호였다. 게다가 국번은 경시청 본부의 대표전화와 같았다.

누구지?

"네, 여보세요."

"나가오카입니다."

형사부장이었다. 불길한 예감이 들었다.

"수고가 많으십니다."

"이마이즈미 경감. 당신 설마 야나이 겐토에 대한 조사를 수사관들에게 지시하지는 않았겠죠?"

다짜고짜 공세로 나오다니.

재확인 차원의 말투가 아니었다. 범인 수색…… 아니, 오히려 피의자에게 자백을 강요하는 말투에 가까웠다.

"천만에요, 하지 않았습니다."

대답만 하는데도 와이셔츠의 겨드랑이 밑이 땀으로 흠뻑 젖었다.

"그럼 오늘 야간 회의에서 그쪽 부서 주임이 불참한 일로 지적받았다는 얘기는 뭡니까?"

이럴 수가!

수사본부 안에 부장과 내통하는 자가 있단 말인가?

"별일 아닙니다. 그저 단순히 탐문 수사상의 역할 분담 문제였습니다."

"단독으로 야나이 겐토를 조사할 가능성도 있지 않습니까?"

당황스러웠다. 자신의 움직임을 어디까지 파악했는지 전혀 짐작할 수 없었다.

"그런 일 없습니다."

"히메카와 레이코라는 여주임이라고 합디다만."

이름까지…….

"아니요, 걱정 마십쇼. 히메카와 레이코는 통상적인 탐문 수사를 전담할 뿐입니다."

"확실합니까?"

아직 의심받는 단계는 아닌 듯했지만 당장은 시치미를 떼서 위기를 넘겨야 했다.

"네, 확실합니다."

"얕은 수 써봐야 당신 신상에도 좋지 않을 겁니다."

"네, 잘 알고 있습니다."

"와다 과장, 그 사람도 무사하지 못할 거고요."

"네. 그것도 잘 압니다."

"내가 분명 그냥은 못 넘어간다고 말했습니다."

관료라는 작자들은 자기 밥그릇 챙기기에 눈이 멀면 이렇게까지 파렴치해지나.

"혹시 그 여주임이 혼자 벌인 단독 수사니까 그자만 쳐내면 되겠지 하고 안이하게 생각한다면 그것도 그만두는 게 좋을 겁니다."

그런 생각은 누가 하고 있을까? 간사한 놈 같으니.

"안심하십시오. 야나이 겐토에 대해서는······."

"그 이름을 수사본부 내에서는 입에 올리지 말라고 했을 텐데요?"

젠장.

"죄송합니다."

"아무튼 조심하세요. 나를 얕잡아 봤다가는 후회할 겁니다."

"그런····· 그럴 일은 절대로 없습니다."

이자 말마따나 얕잡아 봤는지도 모른다.

"정도껏 하세요. 아시겠습니까?"

"네."

"그럼 그런 줄 알고 간간이 연락하겠습니다."

이마이즈미의 대답이 끝나기도 전에 전화가 끊겼다.

손에 땀이 흥건했다.

강당에는 더 이상 있고 싶지 않았다.

그렇다고 혼자 있기도 싫었다.

문득 생각나는 번호로 전화를 걸었다. 시모이는 나카노사카우에 역 근처 바에서 한잔하는 중이라고 했다. 혼자냐고 묻자 그렇다고 했다. 다행이었다.

'비디오 대여점 맞은편 건물 2층'이라는 간단한 설명만 듣고 한눈에 찾아 들어갔다. '미스 그라덴코'. 여기가 분명했다.

좁은 계단으로 올라가니 리스라고 하던가. 풀 다발을 둥글게 말아서 꾸민 크리스마스 장식을 걸어놓은 문이 보였다. 문을 열자 피자를 굽는지 맛있는 냄새가 풍겼다.

시모이는 테이블 자리가 아니라 카운터 바 한가운데에 앉아 있었다.

"죄송합니다. 이런 데까지 따라와서."

지금은 자신의 계급이 더 높았지만 시모이는 경사 시절 신세를 졌던 대선배였기에 상관 행세를 하기는 쉽지 않았다.

"뭐야, 어려워하기는……. 어서 앉아."

"네, 실례하겠습니다."

웨이터에게 코트를 맡기고 자리에 앉았다.

"시모이 계장님, 그건 뭡니까?"

이마이즈미가 온더록스 글라스를 가리키자 시모이는 카운터 안쪽에 있는 웨이터를 쳐다보았다.

"이봐. 이게 뭐였지?"

"올드파 12년산입니다."

그렇다는데, 하며 시모이가 미소 지었다. 이마이즈미도 같은 술로 주문했다.

이마이즈미 앞에도 글라스 잔이 놓이자 두 사람은 작은 소리로 수고하셨습니다, 하며 잔을 마주쳤다. 곧이어 몇 가지 안주도 나왔다.

작은 빵에 올리브와 홍합, 작은 새우와 치즈, 데치지 않은 햄과 과일을 하나씩 꽂이로 꽂아 모아놓은 한입 크기의 마른안주가 먼저 나왔다. 구운 오징어를 소스에 버무린 요리가 뒤따랐다. 둘 다 먹음직스러웠다.

"자, 들지. 젊은 녀석이 오는구나 싶어 넉넉하게 시켰어."

"젊은 녀석이라니, 저 말씀입니까?"

"아니, 자네 부하들."

둘은 또 한 번 시원하게 웃었다. 그러나 이마이즈미는 새삼스레 옛정을 돈독히 하자고 일부러 이곳까지 시모이를 쫓아온 게 아니었다. 마냥 화기애애하게 웃고 있을 때가 아니었다.

"계장님, 아까는 죄송했습니다."

"응? 뭐가?"

"히메카와 레이코 일로 폐를 끼쳤습니다."

"아, 그 얘기, 난 또 뭐라고."

시모이는 새우를 얹은 빵 쪽으로 손을 뻗었다.

"그런 일이야 다반사 아닌가. 별로 폐라고 할 것도 없네."

시모이의 옆얼굴을 보면서 이마이즈미는 잠시나마 마음이 놓였다. 시모이를 별달리 의심한 적도 없었지만 예전부터 익히 알아온 무표정한 얼굴을 가까이서 보고 있으려니 역시 마음이 누그러졌다. 의심하기보다 도리어 더욱 신뢰해야겠다는 마음이 앞섰다.

"그렇게 말씀해주시니 숨통이 트이는군요."

시모이는 마른안주를 한입 가득 덥석 물었다. 자세히 들여다본 얼굴에는 잔주름이 더 늘었다. 머리도 백발에 가까웠다. 생각해보면 당연했다. 7계에서 함께 근무했던 때 이후로 그럭저럭 20년 가까운 세월이 흘렀다.

시모이가 고개를 끄덕이더니 입안 가득 물고 있던 음식을 꿀꺽 삼켰다.

"이번 수사 초기에 자네가 나를 찾아와서 그 아가씨와 같은 조가 되어달라고 했을 때 내가 조금이라도 대답을 망설이던가?"

아닙니다, 하고만 대답했다.

"그 애가 왠지 헤매는 것 같으면 일단은 자기 마음대로 하게 해주라고 자네가 나에게 머리를 숙이고 부탁하러 왔었지. 오늘 같은 일도 감당해야겠거니 예상은 했어. 이제 와서 은혜를 입었다는 뜻으로 하는 말이면 관두게. 우리 사이에 빚이나 은혜 따위가 무슨 대수라고."

그래도 이번 일은 이마이즈미가 보기에는 빚이었다. 갚을 기약 없는 큰 빚.

"이봐, 이마이즈미……. 왜 그 아가씨를 부추겨서 나에게 보냈나? 그 아가씬 어떤 정보를 가진 모양이던데 그게 대체 뭐야?"

"그건……."

와다의 신상에 관한 일이었다. 가능하다면 시모이와도 의논은 하고 싶었다. 하지만 그래도 좋을지 어떨지는 이마이즈미 자신도 판단하기 어려웠다. 이번 사건의 난점은 아무리 궁리해도 사건의 전모가 그려지지 않는다는 것이었다. 또한 섣불리 털어놓았다가 시모이까지 말려들게 하면 일은 더 커지리라 생각했다.

그래서 더더욱 이야기하기가 힘들었다. 사건의 전체 그림이 그려지지 않는 만큼 이마이즈미는 레이코에게 승부를 걸 심산이었다. 은연중에 레이코에게 단독 수사를 허락해서 어떤 타개책을 찾아내고 싶었다.

물론 그렇게 해서 실마리를 얻는다 해도 와다에게만은 폐를 끼치지 않을 작정이었다. 레이코의 자리도 지켜줄 생각이었다. 그런데 지금 그런 자신감이 맥없이 무너지기 일보 직전이었다.

"아니, 말하기 어려우면 안 해도 돼. 뭐, 나도 덕분에 좋은 걸 하나 봤거든. 그 레이코라는 녀석 재미있더라고. 쓸 만한 정보를 가졌으면 후딱후딱 혼자서라도 수사하라고 했더니 갑자기 이렇게…… 자기 세계로 쑤욱 들어간 것 같은 눈을 하더라고."

무슨 뜻일까.

"자기 세계로 들어간다고요?"

"응. 나도 어떻게 표현해야 좋을지 모르겠는데, 그렇게 보였어. 눈은 뎅그렇게 떴지만 말이야. 바로 앞을 보는 것도 아니고 그렇다고 먼 곳을 보는 것도 아니고 시선이 어디로 가 있는지 당최 알 수 없는 눈빛이었어. 굳이 말하자면 자기 세계랄까? 단순히 집중력이라고 하기도 어려운 무언가야. 그 정도로 자기 안으로 쑤욱 빠져들듯 안팎이 뒤집히는 것 같은 눈이었어."

이마이즈미도 레이코가 뭔가 터무니없는 말을 입에 올리려 할 때의 분위기라면 짚이는 데가 있었다. 하지만 그것이 시모이 말처럼 자기 세계로 들어간다거나 안팎이 뒤집히는 것 같은 모습인지는 확실하지 않았다.

"그걸 겁니다. 와다 과장님도 가끔가다 그런 눈빛을 하셨거든요. 그게 맞을 겁니다. 번뜩임 따위가 아니라 뭔가 스위치가 켜지는 타입이라고 해야 하나? 잘은 모르겠지만······."

시모이는 갑자기 말을 끊고 입구 쪽을 돌아보았다. 이마이즈미도 따라서 고개를 돌렸다.

"가쓰마타."

수사 1과 살인범 수사 5계 주임. 간테쓰라는 별명을 가진 가쓰마타 겐사쿠 경위가 그 자리에 서 있었다.

"이런······. 꿈에 그리던 동지들 아닌가? 뭐야? 이제는 사라진 강력반 7계 친목회라도 하나? 허어······ 아서라, 아서. 나잇살 먹어서들 꼴불견이야. 문상 갔다 돌아오는 길에 한잔 걸치는 것 같아 기분 더럽구먼."

시모이, 이마이즈미가 함께한 자리에 가쓰마타가 오다니. 이런 우연 따위는 있을 리 없다.

"뭐 하러 왔어?"

"쳇. 윗자리에 앉는 녀석은 말투부터 다르군. 안 그렇습니까, 시모이 계장님? 어휴, 재수 없어. 저 새끼."

"자네도 마찬가지야."

시모이가 따끔하게 받아치자 가쓰마타는 유쾌하다는 듯 웃음을 터뜨렸다. 확실히 이런 분위기마저도 그 시절을 떠올리게 했다. 하지만 이마이즈미도 친목회 따위나 할 생각은 없었다.

"뭣 하러 왔느냐고 물었잖아. 보나 마나 내 뒤를 미행했겠지."

가쓰마타는 자기 마음대로 이마이즈미의 가방을 치우고 옆자리에 앉았다.

"보나 마나라니 무슨 소리야? 듣는 사람 기분 나쁘게······. 맞는 말이긴 하지만."

여기 맥주, 하고 가쓰마타가 웨이터를 불렀다.

"그건 그렇고 이마이즈미. 너 또 그 촌뜨기 년 방목하고 있지?"

"뭐?"

무심결에 가쓰마타를 노려보고 말았다. 분위기로 보니 시모이도 가쓰마타를 쳐다본 눈치였다.

이전에 같은 수사본부에 있었을 때 가쓰마타는 레이코를 촌뜨기라고 불러댔다. 촌뜨기 년을 방목한다는 말인즉슨······.

"네가 어떻게 그걸······?"

"멍청한 자식. 이 몸은 전직 '지요다'라고. 까불지마, 새꺄."

'지요다'는 공안부의 간첩 공작반을 일컫는 경찰 내부 은어였다.

"그러니까 네가 어떻게 그 일을 아느냐고?"

"많은 사연이 있지. 여하튼 방해만 되니까 그 계집애는 얼쩡대지 못하게 단단히 묶어둬. 귀갑 묶기로 칭칭 동여매라고."

"여전히 천박한 놈이로다."

시모이가 중얼거렸다.

"시끄러워, 이 노인네야."

가쓰마타가 받아쳤다.

그제야 이마이즈미도 확실하게 감을 잡은 모양이었다.

"가쓰마타 너, 혹시…… 부장한테?"

나가오카는 간부회의에서 야나이 겐토에 대한 수사를 전혀 하지 않겠다는 뜻이 아니며, 자기에게 생각이 있으니 맡기라고 했다. 그 생각이 여기 있는 가쓰마타에게 비밀 수사를 시키겠다는 말이었을까?

"형씨, 술 가지러 맥주공장 갔나?"

가쓰마타는 크게 소리치더니 이마이즈미 쪽을 쳐다봤다.

"그딴 건 아무래도 상관없어. 아무튼 지금은 오다 영감 모가지 안 날아가게 얌전히 있으라고. 내가 어떻게든 할 테니까. 너는 현장에서 함부로 휘젓고 다니지 못하게 그 촌뜨기 년 고삐나 단단히 붙잡아. 그럼 되는 거야."

"와다 영감이 어쨌는데?"

시모이가 물었다. 이렇게까지 말이 나왔으니 더는 감출 필요가 없나. 사정을 털어놓고 시모이도 우리 편으로 끌어들이는 게 상책일까. 하지만 괜히 엮이게 해서 피해자만 늘리고 싶지 않았다.

"자, 건배할까?"

맥주를 받아든 가쓰마타가 과장된 몸짓으로 맥주잔을 내밀었다.

호응이 없자 쳇 하고 혀를 차더니 가쓰마타는 저 혼자 맥주를 쭉 들이켰다.

4

 레이코는 다시 차로 돌아와서 겐토의 방을 지켜보며 생각에 잠겼다.
 우치다 다카요는 겐토와 연락이 끊기고 처음으로 그의 부재를 확인했을 때가 월요일 밤이라고 했다. 오늘이 토요일이니까 꼬박 닷새가 지난 셈이다.
 겐토에게 본가는 따로 없다. 의지할 친척 역시 없다고 봐도 무방하다. 마키타에게 돈을 빌릴 정도였으니 여행을 떠났을 리도 없다.
 그런 그가 닷새나 집을 비웠다니 아무래도 심상치 않았다. 전국을 떠도는 직업이라면 모를까 겐토의 직업은 만화 카페 직원이다. 집을 닷새나 비울 만한 다른 이유가 있을까.
 레이코는 만화 카페에서 돌아오는 길에 사 온 도시락을 먹고 잠깐 눈을 붙이기로 했다. 자지 않겠다는 결심은 거의 포기한 상태였다. 인간은 잠도 자지 않고 쉬지도 않으면서 무한정 돌아가는 기계가 아니다. 처리해야 할 서류가 산더미처럼 쌓여 있거나 수사가 마무리 단계에 들어가서 동분서주해야 한다면 그나마 낫겠다. 적막이 흐르는 차 안에서 말상대도 없이 길거리만 하염없이 지켜보는 일에 집중력을 유지하기란 쉽지 않았다.
 '잠이 깨는 대로 다시 확인하러 갈 거라고요. 그러면 되지 않습니까? 아, 하지만 이런 비좁은 차 안에서 며칠씩 지내다가는 정맥류에 걸리고 말겠다고요.'

눈을 뜬 시각은 새벽 4시 무렵이었다. 물론 아직 밖은 캄캄했다.

겐토가 들어왔는지를 확인하러 갔다가 차로 돌아와서 다시 잠깐 눈을 붙이는 일을 9시까지 반복했다. 10시가 되기 전 다시 시모타카이도 상점가로 나갔다. 어제는 다카요가 아르바이트 중이라 듣지 못했던 자세한 이야기를 오늘 마저 듣기로 약속했기 때문이다.

약속 장소인 패밀리 레스토랑에 도착하여 화장실에서 세수를 했다. 화장도 간단히 했다. 어제, 그제 목욕을 하지는 않았지만 땀이 날 만한 날씨는 아니어서 땀 냄새는 별로 신경 쓰이지 않았다. 하지만 머리카락이 납작 눌리지 않았나 신경 쓰인다. 나중에 공중목욕탕이라도 가볼까.

화장을 마치고 자리로 돌아오는 도중 입구에서 다카요와 마주쳤다. 적절한 타이밍이었다.

"왔어요? 좀 미안하네. 아침 일찍부터 불러내서……."

"아니에요. 괜찮아요."

억지로 지어낸 듯한 미소가 안쓰러웠다. 아마도 천성이 명랑한 아이였으리라. 하지만 지금은 겐토의 부재가 먹구름처럼 이 아이의 빛을 덮고 있다.

자리에 앉고 나서 아침은 먹었느냐고 물으니 아직 먹지 않았다고 했다. 모닝세트라도 먹겠느냐고 권하자 다카요는 고개를 끄덕였다.

주문을 하고 잠시 커피를 마시면서 이야기를 나눴다.

"겐토 씨와는 언제부터 만났죠?"

다카요가 옆 테이블을 바라보며 생각에 잠겼다.

"두 달 전······부터요."

"그러면 10월 중순부터?"

"그렇게 되네요. 맞아요. 그쯤이었어요."

"같이 아르바이트하면서 친해졌나요?"

"네, 뭐······ 그런 셈이죠."

"아르바이트 하기 전에 알던 사이는 아니고요?"

"네, 아니예요. 아르바이트하면서 처음 알게 됐어요."

그렇구나. 말이 사귄다지 그 정도 단계밖에 아니었나 보네.

사진을 갖고 있는지 물었다. 함께 쇼핑하러 가서 치수가 맞는지 옷을 입어 보다가 찍은 사진이 있다며 휴대전화에 저장된 사진을 내밀었다.

마른 체형으로 요즘 흔히 보는 젊은 애들 같았다. 고등학교 졸업 사진의 얼굴보다 머리카락이 길어서 촌스러운 인상이었다. 이 사진을 전송해주겠냐고 묻자 다카요는 예 하며 흔쾌히 대답하고 적외선 송신을 이용해서 레이코의 휴대전화로 사진을 보내주었다.

"고마워요. 참! 겐토 씨가 가족에 대해 말한 적이 있나요?"

"아뇨. 별로 못 들었어요. 그냥 다들 돌아가셨다고만."

하긴 굳이 본인 입으로 꺼내고 싶은 이야기는 아닐 것이다.

"그랬군요. 그럼, 다카요 씨가 본 야나이 겐토 씨는 어떤 사람이었죠?"

"어떤······ 사람이었느냐 하시면······?"

아, 어떤 사람이 '었느냐'고 과거형으로 물은 게 실수였나. 확실히 이미 죽은 사람으로 취급하는 말처럼 들릴지도 모르겠다.

"아니, 그러니까 제가 아직 만나본 적이 없어서. 실제로 만나기 전에 알아두고 싶어서요. 분위기나 성격이나 무엇이든 상관없어요."

"아……."

사귀는 사이라더니 다카요가 평가한 대로라면 젠토는 결코 호감 가는 남자가 아니었다.

어둡다. 말이 없다. 말을 걸어도 반응을 보이지 않는다. 무엇을 생각하는지 통 모르겠다. 방도 지저분하고 칠칠치 못하다. 죽은 사람 같다. 유령 같다. 좀비 같다. 본인에게 그런 식으로 말해도 화도 내지 않는다.

이야기를 듣다보니 당신은 도대체 그 사람의 어디가 좋으냐고 되묻고 싶어질 정도였다. 그런 부정적인 감정만으로도 교제가 이루어진다면 자신에게도 기회는 얼마든지 있었다.

그러나 거기에는 그녀만의 숨은 사연이 있었다.

"저도 도쿄에 혼자 올라와 외로웠거든요. 아, 도쿄에도 내처럼 외로운 사람이 있는가 보다, 하고…… 그렇게 생각하니까 왠지 눈이 떼지지 않더라고요."

레이코는 이 말에서 다카요가 자신과 달리 모성본능으로 남자를 평가하는 유형이라고 나름대로 분석해서 기억해두었다.

모닝세트를 먹으며 이야기를 계속했다.

다카요가 집에 찾아가면 젠토는 거의 대부분 컴퓨터 앞에 달라붙어 있는데 인터넷 검색도 아니고 무슨 자료만 읽고 있었다고 했다. 뭐 하냐고 물어도 가르쳐주지 않았고 보려고 하면 모니터를 꺼버렸다고 했다. 다카요도 딱히 야한 동영상을 보는 것도 아니니까 싶어서 그냥 놔두었다고 했다.

"저기."

토마토를 남긴 채 포크를 내려놓은 다카요는 고개를 숙이고 한층 어두운 목소리로 운을 뗐다.

"네?"

얼굴을 보니 금방이라도 눈물이 떨어질 듯 울상이었다.

"그러니까…… 이런 일을 형사님한테 의논해도 되나 싶은데요. 그래도 형사님은 예쁘시고 또 인기도 많으실 것 같아서요. 조금만 가르쳐주시면……."

대체 무슨 말이지?

"아니, 그런 건 아니지만 내가 아는 거라면……. 뭔데요?"

"저, 그러니까…… 남자는 아이가 생기면 여자가 귀찮아지는 걸까요?"

응?

"아니, 그럼…… 그 말은 그러니까……."

레이코의 말에 다카요는 고개를 숙인 채 끄덕였다.

"저, 임신했어요."

"그거, 어휴…… 그러니까 그 사람한테는 알렸어요?"

"네…… 뭐, 슬쩍."

"분명하게 말하지 않고?"

"그게…… 배를 만지면서, 이제 둘이 아니고 셋이 되겠네, 했다가…… 방도 좀 좁다 하고 말은 해봤는데…… 부끄럽기도 하고 무섭기도 해가지고 똑 부러지게 애가 생겼다고, 그렇게는 말하기가 어려워서……."

혹시 이것 때문에 겐토가 새로운 거처를 구하려고 마키타와 의논했던 것일까?

"어떨까요? 역시 남자는 아직 그 나이에 애한테 매이고 싶지는 않겠죠? 그래서 겐토가 도망가버린 걸까요?"

그 속을 내가 어떻게 알겠어.

다카요가 임신했다는 사실에 놀라기도 했지만 그 덕에 겐토에 대한 그녀의 애틋한 마음도 이해가 갔다.

레이코는 무엇이든 새로운 사실을 알게 되면 반드시 연락하기로 약속하고 다카요와 겐토의 휴대전화 번호를 물은 뒤 레스토랑 앞에서 헤어졌다.

그러나 이런 사실들로 인해 도리어 이해하기 어려운 부분도 생겼다.

겐토에게는 다카요라는 애인이 있고, 그녀는 겐토의 아이까지 임신한 상태. 그런 상황에서 아무리 누나를 위한 복수라지만 어째서 고바야시 미쓰루 살해라는 잔혹한 범죄 같은 짓을 저질렀을까. 야나이 지에가 살해당한 것은 9년 전. 왜 이제 와서 복수를 감행했을까.

하기야 아직은 겐토가 고바야시를 살해한 게 사실인지 아닌지조차 확실하지 않다.

그것 말고도 겐토의 집이 계속 마음에 걸렸다.

겐토는 컴퓨터 앞에서 계속 무언가를 조사했다고 한다. 다카요에게는 알리고 싶지 않은 무언가다. 물론 부동산 사이트에서 살 집을 구하거나 하는 미래지향적인 일은 아니었을 것이다. 훨씬 뒤가 떳떳하지 못한 무언가, 그의 인간성을 이루는 근간에 관한 무언가가 있을 것이다. 사실 알고 보면 아주 시시한 취미 따위였는지도 모른다.

관리인에게 부탁해서 문을 열어볼까? 그렇지 않아도 오늘로 엿새나 연락이 닿지 않고 있다. 어쩌면 단순히 집을 비워둔 것이 아니라 집 안에 죽어 있을지도 모른다. 그래, 밑져야 본전이다. 한번 해보자.

크게 마음먹고 이와키 하이츠로 서둘러 돌아가려던 찰나.

맞은편에서 노란 택시가 달려오고 있었다. 왕복 2차선 도로였지만 실제로는 차량 두 대가 지나가려면 서로 조금씩 속도를 낮추어 양보해야 할 만큼 폭이 좁았다. 설령 차 한 대가 지나가더라도 주택가라서 신호등이 없는 건널목도 많아 속도를 내기는 어렵다.

그 택시도 마찬가지였다. 기껏해야 시속 30킬로 정도. 기사의 얼굴이든 뒷좌석의 손님 얼굴이든 보려고만 하면 충분히 식별할 수 있는 속도였다.

어째서 그 택시 안을 보려고 했는지는 레이코도 모른다. 별다른 이유 없이 뒷좌석을 쳐다보니 낯익은 얼굴이 있었다. 잠시 누구였는지 생각하다가 치켜 올라간 눈매가 인상적이라고 되뇐 순간 불현듯 기억이 떠올랐다.

고양이 눈매를 가진 여자. 겐토의 집에서 나왔던 여자다.

물론 뒤쫓으려고 했다. 하지만 아무리 저속이라 해도 상대는 자동차, 레이코는 굽이 낮지만 구두를 신고 있었다. 뛰어서 따라잡을 만한 상황이 아니었다. 그러는 사이에 택시는 모퉁이를 돌아 사라졌다.

저 여자, 설마 겐토의 집에 또 들어갔던 거야?

심장이 두근거렸다. 이와키 하이츠를 향해 서둘렀다. 하지만 도착하고 나서야 깨달았다. 이 빌라에는 관리인이 없다. 누구한테 연락해야 하지?

2층으로 올라가는 계단 밑 우편함을 보니 옆면에 관리자 연락처라고 적힌 스티커가 붙어 있었다. 스즈키라고 쓰여 있었으나 관리 회사나 부동산 직원이라면 오늘은 일요일이라서 휴무일 가능성도 있었다. 전화를 받지 않을지도 모른다. 하지만 전화를 걸어보니 스즈키는 근처에 살고 있는 집주인인 듯했다. 경찰이라고 신분을 밝히고 간략하게 사정을 이야기하자 금방 열쇠를 들고 나오겠다고 했다.

집 앞에서 15분 정도 기다렸다. 전화를 받은 사람은 나이 지긋한 여자였는데 실제로 나온 사람은 60대 정도로 보이는 남자였다.

"실례합니다. 스즈키 씨, 맞으세요?"

"아, 그러니까…… 당신이 경찰이쇼?"

그러고 보니 사복형사라는 말을 하지 않았다. 설명이 부족했음을 사과하면서 경찰수첩을 내보였다. 스즈키는 그제야 납득한 표정으로 102호 문 앞으로 다가갔다. 영장이 없는데도 의외로 일이 쉽게 풀린다고 생각하며 그가 문을 여는 모습을 지켜보았다.

잠겼던 문이 찰칵 열린 순간 그에게 말했다.

"저기, 스즈키 씨, 혹시 몰라서 그러는데요, 아직 엿새 정도 연락이 없었던 것뿐이지만 만약 무슨 일이 생겼다면 스즈키 씨의 지문이나 흔적이 없는 편이 나을 거예요. 이제부터는 제가 알아서 할 테니 스즈키 씨는 죄송하지만 여기서 기다리시겠어요?"

"아, 예…… 그러지요."

레이코는 그 자리에서 흰 장갑을 끼고 신중하게 손잡이를 잡았다. 혹시라도 고양이 눈매를 가진 여자의 지문이 남아 있을지도 몰랐다. 가능한 한 손잡이를 다 건드리지 않은 채 손잡이와 문을 잇는 부분과 앞머리만 잡고 조심스럽게 돌렸다.

꽤 힘이 들었다. 어쨌든 문은 열렸다. 갑자기 썩는 냄새가 풍길 가능성도 염두에 두었다. 하지만 흘러나온 공기는 약간의 먼지 냄새 정도로 썩은 시체가 있는 현장 냄새와는 달랐다.

안도하면서 문을 활짝 열었다. 나중에 위법수사 운운하더라도 변명할 거리는 있게 공개성을 확보해두었다.

신발 커버를 가져오지 않아서 펌프스를 벗고 집 안으로 들어갔다. 들어서자마자 바로 왼쪽이 부엌이었다. 빛바랜 스테인리스 싱크대와 탄 찌꺼기가 달라붙은 가스레인지가 있고 그 위에는 오래된 주전자가 놓여 있었다. 안쪽에 위치한 일본식 방은 10제곱미터쯤으로 보였다. 창문에는 커튼이 쳐져 있어서 오전인데도 몹시 어두웠다. 방 한가운데에는 이불이 깔려 있고 그 너머에 낮은 책상이 보였다. 책상 위에는 아무것도 없었다.

겐토는 컴퓨터를 들고 도망쳤나?

엄밀히 말해서 낮은 책상 위에는 컴퓨터에서 떼어낸 마우스와 마우스패드, 케이블 선 몇 가닥이 있었고, 책상 밑에 외장하드와 인터넷용 모뎀으로 보이는 타워형 기기가 남아 있었다. 그러나 가장 중요한 컴퓨터 본체가 놓여 있어야 할 책상 위가 휑뎅그렁했다. 손전등을 꺼내 비춰보니 역시 그 자리에는 먼지가 쌓이지 않았다. 크기로 말하면 딱 A4 용지 크기쯤일까?

겐토는 왜 컴퓨터를 갖고 도망쳤을까?

도피 중에 필요한 정보 수집 도구라면 요즘에는 휴대전화가 훨씬 더 편리했다. 역시 증거 인멸 목적으로 가져갔을까? 고바야시 살해와 관련된 무언가가 그 컴퓨터 안에 들어 있었는데 제거할 시간이 없어서 들고 나갔는지도 모른다.

아니, 그게 아닌가. 고바야시는 칼을 이용해서 마구잡이로 난도질하는 고전적이면서도 실로 조잡한 수법으로 살해되었다. 현장을 그렇게 피투성이로 만들어놓고 컴퓨터 정보만 은폐하면 그게 무슨 의미가 있을까.

그리고 그 여자. 어쩌면 그 여자가 겐토의 부탁을 받고 무언가를 가지러 왔을지도 모른다. 컴퓨터든 현금이든, 아니면 훨씬 더 중요한 무엇일지도 모른다.

일단 실내를 전체적으로 한번 쓱 훑어보았다. 벗어 던진 점퍼, 티셔츠, 청바지. 커다란 봉투에 가득 찬 쓰레기는 대부분 빈 도시락 용기나 페트병 따위였다. 독신 남자의 생활에서 당연한 내용물들이었다.

좀 더 자세히 살펴보고 싶었지만 영장도 없이 조사할 수 있는 범위는 여기까지였다.

레이코는 납득했다는 듯이 행동하며 현관으로 돌아왔다. 밖으로 나가기 전에 부엌 옆쪽 문도 열어서 확인했다. 화장실과 욕실. 일체형은 아니었다. 벽은 타일로 마감했고 욕조 맞은편에 목욕물을 데우는 온수기가 있었다. 그것 역시 구식이었다. 물론 안에 사람은 없었다.

"고맙습니다. 특별히 이상한 점은 없는데요."

"그런 것 같소만."

스즈키는 김빠진 얼굴로 문을 잠갔다.

주택가를 통과하는 바람이 몹시 쌀쌀했다.

근처에 공중목욕탕이 있는지 스즈키에게 물어봤다. 곧장 걸어가서 두 번째 모퉁이를 돌면 오른쪽에 '쓰키노유'라는 목욕탕이 있다고 했다.

가까운 편의점에서 갈아입을 속옷을 사고 저녁까지 기다렸다가 목욕탕에 갔다.

찾기는 어렵지 않았다. 입구는 외장이나 내장 모두 새로 꾸몄는지 청결한 느낌이 마음에 들었다.

계산대에서 수건과 샴푸 세트를 구입했다. 자, 준비가 끝났으니 욕탕으로 가자.

전신을 감싸는 따뜻한 수증기의 느낌은 참으로 오랜만이었다. 몸에 가볍게 물을 끼얹었다. 고향인 미나미우라와의 물과는 어쩐지 다른 냄새가 나는 물로 머리를 적셨다. 샴푸도 린스도 레이코가 애용하는 제품은 아니었지만 그 정도는 참을 만했다. 애당초 일요일에, 그것도 벌건 대낮에 목욕을 한다는 사실 자체가 사치였다.

정성스럽게 머리를 감으면서도 생각은 어느새 다시 사건으로 향했다.

다카요의 이야기로 유추하면 겐토는 절대로 폭력적이거나 힘만 믿고 날뛰는 남자는 아니었다. 만화 카페에서 아르바이트를 하고, 집에서는 컴퓨터 앞에서 떠날 줄 모르는 흐리멍덩한 청년이었다. 그가 칼을 준비했더라도 조직폭력배인 고바야시 미쓰루를 죽이려면 상당한 용기와 각오가 필요했을 것이다.

또한 복수를 실행하기까지 걸린 시간도 생각해봐야 한다. 겐토와 고바야시는 어떤 관계 속에서 9년이라는 세월을 지내왔을까. 9년 동안 전혀 만난 적이 없었을까? 아니면 겐토는 고바야시의 움직임을 계속 주시해왔을까? 그렇다면 9년이라는 시간에는 아무 의미도 없어 보인다. 죽일 기회는 조금 더 일찍 있었을 것이다. 그게 아니라면 9년이 지나서야 으연히 재회했다는 말인가. 재회를 계기로 겐토의 분노가 다시 끓어올라 범행을 저질렀을까.

몸까지 다 씻고 탕에 몸을 담그고서 다시 생각에 잠기려니 현기증이 났다. 몸을 오래 담그는 것을 싫어하지는 않지만 이 목욕탕의 물이 유난히 뜨거웠고 무엇보다 주변 공기도 온도가 높았다. 더는 못 참겠다. 한계다.

탈의실로 나와서 옷을 입고 머리도 꼼꼼히 말렸다. 단독 수사 중에 감기라도 걸리면 꼴불견이겠지.

목욕 뒤의 한 잔이 남았다. 허리에 손을 얹고 사과 주스를 남김없이 마셔버렸다.

"감사합니다."

계산대를 지키는 노파의 인사를 뒤로하고 밖으로 나왔다. 차로 돌아가는 길에 겐토의 방에 전화를 걸었다. 이와키 하이츠 앞에 도착해서 초인종을 눌렀다. 겐토의 휴대전화로도 전화를 걸어보았으나 전부 무반응이었다.

차로 돌아와 새로운 기분으로 잠복을 속행했다. 그러나 곧 의문이 떠올랐다. 여기서 아무리 지켜본다 해도 겐토를 만날 수는 없을 것이다. 그 고양이 눈의 여자도 오늘은 더 이상 오지 않을 것이다.

이렇게 잠복을 한다고 의미가 있을까. 그 전에 겐토가 범인이라는 제보는 얼마나 신빙성 있는 이야기일까.

의자 시트를 뒤로 젖혔다가 신발을 벗고 양반다리를 꼬았다. 계속 자세를 바꾸어가며 이와키 하이츠를 유심히 지켜보았다. 오늘 밤까지 아무런 움직임도 없으면 시모이에게 연락해서 일단 수사본부로 돌아가야겠다고 생각했다. 그 대신이라고 말하기

엔 조금 무성의하지만 하야마에게 문자메시지 한 통을 보냈다.

'수고가 많다. 오늘도 본부에는 안 들어간다. 그렇다고 너무 걱정하지는 말고. 무슨 일 있으면 언제든지 연락 줘. 레이코.'

기쿠타에게 보내도 상관없었지만 왠지 그러지 못했다. 이유는 별로 깊이 생각하고 싶지 않았다.

슬슬 허기가 져서 다시 편의점으로 갔다. 사치를 부릴 생각은 없었다. 칼로리 바 따위로 죽지 않을 만큼의 영양만 보충하면 그것으로 충분했다.

그러나 편의점에 도착하기 직전 휴대전화가 울렸다. 주머니에서 휴대전화를 꺼내자 화면에 나타난 이름은 '이마이즈미 하루오'였다. 열기와 냉기가 몸속에서 뒤엉켰다.

시모이는 이마이즈미에게도 대충 둘러대겠다고 말했다. 그래서 단독 행동 문제는 크게 신경 쓰지 않았다. 하지만 명령을 어기고 야나이 겐토를 조사한다는 사실이 역시 께름칙했다. 그런 마음 한편으로 이유는 말해주지도 않고 야나이 겐토를 조사하지 말라고 명령한 이마이즈미가 조금 실망스럽기도 했다.

"여보세요?"

이마이즈미는 뭐라고 첫마디를 뗄까? 낮고 탁한 목소리로 단독 행동을 꾸짖을까? 아니면 잔뜩 언성을 높여 화를 낼까?

"히메카와."

뜻밖에도 이마이즈미는 차분했다.

"네."

"지금 당장 복귀해. 진유회의 후지모토가 살해당했다."

차가운 바람이 소리를 내며 레이코 곁을 스치고 지나갔다.

5

하야마는 그날 로쿠류회의 간부 쓰카다 요시후미의 12월 17일 행적을 조사하고 있었다.

쓰카다 요시후미와 다케시마 가즈마는 폭주족 시절부터 아는 사이였다. 쓰카다가 지금은 다케시마의 오른팔로 불렸지만 실제로는 의형제나 다름없다고 알려져 있었다.

무엇보다도 쓰카다는 예전부터 구제 불능의 무뢰한이었고, 그를 간신히 제지해온 사람이 다케시마였다. 쓰카다는 다케시마가 지켜볼 때는 얌전하게 행동했지만 눈을 떼기가 무섭게 상대방을 향해 달려들었다. 유래는 확실하지 않지만 당시 별명이 '미친개'였다. 그런 관계는 지금도 변함없어서 다케시마가 고바야시를 제거하려고 누군가를 이용했다면 쓰카다 말고는 없었다. 조직범죄 대책부 4과 몇몇은 그렇게 믿었다.

그러나 하야마 조가 조사한 결과는 달랐다. 사건 발생 추정일인 17일에 쓰카다는 적어도 고바야시 살해에 직접 나서지는 않은 듯했다.

오전부터 집 근처 파친코에서 말썽을 일으켰다. 승률이 낮게 나왔다고 트집을 잡아서 애먼 직원에게 행패를 부리고 한껏 화풀이를 한 뒤 파친코에서 나왔다. 그런 뒤에 단골 메밀국수집에서 3시쯤까지 식사를 했다. 그리고 저녁까지의 행적은 확인할 수 없었지만 저녁 7시에는 가부키초에 있는 애완동물호텔에 밤늦게까지 있었던 사실을 확인했다. 쓰카다는 덩치 큰 개라면 사족을 못 쓰는 인간이라 아무 동물가게나 막무가내로 쳐들어가서 주인이 부탁하지도 않은 잡다한 일을 했다고 한다. 그날 밤에도 몇몇 손님이 동물가게에서 쓰카다의 모습을 목격했다. 특히 고바야시의 사망 추정 시각인 9시 전후에는 손님도 많아서 쓰카다는 사료나 애완용품을 설명하며 손님 여러 팀을 상대하기까지 했다.

따라서 쓰카다가 17일에 고바야시를 살해하기란 불가능했다.

하야마는 25일 야간 수사 회의에서 이렇게 보고했다.

하야마는 회의가 끝난 후 고엔지에 위치한 로쿠류회 사무실로 향했다. 다케시마 가즈마의 행적을 조사하는 기쿠타 조와 교대하기 위해서였다.

로쿠류회 사무실이 위치해 있는 건물 바로 앞에서는 가스 공사가 한창이었다. 기쿠타 조는 그 공사 차량들 속에 자연스럽게 섞여 있었다. 도로변에 즐비한 주차 차량들 틈에 위장순찰차를 세워두고 로쿠류회 사무실을 감시했다.

조수석 창문을 두드렸다. 수고하십니다, 하고 입모양으로 인사하자 기쿠타는 뒤에 타라는 뜻인지 엄지로 뒷좌석을 가리켰다.

"수고 많으십니다. 분위기 어때요?"

하야마가 먼저 차에 올라타고 파트너인 나카노 서 경관도 뒤

따라 차에 타 문을 닫았다. 운전석에 앉아 있던 기쿠타의 파트너도 나카노 서 경관이었다.

"분위기라 할 것도 없어. 개미 새끼 한 마리도 얼씬 안 하는데."

주변이 시끄러워서 저절로 목소리가 커졌다.

기쿠타도 그것이 영 못마땅했다. 잔뜩 짜증 섞인 표정으로 밖을 가리키며 하야마에게 나가자고 재촉했다.

고개를 끄덕이며 문을 열고 나와 자동차 뒤쪽으로 돌아가서 기쿠타와 나란히 섰다.

공사 현장에서 신사를 향해 걸으며 기쿠타는 주머니에서 휴대전화를 꺼내 수신 표시를 확인하고 곧바로 집어넣었다.

대화하기 적당한 곳까지 왔을 때였다.

"하야마. 너도 주임님 연락 받았냐?"

그렇다. 실은 조금 전 웬일로 레이코 주임에게서 문자메시지를 받았다. 별다른 내용은 아니었지만 전체 문자메시지로 기쿠타에게도 보낸 모양이었다. 하야마는 그렇다 치고 적어도 기쿠타에게는 중요한 문제처럼 보였다.

"경사님도 받았어요?"

기쿠타의 짙은 두 눈썹 사이로 주름이 깊게 파였다.

"아니, 그저께 받은 문자가 끝이야. 걱정하지 말라고는 했는데…… 어떻게 걱정을 안 하겠냐?"

뭐야. 자기도 받았으면서. 매일 연락해야 당연하다 이건가?

상황이 상황인 만큼 걱정하는 마음을 모르지 않았다.

일부러 하야마가 먼저 물어보았다.

"주임님은…… 일전의 제보 건을 조사하시는 걸까요?"

기쿠타는 고개를 갸웃하며 길가에 놓인 자동판매기 쪽으로 다가갔다.

"하야마, 뭐로 할래?"

"아, 감사합니다. 경사님 하고 같은 걸로 할게요."

기쿠타는 저설탕 캔 커피 버튼을 두 번 눌렀다. 하야마가 쭈그려 앉아서 음료수를 꺼내 들었다. 캔 뚜껑을 따자 기쿠타는 건배하자는 듯이 캔을 내밀었다. 가볍게 캔을 부딪쳤다.

꿀꺽 한 모금 마시고 한숨을 쉬었다.

기쿠타는 고개를 흔들고 나서 이야기를 시작했다.

"난 말이야, 가끔 잘 모르겠어. 아니, 사실은 간혹 아는 것도 있다고 해야 하나? 주임님이 무슨 생각을 하는지 당최 모르겠어."

남녀 관계 말인가? 아니면 상사와 부하 관계?

"그거야 모를 만도 하지요. 벌써 이래저래 사흘이나 얼굴을 못 봤잖아요."

두 사람은 그동안 조직범죄 대책부가 주도하는 수사본부에서 좀 취급을 당하는 신세였고 지금도 별 소용도 없어 보이는 잠복근무로 쫓겨 나온 상태였다.

"아니, 그게 아니고…… 주임님 말이야 뭐랄까, 어디를 보는지 도통 모르겠는 눈빛 있잖아. 그게 무섭다고나 할까. 걱정돼."

하야마는 '어디를 보는지 도통 모를 눈빛이 아니라, 당신을 보는 눈빛은 분명히 아니라는 말이겠죠.'라고 생각하면서도 물론 입 밖으로 내지는 않았다. 하야마는 오히려 기쿠타보다 레이코의 생각을 더 잘 알 것 같은 때가 있었다. 바로 지금이 그런 때였다.

레이코는 그 제보를 조사하는 중이다. 틀림없다. 어느 정도 성과도 올렸다. 하지만 지금은 이번 수사에서 그 제보가 사실이어서는 안 되는 미묘한 상황이다. 평소였다면 숨김 없이 모조리 드러내는 레이코였지만 그런 이유에서 이번에는 연락조차 하지 않는다. '걱정하지 마.'라는 메시지뿐, 그 이상 설명하려고도 하지 않는다. 그것은 책임 소재를 따질 경우를 대비한 예방책일지도 모르고 아니면 단순히 정보 관리를 위한 입단속일지도 모른다.

이럴 때 자기들은 어떻게 처신해야 도움이 될까.

하야마는 이대로 조직범죄 대책부의 들러리 노릇을 하면서 본부 수사관의 직무를 다해야 한다고 생각했다. 그것으로 레이코의 단독 수사가 모두 용서받을 수 있는 면죄부는 못 되더라도 적어도 조직범죄 대책부 4과의 불만을 잠재우는 효과는 충분하리라 믿었다. 자신들이 굽실거리면 조직범죄 대책부 녀석들은 한껏 우쭐해서 로쿠류회나 진유회만 계속 물고 늘어지겠지.

하지만 거기서는 아무런 단서도 나오지 않는다. 근거는 없지만 하야마는 직감으로 알았다.

그러니 고민할 필요도 없다. 조직범죄 대책부가 핵심을 놓친 채 수사에 열을 올리는 동안 레이코가 확실한 성과를 가져오면 된다. 그때까지 자신들은 이 수사 본부를 지킨다. 레이코가 돌아오면 즉각 움직일 태세를 갖춘다. 그때까지 수집한 정보를 차

곡차곡 정리하고 관리한다. 그것이 지금 히메카와 반 구성원이 해야 할 일이라고 생각했다.

"무리하지 않으면 좋겠는데……."

기쿠타는 한숨을 지으며 중얼거렸다.

'당신이 생각하는 것만큼 주임님은 약한 사람이 아닙니다.'

하야마는 이번에도 그 생각을 입 밖으로 내지는 않았다. 네가 주임에 대해서 얼마나 아느냐고 물으면 대답할 말이 없어서였다.

히메카와 반에서 레이코와 가장 오래 알고 지낸 사람은 기쿠타와 이시쿠라였다. 다음이 유다였고, 하야마는 같이 지낸 시간이 가장 짧았다. 사적인 이야기를 나눈 적이 없어서 레이코에 대해 잘 안다고 말할 수도 없거니와 레이코 역시 하야마에 대해 잘 모를 게 분명했다.

다만 최근 들어 별다른 이유 없이 그래도 괜찮다 싶은 마음이었다. 사적으로는 전혀 알지 못한다 해도 하야마는 주임 경위인 레이코를 존경했고, 그녀도 자기를 한 사람의 수사대원으로서 인정해준다고 믿었다. 구체적으로 설명하기는 어려웠지만 대화할 때 마주치는 눈빛에서 자기 존재를 인정하고 존중해준다는 느낌을 받았다. 지금 하야마는 그것만으로도 충분했다.

"어?"

기쿠타가 조금 놀란 얼굴로 주머니에 손을 넣었다. 주임님에게서 문자메시지라도 왔나.

그건 아닌 모양이었다.

기쿠타는 긴장한 얼굴로 통화 버튼을 누른 뒤 휴대전화를 귀에 가까이 댔다.

"네, 수고 많으십니다. 네, 아직 여기에 같이 있습니다만, 네?"

놀라는 목소리와 함께 미간에 주름이 잡혔다.

"예…… 예, 알겠습니다."

전화를 끊고 심각한 표정으로 하야마를 보았다.

"무슨 일 있습니까?"

어, 하고 기쿠타가 고개를 끄덕였다.

"진유회의 후지모토 히데야가 살해당했대."

말도 안 돼!

6

그 시각 마키타는 롯폰기에 있는 '실크'의 자매 업소 '버브'에서 술을 마시고 있었다. 이미 자정을 넘겼으니 크리스마스도 어제 일이 됐을 때쯤이었다.

"잠깐 실례하겠습니다……. 네, 여보세요."

가와카미가 휴대전화를 귀에 대고 입을 가린 채 자리에서 일어났다. 기껏해야 어느 유흥업소 아가씨가 매상이 좋지 않으니 와달라는 말이겠거니 대수롭지 않게 여겼다. 하지만 몇 분 뒤 자리로 돌아온 가와카미의 표정은 도대체 우는지 웃는지 분간하기 힘든, 실로 형용하기 어려운 상태였다.

"왜 그래?"

가와카미는 대답 대신 주위에 있던 여자 네 명을 둘러보았다.

"잠깐 자리 좀 비켜줘."

무슨 일인지 영문을 몰랐지만 마키타는 일단 가장 나이 많은 여자에게 고갯짓으로 일어나라고 신호했다. 그러자 네 사람은 그럼, 하고 자리에서 물러났다.

"뭐야? 무슨 사고라도 났어?"

가와카미는 마키타의 바로 옆자리에 앉아 침을 꿀꺽 삼켰다.

"형님…… 진정하고 들어주십쇼."

"난 멀쩡해. 너야말로 진정하고 얘기해봐."

네, 하고 가와카미가 고개를 끄덕였다. 시선은 테이블 위에 놓인 얼음통 근처를 향했다.

"실은, 후지모토 형님이…… 돌아가셨습니다."

"뭐야?"

주위에서 들리던 소음이 순식간에 아득히 멀어졌다.

후지모토가 죽었다. 그 말의 의미를 어떻게 해석해야 좋을지 몰랐다.

"후지, 모토…… 형님네…… 누구?"

처자식에서 친형제까지. 죽었다는 '후지모토'의 이름을 가진 자가 한 명은 아니지 않은가.

"아니…… 후지모토, 회장님, 본인이…… 돌아가셨습니다."

후지모토 히데야가 죽었다.

가장 자연스러운 사인을 떠올려 봤다.

"사고인가?"

가와카미는 이내 고개를 저었다.

"살해당했답니다."

두 번째 자연스러운 경우에 해당했다.

"누구한테?"

자기도 모르게 목소리가 커졌다.

조금 떨어진 좌석에서 손님들이 일제히 두 사람 쪽을 쳐다봤다. 가와카미는 모르겠습니다, 하고 또다시 고개를 가로저었다.

"하마마쓰초의 아파트에서…… 총에 맞았다고만."

하마마쓰 아파트는 후지모토가 마음에 드는 여자를 만날 때 호텔처럼 사용하던 곳이다. 때로는 자작 포르노를 찍거나 여자 몇몇을 모아놓고 마약 파티를 벌이기도 했다.

가와카미는 이야기를 계속했다.

"한 시간쯤 전이었답니다. 시간이 되어서 자동차로 모시러 갔더니 벌써 경찰이 와 있고…… 총소리를 들은 집주인이 신고했다고 합니다."

어떻게 된 일이지…….

"형님, 우선 사무실로 돌아가시지요."

대답도 나오지 않았다. 대꾸하기도, 자리에서 일어나기도 버거웠다.

햐쿠닌초에 위치한 사무실로 돌아오자 간부 네 명과 부하 몇 명이 대기하고 있었다.

"회장님!"

먼저 부두목 시마모토 히데히코가 입을 열었다.

"좀 곤란한 일이 벌어졌습니다."

"그래……."

어떻게 된 일인지 자세히는 모르겠으나 이시도 조직이 큰 기둥을 잃었다는 사실만은 확실했다. 이보다 더 곤란한 일은 없다. 그러나 시마모토는 다른 뜻에서 한 말이었다.

"조금 전 노기와 씨한테서 전화가 왔습니다. 머리끝까지 화가 나서 회장님을 찾으며 노발대발 난리도 아니었습니다. 이쪽으로 들어오시는 중이라고 했더니 금방 갈 테니까 기다리라고 하셨습니다."

노기와는 진유회의 부두목이다. 마키타에게는 쿠하나 마찬가지였다. 그런 자가 기다리라고 했다니 도대체 무슨 일이지.

"왜 그렇게 씩씩거린대?"

가와카미가 묻는 말에 시마모토는 고개를 갸웃거리며 말했다.

"잘 모르겠지만 어쨌든 단단히 화가 난 듯했습니다."

실제로 노기와가 마키타의 사무실로 찾아온 시각은 새벽 2시쯤이었다.

그는 사무실 문을 난폭하게 열어젖히며 부하 두 명과 함께 들어왔다. 얼굴이 도깨비처럼 벌겋게 달아올라서 자세히 보면 뿔이라도 돋지 않았나 싶을 지경이었다.

"마키타 형님, 이거 도대체 어떻게 된 일입니까?"

낮게 깐 목소리. 아직까지는 최소한의 이성을 발휘해서 지껄인다고 봐야 하나?

"그건 내가 묻고 싶은 말이다. 무슨 일이야?"

핏발 선 눈을 더욱 크게 부릅떴다.

"미하라 형님께 들었습니다."

미하라 데쓰오?

"뭘? 난 지금 네 연락을 받기 전에 형님이 당하셨다는 소식을 듣고 막 들어온 길이다. 우선 자초지종부터 얘기해봐."

노기와는 눈도 꿈쩍하지 않고 코웃음을 쳤다.

"자초지종? 다 아시지 않습니까? 직접 꾸민 일이니 속속들이 다 알고 계실 텐데요."

생각보다 더 복잡하게 꼬인 일인 듯했다.

"어이 잠깐…… 미하라에게 무슨 말을 들었는지 모르지만 난 아무 상관 없어. 애당초 내가 형님한테 뭘 어쨌다는 말이야?"

"오호라! 시치미를 떼시겠다? 어제 회의에서 미하라 형님이 두목에게 대든 일은 삼척동자도 다 아는 사실. 그거 아닙니까? 가미우마의 간나나 공사 건……. 회의 끝나고 미하라 형님과 카페에서 한 이야기잖습니까? 미하라 형님한테 직접 들었습니다. 마키타 형님이 저희 두목을 누를 좋은 수가 있다고 했다면서요?"

"지금 그게 무슨 소리야? 그래서 내가 형님을 없애려고 무슨 짓이라도 저질렀단 말이야?"

"아닙니까? 아니면 지금 여기서 그 증거를 보여주시죠."

"억지 부리지 마라. 네가 지금 무슨 말을 하고 있는지 알고나 있어?"

노기와가 어금니를 꽉 깨물었다.

"알고말고요. 납득할 만한 설명이 없다면 형님 목숨을 보장하기 힘들다는 사실 정도는……."

젠장, 벽창호 같은 놈.

"너 이 자식, 넘겨짚는 것도 정도껏 해야지. 내가 후지모토 형님을 죽여서 무슨 이득을 보겠나, 응? 오히려 나는 판단력을 잃은 미하라를 제지했을 뿐이야. 모든 게 이시도 조직의 분열을 막기 위해서였다고."

"그래서 더 두목이 성가셨다 이겁니까?"

"어째서 얘기가 그렇게 흘러가나?"

마키타는 자기도 모르게 눈앞에 있는 탁자를 주먹으로 내리쳤다.

"후지모토 형님은 이시도 조직에 없어서는 안 될 인물이다. 물론 나도 형님이 오쿠야마 회장과 너무 가깝게 지내셔서 신경이 쓰이긴 했어. 그래도 그 일과 이 일은 별개야. 나는 후지모토 형님이 이시도 조직을 우선하길 바랐다. 그뿐이야."

"그럼 하나 묻겠습니다. 미하라 형님께 말씀드렸다는, 저희 두목을 제압할 수 있는 묘안이란 게 뭡니까?"

"그런 식으로 말하지 마라."

"저 역시 건너 들은 말이라서 토씨 하나 틀리지 않고 정확하게 말하지는 못하겠습니다. 그러니 이 자리에서 분명히 밝혀주시지요. 마키타 형님, 당신이 무슨 방법으로 우리 두목을 제압하겠다는 겁니까?"

그것을 지금 여기서 밝히지는 못한다.

"그건…… 임기응변이었어. 미하라를 누르기 위한……."

"임기응변? 이시도 조직의 분열 위기를 그럴듯한 말 한마디로 넘어가시겠다? 이야, 이 양반 진짜 대단한데! 과연 중재의 달인 마키타 씨야. 이건 뭐, 틀림없이 4대 총수님까지도 펄쩍 뛸 만큼 기뻐하시겠어."

그래. 그거다. 그게 가장 큰 골칫거리였다.

입원 중인 이시도 조직 4대 총수, 이시도 가미야가 이 이야기를 듣고 병세가 더욱 악화되기라도 한다면 이시도 조직은 그야말로 끝장이었다.

이튿날 아침 8시. 가와카미를 데리고 이시도가 입원해 있는 미나토 구의 한 병원으로 갔다. 이미 이시도 조직 간부 대부분이 병실 앞에 모여 있었다.

자문역 야마자키 히사시, 오른팔 안도 노부타카, 부두목 보좌 미하라 데쓰오, 나가미네 료이치, 가와타 게이지, 이소베 다쓰로. 각자 한 명 또는 두 명씩 부하까지 동반해서 병실 앞 복도는 아직 면회 시간 전이었음에도 시장 바닥 같이 어수선했다. 게다가 모두 어느 정도 연배가 있는 불량배들이었다. 어지간히 배짱 두둑하고 경험 많은 간호사가 아니고서는 수습하기 힘든 상황이었다.

마키타가 예의상 주위 일동에게 고개를 숙이자 안쪽에서 미하라가 걸어 나왔다.

"마키타, 어제 일은 면목이 없군. 노기와가 말썽을 부렸다지?"

"어, 안 그래도 갑자기 몰아세우는 바람에 아주 곤란했어. 내 부하들도 다 보는 앞에서 말이야. 후지모토 형님 일만 아니면 목뼈 한두 개쯤은 꺾어줬을걸."

"노기와 말인가?"

"너 인마."

평소라면 낄낄거리면서 목 조르는 시늉을 했을 테지만 여기는 병원이었다. 게다가 어제 형님이 돌아가셨으니 경거망동해서는 안 될 일이었다.

자문역을 맡은 야마자키가 마키타 쪽으로 다가왔다.

"마키타, 도대체 어떻게 된 일이야?"

야마자키는 이시도의 부하였다.

"안녕하십니까. 형님, 그게 저희도 영문을 모르겠습니다."

"너와 미하라가 후지모토와 옥신각신했다는 야기는 그냥 헛소문이냐?"

무심결에 미하라와 눈이 마주쳤다. 미하라가 먼저 당치도 않다는 듯 손사래를 치며 부정했다.

"그건 오해입니다, 형님……."

"그럼요, 다퉜댔자 사업 얘깁니다. 그런 걸로 의심받으면 저야 괜찮지만 미하라는 불쌍하……."

별안간 주변 공기가 달라졌다. 병실 쪽을 보니 조금 열린 문틈으로 이시도의 부인 미쓰코의 얼굴이 보였다. 주변에 있던 단원들 모두 양손이 무릎에 닿을 만큼 허리를 깊이 숙였다.

마키타나 미하라도 황급히 단원들과 같은 자세를 취했다.

"마키타, 잠깐 들어오게."

원래 허스키한 편이었지만 오늘 미쓰코의 목소리는 더욱 걸걸했다. 아직 60대인데도 목소리만 들으면 70대 남자로 오해할 정도였다.

"예."

지금 이시도를 만나자니 두렵기도 하면서 얼굴을 뵌다는 생각에 기쁘기도 했다.

"실례하겠습니다."

입구에서 오른쪽. 이시도는 침대를 조금 세운 채 마키타 쪽을 바라보았다. 오늘은 링거 주사를 꽂지 않은 상태였다.

재촉하는 미쓰코 손에 이끌려 침대 곁으로 다가갔다. 미쓰코가 뒤에서 문을 닫았다.

"총수님, 안녕하셨습니까?"

이시도의 안색은 결코 양호하지 않았다. 누르스름한 살갗은 조금 부어올라 빵 반죽을 연상시켰다. 만지면 움푹 들어가면서 손자국이 남을 듯했다. 뺨과 관자놀이의 검버섯도 예전보다 훨씬 짙어 보였다.

"마키타……."

검고 탁한 눈동자와 시선이 마주쳤다. 몸을 가까이 내밀고 귀를 기울였다.

"네, 말씀하십시오."

"후지모토 일은…… 어찌 된 게야?"

침이 실처럼 늘어져 붙은 입술 사이로 새어 나오는 말을 간신히 알아들었다.

"면목 없습니다. 저도 아직 뭐가 뭔지……. 저희 쪽에서 손을 쓰기 전에 아파트 주인이 신고를 하는 바람에…… 지금은 진유회 사무실 근처에 경찰이 쫙 깔렸습니다. 게다가 어젯밤 새벽 2시에 노기와가 찾아와서 만난 뒤로 그 녀석과는 연락도 되지 않습니다."

가늘게 호흡할 때마다 오르내리는 가슴의 움직임조차 희미했다. 파자마 깃 언저리에서 툭 튀어나온 앙상한 뼈가 눈에 띄었다.

"총에 맞았다는 말은?"

"네, 그런 것 같습니다. 집주인이 총소리를 듣고 신고했다고 하니까요."

"짚이는 데는 없나?"

"죄송합니다. 아직은 전혀……."

이시도가 크게 한숨을 토했다. 시큼한 냄새가 서글프면서도 가엽게도 느껴졌다.

"알고 있겠지, 마키타?"

"예?"

"후지모토가 죽었다면…… 후계는 너다."

이 말은 전에도 들은 적이 있었다.

"그래도 총수님, 제 생각에는 이시도의 간판이…… 미하라나 나가미네에게……."

고개를 젓는 대신일까. 이시도는 마른 입술을 달싹였다.
"미하라는…… 안 돼. 큰살림을 꾸려갈 그릇이 못 돼. 나가미네도 마찬가지. 녀석은 배짱이 없어."
"총수님, 그래도."
"자네야, 마키타. 자네밖에…… 없어."
어느새 미쓰코가 옆에 와 있었다.
"마키타, 어르신 말씀에 따르게. 이이는 자네에게 부자 관계 이상으로 마음을 쏟아오셨어."
이 말에는 고개가 절로 수그러졌다. 4대 총수인 가미야 자신이 초대 총수 이시도 덴마의 양자였던 까닭도 있었다. 마키타는 이 부부에게 친자식 이상으로 극진한 보살핌을 받았다.
"그건 마음 깊이 감사드리고 있습니다. 그러나 후계자 얘기는 별개입니다."
"별개가 아니야, 마키타. 후지모토가 오쿠야마와 함께 일을 꾸몄다는 이야기를 들었을 때 벌써 이이는 결심을 굳혔다네."
아니, 정반대다. 이시도가 마키타를 각별히 여겼기에 후지모토는 오쿠야마 쪽으로 기울었다.
"부탁한다. 마키타…… 부디 어서 나를, 편하게 해다오."
불가능한 일이었다. 넙죽 받아들일 문제가 아니었다.

본래 마키타의 성장 과정은 폭력단과 전혀 무관했다.
아버지는 지역 건설 회사 사장이었다. 사업을 큼직하게 일으켰지만 대부호까지는 아니었다.

마키타도 고등학교에 다니면서 여름방학이면 쭉 아르바이트 명목으로 일손을 도왔다. 그때부터 체격도 크고 힘도 세서 처음에는 '덩치 큰 도련님'이라고 놀림을 받았다. 하지만 얼마 지나지 않아 '젊은이'로 호칭이 바뀌었고 점차 어엿한 일꾼으로 대접받았다. 아버지는 대학, 적어도 건축 전문대학이라도 들어가주길 바랐으나 안타깝게도 공부에는 소질이 없었던 탓에 그대로 '주식회사 마키타'에 들어가 현장 일에 뛰어들었다.

일거리는 관급 공사 반, 사급 공사 반이었다. 관급 공사라고는 해도 학교 개수 공사가 대부분이었고 대규모 도로 공사 같은 일은 드물었다. 사급 공사도 규모가 작은 아파트 일이 들어오면 그걸로 감지덕지한 정도였다.

마키타가 취직하고 처음 맞은 여름에 일이 벌어졌다.

주식회사 마키타가 이타바시 구 요쓰바에 들어설 신흥 주택지 조성을 단독으로 맡으면서 큰돈을 벌지 모른다는 기대로 전 직원이 흥분했다. 이때만 하더라도 거품경제가 꺼지기 전이었고, 그렇게 규모가 큰 공사는 창사 이래 처음이었다.

기술자와 현장감독 수를 대폭 늘리고 중기계 임대계약도 새로 체결하여 지역 금융기관에 대출을 받으러 뛰어다녔다.

일은 막판에 가서 뒤집어졌다. 막판이랄까 건축주인 모회사와 계약을 맺은 상태에서 돌연 '마키타 씨는 빠져주게.' 하는 한마디 말로 착공 직전 공사에서 제외되었다.

이유는 곧 밝혀졌다. 주식회사 마키타의 뒤를 이어 들어온 업체는 오니시 토목이었다. 시라카와회 계열 폭력단 도쿠나가 일가가 뒤를 봐준다는 소문이 돌던 오니시 토목은 업계에서도 악명 높은 업체였다. 오니시 토목이 폭력을 동원하여 압력을 행사해서 요쓰바 현장에 끼어들었다는 사실은 누가 봐도 자명했다.

아버지는 분에 못 이겨 모회사로 쳐들어가서 계약불이행으로 소송을 걸겠다며 난동을 부렸다. 처음에는 그쪽도 위약금을 지불하는 선에서 끝내자고 했지만 금액에 불만을 느낀 아버지가 제안을 거절해 결국 법정싸움으로 번졌다.

재판 일정이 결정되기 직전이었다.

아버지는 근처 공원에서 누군가에게 금속 야구배트 따위의 흉기로 구타당해 세상을 뜨고 말았다. 범인은 잡히지 않았다. 그뿐만이 아니었다. 마키타 사에서 수주한 일들이 차츰 오니시 토목으로 넘어갔다. 마키타 사와 계약한 기존 공사 현장 가운데 오니시 토목과 거래하지 않고 의리를 지킨 업자는 도쿠나가 일당이 끈질기게 괴롭혔다.

그런 생활이 반년이나 계속되자 어머니는 목을 매 자살했고 여동생은 어느 날 갑자기 행방불명되었다.

주식회사 마키타는 모든 공사 현장을 잃었고 파산 지경에 이르렀다.

마키타는 매일같이 여동생을 찾아 도쿄 거리를 헤맸다. 그러나 찾지 못했다. 발길이 닿는 대로 카바레나 윤락 업소에도 가 보았지만 실마리조차 없었다.

그러던 중 한 가지 사실을 알게 되었다.

오니시 토목의 사장, 이가와 요시카즈와 도쿠나가 일가의 총수, 도쿠나가 아키라.

듣자니 두 사람은 의형제나 마찬가지였고 도쿠나가의 부인이 이가와의 누나였다. 이가와는 폭력단체의 조직원은 아니었지만 공사 수주와 관련해서 도쿠나가 일가의 영향력 아래 있는 게 분명했다. 그 대가로 이가와가 도쿠나가에게 돈을 건넸다는 사실은 짐작하고도 남는 일이었다. 도쿠나가에게 오니시 토목은 부하 기업, 요즘으로 치면 프런트 기업이었다.

가족과 회사를 모두 잃은 마키타에게는 도쿠나가는 물론이고 이가와에 대해 분노만으로 가득했다

그래서 죽였다. 둘 다 한꺼번에. 어깨동무를 하고 긴자 클럽에서 막 나오려는 순간 회칼을 찔러 넣었다.

먼저 도쿠나가의 심장에 일격을 가했다. 그런 다음 뽑아낸 칼로 당황해서 허둥거리는 이가와의 숨통을 냅다 끊어버렸다. 경호원들이 덤벼들었지만 죽이지는 않고 모조리 쫓아버렸다. 상대가 되지 않았다. 그 순간 마키타는 무적이었다. 자기가 생각해도 신기할 정도였다.

마키타는 피투성이가 되어 길모퉁이에 있는 파출소로 찾아가 자수했다.

미성년자여서 6년 복역으로 끝났다.

소년형무소에서 나오던 날 형무소 앞에서 기다리고 있던 사람이 훗날 이시도 조직 4대 총수인 이시도 가미야였다.

"자네가 마키타 이사오인가?"

뒤쪽에는 은색 벤츠가, 좌우에는 부하가 한 사람씩 서 있었

다. 당시 오른쪽에 있던 자가 미하라 데쓰오였다. 마키타에게 명함을 건넨 자는 왼쪽에 있던 부하였다. 명함을 보고 이시도 가미야라는 이름과 이시도 조직의 존재를 처음 알았다. 그때 지위는 아직 젊은 두목 보좌였다.

"그렇게 무서운 눈으로 쳐다보지 마라. 보다시피 건달이기는 해도 네가 죽인 도쿠나가와는 정반대 입장이니까. 나는 말이지, 그런 비뚤어진 녀석은 진짜 밥맛이었거든. 언젠가는 쓸어버려야겠다고 생각했는데 마침 네가 선수를 쳤구나."

그렇게 말하고는 입을 크게 벌리고 웃었다. 예전에 건설 현장에서 함께 일했던 인부들의 웃음소리가 떠올랐다.

"가석방이라면 신원보증인이 정해졌다는 얘기인가?"

마키타는 일단 고개를 끄덕였다. 주식회사 마키타의 실경영자였던 중역이 보호자 역할을 자처해주었다.

"그래? 나는 자네처럼 바른 사내가 좋더군. 꼭 한번 만나보고 싶었어. 자네가 나오기를 오늘내일하며 기다렸다고."

기분 나쁜 농담으로밖에 들리지 않았다. 건달을 죽인 자신을 같은 건달이 보고 싶어 기다렸다니. 출소 날에 맞춰 일부러 형무소 앞까지 와서 기다리다니.

"바깥세상은 아무래도 전과자에게 냉정한 법이지. 도쿠나가 잔당들도 무슨 수작을 부릴지 몰라. 나는 그런 일로 네가 가진 바른 근성이 꺾이지 않았으면 좋겠어. 우리 조직에 들어오라고 하지는 않겠다. 가끔 밥이라도 먹고 술이라도 마시고……. 그렇게 지내지 않겠나? 그러면서 자네가 불편 없이 잘 지낸다는 사실만 알면 나는 그걸로 충분해. 다른 요구 사항은 없다. 대신 곤란한 일이 생길 것 같으면 괜히 자존심 세우지 말고 나와 의논해주었으면 해."

명함을 건넨 부하가 갑자기 검은 우산을 펼쳐서 이시도의 머리 위에 받쳐주었다. 그와 동시에 미하라가 벤츠 뒤로 뛰어가더니 트렁크에서 똑같은 우산을 꺼내어 마키타에게 건네주었다.

"자, 여기."

후두둑 소리를 내며 무언가가 정수리에 떨어졌다. 형무소에서 나올 때만 해도 화창했는데 거무스름한 잿빛 구름이 어느새 머리 위를 뒤덮었다.

"고맙습니다."

유일한 짐인 스포츠 가방을 땅에 내려놓고 우산을 폈다.

곧이어 굵은 빗방울이 지면을 두드리며 검게 물들이기 시작했다. 주변 경치는 연기라도 피어오른 듯 부옇게 흐려졌다. 두 부하는 흠뻑 젖었다. 어쩐지 미안했다.

이시도가 우산 손잡이를 잡고 턱짓을 하자 이번에는 우산을 펼쳤던 부하가 마키타 쪽으로 달려왔다.

품속에서 작은 갈색봉투를 꺼내어 마키타에게 내밀었다.

"죄송합니다, 조금 젖었습니다."

그러더니 오른쪽으로 돌아 뛰어서 제자리로 돌아갔다.

이시도가 빙긋이 웃었다.

"약소하지만 출소 축하 선물이다. 오늘은 이쯤에서 실례하지. 혼자 둬서 미안한데 그걸로 뭐 맛있는 식사라도 하라고."

이시도는 한 손을 들어 보이고 벤츠로 돌아갔다. 우산을 든 부하가 이시도에게 뒷문을 열어주었고 미하라가 운전석에 올라 문을 닫았다. 이시도에게 우산을 받쳐주었던 부하도 뒷문을 닫고 마키타에게 인사를 한 뒤 조수석에 올라탔다.

그 만남 이후 2년쯤 지나서 마키타는 이시도와 부자 관계를 맺었다.

이시도의 말대로 바깥세상은 전과자에게 냉정하고 가혹했다. 예전에 도쿠나가 일가였다는 남자가 싸움을 걸어오기도 했다. 하지만 마키타는 그런 이유 때문에 이시도 수하로 도망친 것이 아니었다. 괴롭든 외롭든 반드시 혼자서 살아내겠다는 각오도 했다. 아무리 증오해 마지않던 인간들이었다 해도 멀쩡한 사람을 둘이나 죽인 마키타에게 허락된 삶의 방식은 그것밖에 없다고 생각했다.

그러다 결국 이시도 가미야라는 사내에게 마음을 빼앗겼다.

이시도는 분명히 건달이었지만 처음 만났을 때 했던 말처럼 그릇된 일은 하지 않는 남자였다. 좋은 의미의 구시대적 의리가 강한 남자였다.

맛있는 음식도 자주 얻어먹었다. 가끔씩 부하를 떼어놓고 혼자 마키타가 사는 빌라에 예고도 없이 찾아왔다. 둘이서 아침까지 청주를 나눠 마시기도 했다. 그럴 때면 반드시 합장을 하고 아버지와 어머니 위패에 기도를 올리고 돌아갔다.

잠깐씩이었지만 건실한 일자리도 몇 군데 소개해주었다. 현장에 들를 때면 스스럼없이 잘 지내나, 하며 인사했다.

그러던 두 사람 사이가 더욱 각별해진 중요한 계기는 역시 여동생 일이었다.

이시도는 마키타가 복역해 있을 때부터 여동생의 행방을 수소문했던 모양이었다. 어느 날이었다.

"마키타, 미안하다."

그날도 여느 때처럼 마키타의 방에서 함께 술을 마시던 중 이시도가 불쑥 이야기를 꺼냈다.

"나쓰코 말인데…… 한발 늦었더구나. 반년 전에 그만 세상을 떠났어."

이미 죽었겠거니 반은 포기하고 있었지만 반년 전까지는 살아 있었다는 말을 듣자 동생이 보고 싶어 미칠 것 같았다.

이시도는 자세한 설명은 꺼리는 눈치였지만 마키타가 집요하게 묻자 약물중독이었던 것 같다고 알려주었다. 그 지경까지 이르게 된 경위도 대강 이야기했다.

"나도 참 한심한 인간이지. 예전에는 조직 윗대가리라고 하면 못 할 일이 없는 줄 알았는데. 실은 이 모양이거든. 사람 하나 찾는 일도 제대로 못 하니 말이야. 조폭이라고 해봤자 별거 아니라니까."

이 일을 계기로 결심은 확고해졌다.

여동생은 죽었다. 보호감찰 기간도 끝났다. 더 이상 자신을 과거에 묶어두는 굴레는 아무것도 없었다. 그렇다면 아예 새로운 인생을 살아도 괜찮지 않을까. 전부터 청하던 부자의 맹약식을 치르고 이시도 밑에서 살아도 좋지 않을까. 아니, 그렇게 하고 싶었다. 이시도에게 힘이 되고 싶었다. 심지어 절박하게 매달리고 싶은 심정이었다.

지금도 그 마음은 변함이 없었다. 이시도가 조직을 이끌라고 했을 때는 뛸 듯이 기뻤다. 솔직히 말하면 뒤를 잇고 싶은 욕심도 들었다. 하지만 조직의 결속을 위해서는 두목의 의지만 가지고는 부족했다. 자문역인 야마자키 형님과 나머지 부두목 보좌 네 명의 동의를 얻어야 한다. 더군다나 마키타는 비슷한 서열의 동료 가운데 가장 늦게 조직에 합류한 처지였다. 다른 보좌 역을 제치고 두목의 후원에만 의지해서 한발 앞서 나가다가는 화만 부를 소지가 다분했다.

어쨌든 후계자 문제는 오늘내일로 결정할 일이 아니었다.

그러나 후지모토가 살해당했다. 이시도 조직에는 이 사건이 더욱 급한 불이었다.

제4장

1

나 스스로 고바야시보다 강해지기란 불가능해.

그렇다면, 녀석을 해치우려면, 어떻게 해야 할까.

고바야시보다 강한 사람을 내 편으로 끌어들여야 하지 않을까.

하지만 무슨 수로? 물론 돈이 가장 빠르겠지. 내 능력으로는 불가능하지만. 고바야시를 죽이기 위한 돈이 도대체 얼마나 필요할지 가늠할 수도 없었어. 적어도 50만 엔이나 100만 엔으로는 턱도 없다는 건 분명했어. 게다가 당시 나에게 100만 엔은커녕 50만 엔도 굉장히 큰 금액이었어. 큰돈을 모아 살인청부업자를 고용한다니, 정말 터무니없는 상상이었지.

우선 돈이 될 만한 기술을 익혀야 했어.

날품팔이 육체노동은 처음부터 내게 적당하지 않았어. 그렇다고 큰돈을 모을 만한 도박 기술이나 예술적 재능도 없었지. 딱 하나, 정보 수집에는 조금이나마 자신 있었어. 원래 기계류를 좋아해서 어릴 때부터 능숙하게 다루기도 했고. 고등학교 졸업 뒤에 취직한 회사에서 최신 기술을 배웠거든.

그중에서도 경찰 정보. 이거면 반응이 좋겠다는 느낌이 들었어.

그렇게 판단이 선 뒤로 나는 정보 수집 수단을 마련하는 데만 6년이라는 세월을 보냈어. 게다가 그 정보를 돈으로 바꾸기 위해서는 1년 더 노력해야 했어.

유감스럽게도 내가 얻어낸 정보의 대부분은 전혀 쓸모없는 쓰레기뿐이었어. 누군가 돈을 내고 사고 싶을 만한 정보가 아니었거든. 사실 가치 있는 정보는 만에 하나 꼴이었어. 사막에서 바늘 찾기나 다름없는 작업을 반복해야 했지.

나는 오로지 정보 선별 작업만 우직하게 해나갔어. 나중에는 그 짓도 익숙해지니까 어느 정도 효율이 오르더라. 값나가는 정보와 그렇지 않은 정보를 구별하는 감각이 점점 몸에 익었어.

그런 다음 골라낸 정보를 비싼 값에 살 사람을 찾기 시작했어. 물론 처음에는 쉽지 않았지. 상대도 안 해주는 경우가 허다했고 정보 시세도 알지 못했어. 게다가 정보란 일단 공개되고 나면 가치가 없어지잖아. 하지만 어느 정도는 열어보아야 흥정이 이루어지는 까다로운 상품이었어. 파는 방식에도 요령이 필요했지.

결국 가장 돈이 될 만한 정보는 가택수색이더라. 정확히 말하자면 가택수색에 관한 사전 정보. 그중에서도 불법 업소 적발이나, 불법 약물 혹은 권총을 숨긴 장소에 대한 수사 정보는 비싸게 팔렸어. 또 형사과보다 조직범죄 대책과나 생활안전과 사람들은 유독 입이 가벼웠어. 나에게는 잘된 일이었지.

정보를 사는 쪽은 당연히 폭력단이었어. 처음에는 우선 맛보기 차원에서 무료로 정보를 흘렸어. 당신네가 소유한 윤락가 어디어디에 내일 밤 2시쯤 경찰이 들어갑니다. 조심해야 할걸요. 저는 '와카마쓰'라는 정보통입니다. 이번 일이 맞는지 틀리는지 보시고 앞으로 정보를 유료 제공받으시면 어떨지? 아니요, 그렇게 비싸지 않아요. 정보 한 건당 30만 엔이면 괜찮죠?

이런 방식으로 돈을 만들려면 최소 두 번 연속으로 정보가 맞아떨어져야 해. 그것도 쉬운 일은 아니었어. 처음 한 번은 용케 빠져나가거나 피했다 해도, 두 번째 가택수색 때 고객이 낭패를 보면, 일이 끝난 뒤 정보 요금을 달라는 말은 꺼내지도 못했으니까. 어디서 개수작이냐고 무시당하는 경우가 허다했지.

그러다가 연속으로 세 번이나 가택수색을 적중시켰어.

고객은 교쿠세이회의 마키타라는 사람.

처음에는 그에게 가부키초에 있는 불법 카지노 단속 정보를 제공했어. 내가 연락하고 나서 세 시간 뒤가 작전 개시 시각이었던 터라 과연 성공할지 불안했어. 그런데 남들보다 재빠른 사람이었던지 무사히 빠져나갔다고 하더라고. 참, 마키타의 휴대전화 번호는 조직 사무실 사람이 가르쳐주었어. 이렇게 쉽게 가르쳐줘도 되나 싶어서 도리어 내가 놀랄 지경이었어. 일이 무사히 끝났음을 확인하고 '같은 수준의 정보라면 30만 엔입니다.'라고 일러두었어.

다음은 윤락 업소였지. 불법체류 외국인을 노리는 듯, 하고 알리자 가게 오픈 전에 전원에게 출근하지 말라고 연락한 뒤 그날 밤은 휴업했다고 하더라고. 수사관으로 보이는 점퍼 차림 남자들이 고개를 갸웃거리면서 철수하는 모습은 내가 보기에도 엄청 통쾌한 장면이었어.

대금을 받는 방법도 물론 생각해두었지. 모바일 불법 사이트를 찾아보면 '차명 계좌용 명의 빌려드립니다.'라는 글이 허다하거든. 그걸 이용해서 나는 '와카마쓰 시게유키'라는 명의로 계좌를 만들었어. 돈은 그 계좌로 넣으라고 했지.

마키타는 경찰의 윤락 업소 적발이 불발로 끝난 다음 날 30만 엔을 송금해주었어. 조금은 신용할 만한 사람이라고 생각했어.

몇 주 뒤, 경찰이 또다시 지난번 윤락 업소를 덮치려 한다는 사실을 알았어. 나는 마키타에게 연락해주었고 그때도 적발은 헛수고로 끝났어. 나는 적발 실패를 확인하고 마키타에게 연락했지.

"이번에도 잘 피하셨나 봅니다."

"그래, 자네 덕분에 살았어. 액수는 지난번과 같나?"

"네, 30만 엔입니다."

"오케이. 내일 최대한 빨리 보내주지."

"그럼 부탁드립니다."

전화를 끊으려는데 무엇 때문인지 마키타가 잠깐 하고 붙잡았어.

"와카마쓰, 자네는 이런 정보를 어디서 구하나?"

물론 비밀이었지.

"그야 그렇겠지. 난 그저 자네가 내 구미에 맞는 정보만 입수해서 알려주는 건지 아니면 어쩌다 입수한 정보가 나에게 넘길 만해서 접근했는지 그걸 확인하고 싶었을 뿐이야."

마키타라는 사람은 다른 건달들보다 머리가 잘 돌아가는 편이더라고.

"그런 걸 확인해서 뭐 하시게요?"

"아, 혹시 내 추측이 맞는다면 우리 상부상조해도 좋지 않을까 싶은데."

"무슨 말씀이신지?"

"음, 그러니까 예를 들면 이런 거야. 우선 자네가 가진 정보를 내가 다 사서 그것을 필요한 사람에게 파는 거지. 대금 거래 역시 내가 맡고. 간단히 말하면 내가 자네 매니저 역할이라고 해야 하나, 말하자면 판매책이 되겠다는 이야기야."

지극히 건달다운 발상이었어.

"와카마쓰…… 자네는 이쪽 세계 사람이 아니지? 그러니까 나와 대면도 하지 않고 대금도 계좌 이체로 받는 거겠지. 자네가 평범한 일반인이라면 이쪽 사정은 오히려 내가 더 밝다, 이 말일세. 아마 자네가 활용하지 못하고 버리는 정보도 꽤 될걸. 나라면 그런 정보도 값을 매기기 쉬울 텐데. 어떤가? 같이 일하지 않겠나?"

수상해. 수상한 냄새가 풀풀 나.

"그런 식으로 돈을 가로채겠다 이겁니까?"

"뭐, 그것도 생각해보지 않은 건 아니지만……. 예를 들면 30만 엔짜리 정보를 45만 엔에 팔면 15만 엔은 내 몫이 돼. 하지만 그럴 경우 비싸서 사지 않겠다는 사람들도 있겠지. 그렇게 되면 자네는 물론 나까지 손해를 볼 테고. 결론은 돈을 가로챌 생각이 없다는 말일세. 자네가 정한 가격에 팔아서 전부 돌려주겠어. 자네는 쓸데없는 영업 고민에서 벗어나 정보 수집에만 집중하면 돼."

"그렇게까지 해서 당신이 얻는 이익이 뭡니까?"

"좋은 질문이군. 나는…… 정보를 사는 사람들에게 은혜를 파는 거지. 30만 엔짜리 정보로 몇백만 엔의 손실을 막는다면 그 녀석들은 나에게 은혜를 입었다고 생각할 거야. 차후에 내가 어떤 요구를 해야 할 때 협상에서 유리한 위치를 차지하지. 그것이 내가 노리는 이점이야. 이런 이점이 자네는 필요 없잖나? 어차피 이쪽 세계 사람도 아니니까. 얼굴도 정체도 밝히지 않고 이 일을 하는 걸 보면 이쪽 세계에서 세력을 확보하려는 목적도 아닌 것 같고? 그러니 영업 문제는 나에게 양보하라고. 자네에게는 쓰레기나 다름없는 정보니까. 안 그래? 하지만 나에게는 그 은혜라는 것이 보물이나 마찬가지거든. 그런 보물을 안겨주는 자네에게 내가 판매책이 되어서 봉사하겠다, 이걸세. 어떤가? 밑지는 장사는 아니지?"

분명히 밑지는 장사는 아니었어.

그렇게 해서 나와 마키타는 동업을 시작했어.

마키타는 정보 가치에 따라 30만 엔은 너무 싸다는 둥 50만 이나 70만 엔에 팔아도 되는 정보라는 둥 의견을 내놓기도 했고 실제로 그 가격에 팔아넘겼어. 그 덕분에 헛되이 버려지는 정보가 줄었고 돈도 착실히 쌓여갔지.

1년 사이에 와카마쓰 명의로 된 계좌 잔고는 600만 엔에 달했어. 이제 때가 됐다는 생각이 들었어. 고바야시를 살해해줄 청부업자를 찾아 나설 때가 온 거야.

나는 그 문제를 마키타와 의논하기로 결심했어.

"마키타 씨. 지금까지와는 좀 다른, 사업 이외의 부탁이 있는데 들어주시겠습니까?"

"웬일인가? 좋아. 선생 부탁이라면 기꺼이 들어주지."

이 무렵 마키타는 나를 '선생'이라고 불렀어.

"실은…… 어떤 남자를 제거해주셨으면 합니다."

천하의 마키타도 그런 부탁을 듣고는 입을 꾹 다물더군.

"잠깐만."

주위에 사람이 있는지 살피는 눈치였어.

"지금 그 말은 사람을 죽여달라는 이야기로 이해해도 되겠나?"

"맞습니다."

잠시 침묵.

"어떤 인간인데?"

음색부터 달라지더군. 평소의 밝은 목소리는 사라지고 낮고 무겁고 딱딱한 울림이었어.

"조직폭력배입니다."

"어느 조직?"

"로쿠류회입니다."

나도 조직폭력단의 계보를 어느 정도 미리 파악해둔 상태였어. 마키타가 이끄는 교쿠세이회는 이시도 조직의 직속 산하 단체. 그리고 같은 등급인 진유회와 그 아래에 속한 로쿠류회. 즉 마키타와 고바야시는 둘 다 이시도 조직 산하 소속이었어.

마키타가 고바야시를 모르는 것도, 로쿠류회를 탐탁지 않게 여기는 것도, 전부터 들어서 어느 정도 알고 있었어. 로쿠류회 관련 정보를 제공하면서 슬쩍 떠보았거든. 마키타 씨와 로쿠류회는 무슨 관계냐고 말이야. 거의 관계가 없다고 했어. 게다가 로쿠류회의 두목인 다케시마라는 자는 구제 불능이라고 했지. 그 녀석과는 별로 거래하고 싶지 않다는 말도 했어. 나는 그런 사정을 알았다는 사실이 무엇보다 중요했기 때문에 원한다면 로쿠류회 정보는 팔지 않아도 좋다고 얼버무렸어.

"로쿠류회의 누군가?"

마키타의 목소리는 훨씬 어두워졌어.

"고바야시 미쓰루라는 자입니다. 아십니까?"

"아니, 몰라. 서열이 낮은 놈인가?"

"네, 아마……."

마키타는 꽤 오랫동안 곰곰이 생각했어.

"선생, 이 얘기는 지금까지 해왔던 일과는 차원이 달라. 네 그렇습니까, 하고 끝날 일이 아니라고."

"압니다. 로쿠류회는 이시도 조직에 속해 있으니까요."

"뭐, 그렇기도 하고……. 그 전에 아무리 건달이라도 요즘에는 사람을 그리 쉽게 죽이거나 해치지 않거든. 그건 어디까지나 최후의 수단이야."

"그것도 압니다. 그래서 마키타 씨에게 말씀드리는 겁니다. 저로서는 이게 최후의 수단이니까요."

수화기 속에서 덜컹 하는 소리가 나더니 소음이 들리다가 수고했어 하고 말하는 마키타의 목소리가 들렸어. 주변 사람들이 다 나갔는지 마키타가 다시 이야기를 시작했어.

"어쨌든 이 이야기는 지금 이 자리에서 가타부타 말하기는 어려워. 적어도 선생이 어째서 이 이야기를 꺼냈는지, 무슨 사연이 있는지 정도는 들어야겠군. 그리고 선생도 거기에 합당한 각오를 보여야 하지 않겠나?"

그것도 이미 각오한 일이었다.

"네, 정체를 밝히라는 말씀이시죠?"

"뭐, 그동안 거래해온 인연도 있고 나와 선생 사이에 그럭저럭 신뢰도 쌓였다고 생각하는데 슬슬 얼굴 정도는 보여도 되지 않나? 뭐, 아무리 그래도 내가 건달이니 당연히 두렵겠지. 선생이 지금까지 품어왔던 경계심도 충분히 이해해. 하지만 지금 얘기는…… 전혀 차원이 다른 이야기라 그렇다네."

직접 대면할 방법은 다음에 다시 정하기로 하고 전화를 끊었어.

그날부터 나는 정체를 밝히기 위한 준비에 들어갔어. 구체적으로 말하면 작업 기지를 집이 아닌 다른 장소로 옮긴 거야. 실제로 만나 정체가 드러나면 지금 사는 집 정도는 간단히 알아내겠지. 하지만 집이 알려져도 작업 기지가 다른 곳에 있으면 내 정체는 어느 정도 보호받을 테니까. 정보 거래를 계속하고 싶다면 나에게 쓸데없는 수작 부리지 말라는 장치지.

기지 이전이 끝난 열흘 뒤 다시 마키타에게 전화를 걸었어. 그 사람은 어차피 만날 거면 벌거숭이로 만나자고 제안했어. 대중목욕탕이나 사우나. 그런 곳이라면 적어도 칼이나 총을 가지지 않았나 걱정할 필요 없이 대화할 수 있지 않겠냐고 마키타가 배려한 거야. 장소도 만나기 직전에 내 쪽에서 정하기로 했어. 주변에 패거리가 있는지 없는지, 약속 장소로 들어가기 전에 마키타가 통화를 하는지 여부를 확인할 수 있으니까. 그런 식으로 만나면 어떻겠냐고 했어.

나는 그 제안에 동의했어.

약속 당일 나는 고심에 고심을 거듭한 끝에 아다치 구 니시아라이에 있는 대중목욕탕을 지목했어. 장소도 미리 확인했고 전화로 마키타를 유도할 경로까지 정해두었지.

마키타는 거기까지 혼자 택시를 타고 왔어. 몇백 미터를 걷게 해서 정말 혼자 왔는지 확인했어.

그리고 목욕탕으로 들어가게 했지. 나도 뒤따라 들어갔어. 한여름 오후 3시. 손님이 없을 줄 알았는데 마키타 말고도 두 명이 더 있었어. 한 사람은 샤워기로 몸을 씻는 중이었고, 다른 한 사람은 탕에 몸을 담그고 있었어.

마키타도 몸을 담그고 있었어. 두 곳 중에 오른쪽 탕이었어.

마키타는 내가 다가오는 모습을 계속 이상한 눈으로 쳐다보았어.

"처음 뵙겠습니다."

"당신이…… 선생인가?"

고개를 끄덕이자 더욱 빤히 쳐다보았어.

"평범한 젊은이네?"

"네, 그렇습니다. 그냥 평범합니다."

들어오라고 권하기에 나도 가볍게 몸을 씻고 탕에 들어갔어. 물이 조금 뜨거웠어. 틀림없이 옆쪽에 있는 탕이 보통 온탕이었을 거야.

"내가 혼자 왔다는 건 믿겠나?"

어깨에 문신이 있었지만 그 부분만 보고는 무슨 그림인지 알지 못했어. 등 전체, 팔 윗부분까지 온통 문신으로 뒤덮여 있었어.

"네, 그 덕분에 안심하고 왔습니다."

거짓말이었어. 그때까지만 해도 의심을 다 거둔 것은 아니었거든.

"우선 본명을 물어도 되겠나? 와카마쓰 시게유키는 계좌를 만들기 위한 가명이겠지?"

"네, 역시 알고 계셨군요?"

"그렇게 치밀한 자네가 본명으로 계좌를 만들 리 없지."

"본명은 야나이 겐토입니다."

마키타는 입을 삐죽이며 고개를 끄덕였어. 의외로 귀여운 얼굴이라고 생각했어.

"그럼 겐토라고 불러야겠군. 고바야시 건은 복잡한 사연인가?"
그런 식으로 물어보면 대답하기가 어려운데.
"단순하다면 단순하지만 제대로 설명하자면 꽤나 깁니다."
"그래?"
마키타는 눈썹 끝을 치뜨면서 고개를 숙였어.
"사연이 그렇게 복잡하니 얘기가 길어지겠군. 선생이 안심했다면 자리를 옮겨서 이야기하지. 아, 또 선생이라고 불렀네."
생각보다 친해지기 쉬운 사람이었어.

결국 근처 공원으로 이동했어. 아무 무기도 없는 맨몸이라면서 마키타는 몇 번씩이나 자기 몸을 두드려 보였어. 나는 "옷 입는 모습도 보았으니 이제 괜찮습니다."라고 대답했지.
바람이 잘 통하는 곳에 자리한 벤치에 앉아서 캔 맥주를 마시며 이야기했어. 누나의 죽음, 아버지의 죽음, 여벌 열쇠의 수수께끼. 동네 건달에서 진짜 조직폭력배가 된 고바야시 미쓰루. 그에게 복수하기 위해 시작한 정보 비즈니스······.
마키타는 한마디도 끼어들지 않고 끝까지 들어주었어.
"그래서 마키타 씨에게 의논하기로 결심했던 겁니다. 이제 어느 정도 대답이 되었나요?"
"잘 알았네. 역시 목욕탕에서 듣지 않길 잘했어. 거기서 들었으면 아마 아버님이 돌아가신 대목에서 현기증 때문에 쓰러졌을 거야."
지금까지의 사건 경위를 하나하나 설명했더니 시간이 꽤 오래 걸렸어.

"저기, 혹시 말이죠. 구차한 질문이긴 한데 청부살인을 맡기려면 돈이 얼마나 들까요?"

마키타는 고개를 크게 갸웃거렸어.

"상대에 따라 다르지. 300만 엔으로 가능할 때도 있고 2천 만이나 3천 만 엔이 필요한 경우도 있어. 가끔 정치가나 관료가 목을 매는 사건은 그만큼 비싸지."

"그런 사건이 자살이 아니고 타살인가요?"

"뭐, 전부는 아니고 일부기는 한데……. 그런 경우도 있다, 이거야."

그건 그렇다 치고.

"그럼 고바야시 같은 녀석은 얼마 정도 할까요?"

"아, 그리고 방법에 따라 또 달라. 쥐도 새도 모르게 깨끗하게 없앨지 아니면 숨통을 끊어서 들판에 버릴지에 따라서 말이야. 그런데 깨끗하게 제거해버리면 도리어 죽었는지 살았는지 자네가 확인하기 어려울 테니 어느 정도 시체가 드러나는 편이 나을 듯한데……."

그때는 아직 적당한 방법까지는 고민하지 않은 상태였어.

"아, 그럼 제가 알아차릴 정도라면 어느 정도인가요?"

"글쎄, 내가 직접 아는 녀석이 아니긴 해도 이시도 조직 녀석을 없애는 일이니까 우리 편을 쓰면 안 되겠지. 그래도 경험 많은 녀석을 외부에서 고용하려면 천만 엔 정도 들지 않을까."

예상보다 큰돈이었어. 하지만 그 문제도 따른 생각이 있었지.

"천만 엔을 내라고 하시면 지금 당장은 못 드립니다. 하지만 준비한 정보가 있습니다. 꽤 큰 정보예요. 그걸 비싼 값에 팔아서 충당하면 안 될까요?"

마키타의 눈이 갑자기 날카롭게 빛났어.

"무슨 정보? 종류만이라도 알려주면 안 되겠나?"

"그게…… 진유회가 치명타를 입을지도 모르는 정보입니다. 업소 단속 같은 게 아니라, 더 중대한, 회사의 명운이 달린 이야기입니다. 진유회의 프런트 기업에 대한 지방검찰청의 수사 정보거든요."

마키타는 잠깐 생각하더니 그래 하고 자신의 무릎을 쳤어.

"그 수사 정보하고 고바야시의 목숨을 맞바꾸자고. 고바야시 일은 되도록 자네가 알기 쉬운 방식으로 끝내겠네. 상황에 따라서는 자네 눈앞에서 숨통을 끊을지도 모르겠군. 그 대신 진유회에 대한 정보를 확실하게 부탁하네. 혹시 그 정보 지금이라도 알려주면 안 되겠나?"

아뇨, 하고 고개를 저었어.

"아직 수사 일정까지는 파악하지 못했습니다. 그게 확실해지면 알려드릴게요."

"알았네. 그럼 그쪽은 자네가 알아서 일을 진행해줘. 나도 고바야시에 대해 준비해둘 테니."

이마며 겨드랑이 밑이며 온통 땀투성이였어. 미지근한 바람이 마키타와 나 사이를 스치고 지나갔어. 한기가 들었지.

이제는 돌이키지 못해.

2

레이코가 수사본부로 돌아온 시각은 26일 새벽 1시였다.
"늦어서 죄송합니다."
늦은 시간인데도 수사관 대부분이 강당에 남아 있었다. 기분 탓인지 조직범죄 대책부 수사관들의 시선이 따가웠다.
"수고하셨습니다, 주임님."
기쿠타와 유다, 하야마가 레이코를 둘러쌌다.
"응. 그동안 미안했어. 너무 연락이 없었지?"
강당 안을 둘러보다 앞쪽에 앉은 시모이와 눈이 마주쳤다. 꾸벅 인사를 하자 시모이는 다 안다는 얼굴로 고개를 끄덕였다.
어쨌든 상부에 인사부터 하러 가자.
"계장님, 한동안 회의에 불참해서 죄송했습니다."
"그 얘기는 나중에. 먼저 후지모토 살해 경위부터 파악해둬."
그 자리에서 이마이즈미가 이제까지의 경위를 설명했다.
사건 발생 시각으로 보면 벌써 어제 일이었다. 12월 25일 23시 2분경, 하마마쓰초 2가 7-× 그랑스위트 하마마쓰 7층에서 총소리가 들렸다. 같은 시각 5분 통신 센터로 신고가 들어와 아타고 서 지역과 경관 두 명이 현장에 출동. 512호에서 51세 임차인 후지모토 히데야로 추정되는 시체를 발견했다.
"현재 아타고 서 조직범죄 대책과와 우리 3계, 4과 2계가 현장에 나가 있다. 여기 6계에서도 두 명이 나갔고 그쪽 보고를 기다리는 중이다."

이마이즈미의 말투로 보나 주변 분위기로 보나 사태가 심각했다.

"이번 사건과 후지모토 피살 사이에 무슨 관계라도 있나요?"

"아직 몰라."

조금 떨어진 곳에 앉아 있던 4과 6계의 마쓰야마 계장이 일어나서 다가왔다.

"당연한 걸 뭘 물어? 우리가 처음부터 말했잖아. 고바야시 살해 사건은 이시도 조직에서 후계 다툼이 일어날 조짐이라고."

뭐야? 수사본부에서는 벌써 저런 얘기들까지 오간단 말인가?

확인하듯 이마이즈미를 쳐다보자 고개를 끄덕였다.

"조직범죄 대책부가 조사한 바에 따르면 다이세이회의 미하라 데쓰오와 후지모토 사이에 분란이 생겨서 후지모토에게 불리한 정보를 고바야시가 미하라 측에 흘렸는데 그 일이 들통나자 고바야시는 자기 두목인 로쿠류회의 다케시마 가즈마가 보낸 범인에게 살해당했다. 그런 가설이 힘을 받는 중이야."

탐문 수사 때 클래식 선율이 흐르는 고엔지 아파트에서 만났던 다케시마 가즈마가 고바야시 살해를 사주했다는 말인가.

마쓰야마가 고개를 끄덕이고 이야기를 계속했다.

"그러나 그걸로 미하라와 후지모토의 갈등이 해결되지는 않았지."

"죄송합니다. 미하라가 누구죠?"

마쓰야마는 기가 막힌 얼굴, 이마이즈미는 난감한 얼굴로 바닥을 내려다보았다. 뒤에서 하야마가 자기 앞에 있던 수사 파일을 내밀어 보여주었다. 2대 다이세이회 회장. 미하라 데쓰오. 후지모토의 아우 격이었다. 이시도 조직에서 맡은 직책은 부두목 보좌. 음. 대충 이해가 간다.

"4과는 미하라 데쓰오가 후지모토를 살해하도록 지시했다고 본다, 이 말씀이죠?"

"그렇게 단정 짓지는 않았어. 그럴 가능성이 있다뿐이지."

"말씀대로라면 고바야시 살해는 근본적으로 차원이 다른 문제 아닌가요?"

"멍청하기는. 결국 그게 그거 아냐? 모든 사건은 이시도 조직의 후계 다툼과 관련돼 있어. 4대 회장 이시도 가미야는 입원했고 후지모토가 살해됐다면 당연히 다음은 누군가에게 초점이 맞춰지겠지. 교쿠세이회의 마키타나 아니면 다이세이회의 미하라. 이제는 그들 주변에서 총격전이 일어날지도 몰라."

교쿠세이회의 마키타…….

심장박동이 아주 조금 빨라졌다.

설마 그럴 리가.

하야마가 가진 자료를 다시 찾아보니 초대 교쿠세이회 회장 마키타 이사오라는 이름이 있었다. 다행이다. 레이코가 만난 마키타와 한자가 달랐다. 이 마키타도 이시도 조직에서는 부두목 보좌. 미하라와 동격이었다.

레이코는 자신의 생각을 좀 더 보충했다.

"그게 말이죠. 4과 입장에서는 그렇게 판단하실지 몰라도 여기는 어디까지나 살인범 수사반 아닙니까. 고바야시 살해를 사주한 인물이 다케시마라면 더욱더 이시도 조직의 후계자 싸움과 별개로 다뤄야 한다고 생각하는데요."

"그래? 그럼 그쪽은 그쪽 내키는 대로 해봐. 우리는 애당초 존재감 없는 여자 주임한테는 아무 기대도 하지 않으니까."

옆에 앉은 기쿠타의 체온이 급격히 달아올랐다.

레이코는 살며시 손을 내려서 기쿠타의 허벅지 쪽을 토닥여 진정시켰다.

"알겠습니다. 조사방침에 대해 생각할 시간을 주십쇼."

"그럴 권한이 없을 텐데."

여자 주임 운운하는 말보다 이런 말이 더 레이코의 비위를 건드렸다.

수사 1과 주임을 무시하다니, 이러면 곤란하지.

일단 강당에서 나왔다. 자동판매기에서 커피라도 뽑을 생각으로 엘리베이터가 있는 곳까지 가는 도중 이마이즈미가 뒤쫓아 나왔다.

"레이코, 할 얘기가 있다. 따라와."

"네."

그 길로 나카노사카카미 역 근처에 있는 '미스 그라덴코'라는 바로 갔다. 안으로 들어가자 오른편 테이블에 시모이와 뜻밖에도 5계 주임인 가쓰마타가 있었다.

"가쓰마타 주임."

레이코까지 해서 모두 네 명이었다. 다른 자리에는 손님이 없었다. 그냥저냥 대화하기 좋은 분위기였다.

"생맥주 두 잔!"

이마이즈미가 카운터에 있는 직원에게 소리쳤다.

"계장님, 이건 무슨 자리예요?"

"말해주면 알아듣겠어? 촌뜨기 주제에."

난데없이 끼어든 가쓰마타를 레이코는 무섭게 쏘아보았다.

"그 촌뜨기란 말 좀 그만하실래요? 수사와 상관없는 말이잖아요?"

"그럼 상부의 명령 따위 귓등으로도 안 듣고 멋대로 설치는 노처녀라고 해줄까?"

"그냥 이름으로 부르시면 안 돼요?"

가쓰마타는 쳇 하고 내뱉고서 고개를 돌렸다.

웨이터가 생맥주 두 잔을 가져왔다. 더 필요한 것은 없는지 묻고는 돌아갔다.

"그러니까 계장님, 가쓰마타 주임이 여기 왜 있느니까요?"

이마이즈미는 눈썹을 찌푸리며 대답했다.

"자네하고 같은 임무야. 야나이 겐토를 내탐하고 있어."

가쓰마타가 이마이즈미를 흘겨보았다.

"웃기시네. 난 그저 부장이 하도 애걸복걸하기에 마지못해 할 뿐이야. 이런 전봇대 같은 여자하고 똑같이 취급하지 말라고."

말재주 하나는 알아줘야 한다니까. 내뱉는 말 하나하나가 사람 기죽이는 데 쓰는 특효약 같았다.

그러나 이마이즈미는 강 건너 불구경 하는 얼굴로 일관했다.

"어떻게 됐어? 야나이 겐토에 대해 뭐 좀 알아냈나?"

레이코는 자신의 단독 행동이 아무렇지 않게 인정받는 분위기를 느끼고는 한순간 어리둥절했다. 하지만 시모이가 조용히 고개를 끄떡였으므로 모든 진행 사항이 묵인되었다고 해석하기로 했다. 그러고 보니 시모이도 '야나이 겐토'의 이름을 듣고 그게 누구냐고 묻지 않았다. 그렇다면 지금 이 자리는 내막을 아는 사람들만의 모임이라는 뜻인가.

"그러니까…… 우선 야나이 겐토는 거의 일주일 동안 모습이 보이지 않습니다. 고바야시가 죽은 다음 날은 아르바이트 하러 나왔지만 그 후부터 연락이 끊겼답니다."

겐토가 사는 곳, 직업, 근무지에 대해서도 설명했다.

"연락을 취한 쪽은 사장 쪽이었나?"

"네. 그렇기도 하지만 겐토는 사실 동료인 우치다 다카요라는 여자와 교제 중입니다. 게다가 다카요는 겐토의 아이를 임신했다고 합니다."

이 보고에 이마이즈미와 시모이뿐만 아니라 가쓰마타도 입을 떡 벌렸다.

"거의 일주일 가까이 집을 비웠다는 정보는 그녀의 증언에 따른 것입니다. 그래서 일단…… 집 안에 죽어 있을 가능성도 고려해서 긴급하다는 말로 관리인의 협조를 얻어 집 안은 확인했습니다."

이마이즈미도 이 대목에서는 미간을 찌푸렸다. 가쓰마타는 웃었다. 시모이는 아무 반응도 보이지 않았다.

"이상한 점은 별로 없었습니다. 싸운 흔적도 없었습니다. 다만 컴퓨터를 두었던 것 같은 책상 위 빈자리가 마음에 좀 걸립니다."

가쓰마타가 의아해했다.

"뭐 하자고 도망치는 사람이 컴퓨터를 들고 가나?"

"글쎄요. 매우 중요한 자료라도 들었던 게 아닐까요? 그리고 확실하게 본 건 아니지만 아무래도 겐토가 집을 비운 사이에 우치다 다카요가 아닌 다른 여자가 겐토의 집에 드나드는 모양이었습니다. 막 집을 나서려던 순간과 빌라 쪽에서 택시를 타고 어디론가 가는 모습 등 두 차례 목격했습니다."

이마이즈미가 물었다.

"우치다 다카요와는 다른 사람이라는 게 확실한가?"

"네. 확실합니다. 전혀 다른 사람이었습니다."

가쓰마타가 몸을 앞으로 내밀었다.

"그렇다면 야나이 겐토가 여장을 한 채 제집에 드나들었다는 가설은 어때?"

그런 쪽으로는 아예 생각이 미치지 못했다.

"글쎄요. 하지만 꽤 예쁜 편이었어요. 그런 건 아니지 않을까 싶은데요."

"아니라고 어떻게 확신해? 내가 아는 여장 남자 중에는 너보다 훨씬 미인인 사람도 많다고."

아, 네. 거참, 죄송하네요. 여장 남자보다 못생겨서.

"하지만 그 여자는 눈매가 꽤 날카로웠어요. 겐토는······."

"눈매 정도야 날카롭든 말든 화장으로 얼마든지 만들면 돼. 그것보다 체형이 문제인데. 겐토는 분명히 말랐을걸."

이 인간 도대체 야나이 겐토를 어디까지 아는 거야?

"아, 외모라면 사진이 있습니다. 여기요."

휴대전화를 꺼내 다카요가 전송해준 사진을 열어서 세 사람에게 보여주었다.

"비쩍 말랐구먼. 마음만 먹으면 여장도 충분하겠는데."

가쓰마타의 말에 시모이가 끄덕였다.

"어깨너비도 이 정도면 되지 않나? 그 여자 키는 얼마쯤으로 보이던가?"

"165센티 정도요."

"구두는?"

아뿔싸.

"구두는 뭐였더라?"

이마이즈미가 끼어들었다.

"정리하면 야나이 겐토는 거의 일주일 가까이 모습을 보이지 않았다, 그사이에 컴퓨터를 갖고 도주했을 가능성이 있다, 집을 비운 사이에 그 집에 드나드는 정체불명의 여자가 있다, 교제 상대인 우치다 다카요는 임신 중이다. 그게 다야?"

그게 다냐고 한마디로 무시하다니, 분하지만 대답해야 한다.

"네, 그게 다입니다."

순간적으로 마키타의 얼굴이 머릿속에 떠오르면서 미열 같은 무언가가 가슴속에서 번져갔다. 겐토의 집에 찾아온 남자였으므로 보고할 가치가 있다는 사실은 알지만 미열이 방해했다. 잠자코 있자니 마음이 떳떳치 못했다. 그러면서도 그 불순한 비밀을 잃고 싶지 않은 또 다른 자신이 있었다.

이마이즈미는 맥주를 한 모금 마시더니 맛없다는 듯 입을 씰룩거렸다.

"뭐…… 야나이 겐토를 범인으로 보기에는 아직 이르지만 일주일 가까이 모습을 감췄다니 수상한데."

이야기의 초점이 바뀌자 레이코는 넌지시 안도의 한숨을 쉬었다. 시모이가 이마이즈미에게 고개를 끄덕여 보였다.

"그리고 후지모토 살해와…… 관계가 없으면 좋겠지만."

맞다. 아직 그 문제가 남았지.

"그렇지만 계장님. 이 사건을 후지모토 살해 사건과 연결해서 생각해보면 야나이 겐토는 오히려 결백합니다. 단화 카페에서 아르바이트 하는 젊은 남자가 이시도 조직의 부두목을 찔러 죽이다니요…… 그런 말도 안 되는 일이 어디 있습니까? 상상도 안 갑니다."

이마이즈미는 유리잔을 잡았다가 물 묻은 손을 물수건에 닦았다.

"추측대로면 무슨 걱정이게. 전화 제보가 완전히 엉터리로 밝혀져서 이 사건과 전혀 무관하다는 게 판명되면 가장 좋겠지만."

엉겁결에 다같이 고개를 끄덕였다. 모두 동감하는 눈치였다.

레이코가 바에서 나와 하품을 하자 이마이즈미가 웃었다.

"잠도 못 잤나?"

"아뇨, 잠깐 잠깐 선잠은 잤습니다."

"어디서?"

"차 안에서요. 차를 렌트했거든요."

이마이즈미는 한숨까지 쉬었다. 어지간해서는 레이코에게 화를 내지 않았다. 그런 배려가 얼마나 큰 힘인지.

"아침 회의 때까지 어디 가서 잠깐 눈 좀 붙이고 와. 아마 역 근처에 캡슐 호텔이 있을 거야."

이마이즈미는 레이코가 경찰서 숙직실에서 눈을 붙이기 꺼리는 마음을 잘 알고 있었다.

"네, 고맙습니다. 그럴게요."

세 사람과는 '미스 그라덴코'가 있는 건물 앞에서 헤어졌다. 이마이즈미가 말한 대로 나카노사카카미 역 근처에서 캡슐 호텔을 발견했다. 확실히 여성 전용실도 있어서 안심하고 잘 만한 곳이었다. 그런데 아침 5시에 전화가 왔다. 이마이즈미였다.

"아, ……네, 여보세요?"

"자라고 하고서는 깨워 미안해. 지금 당장 와야겠어. 일이 좀 묘해졌거든."

"네, 알겠습니다."

일단 대답부터 했다. 보통은 남자 같았으면 헤어 젤을 잔뜩 발라 머리 모양만 잡고 집 밖을 나섰겠지만, 레이코는 몸치장을 하는 데 어느 정도 시간이 걸렸다. 샤워한 뒤 머리를 충분히 말리지 않고 잔 탓인지 머리 모양이 엉망이었다. 특히나 오늘 아침에는 앞머리와 왼쪽 윗머리에 어정쩡한 가르마가 생겨서 아무리 모양을 잡아도 소용이 없었다. 물을 조금 적셔서 드라이어로 눕혀 뒤로 묶어볼까? 하지만 레이코는 잠버릇 탓에 드라이어 효과를 보지 못하는 경우가 많았다.

나카노 서에 도착했을 때는 벌써 6시 직전이었다.

이마이즈미는 현관에서 기다리고 있었다.

"늦어서 죄송합니다."

뛰어왔더니 추운 줄도 몰랐다.

"따라와."

곧장 계단 쪽으로 따라갔다.

"자네, 이오카 경사가 여기 있다는 사실 아나?"

"네, 잠깐 본 적이 있습니다. 복도에서."

울고 있는 모습을 보았죠.

"사실은 녀석이…… 권총을 하나 압수했어."

"네?"

목소리가 조금 컸다. 계단실의 위쪽까지 소리가 울려 퍼졌다.

"그게 무슨 말씀이세요?"

"지역과에서 보고가 올라왔어. 뭐, 아타고 서 관내라고는 하지만 후지모토 살해 사건 직후였으니까. 일단 여기서 지문을 채취하고 나머지는 본부 감식과에 넘겼어."

후지모토가 죽은 곳은 하마마쓰초였다. 흉기로 쓰인 권총은 고바야시가 죽은 나카노에서 발견되었다. 상식적으로 불가능한 이야기였다.

285

"그래서 말인데 그 이오카란 녀석이 아무래도…… 자네에게 할 얘기가 있나 보더군."

휘청하고 실감 나게 쓰러지는 척하고 싶었다.

"무슨 말씀이신지 전혀 모르겠는데요."

"녀석이 이번 사건에 대해 어디까지 아는지 확실하지는 않아. 그래도 후지모토 살해 사건은 무전기를 통해 들어서 웬만큼은 알았을 거야. 이리저리 자기 나름대로 짜 맞췄겠지. 권총을 압수한 경위는 본부 레이코 주임에게만 말하겠다면서 지금 묵비권 행사 중이네."

결국은 피의자 신세로 전락했다는 말인가.

"상황이 그러니 가봐. 녀석은 자네가 가장 잘 다루잖아."

"그런 말씀 마세요. 뭐, 이야기야 들어주겠지만……."

무슨 일일까 생각하면서 2층 조직범죄 대책과 안에 딸린 취조실로 갔다. 이오카는 2조사실에 있었다.

문을 두드렸다.

"수사 1과의 히메카와 레이코입니다. 들어가도 되겠습니까?"

들어오세요, 하는 대답과 레이코 씨이, 하고 부르는 소리가 동시에 들렸다.

"실례하겠습니다."

문을 열어 보니 안쪽 자리에는 제복 차림인 이오카가, 문 쪽에는 이곳 나카노 서 조직범죄 대책과 수사관이 앉아 있었다.

"이만 실례하겠습니다. 수고하십시오."

"네."

일어서서 나오는 수사관과 엇갈리며 레이코가 들어갔다. 문이 조금 거칠게 닫혔다.

"레이코 주임님요."

맞은편에 앉아 보니 이오카는 벌써 울상이었다. 다무 생각 없이 손을 내밀고 있다가는 꼼짝없이 잡힐 거라는 생각에 손을 뒤로 슬쩍 감췄다.

"이오카, 대체 왜 그런 거야? 압수 경위 정도는 같은 팀이니까 아무에게나 보고해도 되잖아?"

"지는 마, 레이코 주임님한테 도움이 될까 싶어서예……."

"사건이 해결되면 나에게도 좋은 일이니까 누가 됐든 마찬가지잖아. 바보같이."

말은 그렇게 했지만 이오카를 나쁘게만 보지는 않았다. 이오카가 아무리 흐늘흐늘한 해삼이 제복을 입고 권총을 찬 것 같은, 엉터리 변태 경찰이라 해도 자신을 애틋하게 생각해주는구나 싶어서였다. 냉정하게 대할 작정이었는데 어느새 표정이 저절로 누그러지는 듯했다.

"레이코 주임님요……."

이성적으로는, 자기 안에 있는 무른 구석이 이오카의 기를 살려준다는 사실도 모르지는 않았다.

"어쨌든 설명해봐. 권총은 어떻게 얻었어?"

이오카는 고개를 끄덕하더니 입을 뗐다.

"실은예, 지가 요즘 와세다도리 파출소에서 근무한다 아임니꺼. 2시 반쯤 입초 근무를 서고 있는데예, 저짝 나무 그늘에……

거, 와세다도리에는 대로변에 가로수가 있거든예. 암튼 그 그늘에 웬 사내자슥이 있다 아임니꺼. '저게 뭐꼬? 저 인간이 와 이짝을 힐끔거리노? 어데가 곤란한 기가? 말하기가 어려워서 그라나? 뭐꼬, 저 변태 자슥이 맞은편 여학교에 숨어 들어갈라꼬 지금 순경 눈치를 보능 거 아이가?' 싶었지예."

네가 변태라고 여길 정도면 도대체 얼마나 수상했던 거야?

어디까지나 생각일 뿐 굳이 입 밖으로 내지는 않았다.

"하여간에 물어나 볼라꼬 지가 다가갔지예. 그랬더니 그 자슥이 후딱 도망을 치는 게 아임니꺼. 해서 이기 뭔가 싶어갖고 마, 지가 냅다 쫓아갔거든예. 자슥이 두 번째 모퉁이에서 왼쪽으로 꺾어서 지도 모퉁이를 돌았고예. 근데 쿵 소리가 나더니 그넘이 잠깐 멈췄다가 다시 도망가데요. 그래, 지가 가보니까…… 권총이 떨어져 있었다 아임니꺼. 그거 줍다가 놓쳤지만도."

뭐라고?

"그래서, 어떻게 생긴 남자였어?"

"보자, 마른 몸집에 키도 별로 안 크고……."

아주 기분 나쁜 예감이 스친다.

"잠깐 이것 좀 봐줘."

휴대전화를 꺼내 겐토의 사진을 보여주었다.

"어때, 닮았어?"

이오카는 휴대전화를 든 레이코의 손을 작정한 듯 움켜잡고 화면을 응시했다.

"음, 닮은 것…… 같기도 하고예."

그때 노크 소리가 들렸다.

"레이코, 잠깐만."

이마이즈미였다.

"네."

이오카의 손을 뿌리치고 자리에서 일어났다. 문을 열자 이마이즈미는 아주 곤혹스러운 얼굴로 서 있었다. 그는 잔깐 따라오라고 명령조로 말했다. 취조실에서 조금 떨어진 곳까지 따라갔다.

"네, 무슨 일이세요?"

"일이 어려워졌어. 권총에서 나온 지문이 야나이 겐토 것과 일치했어."

선뜩한 불쾌감이 등줄기를 따라 흘러내렸다.

"지문…… 하지만."

겐토의 지문을 경시청이 갖고 있었다는 건가.

"자네와 헤어진 뒤에 가쓰마타가 잠입해 찾아냈어."

역시 전직 공안부. 불법 수사쯤은 식은 죽 먹기인가.

"권총을 본부로 보내기 전에 채취해둔 지문이 있는데 그것과 일치했어."

이보다 더 큰 낭패가 없었다.

여기에 그 권총의 강선* 자국이 혹시라도 후지모토 살해에 쓰인 총알과 일치한다면…….

결국 야나이 겐토가 범인이라는 가설은 유력해진다.

---

* 강선: 발사 시 총탄이 회전할 수 있게 총신 안쪽에 새긴 나선형 홈.

3

 마키타는 이시도를 병문안하고 돌아온 뒤 사장실에 틀어박혔다. 딱히 일을 하지도 않았다. 책상에 앉기는커녕 그저 소파에 늘어진 채로 있었다.

"실례하겠습니다. 회장님, 점심으로 뭐 좀 드시죠?"

가와카미는 사무실 안에서 마키타를 '회장님'으로 불렀다.

시계를 보니 오후 1시다.

"글쎄…… 뭐, 과일이라도 있으면 갖다줘."

"딸기와 파인애플이 있습니다."

"그럼 딸기나 가져와봐."

좀처럼 식욕이 나지 않았다.

후지모토의 죽음은 이제야 비로소 현실적인 무게가 되어 마음을 짓눌렀다.

 그는 마키타가 젊었을 때 무슨 일이든 살펴주었다. 놀 때도 데려가고 돈벌이에도 끼워주었다. 앞으로는 깡패도 경제에 밝아야 한다며 경제지나 전문서적을 한꺼번에 여러 권씩 안겨준 적도 있었다.

 머리가 좋고 패션 감각도 뛰어나서 건달이라기보다 오히려 영화에 나오는 이탈리아의 마피아 분위기를 지닌 사람이었다. 여자를 좋아했고 여자들 사이에서 인기도 많았다. 이미 쉰을 넘은 나이였지만 최근까지만 해도 일주일에 적어도 세 명의 파트너를 만났다고 들었다. 그러면서 가정에도 충실했다. 한마디로 요령 좋고 능력 넘치는 사람.

마키타에게는 단연 최고의 형님이었다.

언제부터 둘의 관계가 변하기 시작한 것인지. 아마도 선대 총수인 도요오카가 은퇴하고 부두목이었던 이시도가 4대 총수에 취임하면서, 다음 부두목을 누구로 정할지 논의했던 무렵부터인가.

그때 이시도는 입버릇처럼 말했다. 후지모토와 마키타 가운데 누구로 할지 고민이라고. 이 문제는 정례 회의에서 정식으로 논의되었고 그 결과 후지모토가 부두목 자리에 오르면서 일단락됐다. 부두목이라니, 당치도 않다고 생각했던 마키타는 이 결과에 안도하기까지 했다.

후지모토의 부두목 취임 축하연에서 마키타도 축사를 했다. 앞으로도 다 함께 힘을 모아 이시도 조직을 지켜나가자는 생각으로 말했다. 그러나 후지모토는 어느 대목인가 마음에 들지 않았는지 나중에 마키타를 불러내 목소리를 갖추어 경고했다.

"마키타, 나대지 마라."

필시 그 후였다. 관계가 급속도로 악화되지는 않았지만 예전처럼 어깨동무를 하는 일은 사라졌다. 함께 입을 벌려 큰 소리로 웃는 일도……. 마키타가 이시도와 긴 애기를 하고 있으면 성가시다는 낯빛마저 보였다.

이시도가 마키타를 특별 대우 했던 사실은 부하들 사이에서도 널리 알려져 있었다. 또래 가운데 남들보다 늦게 들어온 마키타를, 이시도는 '마키타, 마키타.' 하며 옆에 불러놓고 자기 얼굴 높이에 오는 마키타의 어깨를 붙잡고서 흡족한 듯 흔들어대고는 했다. 물론 마키타는 그런 행동을 기쁘게 받아들였지만 주위 시선이 신경 쓰이지 않았다면 거짓말이다.

후지모토는 물론 미하라에게도, 나가미네, 가와타, 이소베에게도 왠지 모르게 미안했다. 다만 후지모토만큼 노골적으로 싫은 얼굴을 하는 자는 없었다.

그런 후지모토가 살해당했다.

범인이 누구인지 짐작도 가지 않았다. 그러나 왠지 모를 죄책감이 느껴졌다. 마키타 자신이 저지른 일도 아닌데 꺼림칙한 기분이 가시지 않았다. 설마 나는 후지모토가 죽기를 바랐단 말인가 하고 자문했다. 그렇지 않다고 대답해보았다. 거짓말처럼 들렸다. 내가 죽고 나니 속이 후련한가 하고 원망하는 듯한 후지모토의 목소리가 머릿속에서 맴돌다 사라졌다.

"회장님."

가와카미가 문으로 얼굴을 내밀었다. 딸기를 가져왔나 했는데 아니었다.

"경찰이 찾아왔습니다."

뭐, 이미 예상한 일이었다.

"들어오라고 해."

낯익은 얼굴과 처음 보는 얼굴이 함께 들어왔다.

낯익은 얼굴은 경시청 조직범죄 대책부 4과 소속 고사카였다. 다른 한 명은 아타고 서 소속인 듯했으나 이름은 밝히지 않았다.

"마키타, 일이 커졌군."

고사카는 50대 중반. 썩은 여름밀감처럼 얼굴이 지저분한 남자였다. 권하기도 전에 제멋대로 맞은편 소파에 앉았다.

"예, 아주 죽겠습니다."

"연기 아냐?"

"장난이 지나치십니다, 고사카 씨."

고사카는 자못 유쾌하다는 듯이 웃었다.

"실은 마키타, 오늘 아침 나카노에서 총이 나왔어."

"네?"

나카노면 고바야시 미쓰루의 집 근처다. 우연인가. 아니, 무슨 꿍꿍이가 있을지도 모른다. 이 일에 얽혀서는 안 된다.

"후지모토를 쏜 총인지 아닌지는 지금 감식 중이야. 그게 만약 과거에 자네 수중에 있던 물건일 경우엔 일이 더 재밌어질 거야."

마키타에게 총기소지법 위반 이력 따위는 없다. 교쿠세이회에도 그런 자는 없다. 순전히 넘겨짚고 떠보자는 수작이다.

"고사카 씨 저는 말이죠, 비비탄총 같은 아이들 장난감 총도 만져본 적 없는 인간입니다. 더 이상 과한 농담을 하시면 커피에 와사비 섞을 겁니다."

"협박인가?"

방어치고는 시시하다.

"서비스입니다."

"후지모토에게는 무슨 서비스를 했나?"

"뭔 말씀이십니까?"
"납으로 된 총알이었나?"
"골프공이라면 선물한 적이 있는 것 같기도 한데."
옆에 앉은 형사는 눈도 깜빡이지 않고 물끄러미 마키타를 쳐다보았다. 이자가 의외로 복병일지 모른다.
"그래서 오늘은 무슨 용건으로 오셨습니까?"
대답은 고사카가 전담한 모양이었다.
"그거야 눈엣가시가 사라져서 속 시원해할 네 녀석 낯짝이나 보려고 왔지."
"무슨 말씀이신지 모르겠지만 제 얼굴은 늘 이렇게 똑같습니다. 실컷 보셨으면 이제 그만 돌아가시죠."
고사카는 잠시 마키타 쪽을 노려봤지만 마키타가 가와카미, 손님들 가신단다, 하고 크게 소리치자 떨떠름한 얼굴로 그만 가지, 하며 자리에서 일어났다.
물론 배웅 따위는 하지 않았다.

나카노에서 총이 나왔다. 나카노에서 총이라.
불현듯 그 형사가 머릿속에 떠올랐다.
히메카와 레이코. 그 여자라면 무언가 알지도 모른다. 야나이 겐토 건으로 불러내서 이야기를 나눠보면 수사 정보를 얻을 수 있지 않을까.
무슨 이유에서일까. 신기하게도 그 여자 얼굴이 선명하게 떠올랐다.

날카로운 눈매. 굳게 다문 입술. 미련할 정도로 정중한 말투. 그 때문일까. 지금 생각해보면 문득문득 보이던 미소가 오히려 인상적이었다. 자신만만하면서도 언뜻 불안한 빛을 띠고 눈을 내리깔기도 했다. 그게 어떤 순간이었더라. 마키타에게 다시 전화를 걸려고 했을 때였나. 자기 번호를 알려주려다 잠시 주춤하는 듯한 순간이었다.

그 여자를 한번 만나봐야겠다.

책상 위에 올려둔 휴대전화를 가지러 갔다. 1년 정도 사용한 것으로 텔레비전 수신 기능도 없는 단순한 기종이었다. 한 손으로 폴더를 열어 주소록 버튼을 눌렀다.

히메카와 레이코.

이름만 봐도 가슴 한구석이 환히 밝아지는 듯했다.

흐린 겨울 저녁 아카쓰쓰미의 낡은 빌라. 그 앞에 나타난 수수한 정장 차림의 여자. 배경은 전부 잿빛이었음에도 왠지 붉은색으로 기억된다. 어디에도 그런 색은 없었지만 새빨간 이미지가 머리에서 떠나지 않았다.

그 여자를 침대로 데리고 간다면 이 붉은색의 정체가 밝혀질까.

이런 얼빠진 자식! 대체 무슨 생각을 하는 거야?

마키타는 정신을 가다듬듯 눈을 깜빡인 다음 휴대전화의 통화 버튼을 눌렀다.

신호가 열 번 정도 이어졌다. 받을 기미가 없어 끊으려 할 때.

"네, 여보세요?"

중간 톤의 탁하지 않고 또렷한 목소리가 귀에 들어왔다. 목소리가 이렇게 맑았나.

"저, 마키타입니다."

이름을 대면서 이 여자에게는 '마키타 고이치' 행세를 하라고 스스로에게 명령했다.

"네."

어째서 더 이상 말이 없는지 조바심이 났다. 전화를 건 쪽은 나였던가. 어서 용건을 말해야 한다는 생각에 조바심이 났다.

"저, 겐토에 대해 할 이야기가 있습니다만."

다시 침묵이 흘렀다. 이야기를 매끄럽게 이어가지 못하고 꼴사납게 안달했다.

"그쪽 상황이 괜찮을 때 한번 뵈었으면 합니다."

틀렸다. 협상을 양보로 시작했다가는 일을 그르친다. 허리를 굽히는 순간 패배한다. 이런 초보적인 수준에서 삐끗하다니. 내가 지금 뭘 하는 거지.

"네, 그럼 오늘 저녁에라도 괜찮으시겠어요?"

상대가 실수하는 바람에 기회가 돌아왔다. 좋다. 이것으로 무승부다.

"저녁…… 네, 좋습니다. 장소는 신주쿠 부근 어떻습니까?"

그게 아니잖아? 좀 더 밀어붙이라고.

"네. 어디든 좋아요."

"그럼, 신주쿠 프린스 호텔 지하 라운지에서…… 5시에."

"네, 그러지요."

저쪽에서 통화를 마치는 인사를 하면 마키타 쪽에서도 인사로 가름하며 통화를 끊는다. 그런 흐름을 끊은 쪽은 레이코였다.

"저기…… 저 말고 한 명 더 같이 가도 괜찮을까요? 아니면 저 혼자 가는 편이 마키타 씨가 편하실까요?"

이런 질문을 하는 이유는 무엇일까.

한 명 더, 누구지? 파트너? 행여 그 녀석이 조직범죄 대책부 소속이면 자신의 정체가 드러날 가능성도 있다. 그래서는 곤란했다. 다행히 레이코는 별로 강력하게 요구하지 않았다.

"그게, 아무래도 히메카와 레이코 씨 혼자 오시는 편이 저로서는 말씀드리기가 편합니다만."

"알겠습니다. 그러면 저 혼자 찾아뵐게요."

"네, 그럼 부탁드립니다."

다시 묘한 침묵이 끼어들었다.

누군가 먼저 한마디 꺼내면 이번에야말로 이 통화는 끝이었다.

"그럼 5시에 신주쿠 프린스 호텔 라운지에서 뵙지요."

"네, 기다리겠습니다."

"그럼 이만."

몇 초 동안 침묵이 이어지고 전화가 끊겼다.

이내 마지막 한마디를 떠올리려 귀를 기울였다. 하지만 목소리의 인상이 강하게 남은 만큼 오히려 얼굴의 이미지는 흐려진 느낌이었다. 조금 전까지만 해도 그렇게 선명하게 떠오르더니.

눈을 감고 둘이서 나란히 상점가를 걸었던 때를 떠올렸다. 자기 어깨 근처에 닿았던 동그란 이마. 바람에 사르륵 흩날리던 곧은 머릿결과 올려다보는 눈. 소음처럼 주위를 맴돌던 붉은 무언가…….

"회장님."

갑자기 자신을 부르는 소리에 의식이 현실로 돌아왔다. 가와카미가 딸기 담긴 접시를 들고 문 앞에 서 있었다.

"아, 미안."

"무슨 일이십니까? 몇 번을 불렀는지 모릅니다."

"아무것도 아니야."

소파로 돌아가서 가와카미가 탁자에 올려둔 접시에 손을 뻗었다.

그렇다. 이 녀석에게 확인할 게 있다.

"그 뒤로 시게루에는 연락 없었나?"

딸기는 달았다. 잘 익었다.

"없습니다. 현재로써는 아무것도…….

"겐토 소식은 뭐 없나?"

"쉽지 않은 모양입니다."

낭패로군. 이러면 히메카와 레이코에게 내밀 카드가 없는데. 어려운 줄은 알지만 이래서야.

"가와카미…… 자네 정말 그 녀석을 믿나?"

"시게루 말입니까?"

"그래."

고바야시 미쓰루를 실제로 해치운 자는 시게루였다. 겐토의 부탁을 받고 마키타가 가와카미에게 의논하자 가와카미가 적임자로 시게루를 추천했고 그 제안을 마키타가 승낙하는 식으로 이루어졌다.

금전적인 문제는 거의 없었다. 겐토가 건넨 500만 엔에 마키타가 같은 액수를 더하여 전부 천만 엔을 지불하고 시게루에게 일을 맡겼다. 반대로 말하면 마키타는 겐토가 확보한 진유회의 프런트 기업 관련 정보를 500만 엔에 샀다는 말과 같다.

그러나 가장 핵심이 되는 그 진유회의 정보를 건네받기도 전에 겐토가 증발했다.

평소의 마키타였다면 씩씩거리면서 없애버리겠다고 혈안이 되어 찾아 나섰을 테지만 겐토에게는 그럴 기분이 나지 않았다. 누나와 아버지의 복수를 해야겠다는 그의 원한이 남일 같지 않았기 때문이다.

과거에 자신이 그랬다. 범인을 잡지는 못했지만 시기로 볼 때 마키타의 아버지를 때려죽인 자는 도쿠나가의 하수인이 틀림없었다. 연이어 발생한 어머니의 자살과 동생의 실종 사건 그리고 회사의 파산. 그 당시 마키타에게는 복수를 위한 삶 말고는 다른 선택지가 없었다.

돈은 상관없었다. 500만 엔 정도는 겐토에게 그냥 주어도 별로 아깝지 않았다. 다만 진유회에 대한 정보가 필요했다. 그것만은 없던 일로 하기 힘들었다. 특히 후지모토가 죽은 지금 진유회가 경제적 손해를 입는다면 결국에는 이시도 조직의 핵심을 흔드는 치명타가 될 게 분명했다.

후지모토를 잃은 진유회를 위기에서 구하고 이시도 조직을 이어받고 싶었다. 그것이 지상 과제였다. 일이 잘만 풀리면 진유회를 이시도나 교쿠세이회가 흡수하여 병합하자. 아니, 너무 앞서갔다. 어쨌든 지금은 겐토를 찾아내서 정보를 얻는 것이 최우선 과제다.

5시가 채 되기 전에 약속 장소에 도착해보니 히메카와 레이코는 벌써 자리에 앉아 있었다.
"죄송합니다. 갑자기 불러내서……."
"아니에요. 저야말로 감사합니다."
그래, 이 얼굴이었다. 유심히 보면 꽤 미인이었다. 눈꺼풀은 뚜렷한 쌍꺼풀인 데다 콧날도 곧고 좌우 균형도 좋았다. 그 나름의 매력이 있었다. 아니, 오늘은 화장을 제대로 했나. 하지만 오늘도 화장은 별로 진한 편이 아니었다. 색을 약간 더했을 뿐인데 이렇게 달라 보이다니. 원래 바탕이 예쁜지도 모르겠다.
아직 주문을 하지 않은 상태라 둘 다 커피를 시켰다.
"마키타 씨, 담배는?"
"네, 피웁니다."
레이코는 고개를 약간 끄덕이고 자기 쪽에 있던 재떨이를 마키타 쪽으로 밀어주었다. 술집 여자였다면 우선 양손으로 받쳐 들어 상대방에게 내밀었을 테지만 그렇게 하지 않는 모습이 어찌 보면 더 자연스러워서 마음에 들었다.
담배 한 대를 피우는 사이에 주문한 커피가 나왔다.
그녀는 서빙을 마치고 돌아가는 웨이터에게 고개를 조금 숙여 고마움을 표시하고 컵 손잡이에 손가락을 걸며 이야기를 꺼냈다.

"전화상으로 말씀하셨던 것 말이에요. 야나이 겐토에 대해서 뭔가 알아내셨나요?"

그것이 문제였다. 사실 마키타 쪽에서 미끼로 내놓을 만한 정보는 없었다. 누나 사건을 들추어서 고바야시 미쓰루와 연결시키는 것도 별로 좋은 패는 아니었다. 대체 무슨 이야깃거리가 적당할까.

"아니요, 알아냈다고 할 정도는 아닙니다."

마키타도 커피를 한 모금한 마셨다.

"그의 집안 얘깁니다만 무사시코가네이 근처였다는 기억이 나서요. 거기에 어떤 단서가 있지 않을까요?"

아무래도 겐토의 집안에 대해서는 이미 알고 있는 눈치였다. 레이코는 아쉽다는 표정으로 눈을 내리 깔았다. 처음부터 유익한 정보를 제공할 작정은 아니었지만 그 얼굴을 보니 자신도 무언가 손해를 본 기분이 들었다.

"혹시 겐토의 본가에 대해서는 알고 계십니까?"

"아, 네. 한번 다녀왔어요. 이미 아파트로 바뀌었더군요."

여기서 한 번쯤 몹시 안타깝다는 표정을 지어두자.

"그러셨군요. 이런, 미리 전화로 말씀드려야 했는데, 죄송합니다. 여기까지 오시라고 해서. 도리어 폐를 끼치고 말았군요."

그러나 레이코는 당황한 듯 고개를 저었다.

"천만에요. 전화를 부탁했던 쪽은 저였는걸요."

그 표정에는 어쩐지 상대를 안심시키는 힘이 있었다. 이야기를 해야 하는 쪽은 여전히 마키타였다. 마키타는 운을 뗐다.

"저…… 솔직히 잘 모르겠습니다. 레이코 씨는 겐토에 대해서 무엇을 조사하시는 겁니까? 지금 그와 연락이 닿지 않는 상황이라는 건 분명한데. 레이코 씨는 빌라에 가고서야 그가 사라졌다는 사실을 알게 되신 거 아닙니까? 연락이 두절되어 걱정하셨던 게 아니죠?"

레이코의 미간에 조금 힘이 들어갔다. 얇지도 두껍지도 않게 깔끔하게 정리된 눈썹이다. 고집이 셀 것 같지만 그 곤란해하는 표정마저 천천히 바라보고 싶다고 마키타는 생각했다.

레이코는 잠시 생각하더니 대답했다.

"솔직히 말씀드리면 네, 맞아요. 저희는 야나이 겐토가 어떤 사건에 대해 정보를 가졌을 거라고 보고 있어요."

"쉽게 말해서 범인일지도 모른다는 말씀이십니까?"

레이코의 표정에 당혹감이 한층 뚜렷해졌다. 마키타 속에 숨어 있던 가학적 측면이 불쑥 발동했다. 마키타는 자기도 모르게 윗몸을 앞으로 내밀었다.

"히메카와 씨. 전 지금 겐토를 아는 한 사람으로서 걱정하는 것뿐입니다. 그가 그 범행에 관련이 있는지 없는지 여부는 중요하다고 생각합니다. 만약 어디선가 우연히 만났을 경우 대체 어디 갔었냐고, 경찰까지 찾더라고 말해도 되는지 지금 전 잘 모르겠습니다."

레이코는 잠시 머그잔을 바라보며 생각에 잠겼다.

이윽고 딱딱한 것이라도 삼키는 듯 고개를 끄떡였다.

"마키타 씨는 진유회라는 이름을 아시나요?"

넓적다리 사이로 한기가 올라와 오싹했다.

겐토가 후지모토 살해 혐의를 받는다는 말인가? 아니지, 레이코가 그 빌라에 찾아갔을 때는 후지모토가 살해당하기 훨씬 전이었을 텐데.

"진유회…… 이름은 어디선가 들어본 것 같기도 하고……."

"그럼 적어도 그쪽에 아는 사람은 없으시겠네요?"

"네, 없습니다."

4과의 고사카는 나카노에서 총이 나왔다고 했다. 레이코는 후지모토의 죽음과 겐토의 연관성을 의심했다. 그렇다면 총에서 겐토와 관계된 무언가가 나왔다고 간주해도 된다는 뜻일까. 예를 들면 지문이라든가.

하지만 그런 말도 안 되는 경우가 어디 있을까 겐토가 총을 가지고 있었다는 말 자체가 어불성설인데 그걸르 후지모토를 죽였다니 그야말로 황당무계한 소리다. 후지모토와 겐토 사이에는 어떤 접점도 인과관계도 없었다. 적어도 마키타가 아는 한에서 말이다.

"진유회라는 데가 설마 폭력단입니까?"

"죄송합니다. 더 이상 제 입으로 말씀드리기는 어렵군요."

레이코는 잠깐만요, 하면서 계산서로 손을 뻗었다.

마키타는 자기도 모르게 가느다란 손가락이 가지런히 뻗어 있는 레이코의 손에 자기 손을 겹쳤다.

손끝이 차가웠다. 애처로울 만큼.

"제가……."

그래도 마키타는 그 손을 놓지 않았다.

"마키타 씨, 이러시면 곤란합니다."

무엇이 곤란하다는 말일까. 잘 알지도 못하는 남자에게 커피를 얻어 마시는 것? 아니면 사람들 앞에서 손을 잡힌 상황? 그렇다면 왜 손을 빼지 않지? 붉어진 볼은 무슨 의미?

레이코의 손 밑에 깔려 있는 계산서를 잡아 뺐다.

"도움 될 만한 정보를 못 드려 죄송합니다."

"정말 이러시면 곤란해요."

레이코는 마키타가 만졌던 손등을 반대쪽 손으로 슬며시 문질렀다.

"그럼 다음에 맥주라도 사주시죠."

더 버티지 않을까 하고 생각했는데 레이코는 그쯤에서 고개를 끄덕였다. 커피 잘 마셨다고 답례하는 목소리가 소녀처럼 가녀리게 느껴졌다.

4

후지모토 히데야 살인 사건 이튿날인 12월 26일 월요일.

레이코는 아침부터 회의석상에서 따가운 눈총을 받아야 했다. 총 사흘간의 단독 행동과 다섯 번의 회의 불참을 조직범죄 대책부 4과 수사관들이 잇달아 비난했다.

"그래서 히메카와 레이코 주임은 뭘 하고 다닌 겁니까?"

사정없이 물고 늘어진 자는 조직범죄 대책부 4과 6계 주임 오쿠다 경위였다.

"말씀드렸듯이 그 일들은 시모이 계장님이 설명하신 대로입니다."

"나는 본인에게 묻는 겁니다. 다들 당신의 설명을 듣고 싶어 하지 않습니까?"

"누가 설명하든 같습니다. 늦은 밤이나 이른 아침에만 만날 수 있는 참고인을 찾아다녔습니다."

"그게 누구, 누구입니까? 결과도 상세히 보고하지 않았잖습니까?"

지휘석에 앉은 간부는 잠자코 상황을 지켜보기만 했다.

시모이가 펼쳐진 노트를 레이코 쪽으로 쓱 밀어주었다.

"그럼 보고하겠습니다. 23일 밤에는······."

어디선가 고성이 들렸다.

"그런 건 집어치우고 당신 스스로 보고하란 말이야."

저건 또 뭐지. 꼭 학급회의에서 한 사람을 집중 공격하는 초등학생 꼴 같다.

레이코의 관자놀이에 핏대가 불끈 솟았다.

"알겠습니다. 그렇게까지 원하신다면 설명드리겠습니다. 하나만 확실히 하고 넘어가죠. 제가 회의에 불참한 것에 대한 불만은 그렇다 치고, 시모이 계장님께서 미리 양해를 구하셨을 텐데요. 그것을 수용했으면서도 제 보고를 다시 문제 삼자고 하시니 도리어 저는 지금 여기서 제가 불참했을 때의 회의 보고 내용을 여러분께 다시 들어야겠습니다. 물론 제 질문에도 대답하셔야 하고요. 조직범죄 대책부에서 어떠한 방법으로 고바야시 살해 경위를 파악했는지, 어째서 로쿠류회의 내부 정보에 그렇게 밝은지, 후지모토와 다이토 건설 사에키 사이의 밀회를 로쿠류회의 고바야시가 다이세이회의 회장 미하라 데쓰오에게 밀고한 사실은 어떻게 알았는지 말입니다. 게다가 언제, 누구에게서 무슨 방법으로 그 사실을 입수했는지. 그리고 수사 협력 사례비는 적정하게 처리했는지도 밝히셔야 합니다. 애당초 이번 본부 수사팀은 무슨 이유로 조직범죄 대책부 4과 수사관끼리만 짝을 졌는지, 나카노 서 수사관과 짝을 지어 수사하면 왜 안 되는지 이 자리에서 그 모든 의문에 해명해주시기 바랍니다. 괜찮으시겠죠?"

10초의 시간이 흐르는 동안 오쿠다는 묵묵부답이었다.

뒤이어 상석에 앉은 4과 6계장인 마쓰야마 경감이 발언했다.

"시간 낭비야. 히메카와 주임의 탐문 수사 건은 시모이 계장이 보고했다. 그걸로 됐잖아, 오쿠다."

오쿠다는 말없이 고개를 끄덕이고서 정면을 바라보며 고쳐 앉았다.

이런 걸 두고 폭력단들은 화해했다고 하던가?

수사본부에서 나와 시모이에게 용서를 구했다.

"여러모로 폐를 끼쳤습니다."

레이코가 고개를 숙이자 시모이는 쓴웃음을 지었다.

"신경 쓰지 마. 사내놈들 같았으면 얘깃거리도 아닐 텐데, 자네 같은 여자 형사는…… 아무래도 눈에 띄니 안 그러겠나. 게다가 이번에 조직범죄 대책부원들 말이야, 절대로 형사부 쪽에 성과를 뺏겨서는 안 된다고 부장이 아주 쐐기를 박은 모양이야. 그러니 자네 같은 형사가 일탈 행동을 한 걸 보고 공적을 뺏기는 게 아닐까 불안해서 전전긍긍하며 저러는 거라고."

칭찬처럼 들리기도 했지만 한 가지 마음에 걸리는 점이 있었다.

"저 같은 형사라니 무슨 뜻이죠?"

시모이는 어깨를 으쓱하면서 고개를 갸웃했다.

"무슨 뜻이냐면 말이지. 그렇지! 주변에서 눈총 받고 미움 받아도 아무렇지 않은 사람?"

대체 무슨 소리인지.

"저…… 미움 받아도 아무렇지 않은 사람 아니거든요."

"그래 보이더구먼, 뭘. 늘 아무렇지 않다는 듯이, 개똥 취급도 안 하는 것 같던데."

"어떻게 그런 말씀을……."

자신은 결코 특별히 강한 사람이 아니다.

시모이는 비가 올까 염려된다는 듯 잿빛 하늘을 올려다보았다.

"그래도 그건 자네가 가진 큰 무기야. 놓치지 말고 단단히 지키라고. 게다가 피난처가 있잖나. 자네에게는 확실하면서도 훌륭한 피난처가 있다고. 자네를 지켜주려는 상사와 부하들 말이야. 그들을 소중히 여겨야 해."

레이코는 자기도 모르게 정신이 번쩍 들었다. 이번 수사가 시작되면서 10계 동료들과 별로 대화도 하지 못했다.

"기쿠타 그 덩치가 말이야, 얼마나 노심초사하던지. 회의에서도 자네를 두둔하느라 필사적이었지. 오늘 밤에 술 한 잔쯤 산다고 하늘이 무너지지는 않겠지?"

그러겠습니다, 하고 레이코는 고개를 끄덕였다. 하지만 가슴속에는 떳떳치 못한 마음이 그늘에 숨어 있었다. 요 이틀, 기쿠타보다 마키타의 얼굴을 떠올린 횟수가 압도적으로 많았다.

오후 2시가 조금 지났을 때였다. 로쿠류회와 합법적인 거래를 한다는 식당에서 탐문 수사를 마치고 밖으로 나오던 차에 레이코의 휴대전화가 울렸다.

"잠깐 실례하겠습니다."

화면에 뜬 이름은 '마키타 고이치'였다.

가슴속에서 무언가가 덜컹 내려앉는 느낌이었다. 자기도 모르게 시모이와 조금 거리를 두고 통화 버튼을 눌렀다.

"네, 여보세요?"

그러자 뜻밖에도 마키타 쪽에서 먼저 만나고 싶다는 뜻을 보였다. 겐토에 대해 하고 싶은 이야기가 있다고 했다. 물론 바로 그 자리에서 무슨 내용인지 물어도 될 일이었다. 그러나 레이코는 굳이 묻지 않았다. 그랬다가 별 의미 없는 정보라면 마키타와 만날 이유가 사라지므로······.

생각이 거기에 미치자 결국 자신의 감정을 인정해야 했다.

나는 이 사람이 보고 싶다.

아니, 그렇지 않다. 마키타는 겐토와 관련된 인물이다. 그래서 만나러 갈 뿐이다. 그렇게 마음속으로 둘러대면서 마키타에게 확인한다. 한 사람 더 같이 가도 되는지, 아니면 혼자만 가야 편하겠는지.

마키타는 레이코 혼자 와주면 편하겠다고 대답했다. 그 대답에 너무 좋아하지 말라고 스스로를 타일렀다.

"시모이 계장님."

전화를 끊고 시모이에게 다시 한 번 혼자만의 시간을 달라고 부탁했다. 오늘은 회의 시간에 맞춰 돌아오겠다고 덧붙였다. 시모이는 졸린 눈으로 알았다고 승낙했다.

"이마이즈미가 부탁하더군. 레이코를 저 좋을 대로 하게 해주라고. 그러니까 신경 쓰지 말고 다녀와. 어디든 다녀와."

그랬구나. 그런 일이 있었구나.

16시 45분. 레이코는 마키타를 만나기 위해 신주쿠에 있는 프린스 호텔 지하 라운지에 왔다.

떳떳치 못한 마음은 점점 더 커져갔다. 그것은 시모이에 대한 마음이기도 했고, 이마이즈미나 기쿠타에 대한 마음이기도 했다. 게다가 감기 기운인지 열이 오르기 시작했다. 카페 안의 난방 온도가 너무 높기도 했지만 그 이유만으로는 달아오르는 얼굴을 설명하기에 부족했다.

마키타는 약속 시간보다 몇 분 앞서 나타났다. 그런데도 자기가 늦어서 미안하다고 사과했다. 몸 속 깊은 곳에서 울려 나오는 낮은 목소리였다.

레이코의 달아오른 얼굴은 그대로였다. 다른 한편에서는 양심의 가책이 명백한 죄의식으로 바뀌어, 가슴은 무겁게 짓눌렀다. 커피를 주문한 뒤 마키타는 담배를 피웠다. 몸놀림이 굵고 다부졌다. 어떻게 보면 엉성해 보이기도 했다. 담배를 끄는 방법도 대충이라면 대충이었다. 재떨이에 꾹 눌러 끄면 그만이었다. 그러고는 아직 실낱같이 피어오르는 연기를 보며 컵 안에 든 물을 조금 쏟았다. 순서대로 움직이는 왼손은 독립된 별개의 생물처럼 보였다.

커다란 손. 제법 예쁜 손가락…….

유감스럽게도 마키타가 하고 싶다던 말은 겐토의 본가 이야기였다. 별로 새롭지 않은 정보였다. 그다음 이어지는 대화에서도 얻은 게 거의 없었다.

레이코는 적당한 대목에서 이야기를 매듭짓고 계산서를 들고 일어나려 했다. 결코 마키타의 정보가 시시해서 그렇게 행동한 것이 아니었다. 마키타와 단둘이 있다는 사실 때문에 숨쉬기도 버거웠던 데다 분위기가 무거워 견디기 힘들었다.

그러나 당황스럽게도 마키타는 레이코의 손에 자기 손을 포갰다.

달아오름, 식은땀, 죄의식 그리고 손등에 느껴지는 마키타의 온기. 이런 것들이 복잡하게 뒤섞이면서 여러 감정이 휘몰아쳤다.

"이러시면 곤란해요."

레이코는 자기가 생각해도 한심할 만큼 가는 목소리로 사양했다. 그런데도 마키타는 계속 손을 놓아주지 않았다. 결국 마키타가 계산서를 레이코의 손에서 가져갔다. 웃으며 그럼 다음에 맥주라도 사주시죠, 하고 말했다.

마키타는 레이코의 "이러시면 곤란해요."라는 말을 단순히 커피 값에 대한 뜻으로 해석하는 듯했다.

어느 쪽이든 상관없다.

나카노로 돌아가야 했으므로 신주쿠 역으로 간다고 하자 마키타는 역까지 같이 가자고 했다.

바깥바람을 쐤더니 얼굴의 열기가 꽤 가라앉았다.

지금은 오히려 이 남자와 나란히 걷는다는 사실에서 자책감이 느껴져 레이코는 마음이 무거웠다.

'나라는 인간은 대체 지금 뭘 하고 있는 거지?'

까닭없이 울고 싶은 심정이었다. 근무 중인데, 수사 중인데, 고작 남자에게 손 좀 잡혔을 뿐인데, 대체 왜 이런 기분이 드는 걸까.

가부키초 1가 입구에서 보행 신호를 기다렸다.

시선 끝에 있는 마키타의 커다란 어깨와 두툼한 가슴. 지난번 만남 때나 라운지에 있을 때는 몰랐는데 이렇게 나란히 서고 보니 희미하게 향수 냄새가 느껴졌다.

오늘은 웬일로?

그런 것에 의미를 두지 말자. 틀림없이 전에도 뿌렸겠지. 시간이 지나면서 희미해졌든지 아니면 자기가 눈치채지 못했을 뿐이리라. 이상한 착각은 하지 말자. 그렇게 자신을 거듭 타일렀다.

나 참, 어리석긴.

그런 생각에 빠져 있을 때였다.

"어이, 마키타."

어디선가 목소리가 들렸다. 레이코는 주변을 둘러봤지만 신호를 기다리는 사람이 많아서 누가 그랬는지 분간하기 어려웠다. 마키타는 눈치채지 못했는지 앞만 보고 있었다.

그때 인파를 헤치고 빠져나온 두 남자가 레이코와 마키타 뒤에 섰다. 마키타를 부른 자는 그중 한 명인 듯했다. 회색 코트, 안에는 검은 양복, 와이셔츠에 넥타이는 매지 않은 차림. 머리는 5대 5로 가르마를 탔고 눈썹은 거의 없었다.

"이 자식, 방금 눈 마주쳤잖아."

그 남자는 마키타의 어깨를 붙잡아 자기 쪽으로 휙 돌렸다. 마키타는 눈을 마주쳤으나 몸은 그대로인 채 여전히 묵묵부답이었다. 남자는 레이코도 쳐다보았다.

"우리 회장님이 돌아가셨는데 네 녀석은 문상도 제때 오지 않더니, 이런 데서 태평하게 여자랑 뭐 하는 거야?"

회장이 돌아가셨다고?

"이거 놔."

"뭐라고? 안 들려, 새끼야? 나를 보라고, 어?"

남자가 마키타의 멱살을 잡았다. 남자의 키는 레이코와 비슷했지만 체격이 다부져서 완력이 세 보였다. 또 다른 남자도 레이코와 마키타를 떼어놓으려는 듯이 둘 사이로 파고들었다.

주위의 행인들이 조금 떨어진 곳에서 이 싸움을 구경했다.

"아, 그렇군! 네 녀석은 후지모토 형님이 돌아가셨다니까 속으로 쾌재라도 불렀겠지. 안 그래?"

후지모토. 진유회의 후지모토 히데야?

"그만둬. 사람들이 보고 있다."

"그래서 어쩌라고, 개새끼야! 인사나 똑바로 하라고. 알겠어?"

억지로 마키타의 고개를 숙이게 하려는 남자. 멱살 잡은 손을 뿌리치려는 마키타. 그러다가 마키타의 엷은 파란 줄무늬 셔츠에서 단추가 우두둑 떨어져 나갔다.

드러난 피부. 어깨에서 가슴으로 이어지는 짙은 남색 문신.

"가네다! 뭐 하는 짓이야?"

그 한마디와 동시에 마키타의 표정이 돌변했다.

"분명히 놓으라고 했을 텐데."

"어?"

남자가 멍한 표정을 지은 그 순간이었다.

마키타가 이마에 잔뜩 힘을 주며 남자의 안면을 후려쳤다. 왼쪽 눈에서 뺨과 콧날 주변까지 빠직 소리와 함께 내려앉은 듯 보였다.

"악!"

이 새끼, 하고 고함을 지를 틈도 주지 않고 마키타의 주먹이 또 다른 한 남자의 배를 가격했다. 앞으로 넘어질 듯이 둘로 접히는 몸. 연이어 마키타는 오른팔을 굽혀 상체에 붙였다가 힘 있게 치켜든 팔꿈치로 등 한가운데, 척추를 내리쳤다.

두 사람은 지저분한 가부키초 아스팔트 바닥에 널브러졌다.

"갑시다."

마키타는 벌어지지 않도록 가슴께의 셔츠 자락을 움켜쥔 채 레이코의 손을 잡고 횡단보도를 건넜다.

파란 보행 신호는 벌써 깜빡거렸다.

"잠깐만요, 마키타 씨."

"됐다니까."

그대로 역까지 뛰었다.

역의 동쪽 입구 파출소를 왼편으로 보면서 역 구내로 들어가 지하 광장으로 이어지는 계단을 내려갔다.

마키타는 JR 전철 개찰구 앞에서 왼쪽으로 돌아가서 멈추더니 통로 벽에 기댔다.

"놓으세요."

레이코는 땀으로 흥건하게 젖은 손을 빼냈다.

둘 다 숨을 헐떡거렸다.

"대체 이게 무슨 일이에죠?"

마키타는 크게 숨을 내쉬고는 다시 한 번 가슴께의 셔츠를 움켜쥐었다. 하지만 계속 추슬러도 손을 놓으면 다시 벌어졌다. 무슨 그림인지 모르겠지만 진한 색으로 새겨진 문신이 벌어진 옷자락 사이로 드러났다. 그 모습에 목덜미에 늘어져 있는 남색 넥타이는 도무지 어울리지 않았다.

"대충 눈치채셨겠죠."

알 것 같다. 그렇지만 인정하고 싶지 않다.

"제대로 설명해주세요."

박치기를 하면서 상대방 이에 찍혔는지 마키타의 왼쪽 눈썹 윗부분이 찢겨 있었다. 흘러내린 피가 눈썹에 엉겨 금방이라도 눈에 들어갈 것 같았다.

레이코는 손수건을 꺼내 상처 부위에 갖다 댔다. 마키타의 시선을 의식하면서 피가 멈추지 않는 상처만 바라봤다. 마키타가 자신을 쳐다본다고 생각하니 온몸이 떨렸다. 몸속은 뜨거운데 한기가 들었다. 시선이 마주치면 어떻게 해야 할지 판단이 서지 않았다. 도저히 그 눈을 바로 볼 수가 없었다.

몸에 새긴 문신, 시비를 걸어온 남자의 정체. 살해당한 후지모토와의 관계. 확인해야 할 일이 한두 가지가 아니었지만 아무것도 묻고 싶지 않았다.

마키타는 피 묻은 손수건째로 레이코의 손을 잡았다.

큼직한 왼손으로 레이코의 오른손을 꽉 움켜쥐었다.

"그만하세요."

"나를 믿어줘요."

"이거 놓으세요."

"속일 생각은 아니었어요."

어느새 반대편 손도 잡혔다.

"정체를 속인 건 미안합니다. 하지만."

왜 눈물이 나지?

"젠토를 걱정했던 마음은 진심이었습니다."

어째서?

"그럼 당신은 도대체 누구죠?"

도저히 얼굴을 볼 자신이 없었다. 눈을 마주치기 힘들었다.

"나는……."

그만, 말하지 마.

"교쿠세이회의…… 마키타 이사오요."

역시…….

잠깐 사이에 레이코 안에 머물렀던 뜨거운 무언가가 모조리 차가운 모래가 되어 흘러내렸다.

서 있기도 힘겹다.

뭐라고 말할 기분도 아니었고 이 상황을 어떻게 해볼 의욕도 나지 않았다.

아까부터 잡혀 있던 양손의 감각도 무뎌져 갔다.

지금 흐르는 눈물의 의미 따위는 생각하기도 싫었다.

지금은 그저…….

몸속이 불에 그을린 듯 고통스러웠다.

5

사무실로 돌아왔어도 마키타는 생각을 멈출 수 없었다.

어째서 변명하지 않았을까.

어째서 그 여자에게 정체를 밝히고 말았을까.

요즘은 몸에 문신 좀 있다고 해서 조직폭력배로 단정하지 않는다. 자신이 교쿠세이회의 마키타라고, 그렇게까지 솔직하게 정체를 밝힐 필요는 없었다. 그런데도 그는 털어놓고 말았다.

그 여자가 눈물을 보일 거 같아서? 문신을 보고 충격을 받은 것 같아서?

한심하다. 처음부터 그 여자에게 무얼 기대한 거냐. 자신은 그저 그녀를, 히메카와 레이코를 정보원으로 이용하려던 것뿐이다. 야나이 겐토의 행방불명과 관련한 수사 정보를, 레이코에게서 얻으려던 것이 목적이다. 그녀에게 접근해서, 후지모토 살해 사건의 범인이 누구인지 수사는 어디까지 진행됐는지 알아낼 생각이었다.

왼쪽 눈썹에 난 상처는 사무실에 돌아오자 가와카미가 치료해주었다. 이유를 캐묻는 녀석을 시끄럽다고 쫓아버렸다.

마키타가 가부키초에서 때려눕힌 건달은 진유회의 가네다 유키오와 그의 부하였다. 가네다는 진유회의 오른팔, 즉 후지모토의 부하였다. 마키타와 직접 형제 관계를 맺지는 않았지만 이 세계에서의 서열은 자신과 엇비슷했다.

가네다는 조만간 오늘 일에 해명을 요구할 것이다. 어쩌면 진유회를 향한 교쿠세이회의 적대 행위로 간주할지도 모른다. 그럴 경우 마키타의 처지가 위험해질 수도 있다. 일단 어떻게든 무마하고 봐야겠지. 그쪽에서 먼저 싸움을 걸기에 방어를 했을 뿐이라고 주장할까. 아니면 선물이라도 들고 가서 사과할까. 어느 쪽을 택할지는 가네다의 태도에 달렸다.

그보다 그때 봤던 레이코의 눈빛이 머릿속에 각인되어 지워지지 않았다. 놀라움도 두려움도 아닌, 굳이 말하자면…… 그래, 맞다. 슬픈 눈. 확실히 지금 마키타는 그녀가 그런 눈으로 자신을 바라봤다는 사실에 상처를 입었다.

건달이라고 동정한 건가. 웃기지 마라. 그런 동정에는 벌써 이골이 났다. 떳떳하게 말하면 될 일이다. 건달이 뭐가 어때서? 볼 테면 보라고. 내 등의 부동명왕은 각오 끝에 새긴 문신이다. 하나도 부끄럽지 않다. 가슴에서 엉덩이까지 빈틈없이 색을 채워 그린 최고의 문신이다. 언제 어디서든 알몸이 되어 보여줄 수 있다.

머릿속으로 큰소리를 땅땅 쳤지만 기분은 조금도 풀리지 않았다.

대체 무엇을 바랐던 걸까.

됐으니까 따라오라며 그 여자를 근처 호텔로 데려가 안고 싶었던 걸까? 그거였나?

그러나 아무리 눈을 감고 상상력을 발휘해봐도, 머릿속에 떠오르는 그녀는 욕정에 사로잡혀 흐트러질 사람이 아니다. 히메카와 레이코, 그녀는 변함없이 슬픔 가득한 눈으로 마키타를 바라보는 여자다. 아무리 과격하게 도발해도 얼굴색 하나 변하지 않고 무언가를 캐묻는 듯한, 애수 어린 두 눈을 가졌다.

레이코에게 어떤 사람으로 비치기를 바랐을까? 건실한 부동산 업자, 마키타 고이치로 보이고 싶었나? 돈벌이니 의리니 하는 명분에서 벗어나, 잠시라도 소꿉놀이하는 기분을 느끼고 싶었던 걸까?

한심하다. 어린애도 아닌데.

이런 자문자답이 얼마나 부질없는 짓인지 자신도 잘 안다.

조직폭력배라는 사실이 알려졌으니 히메카와 레이코는 자신과 더 이상 만나려 하지 않겠지. 예전처럼 야나이 겐토에 관한 추가 정보가 있다고 미끼를 던져도, 이제는 결코 덤비지 않겠지. 그녀는 나와 첨예하게 대립하는 현역 경찰. 이제 레이코와 만날 일은 없다.

그렇게 마음속으로 외치자 아주 잠시나마 마음이 가벼워졌다. 굳이 비유하자면 10대 때 실연 후 맛보았던 메마른 기분과 비슷했다.

실연인가?

한심하다. 어린애도 아닌데.

이 말을 아까부터 몇 번이나 중얼거렸을까.

이시도 조직의 간부들에게 일일이 전화를 걸어 통화했다.

지금은 어느 조직에나 경찰이 붙어 있으니 섣불리 움직이지 말자, 부하들 선에서 끝날 일은 되도록 그들에게 맡긴 다음 수사가 일단락될 때까지 기다리자는 의견이 대부분이었다. 마키타도 그 의견에 따를 생각이었다.

한편 뜻밖에도 진유회의 가네다는 그날 일로 별다른 문제는 일으키지 않았다. 어차피 현장을 목격한 누군가가 이시도 조직의 자문역인 야마자키에게 사정을 전했을 것이다. 먼저 시비를 건 쪽은 가네다라는 사실도. 그 덕분인지 마키타가 문책받는 일은 전혀 없었다. 나중에 어디선가 가네다와 마주치면 그땐 미안했다, 하고 한마디쯤은 할 생각이었다. 눈두덩을 둘러싼 뼈와 코뼈가 부러졌다고 하니.

이후로도 4과의 고사카는 하루도 거르지 않고 마키타의 사무실을 찾아왔다. 가끔 혼자 오기도 했지만 대부분은 눈매가 날카로운 아타고 서 형사와 동행했다.

오늘은 하필 점심시간에 찾아와 내키지 않는데도 식사까지 함께해야 했다.

"그…… 영광의 상처는 이제 괜찮나?"

고사카는 자기 오른쪽 눈썹을 가리켰다. 저 형사가 이 상처에 대해 얼마나 아는지 마키타는 가늠하기 어려웠다. 다만 반창고도 붙이지 않은 상처가 눈에 띄어 아는 체할 뿐이라고 생각했다. 상처는 벌써 아물어 딱지도 떨어진 상태였다.

"네…… 뭐, 덕분에."

"그건 그렇고…… 이시도 두목은 좀 어떤가?"

고사카는 젓가락질하는 방법이 참 독특했다. 집게손가락을 꼿꼿하게 위로 뻗은 채 젓가락을 잡는 게 불편할 법도 한데, 밥그릇에 밥풀 하나 남기지 않고 깨끗하게 먹어치웠다.

"그저 그렇습니다. 저도 병문안을 별로 자주 가는 편은 아니지만요."

"왜? 그냥 가면 되잖아?"

"왜 이러세요? 당신네가 저렇게 들러붙어 있는데 어디 마음대로 움직이기나 하겠습니까?"

어디까지나 고사카의 안색을 살피기 위한 수작이었다.

"뭘 그리 귀찮게 했다고 그래?"

오호라, 거짓말을 할 때 오른쪽 눈썹이 움찔하네. 고사카 일행이 길 건너편 카페에서 이곳의 움직임을 주시하고 있다는 사실쯤 진즉에 눈치챘다.

책상 위에서 휴대전화가 울렸다.

"잠깐, 실례."

소파에서 일어나 휴대전화를 가지러 갔다. 손에 묻은 돈가스 덮밥의 달달한 소스를 닦아내고 진동하는 전화를 집어 들었다.

휴대전화 액정에 뜬 이름을 보고 마키타는 저도 모르게 손을 뻗다 말고 멈칫했다.

히메카와 레이코.

아니지. 여기서 수상쩍게 굴면 안 된다.

마키타는 우선 휴대전화를 열고 종료 버튼을 눌렀다. 이렇게 하면 상대방에게 시간을 두고 다시 전화하라는 메시지가 전해진다.

"쳇…… 스팸이잖아?"

휴대전화를 주머니에 넣으면서 사장실 출구 쪽으로 향했다.

"어이, 이토, 녹차 있지? 여기 녹차 세 잔."

일부러 자리를 비운 부하의 이름을 부르던서 방에서 나갔다.

책상에 앉아 있던 가와카미가 금세 이상한 기색을 느끼고 마키타를 따라왔다.

슬그머니 귓속말로 지시했다.

"뒷문에다 차 좀 대놔."

가와카미는 고개를 끄덕이고 곧장 출구로 향했다.

마키타는 일단 사장실로 돌아가서 녹차를 기다리다가 담배가 떨어진 척 연기를 했다.

"죄송합니다. 잠깐 담배 좀 사 오겠습니다."

"뭐야. 그런 건 부하들 시키지그래?"

"아니요. 담배 하나도 제가 직접 사야 안심이 되거든요."

고사카는 '그래?' 하며 피식 웃었다.

마키타는 인사도 없이 방에서 나오면서 옷걸이에 걸려 있던 코트를 낚아채 그대로 사무실에서 뛰어나왔다.

건물 뒤로 돌아가자 이미 시동이 걸린 엘그랜드가 대기 중이었다.

문을 옆으로 밀어 열고 차에 올라탔다.

"일단 출발해."

"알겠습니다."

가와카미는 능숙한 손놀림으로 핸들을 꺾으며 급히 차를 움직였다.

마키타는 바로 휴대전화를 꺼내 들었다.

통화 내역에서 히메카와 레이코를 찾아 버튼을 눌렀다. 신호음이 단 한 번 울렸는데 통화가 연결됐다.

"여보세요?"

목소리가 새삼스러웠다.

"마키타입니다. 죄송합니다. 아까는 전화를 받기가 좀 곤란했습니다."

"아니에요, 저야말로…… 갑자기 전화한 제가 죄송하지요."

무슨 일이냐고 묻기 두려웠다. 무슨 말을 꺼낼지 짐작이 가지 않았고, 섣불리 대답했다가는 이 전화가 진짜 마지막 연락이 될지도 몰라서였다. 어쨌든 만나자고 말하고 싶었다. 그보다는 거절당할지 모른다는 두려움이 훨씬 컸지만.

뜻하지 않게 잃어버린 것을 되찾을 기회가 왔다. 이 기회를 반드시 살려야 한다고 생각했지만 할 말이 떠오르지 않았다. 나잇살이나 먹고 뭐 하는 짓이냐고 스스로에게 주먹을 한 대 날리고 싶은 심정이었다. 가와카미가 듣고 있다는 생각에 공연히 소심해지는 자신이 답답했다. 어린애도 아닌데, 하고 또다시 속으로 중얼거렸다.

그때 레이코가 먼저 말을 꺼냈다.

"혹시, 오늘 시간 괜찮으세요?"

심장이 터질 듯 부풀어 올라 더욱 크게 두근거렸다.

"네, 괜찮습니다."

담담한 어조로 대답했지만 제대로 전해졌을지 자신이 없었다. 가와카미를 의식하니 더욱 신경 쓰였다.

레이코의 대답을 듣기까지 그 몇 초 동안 숨이 막힐 듯 답답했다.

"나오시겠어요?"

꿈에도 그리던 목소리, 간절하게 기다린 한마디였다.

몸속 깊은 곳에서 떨림 같은 게 솟아났다.

"네."

호흡을 가다듬었다. 그렇게 하지 않으면 현기증이 일어날 것 같았다.

"전에 만났던 라운지는 조금 그렇죠?"

"네, 저는 다른 곳이 좋겠어요."

"어디가 좋을까요? 정해주시죠."

적절한 협상 자세는 아니었지만 그런 것을 따질 때가 아니었다. 레이코는 잠시 뜸을 들였다가 롯폰기 미드타운 호텔의 카페 레스토랑을 지정했다. 지금부터 한 시간 뒤였다.

"알겠습니다. 꼭 가겠습니다."

"그럼 그때 뵙죠. 끊을게요."

전화가 끊겼다. 자기 몸이 무거운지 가벼운지, 차 안이 더운지 추운지조차 느껴지지 않았다.

다시 히메카와 레이코를 만난다. 그렇게 생각하니 몸이 붕 떠오르는 느낌이었다. 하지만 어떤 얼굴로 만나야 할까 생각하니, 갑자기 시트에 구멍이라도 뚫려서 쑥 가라앉는 듯한 기분에 휩싸였다.

빨간불인지 차가 속도를 늦추다가 멈추었다.

"형님. 누구, 만나십니까?"

물론, 그렇고말고.

무슨 이유로 만나는지 아직 몰랐지만 어쨌든 만난다.

만난다는 사실 하나만으로 지금 마키타는 하늘을 날아갈 듯 기뻤다.

레이코는 먼저 와 룸에서 기다리고 있었다.

진회색 줄무늬 정장. 그 안에는 차분한 흰색 니트. 이제까지 두 번 만났고 매번 셔츠를 입고 있었는데 옷차림이 바뀌어 그런지 오늘은 더욱 부드러운 분위기가 느껴졌다. 심경의 변화라도 있었나? 아마도 그렇겠지. 얼굴이 조금 초췌해 보였다.

"늦었습니다."

선 채로 고개를 숙이자 레이코도 자리에서 일어났다.

"죄송해요. 바쁘실 텐데 갑자기 전화해서."

"아닙니다."

서로 마주 보고 앉았다. 룸 크기를 가늠하다 보니, 문득 취조실에 있는 듯한 착각이 들었다.

오후 3시. 시간으로 보나 기분으로 보나 맥주나 와인은 어울리지 않았다. 메뉴판을 보고 레이코는 에스프레소를, 마키타는 블렌딩 커피를 시켰다.

주문을 받은 웨이트리스가 룸에서 나갔다.

레이코가 약간 올려다보며 시선을 맞추었다.

"상처, 이제 다 나았나 봐요?"

마키타는 왼쪽 눈썹에 손을 가져다 댔다.

"네, 남들보다 백혈구가 많은가 봅니다. 비교적 지혈이 빨리

되는 편이에요."

레이코는 어쩐지 안됐다는 듯 미소를 지었다.

"지혈은 혈소판인데요."

분위기가 어색해졌다. 백혈병 환자는 피가 멈추지 않는다고 주워들은 말 때문에 조금 착각했나 보다.

"죄송합니다. 무식해서."

"아니에요. 저야말로 죄송해요. 무슨 말을 해야 할지 잘 모르겠어서……."

그것은 마키타도 마찬가지다. 그렇게 생각하자 마음이 조금 편해졌다.

주문한 음료수가 나왔다. 레이코는 지난번처럼 고맙다는 표시로 종업원에게 고개를 조금 숙여 보였다.

"저……."

"저……."

두 사람의 목소리가 테이블 위에서 서로 부딪쳤다.

"먼저 말씀하시죠."

"아뇨, 마키타 씨 먼저."

결국 마키타가 양보해서 레이코가 이야기를 시작했다.

"저기, 그러니까…… 그, 단도직입적으로 여쭤볼게요. 마키타 씨는…… 왜 제게 접근하셨죠?"

몇 초간 생각을 정리했다.

"처음에 말을 건 쪽은 당신입니다."

"그야 그렇지만, 그래도…… 두 번째는 마키타 씨가 전화를 하셨고…… 그럼 어째서 가명을 쓰셨나요?"

또 이런다. 다 알면서.

"그건 묻지 않아도 아실 텐데요? 오히려 오늘은 그쪽에서 왜 나를 불러냈는지 그게 더 궁금하군요. 어째서 나와 다시 만날 마음이 생긴 겁니까?"

아니, 이건 마치 자기는 만나고 싶지 않았다는 말투 같다.

"바꿔 말하면…… 당신은 왜 내가 조폭이라는 사실을 알면서도 전화를 했습니까?"

레이코는 눈을 내리깔고 연신 깜빡거렸다. 기다란 속눈썹이 작은 새의 깃털처럼 가늘게 파르르 떨렸다.

"그건…… 당신이 조직폭력배라서 만나지 말아야 한다는 생각은…… 옳지 않다고 판단했어요."

"어쨌든 건달에게도 인권은 있다, 이 말인가요?"

"설마…… 그렇게 비굴한 말은 하지 마세요."

화가 났다는 듯 굳게 다문 입술이 숨 막히게 요염했다.

흥분을 가라앉히려 했지만 느릿한 숨결에, 미세한 가슴의 움직임에 마키타는 좋든 싫든 레이코를 '여자'로 의식했다.

"여러모로 생각했어요. 사실 당신의 과거에 대해서도 조사해 봤어요."

그야 형사니까 당연한 일이겠지.

"경멸스럽던가요?"

"뭐가요?"

"두 명이나 죽인 살인 전과 말입니다."

뜻밖에도 그 문제에 대해서는 아무런 표정의 변화가 없었다.
"아니요, 오히려 납득이 가던걸요."
"무엇이 말입니까?"
"당신이 품었던 살의요."
뭐지? 레이코의 눈빛이 갑자기 바뀌었다.
레이코는 마키타를 똑바로 쳐다보았다. 시선을 받는 사람이 민망할 정도였다. 왼쪽 눈과 오른쪽 눈이, 오른쪽 눈과 왼쪽 눈이 서로 마주쳤다.
마키타는 기묘한 감각에 휩싸였다.
머릿속을 누군가 엿보는 듯한, 그러나 그것을 거부하고 싶지 않은 불가사의한 심경이었다. 나의 과거와 현재, 비밀과 약점까지 모두 드러내고 싶은 충동에 휩싸였다.
"당신은 부친의 회사와 관련해서 시라카와회 계열인 도쿠나가 일가의 총수 도쿠나가 아키라와 그 프런트 기업인 오니시 토목회사의 사장 이가와 요시카즈에게 원한을 품고 그들을 살해했어요. 탐욕이나 충동으로, 혹은 세상의 이목을 끌려는 목적의 살인이 아니라면 인정상 용서할 여지도 있지 않을까. 단순한 문제는 아니겠죠. 그래도 당시 수사 자료나 재판 기록을 읽어본 결과, 저는…… 그렇다고 당신의 살의를 인정한다는 말은 아니에요. 그래도 이해는 되더군요."
이 여자가 이런 이야기를 하는 의도가 대체 무엇일까?
"저는 지금도 죽이고 싶을 만큼 증오하는 남자가 한 명 있어요. 전 가슴속에 살의를 품고 살아가요. 하지만 그 덕분에 형사가 되었죠. 앞으로도 형사로 살고 싶어요. 이율배반적으로 들릴지 모르지만 전 그래요."

얼토당토않은 말 같았지만 한편으로는 이해할 수 있었다. 이 여자가 권총을 쥐고 마키타가 모르는 누군가를 향해 달려드는 장면을 떠올리는 것은 어렵지 않았다.

"그런 이유 때문만은 아니지만…… 전 당신이 조금은 가깝게 느껴져서 마음이 놓이더군요. 다시 한 번 만나서 이야기를 듣고 싶었어요."

두 명이나 죽인 과거를 알고도 마음이 놓인다니.

그런 고백이 신기하게 여겨지는 한편, 자신도 레이코의 말에 안도하고 있음을 깨달았다. 그러나 그 안도감은 순식간에 뒤바뀌어 전혀 새로운 불안으로 둔갑했다. 자신이 건들이고 두 명을 살해한 전과자라는 사실이 이 여자에게는 상관없다는 뜻일까? 그 말이 진심일까? 그것을 확인해낼 방법은 없을까?

이 여자를 만지고 싶다는 욕구가 가득 차올랐다.

이 히메카와 레이코라는 여자의 무릎을 베고 잠들고 싶은 욕구와 그녀를 쓰러뜨려 두 손을 묶은 채 강제로 뜻을 이루고 싶은 욕망이 엇갈렸다.

'쓸데없는 변명은 필요 없어. 실은 나에게 안기고 싶었잖아. 솔직해지라고.'

그런 말이 목구멍까지 밀고 올라왔지만 지금 같은 관계를 깨뜨리고 싶지 않았다. 그녀가 인정해주기를, 이해해주기를 바란다면, 그녀가 생각하는 자신의 모습을 지키려 한다면 그래서는 안 된다는 마음이 입을 틀어막았다.

"고요 부동산도 조사해봤어요. 조사하기 쉽지 않더군요. 당신과 그 회사, 실제로는 거의 무관하죠? 물론 영업부장 따위는 거짓말일 테고. 아마도 어떤 거래를 통해 유착 관계를 맺으면서 고요 측은 당신에게 대가를 지불해야 할 의무가 생겼겠죠. 하지만 당신은 돈보다는 명목뿐인 자리를 요구한 게 아닐까 하고 추측했어요."

대단하다. 거의 맞는 말이었다.

"솔직하게 말씀해주세요. 당신은 야나이 겐토와 어떤 관계죠? 이사할 곳을 물색해줬다든가 자금을 융통해줬다든가 하는 말은 하지 마세요. 사실만 이야기해주세요. 부탁드려요."

레이코는 고개를 숙이며 간곡함을 표시했다.

어깨에서 스르륵 흘러내리는 매끄러운 머릿결, 깔끔하게 그어진 정수리 가르마.

그런 레이코에게 얌전히 끌려가고 싶지 않은 자기 안의 졸렬한 자존심.

"그럼 거래합시다."

레이코의 눈이 원래대로 돌아왔다. 여느 때처럼 마키타의 눈에 초점을 맞추었다.

"어떤…… 거래죠?"

"당신이 야나이 겐토를 왜 쫓고 있는지 어느 정도는 설명해줘요."

레이코가 시선을 피했다가 다시 바라보곤 하는 모습이 마키타에게는 마냥 아이처럼 느껴졌다.

신기한 사람이다. 타인의 마음을 꿰뚫어보는 눈을 가졌구나 싶다가도 겁쟁이 소녀 같은 모습을 보일 때도 있다. 허심탄회한 이야기에 눈물이라도 흘릴 듯하다가도 수집한 정보를 늘어놓으며 논리적으로 따져 묻기도 한다.

다시 변했다. 또 눈빛이 달라졌다. 이번엔 뭐지?

"알겠어요. 말씀드리죠."

그렇게 말하더니 그제야 생각난 듯 컵을 잡았다.

손톱에는 무색의 무언가를 발랐는지 광택이 났다.

에스프레소를 한 모금 마셨다. 하얀 목덜미의 희미한 움직임이 시선을 빼앗았다.

"야나이 겐토는 살인 혐의를 받고 있어요."

역시 그랬군.

"누구를 죽인 혐의입니까?"

한 번 더 입술을 굳게 다물었다.

"그거야 마키타 씨라면 짐작하실 만한데요."

"거래라고 했잖습니까. 난 당신 입으로 듣고 싶습니다."

레이코는 포기한 듯 고개를 끄덕였다.

"고바야시 미쓰루라는 조직원이에요."

기분 나쁜 예감은 꼭 들어맞는다.

분명히 고바야시를 없애려고 했던 사람은 겐토였다. 하지만 범행은 다른 자가 저질렀다. 그 일을 추진한 사람이 마키타 자신이므로 그것만은 확실했다. 겐토는 고바야시를 죽이지 않았다. 그런데 왜 경찰은 겐토를 의심하는 걸까.

의문은 아직 더 있었다.

"요전에 당신이 진유회라는 조직을 아느냐고 나에게 물었지 않습니까? 그 당시에는 모른 척했지만 지금 대답하죠. 당연히 난 진유회를 알아요. 회장인 후지모토 히데야가 살해당한 일도 압니다. 그런데 그건 왜 물었습니까? 도대체 진유회와 야나이 겐토가 무슨 관계입니까?"

레이코는 가늘게 숨을 쉬며 대답했다.

"그것도 같은 이야기예요. 야나이 겐토는 후지모토 히데야를 살해한 혐의도 받고 있어요."

"그런 터무니없는······."

상대가 레이코만 아니었다면 마음껏 비웃어주든지 고함이라도 치고 싶었다.

"겐토가 후지모토를 죽였다니······ 말도 안 돼."

"네, 저도 그렇게 생각해요."

"그렇다면 어째서?"

"이유는 수사 비밀이라 말씀드리지 못해요."

권총 때문인 것은 고사카에게 들어 아는 이야기였다. 아무리 그래도 납득하기 어려운 것은 마찬가지였다.

레이코는 얼굴을 들고 고개를 조금 기울이며 물었다.

"이제 됐나요? 거래하시겠어요?"

솔직히 영악하다고 느꼈다. 여자가 이렇게까지 저자세로 나오는데 거절할 남자는 없으리라.

마키타는 마지못해 고개를 끄덕였다.

"그러니까 겐토는 일종의 정보통이었습니다. 전 그가 가진 정보를 돈으로 샀고요."

"어떤 정보였죠?"

"그건 대답하기 어렵습니다. 건달에게도 사정이란 게 있으니까요."

"무슨······."

그건 내가 할 소리다. 그렇게 매달리는 듯한 눈으로 보지 말라고.

"더 이상은 어렵습니다. 이해해주십시오."

레이코는 한층 더 애원하는 눈빛으로 마키타를 쳐다봤다. 그러나 여기까지가 한계다. 겐토는 다름 아닌 경찰 내부 정보를 제공했다. 형사인 레이코에게 밝혀서는 안 되는 일이었다.

그러자 갑자기 레이코의 눈에서 힘이 풀리는 눈치였다. 동시에 마키타의 각오도 풍선 바람 빠지듯 무너지고 말았다.

왜 저러지?

"저, 그 정보는 어떤 방법으로 거래했나요?"

"네?"

"그러니까 정보는 일단 받고 나면 끝이잖아요? 예컨대 마키타 씨는 정보가 쓸모 있는지 없는지 모르는 상태에서 돈을 지불하지는 않았을 거예요. 선불로 하기에는 손해가 너무 클 테고. 하지만 정보를 받고 나서 후불로 하면······ 상대방은 소위 일개 만화 카페 직원인데 마키타 씨처럼 막강한 사람이 순순히 대금을 지불하셨다니 마음씨가 좋은 분이신가 봐요."

역시 형사였다. 머리 회전이 빠르다.

"네, 그래서 겐토는 첫 거래 때 정보를 공짜로 주었습니다. 그 대신 다음에도 정보가 필요하면 그때 가서 돈을 내라고 하더군요. 대개 그런 거래 방식이었습니다."

"역시 수완이 좋았군요."

"네, 실제로 거래를 하는 동안 아무 문제도 없었어요."

그러나 레이코의 표정에는 이내 그늘이 드리워졌다.

"야나이 겐토는 당신들 같은 폭력단과 거래하기가 두렵지 않았을까요?"

"아니요. 두려웠겠죠. 하지만 녀석은 꽤나 치밀했어요. 나도 거래를 시작하고서 한동안은 얼굴도 못 봤으니까요."

"네? 얼굴도 모르고 어떻게?

"정보를 주고받을 때마다 매번 휴대전화를 이용했습니다. 대금은 녀석이 알려준 계좌로 송금했고."

그러자 레이코의 눈이 조금 전과 다른 색깔로 빛났다.

"그 계좌는 겐토 명의로 된 계좌였나요?"

"아! 아니요, 타인 명의였습니다만."

"그러니까 야나이 겐토가 이용했던 차명 계좌를 마키타 씨는 알고…… 계신다는 말씀이네요?"

말이 이쯤에 이르자 그는 곧 알아차렸다.

어느새 레이코의 페이스에 휘말리고 말았다는 사실을.

제5장

1

 마키타에게 고바야시를 죽여달라는 의뢰를 하고 나서도 나는 정보를 계속 수집했어.
 더 이상 그럴 필요는 없었지만 아무래도 관성이 붙었나 봐.
 가족을 뺏기고 복수만 바라고 살았어. 그런 목표를 세운 순간부터 나만의 인생은 이미 사라졌다고 봐야겠지. 더 이상 돈도 필요하지 않았어. 하고 싶은 일이나 꼭 해야 할 일도 없었고. 갖고 싶은 것 따위도 없었지. 혹 굶어 죽는다 해도 상관없었어. 다만 한 가지, 배고픔만은 정말 참기 힘들더라. 나도 므르게 먹게 되더라고. 죽지 않으려면 영양 섭취가 필요하긴 했어. 그거야 당연하잖아? 내가 세상사 달관한 부처였더라면 처음부터 복수 같은 무익한 짓은 생각지도 않았겠지. 아니, 그런 최악의 상황이 일어나기 전에 아버지와 누나의 절망적인 관계를 어떻게든 바꿔보려고 노력하지 않았을까? 하지만 내가 그럴 능력 없는 나약한 인간이라는 사실을, 다른 누구도 아닌 나 자신이 가장 잘 알아.

그래서 잘 몰랐어.

어째서 우치다 다카요가 나 같은 인간에게 흥미를 갖는지.

외모가 잘난 것도 아니고 그렇다고 대단한 직업이나 재주가 있는 것도 아닌데. 최소한의 영양 섭취와 숨쉬기만으로 살아가는 존재. 나는 옷을 걸치고 걸어 다니는 '식물인간'이나 마찬가지였는데. 대체 내 어떤 점이 좋았을까? 어떤 점이 관심을 끌었을까?

"겐토, 내일 쉬는 거 맞지? 나도 낼 쉬거든. 할 일 없음 영화 보러 안 갈래?"

우치다 다카요는 활기 넘치는 사람이야. 나라는 사람은 그런 그녀의 제안을 거절하기도 힘들었지. 내일이 어려우면 그다음 휴일은 어떠냐고 묻더라. 그것도 안 된다고 했더니, 아예 점장한테 제출할 근무시간표를 짤 때 쉬는 날을 미리 맞추자고 했어.

결국 항복하고 만나기로 했어. 그다음 주에는 영화관이며 식당으로 끌려 다녔고, 또 그다음 주에는 놀이공원을 돌아다니다가 결국 11월 초에는 1박으로 온천 여행까지 다녀왔어.

즐겁지 않았냐고 묻는다면 그런대로 즐거웠다고 생각해. 영화에서 웃긴 장면이 나오면 조금은 웃기도 했고 롤러코스터를 탔을 때는 무서워서 나도 모르게 소리도 질렀어.

그리고 온천 여행을 갔을 때는 섹스도 했어.

처음이었지만 어떻게 하는지 정도는 아니까 문제는 없었어. 그저 문제가 없었다는 게 다였지, 좋았다든가 나빴다든가 할 만한 차원은 아니었어. 그저 삽입을 반복하는 사이에 사정이 되었다 그뿐이었어.

그녀에 대해서도 어땠냐 하면 싫지는 않다 하는 정도였어. 얼마 있다가 그녀가 멋대로 내 집까지 찾아왔는데 쫓아내기도 귀찮아서 그냥 집에 들였어. 정보 수집을 하는 동안에는 방해가 되기도 했지만 더 이상 악착같이 기를 쓰고 일할 필요도 없었으니까 적당한 부분에서 일을 끝내고 바로 노트북을 덮어버렸어.

한마디로 말해, 다카요는 오지랖 넓은 아이였어. 식재료를 사들고 와서는 주방에서 마음대로 음식을 만들었어. 욕조가 너무 더러워서 끔찍하다며, 부탁도 않은 청소를 한다고 부산을 떨었고, 셔츠에 단추가 떨어졌으면 단추를 달았어. 그리고 이렇게 말하고는 했지.

"내, 좀 괜찮은 색시가 될 것 안 같나?"

그 말에는 동감했어. 하지만 나와는 상관없는 일이라고 생각했지.

"요새 들어가 생리가 없는데 왜 그러지?"

처음에는 흘려들었어.

"아 혹시, 애가 생겼나…… 인제는 둘이 아니고 셋……."

무슨 의미인지 정확히 알았어. 그녀는 임신을 했고 그 아이가 바로 내 아이라는 것을.

물론 당혹스러웠어. 결혼은 꿈도 꾸지 않았는데 아이가 생긴다면 누구라도 당황했을 거야. 더군다나 나란 인간은 애초부터 살아가는 일 자체에 흥미가 없는 놈이었으니까. 거기에다 아내에 자식이라니. 책임이 무거워질수록 난감할 뿐이었어.

난 대답하지 않았어. 못 들은 척했지. 그래도 그녀는 계속 자신과 아이의 존재를 나에게 알리려고 했어.

"있지, 같이 살 거 같으면 여기는 좁지 않나. 내친김에 방 하나 더 있는 데로 이사나 할까?"

상의해야 할 일이 한둘은 아니었을 거야. 원래는 그녀 말대로 집이라든지 아이라든지, 일자리 따위를 진지하게 고민하고 서로 의논하는 게 당연했어. 그러나 나는 그런 것들을 묻지 않았어.

내가 그녀에게 꺼낸 말은 좀 더 근본적이고 그러면서도 유치한 이야기였어.

"저기 말이야, 왜 하필 나야?"

그렇게 묻자 그녀는 덮어놓은 노트북 앞에 앉아 있던 나를 뒤에서 껴안았어.

"그런…… 가슴 아리니까 그리 말하지 마라."

등에서 느껴지는 따스함. 살며시 실려 오는 무게감.

"내 외로웠거든. 겐토도 그렇잖아? 외로웠으니까 나를 안아준 거 아냐?"

그럴지도. 그렇지 않을지도.

"우리 서로 더 꼭 안아주자. 혼자 살아간다는 건 너무 쓸쓸하잖아. 도쿄에는 사람이 이만치나 많이 사는데, 저렇게나 많이 사는데 어째서 겐토는 외톨이인 거야. 나는 왜 외톨이냐고. 슬프지 않나. 우리 같이 살자. 나랑 같이 살자, 겐토."

미지근한 눈물방울이 무릎에 떨어졌어. 다카요의 눈물인가 싶었지만 그게 아니었어.

"내, 겐토를 위해서라면 뭐든지 다 해줄 거다. 겐토가 따뜻해질 수 있다면 뭐든 해줄 거야. 나는 예쁘지도 않고 집도 가난해서 대단치는 못해도 마음이 따뜻해질 수 있는 일 같은 건 진짜로 많이 알거든. 다 할 수 있으니까. 그런 거, 꼭 해주고 싶어, 겐토한테. 누군가를 위해서 어떤 일을 한다는 게 소중하잖아. 그 누군가가 내한테는 바로 겐토야."

누나. 난 그때 정말 어떻게 해야 했을까? 그 마음을 받아주고 보통 사람들처럼 열심히 살아갈 궁리를 해야 했을까? 지금도 모르겠어.

하지만 내가 누군가를 위해서 무언가를 한다면 그것은 분명히 그녀와 아이를 위한 일이 아닐까 싶어. 그건 확실해, 누나.

12월 중순 무렵 마키타에게서 연락이 왔어.

계획한 일의 준비는 끝난 상태였어. 17일 밤 신주쿠의 한 비즈니스호텔로 와달라고 했어.

약속한 날 알려준 객실로 가보니 마키타와 그의 부하 가와카미라는 남자가 있었어. 가와카미의 얼굴은 정보 거래 초기에 마키타의 정체를 조사할 때부터 알았지만 실제로 만나기는 이때가 처음이었어. 마키타가 소개를 하기에 나는 '아, 예.' 하고 고개만 까딱했어.

"조금 있으면 결과를 들고 한 녀석이 찾아올 거야. 여기서 잠깐 기다려."

마키타는 나에게 뭘 마시겠냐고 물었어. 그러자 가와카미가 책상 쪽으로 가서 그 아래에 있던 냉장고 문을 열면서 골라보라고 했어. 맥주, 콜라, 오렌지주스, 미네랄워터. 순간 독이라도 타지 않았을까 경계했지만 그렇다 한들 뭐, 상관없다 싶었어.

"그럼 전 콜라로 할게요."

캔을 받아 들고 뚜껑을 따는데 다카요의 얼굴이 떠오르더라. 여기서 내가 죽으면 그녀는 슬퍼할까? 아이는 어떻게 될까?

"안심해. 수상한 것은 넣지 않았으니까."

마키타의 말을 듣고서야 문득 제정신으로 돌아왔어. 그래, 마키타가 나를 죽여서 득 될 리가 없잖아.

한 시간 반쯤 그 자리에서 기다렸을까.

"저기…… 제가 전에도 말씀드렸던 것 같은데 11시부터 아르바이트를 해야 합니다."

10시 정각을 코앞에 둔 시간이었어. 신주쿠에서 시모타카이도까지는 게이오선으로 10분 정도 걸리지만 이동 시간까지 생각하면 역시 30분 전에는 출발해야 했어.

"아, 이럴 때일수록 평소처럼 지내는 것도 중요하겠지. 그래도 좀 더 기다려보라고. 이제 곧 올 테니까."

객실 초인종이 울린 시각은 10시 정각에서 1, 2분쯤 지났을 때였어.

가와카미가 문을 열어주러 가서는 체구가 작은 남자를 데리고 돌아왔어. 밖에는 비가 내리는지 남자의 검은 나일론 재킷이 물기로 반짝거렸어.

마키타는 창가 쪽 소파에 앉은 채 물었어.

"수고했어. 결과는 어떻게 됐나?"

체구가 작은 남자는 말없이 고개를 끄덕이며 재킷의 지퍼를 열었어.

남자는 목에 무언가를 걸고 있었어. 그것 역시 나일론으로 보이는 남색 주머니였어.

그는 그 주머니를 열고 은색 기계를 꺼냈어. 비디오카메라. 옆에 붙은 액정 화면을 세우고 카메라를 내 쪽으로 돌려서 그것을 보여줬어.

마키타가 소파에서 일어났어.

"자, 보라고. 어떻게 됐는지."

아, 그런 뜻이구나.

처음 화면은 파랗기만 했어. 하지만 곧 어떤 아파트로 보이는 실내가 나타났고, 누군가의 뒷모습이 화면에 잡혔어.

그 누군가가 뒤돌아보았어. 고바야시였어.

고바야시는 잠깐 동안 싱글거리고 있었어. 촬영자와 무언가 이야기를 하는 듯했지만 소리는 들리지 않았어. 자세히 보니 시선이 미묘하게 어색했어. 카메라보다 조금 위를 보면서 이야기하는 느낌이었어. 몰래카메라인가? 어차피 이놈이나 저놈이나 생각은 거기서 거기야.

이어서 얼어붙은 고바야시의 표정이 나타났어. 놀란 표정으로 아래쪽을 내려다보았어. 영상도 그 시선을 쫓듯이 아래로 죽 훑어 내려갔어.

 하얀 스웨터 배 부분에 누군가의…… 아니, 분명히 촬영자의 주먹이 닿아 있었어. 그것도 엄지손가락을 위로 세우고 무언가를 쥔 채로.

 갑자기 화면이 격렬하게 흔들리고 고바야시의 모습이 사라졌어. 뒤늦게 카메라도 방향이 바뀌었어. 고바야시는 눈을 뜬 채 바닥에 쓰러져 부르르 떨었지. 복부 근처는 알 수 없는 무늬로 얼룩져 있었어. 촬영자는 쭈그려 앉아서 그 얼룩을 움켜쥐었어. 움켜쥔 것을 잡아 빼자 곧이어 붉은 얼룩이 복부의 하얀 스웨터 자락 전체로 번지기 시작했어.

 촬영자는 고바야시의 몸을 돌려서 천장을 보게끔 바로 눕히고 그의 얼굴을 촬영하기 시작했어. 초점이 맞지 않고 흐리멍덩한 눈. 왼쪽 눈에 칼을 그었어. 열린 눈꺼풀 안의 눈동자가 세로로 갈라지는 게 보였어. 그런데도 깜박거리지 않았어.

 죽었다는 사실이 생생하게 느껴졌어.

 눈뿐만 아니라 코에서 입으로 다시 일격.

 위아래 입술이 갈라지고 그 사이로 치아가 조금 엿보였어. 출혈은 그리 심하지 않았어. 심장이 멈췄기 때문일까? 그런 것에는 별로 지식이 없어서.

 남자가 정지 버튼을 누르고 비디오의 재생을 종료했어.

 "어떤가? 이것이 선생이 원했던 고바야시의 최후야."

마키타의 말을 듣고서야 그때까지 내가 숨도 쉬지 않고 있었다는 사실을 깨달았어.

깊게 숨을 쉬자 심장의 고동이 너무 빨라 고통스러웠어.

사람이 죽는 장면을 목격한 충격. 내가 바랐던 대로 고바야시가 살해됐다는 흥분. 몇 년씩이나 걸려 목적을 달성했다는 성취감.

물론 죄책감도 느꼈어.

고바야시는 죽어 마땅한 놈이었어. 그래도 그런 짓은 틀림없는 범죄였어. 살인을 의뢰하고 사주한 것은 분명히 나야. 그런 의미에서 느껴지는 죄의식이었어. 의식이랄까 자각이겠지. 그러니 고바야시를 죽인 간접적인 범인은 나야. 바로 내가 고바야시를 살해한 거야.

"내가 보증하지. 고바야시는 확실히 죽었어. 이제 만족하나?"

스스로도 미친 짓이라고 생각하면서 고개를 위아래로 끄덕거렸어.

"그럼 거래 얘기만 남았군. 어이, 자네는 그만 돌아가도 돼."

남자는 무슨 이유인지 마키타를 노려본 채 움직이지 않았어.

"돌아가. 이제 사업 얘기를 해야 해. 자네와는 상관없는 얘기야. 돈은 가와카미가 줬겠지? 이제 가보라고."

남자는 그제야 비디오카메라를 케이스에 넣고 품에 안더니 원래대로 재킷의 지퍼를 올렸어.

가와카미가 어깨를 건드리며 재촉하자 남자는 그제야 마키타를 노려보던 눈길을 거두고 출구로 향했어. 철컥 문 닫는 소리가 났고 한 사람 분의 기운도 실내에서 사라졌지.

가와카미만 돌아왔어.

"그래, 전에 했던 이야기 말이야, 어디 좀 쓸 만한 게 나왔나?"

당연히 마키타는 진유회의 프런트 기업에 대한 지방검찰청의 수사 정보를 궁금해했어.

"별로요. 아직 지검 쪽 수사도 제자리걸음이라 좀 더 시간을 주셔야겠어요."

그러자 옆에 있던 가와카미가 끼어들었어.

"너 말이야, 봐주는 데도 한계가 있어."

"됐어, 가와카미."

"하지만 형님."

"됐다니까."

내 어깨를 움켜쥔 가와카미의 손을 마키타가 떼어냈어.

"미안하군. 평소에는 저렇게 흥분하는 녀석이 아닌데. 이번 일에 사전 조율이니 뭐니 여러 가지 신경 쓸 일을 대부분 맡겼거든. 조폭 똘마니라고 해도 살인은 살인이니까. 이 녀석도 요 며칠 동안 긴장 좀 했을 거야. 너그럽게 봐주라고."

가와카미의 행동을 무시해도 될까 싶으면서도 나는 괜찮습니다 하며 고개를 끄덕였어.

"그럼, 앞으로 대략 며칠이나 걸리겠나?"

"그럭저럭 사나흘은 걸리겠는데요. 어디까지나 경험에 따른 예상이지만."

"알았어. 상황이 벌어질 것 같으면 주저하지 말고 연락해."

"네, 그러지요."

"자, 됐어. 아르바이트 가봐."

나는 두 사람에게 머리를 숙여 인사를 한 뒤 그 자리를 떴어. 그때까지도 두근거리는 심장은 진정되지 않았어.

그러고 나는 지금 기지에 있어.

부탁받았다고 해야 하나, 협박당했다고 해야 하나. 아니면 덫에 걸렸다고 해야 할까.

결국 죽음을 자초한 셈이야.

잘은 모르지만 아무래도 녀석들은 이제 와서 나를 방해물로 여기는 눈치야. 진유회에 대한 정보도 더 이상 필요 없다는 거야. 이유는 듣지 못했어. 나도 흥미가 없어서 굳이 묻지 않았지. 이것만 거듭 확인했어. 내가 죽어도 그녀에게는 손대지 말라고.

그건 약속해줬어.

자신이 죽은 뒤 생길 일을 걱정해봐야 부질없는 짓이겠지만. 내가 자진해서 죽음을 택한 직접적이고 유일한 동기는 역시 그녀를 지켜야 한다는 마음일 거야.

여자가 어떻게 되어도 상관없냐는 협박을 받고서 내가 할 수 있는 일은 기껏해야 녀석들이 원하는 대로 스스로 죽어주는 정도. 그렇게 해서 그녀가 무사한 채 모든 일이 끝나는 것. 소원이라고 하면 너무 폼 잡는 것 같지만 그러기를 바랐어.

그녀가 나에게 말했지.

누군가를 위해서 무언가를 하는 마음은 소중하다고.

그녀는 나의 그 누군가, 그러니까 내 여자가 되었다는 뜻이야. 게다가 배 속의 아이도 함께. 아비는 죽고 없는, 이후에 겪게 될 고생을 생각하면 지우는 편이 낫다고 생각하지만 그녀는 그러지 않겠지. 막연하게나마 느껴져.

미안. 결국 한 번도 너를 '다카요'라고 부르지 않았구나. 좋아한다든가 사랑한다는 말처럼 네가 기뻐할 만한 말은 한마디도 못했어. 지금도 그런 말은 못할 것 같아. 그래도 만약 이 마음이 너에게 닿는다면 이 말만은 전하고 싶어.

고마워, 다카요. 네 덕분에 내 삶의 마지막 순간에서야 조금이나마 마음의 온기를 되찾았어. 비록 짧은 시간이었지만 큰 위로를 받았다.

너를 위해 해줄 일은 이런 극단적인 것밖에 없지만 그래도 조금은 남자답다고 생각해줄 수 있을까.

그럼 안녕, 이제.

끝까지 내 생각만 해서 미안. 앞으로 남은 일을 부탁해.

아이는 내 몫까지 사랑으로 보살펴줘.

문자메시지로 보낸 그 경로를 좀 더 자세히 설명해줄 수 있다면 좋았을 텐데.

2

결국 레이코는 마키타를 다시 만나기 위해 약속 장소로 나왔다.

마키타와 얼굴을 마주하자 괜한 구실만 튀어나왔다. 여러 가지로 알아봤다는 둥 하면서 불러낸 이유를 댔지만 결론은 마키타를 만나기 위한 자기 합리화였다.

그런 이야기를 하는 사이, 어느 부분에서 스위치가 탁 켜졌다. 형사의 감이랄까, 수사 본능에 시동을 거는 스위치 같은 것이었다. 깨닫지 못한 사이에 이야기의 흐름이 야나이 겐토가 사용했던 차명 계좌 쪽으로 흘러갔다.

레이코는 마키타에게 자세히 알려달라고 부탁했다. 부탁이라기보다 요구였다. 마키타는 은행 이름 정도밖에 도로고, 계좌번호는 부하에게 물어봐야 한다고 했다. 레이코는 그 부하에게 확인해달라고 다시 요구했다. 마키타는 마지못해 휴대전화로 통화하여 은행 이름과 지점 그리고 보통예금 계좌번호, 예금주를 확인하고 수첩에 메모한 부분을 찢어서 레이코에게 주었다.

"잠시 실례할게요."

레이코는 자리에서 일어나 일단 카페에서 나와 이마이즈미에게 연락을 했다.

"여보세요."

낮게 잠긴 목소리였다. 그럴 만했다. 최근 들어 4과가 수사본부를 좌지우지하는 바람에 1과의 입지가 좁아진 모양새였다. 이마이즈미라면 자신이 야나이 겐토에 대한 수사 금지를 명령한 탓이라고 자책할 게 틀림없었다.

그러나 이 이야기를 들으면 어떤 반응을 보일까?

"계장님, 바로 조사해주셨으면 하는 계좌가 있어요."

레이코의 말을 이해하려는 듯 몇 초간 말이 없었다.

"무슨 계좌?"

"야나이 겐토가 이시도 조직 관계자와 정보를 거래하면서 대가를 받았을 가능성이 있습니다."

아직 교쿠세이회의 마키타라고 말하기는 어려웠다.

"이 계좌의 흐름을 추적하면 아마도 실종 이후 야나이 겐토의 행적에 관한 실마리가 나올 듯합니다."

어디선가 현금인출기를 이용했다면 그쪽 감시 카메라 기록에 겐토의 모습이 남았을 가능성도 있었다.

"은행 알려드릴게요."

레이코는 마키타가 준 메모를 그대로 읽어나갔다.

"××은행, 신주쿠 지점, 보통 계좌, 868, 0709, 와카마쓰 시게유키. 한자는 '젊다'의 와카(若), '소나무'의 마쓰(松), '무성하다'의 시게(茂), '가다'의 유키(之)입니다."

이마이즈미는 알았어, 하고 은행 이름부터 다시 되풀이해서 확인했다.

"네, 맞습니다. 그런데 이건 어디까지나 와카마쓰 시게유키라는 차명 계좌입니다. 야나이 겐토가 아니라요. 수사본부가 영장을 받아서 수사하는 데에 별다른 지장은 없겠죠?"

머뭇거리는 듯 잠시 뜸을 들인다.

"계장님."

이마이즈미는 짧게 헛기침을 했다.

"알았네. 찾아보지."

"감사합니다."

자기도 모르게 머리를 조아리며 통화 종료 버튼을 눌렀다. 그러다 카페 계산대에 마키타가 서 있는 모습을 발견했다. 아무래도 그가 계산을 치른 듯했다.

마키타가 점원이 내민 영수증을 받아 들고 자기 쪽으로 걸어왔다.

레이코는 황급히 휴대폰과 지갑을 핸드백 속에서 바꿔 쥐었다.

"어머, 죄송해요. 얼마 나왔죠?"

마키타가 툭하고 무언가를 안겨주었다. 레이코가 자리에 두고 온 코트였다.

"됐습니다. 그보다 좀 따라와요."

조금 전과 달리 왠지 화가 난 듯 무례한 말투였다.

"네? 어디를요?"

"아무리 생각해도 당신이 나에게 준 정보보다 내가 당신에게 준 정보가 더 비싼 것 같군요. 맥주 한 잔 정도 같이 마신다고 큰일 나지는 않겠죠?"

마키타가 왼손을 붙잡았다.

"잠깐만요."

"됐다니까. 어차피 계좌 추적에도 얼마간 시간이 걸리지 않습니까?"

반강제로 호텔에서 나와 조금 걸어 도로변에 서 있는 하얀 미니밴으로 다가갔다. 아마도 닛산 엘그랜드.

마키타가 레이코의 손을 놓고 차 앞머리 쪽으로 돌아서 운전석으로 다가가자 한 사람이 내렸다. 레이코보다 키가 조금 크고 마른 체형의 남자였다. 마키타처럼 건달 분위기가 역력한 옷은 입지 않았지만 굳이 꼽으라면 선글라스 취향이 조금은 그쪽 느낌이었다.

"넌 택시로 먼저 돌아가라."

"네? 무슨 말씀이십니까, 형님?"

역시 말투는 영락없이 그 세계 사람들 식이었다.

남자는 레이코와 마키타를 번갈아 쳐다보았다.

"내가 운전한다."

"아니, 그게 아니라……."

"돌아가라니까."

마키타는 재빨리 운전석에 올라타서 시동을 걸고 차창을 내렸다. 남자가 놓고 간 손가방을 창밖으로 던졌다. 차 앞에 있던 남자는 그 가방을 보기 좋게 받아냈다.

마키타가 조수석 창문도 열었다.

"빨리 타요."

이번엔 레이코가 두 사람을 번갈아 보았다.

어쩌지? 자신이 여기서 거절하면 마키타의 부하로 보이는 이 남자가 무슨 짓을 할지 모른다. 마키타의 체면을 세우려고 레이코를 강제로 차에 태우려나? 하지만 이대로 레이코 스스로 차에 탄다면 저 부하는 택시로 돌아가겠지. 그렇다면 마키타와 일대일. 남자 둘을 적으로 만들기보다는 그 편이 차라리 낫다. 게다가 이자는 왠지 느낌이 좋지 않다. 아까부터 레이코를 주시하는 눈이 섬뜩했다.

"이봐, 빨리 타."

까짓, 일단 각오를 단단히 하자.

"그럼 탈게요."

레이코가 조수석의 문을 열자 부하는 차 앞에서 비켜나 보도로 올라섰다.

만약을 위해 뒷자리를 살펴보았다. 침침했지만 아주 어둡지는 않았고, 두세 번 살펴봐도 확실히 인기척은 없었다. 또 다른 부하가 숨어 있다가 협공을 할 리는 없어 보였다.

"실례할게요."

레이코가 자리에 앉자마자 마키타는 사이드 브레이크를 풀었다. 서둘러 문을 잠그고 곧바로 출발했다. 길가에 서 있던 부하의 얼굴이 왼쪽으로 멀어지면서 사라져갔다. 그는 마지막까지 레이코를 노려봤다.

출발과 동시에 사이드 미러를 살폈지만 아까 그 부하의 모습은 이미 보이지 않았다.

아니, 문제는 그게 아니었다.

"저, 마키타 씨. 어디로 가는 거죠?"

차까지 몰고 가는 이상 맥주 이야기는 아닌 듯싶었다. 사실 건달이 음주운전을 얼마나 대수롭게 생각하겠냐마는 적어도 현직 경찰 앞에서 무턱대고 음주운전을 하지는 않겠지 싶었다. 너무 안이한 판단인가.

"난 어디든 상관없소. 단둘이 있을 만한 곳이라면."

뺨에 소름이 돋고 심장은 튀어나올 듯 크게 고동쳤다.

몸속에서 모래바람이 쉬이익 휘몰아쳤다. 지지직거리는 아날로그 텔레비전 화면 같다.

가슴에 손을 얹고 진정시키고 싶었지만 그런 몸짓마저 망설여졌다.

"무슨 뜻이죠?"

스스로 느끼기에도 의외다 싶게 목소리가 침착했다.

마키타는 정면을 바라보며 대답했다.

"난 당신을 원해."

애초에 이렇게까지 따라온 자신이 어리석게 느껴졌지만 그래도 액면 이외의 다른 뜻은 없는지 따져보았다.

없다. 마키타의 말은 아무리 생각해도 말한 그대로였다.

"건달은 질색인가?"

문득 입안이 마르고 혀가 꼬였다.

"난 당신이 형사든 아니든 상관없소. 당신을 갖고 싶을 뿐이야."

황당하기 짝이 없다.

"전 물건이 아니거든요."

"아, 물건이라면 돈으로 사면 되지. 하지만 당신은 돈으로 살 수 없잖아. 돈으로 사는 여자와는 차원이 다른 얘기겠지만 그런 여자는 흥미도 없어. 난 지금의 당신이 필요할 뿐."

이런, 지나온 길을 전혀 신경 쓰지 못했다. 지금 달리는 곳이 어딘지 정확히 알지 못한다.

마키타는 한동안 잠자코 운전만 했다. 물론 빨간불에서는 정지했다. 도망치려고 생각했다면 그 순간이 기회였다. 하지만 그렇게 하지 않았다. 레이코 자신도 납득할 수 없었지만 도망치지 않는 쪽을 선택했다. 낯익은 길로 접어들었다. 여기는 분명히 가이엔니시도리다. 조금 더 가면 시로가네다이 주변이니 분명히 메구로도리와 교차한다.

역시 생각대로였다. 메구로도리와 엇갈린 교차점이었다. 그럼 여기서 우회전하나? 메구로 역 방면이었다.

하지만 잠시 뒤 마키타는 난데없이 핸들을 왼쪽으로 꺾더니 아파트 지하주차장으로 들어갔다.

긴 경사로를 내려갔다. 넓은 주차장이었다. 백화점이나 호텔 규모에 가까웠다.

마키타는 안쪽까지 깊이 들어가서 우회전하고 다시 막다른 곳까지 더 들어갔다. 빈 곳에 비뚤게 차를 세웠다.

도망치려면 지금이 마지막 기회다.

마키타는 기어를 주차에 놓고 엔진을 끈 다음 안전띠를 풀었다.

그 순간을 노려 레이코도 안전띠를 풀자마자 몸을 문 쪽으로 돌렸다.

"기다려요."

왜 이렇게 어리석을까. 도둑도 기다리란다고 기다리지 않을 텐데 형사인 자신은 기다리란다고 기다린다.

오른쪽 어깨에 마키타가 손을 갖다 댔다. 결코 강압적이지 않으면서 지그시, 묵직하게 힘을 실어 눌렀다.

"억지로 뺏는 건 내 취향이 아니라서."

뿌리치지 못할 힘은 아닌데도 몸이 제자리로 돌아와 있었다. 커다란 손이 어깨에서 목으로 감아 들었다. 곧 다른 한 손이 왼쪽 뺨에서 귀 부근까지 완전히 감싸 쥐었고 그대로 끌려갔다.

얼떨결에 눈이 감겼다.

자기가 어떤 모습인지 보고 싶지 않았기에 눈을 감으면 허락의 뜻으로 비친다는 사실을 알면서도 눈을 감고 말았다.

따스한 감촉이 입술을 덮었다. 따끔따끔한 느낌이 입 주위에 퍼지면서 남자의 피부 냄새가 진하게 느껴졌다.

이내 혀가 밀고 들어왔다. 억지로 하지 않겠다고 했으면서도 강제로 앞니를 비집어 열었다. 끈적끈적한 타액. 담배 맛. 유혹에 이끌리는 자신의 혀. 결코 기분 좋은 키스는 아니었지만 의지와 상관없이 몸에서 힘이 빠져나갔다. 긴장을 유지하지 못했다.

마키타의 오른손이 뺨에서 목덜미로 내려왔다. 그는 손끝으로 레이코의 머리카락을 어루만지며 손바닥으로는 살결을 쓰다듬었다.

아직 벗어날 여지가 있을지 모른다. 더 이상은 안 된다고 하면서 몸을 빼야겠다고 생각했다. 힘으로 밀어붙인다면 상대방도 태도를 바꾸겠지. 자신은 더 이상 열일곱의 가녀린 여고생이 아니었다. 경찰관이 되었고 직무에 맞게 폭력에 대항하는 기술도 익혔다. 그 기술이 조직폭력배에게 어디까지 통할지는 모르지만 부족하지는 않으리라 확신했다.

그러나 다른 한편에서 또 다른 자신이 조용히 있으면 아무도 모른다고, 비밀로 하면 된다고 속삭였다. 한 번쯤 이런 경험도 좋지 않느냐고 부추기는 또 다른 자신도 분명히 존재했다.

마키타의 손은 가슴까지 내려왔다. 니트 자락 위에서 속옷까지 흩트려놓았다.

입술이 뺨에서 귀로, 목덜미로 옮겨 갔다. 두 손으로 니트를 걷어 올리고 속옷마저 올려붙이고서 맨살을 만졌다. 오른손은 옆구리에 난 상처를 지나쳐 그대로 등으로 향했다. 그것만으로도 전신에 소름이 돋았다.

기어오르는 손끝이 브래지어 고리를 더듬기 시작했다. 찾지 못했으면. 그렇게 생각한 것도 잠시 이내 툭 하고 가슴을 조이는 압박감이 사라졌다.

한숨이 새 나왔다.

더 이상은 안 돼.

점점 힘이 풀렸다. 이 상황에서 빠져나가고자 하는 의지가, 마키타의 손길을 제지하려는 마음이 힘을 잃고 수그러들었다.

앞쪽으로 돌아온 마키타의 손바닥이 맨 가슴을 주저 없이 주물렀다. 굵은 손가락이 민감한 끝부분의 감도를 확인했다. 그 부분을 집자 곧 바로 튕길 듯이 몸속 깊은 곳에서 반응하고 말았다. 마키타는 그런 반응을 즐기고 있음이 분명했다. 가슴 끝부분에 가해지는 자극과 몸의 반응. 마키타의 팔 안에서 꼭두각시 인형처럼 춤추는 자신을 의식했다. 이제 놔주기만을 바라는데 마키타가 일으키는 자극에 몸이 제멋대로 움직였다.

배 주위에서 뒤적이는 손길이 느껴졌다. 바지 지퍼를 찾는 것 같았다.

입술과 오른손과 왼손. 모두가 각기 제 역할을 하고 있었다.

이 사람, 손이 큰데도 능숙해.

그렇게 생각하는 사이 지퍼가 열리고 말았다.

아, 정말 안 돼.

더 이상 어떤 손으로 어떻게 할지 알지 못했다.

니트 자락이 올라간 자기 모습이 부끄러웠다. 옷자락을 바로 잡으려 하자 아래쪽에 있던 손가락이 속옷 속으로 침입했다. 마키타의 긴 손가락은 지퍼 입구부터라도 충분히 목적한 곳에 닿을 듯했다.

"아!"

어쩌다 그런 민망한 소리를 냈을까. 자기가 내뱉고도 저절로 얼굴이 붉어졌다. 하지만 그래도 좋았다. 이대로…….

"으음…….."

그런데 갑자기 마키타가 낮게 신음하며 레이코에게 몸을 포갠 채 모든 움직임을 멈추었다.

레이코의 겉옷 주머니에서 휴대전화가 울렸기 때문이다.

후끈하게 데워진 차 안에 어색한 공기가 흘렀다.

어쨌든 이 상태로는 곤란했다.

"손 좀 치워주세요."

마키타는 장난이었다는 듯이 한쪽 눈썹을 움찔하며 쓴웃음을 지었다. 손가락을 빼면서 일부러 한 번 더 쓰다듬었다. 기운이 빠져 있던 터라 또다시 몸속에서부터 민감하게 반응하고 말왔다.

"음, 그만······."

마키타는 얼굴을 더욱 짓궂게 찡그렸다.

레이코는 재킷의 앞자락을 추스르면서 주머니에 손을 집어넣었다.

꺼내 든 휴대전화 외부 창에 표시된 번호는 예상대로 이마이즈미 하루오의 전화번호 네 자리였다.

아, 정말이지 전부 자초한 일인데도 죽을 맛이었다.

"여보세요. 히메카와 레이코입니다."

"아, 계좌 거래 내역을 찾았어."

대단하다.

"꽤 빨리 알아내셨는데요."

"뭐, 그쯤이야 식은 죽 먹기지. 가쓰마타에게 시켰거든."

그렇다. 이번에 한 배를 탄 사람들 중에는 그 사람도 있었지.

"단서가 있던가요?"

"유감이지만 현금인출기에서 돈이 빠져나간 기록은 없었어. 하지만 겐토는 이 계좌에서 매월 7만 2천 엔과 전화, 전기 요금을 자동이체 되도록 해놨지."

무슨 뜻이지?

"전화와 전기 요금뿐이라고요? 가스나 수도 요금은요?"

"없어. 전화와 전기 요금밖에. 이상하지?"

"그러게요. 그런데 7만 2천 엔은 뭘까요?"

"집세가 아닐까 싶군."

"아, 네. 그럼 제가 그 집주인을 만난 적이 있으니까 한번 물어볼까요?"

"가능하면 그렇게 해주게."

자세한 거래 내역은 나중에 문자메시지로 받기로 하고 전화를 끊었다.

차 안은 또다시 침묵에 휩싸였다.

자동차 전면 유리에 습기가 차서 군데군데 물방울이 맺혀 흘러내렸다. 멀리서 찢어지듯 날카로운 타이어 소리가 들렸다.

마키타는 넥타이를 느슨하게 풀고 팔꿈치를 문에 댄 자세로 레이코 쪽을 바라보았다.

흐트러진 옷매무새가 갑자기 부끄러웠다.

"그렇게 쳐다보지 마요."

바지 지퍼를 올리고 속옷과 니트 자락을 바로 잡았다. 등 쪽의 브래지어 고리는 풀린 채였지만 지금 이 자리에서는 어찌할 방법이 없었다.

마키타가 한숨을 쉬었다.

"뭔가 알아낸 건가? 가스며 전기니 주인이니 하던데."

"네, 점점 단서가 드러날 것 같아요. 마키타 씨 덕분에……."

"주인이라면 저 아카쓰쓰미 빌라 주인?"

네, 하고 끄덕였다.

"그래? 그럼 포기해야겠군."

자세를 고쳐 앉고 시동키로 손을 뻗는다.

"데려다주겠소."

아, 포기해야겠다는 말은 이 뜻이었나 보다.

"가끔은 좀 나중으로 미뤘다가 기대하는 것도…‥ 괜찮을 때가 있으니까."

흠, 그런가?

마키타란 인물은 이런 사람이었다.

3

완전히 빠져버렸다. 나이에 안 맞게 들뜨고 말았다. 유감스럽지만, 전화가 와서 어쩔 수 없이 멈춰야 했다.

그래도 그 덕분에 뜻밖의 발견도 했다.

휴대전화를 귀에 대고 통화하는 옆얼굴도 나쁘지 않았다. 일에 집중하는 레이코의 얼굴은 나름대로 매력적이었다.

아양 떨면서 남자가 가진 힘과 돈에 침 흘리는 여자와 눈이 근본적으로 달랐다. 당장 눈앞이 아니라 더 먼 곳을 보고 있었다. 자신이 가야 할 아득한 지평을 응시하는 눈이었다.

통화 상대는 아까 카페 앞에서 전화한 사람이겠지. 아무래도 겐토가 사용한 차명 계좌로 몇 가지 사실을 알아낸 모양이었다.

아까까지의 흥분이 강제로 꺾였다. 나잇살 먹어, 이런 곳에서 이런 일을 벌이려 했던 자신이 이내 부끄러워졌다.

아카쓰쓰미까지 데려다주겠다고 하자 레이코는 좀 놀라는 얼굴이더니 금세 기쁜 듯이 생긋 미소 지었다. 그런 아이 같은 얼굴이 도리어 얄미웠다.

주차장에서 나온 시각이 5시 반쯤. 하늘은 이미 어두웠다.
10분 정도 차를 몰고 간 곳에서 다시 레이코의 휴대전화가 진동했다. 이번에는 메시지인 듯했다.
"와이오 플래닝······."
휴대전화의 화면을 보면서 그렇게 되뇌었다.
가만 보자. 어디선가 들은 적 있는 이름이다.
"그게 뭡니까?"
시야 끝에서 레이코가 슬쩍 고개를 갸웃하는 모습이 보였다.
"그게 말이죠, 겐토는 와카마쓰라는 차명 계좌에서 매월 전기 요금과 전화 요금 그리고 7만 2천 엔을 자동이체 되도록 해놨어요. 그 7만 2천 엔을 송금한 곳이 '와이오 플래닝'인데 아무리 봐도 회사 이름이죠?"

와이오 플래닝. 와이오, YO, 플래닝······.
"아, 그거 혹시 다카다노바바에 있는 부동산 관리 회사 아니오?"
신호등 적신호에서 차를 잠시 멈추고 얼굴을 돌려 옆을 보았다. 레이코가 금방이라도 달려들 듯한 눈으로 마키타를 쳐다보고 있었다.
"아는 곳이에요? 틀림없어요, 그거?"
"아마······. 가와카미에게 물어보면 확실할 거요."
"누구죠, 그게?"

"아까 만난 운전수요. 내 부하."

마키타는 차를 도로변에 세우고 가와카미에게 연락했다.

"네, 여보세요."

"아, 나다. 너 지금 어디 있냐?"

"사무실입니다만."

별일이군. 평소답지 않게 목소리가 퉁명스러웠다. 택시로 돌아가라고 쫓아버린 게 꽤 못마땅했나 보다.

"이거 빨리 좀 찾아봐라. '와이오 플래닝'. 와이, 오, 플래닝. 다카다노바바 근처에 있는 부동산 관리 회사였나 싶은데, 아닐까?"

"잠깐 기다리십시오."

컴퓨터 앞으로 가는 중인지 말이 없었다.

자판을 두드리는 소리가 희미하게 들려왔다.

"예, 맞습니다. 다카다노바바 3가, 와이오 플래닝. 와세다도리에 있는 세이유 마트와 음악전문학교 사이 모리나카 빌딩 1층에 있습니다."

"자네, 그 회사 배후가 누군지 아나?"

"그게 그러니까…… 아니요, 짚이는 데가 없습니다."

"찾아봐. 그리고 찾게 되거든 그 회사가 와카마쓰나 야나이 겐토 명의로 된 집세 징수를 맡고 있는지 조사하고. 가능하면 그 건물 주소도."

"알겠습니다. 시간을 좀 주십시오."

전화를 끊자마자 레이코가 다가왔다.

"뭐래요? 알아냈어요?"

"지금은 뭐라고 할 말이 없소. 시간이 좀 걸릴지 모르겠는데. 어쨌든 선불리 아카쓰쓰미로 갈 일은 아닌 것 같고. 다카다노바바에 위치한 부동산 회사 임대 건물이라면 역시 그 주변 지역일 가능성이 높을 거요. 오히려 아카쓰쓰미보다 그쪽으로 이동하는 게 낫겠소."

"그래요. 그렇게 해요."

"아카쓰쓰미로 안 가도 괜찮겠소? 다카다노바바라도."

"그럼요. 빨리 가요."

다시 차를 몰았다.

벌써부터 여기저기 연말 연휴에 들어간 곳이 많은지 도로는 평소보다 한산했다.

"아!"

레이코의 입에서 작은 신음이 흘러나왔다.

저도 모르게 조금 전 일을 떠올리고 말았다.

"느닷없이 야릇한 소리 내지 맙시다."

"치, 그게 아니에요. 비라고요. 보세요."

말마따나 비가 확실했다. 앞 유리창에 투두둑 빗방울이 떨어졌다.

"우산 갖고 있소?"

"네, 접이식 우산 정도는······."

그러는 사이에 빗방울은 점점 더 굵어졌다. 차 지붕에서 빗소리가 요란하게 울렸다. 전조등 불빛에 드러난 노면도 뿌옇게 흐려졌다.

"그 정도로는 턱도 없겠는데."

"그러게요."

"우선 비 좀 피하고 가실까?"

레이코가 마키타 쪽을 짝 째려보는 듯한 느낌이 들었다. 마키타가 곁눈으로 쳐다보자 눈길을 피하듯 정면을 바라봤다.

"그런 농담은 그만하시죠."

뭐야. 갑자기 정색하고.

다카다노바바 역을 지나서 목적했던 건물 근처까지 다가가 차를 세웠다.

비는 여전히 세차게 쏟아졌다.

"그런데 당신, 나이가 몇이오?"

레이코는 당황해서 우물쭈물하며 눈을 내리깔았다.

"서른…… 하난데요."

"오호!"

레이코가 2, 3초쯤 지나서 마키타를 쳐다보았다.

"오호라니 뭐죠? 그게 다예요?"

"뭐가 말이오?"

"어려 보인다든가 나이가 더 많은 줄 알았다든가 그런 거요."

"아, 뭐…… 그런 뜻이라면, 제 나이로 보이는데."

"그게 무슨 뜻이죠?"

마키타는 시시하다는 듯 다시 정면을 향했다.

"굳이 말하면…… 몸은 아직 싱싱한데, 랄까?"

레이코는 윽 소리를 내며 몸을 움츠렸다. 온몸에서 바늘이라도 솟아날 것처럼 온몸에 힘이 들어가는 듯했다.

"그런 농담은 하지 말라고 했잖아요!"

이야, 제법 무서운걸.

그때 또다시 전화가 울렸다. 이번엔 마키타 쪽이었다.

"네, 여보세요."

"가와카미입니다. 알아봤습니다."

"그래? 어떻게 됐나?"

"와이오 플래닝 뒤에 이소베 형님네 야스타니가 있습니다."

이소베는 마키타처럼 이시도 조직 부두목 보좌였다. 야스타니는 그 중간급 부하, 같은 조직 소속이면 이야기 진행이 쉽다.

"와이오 쪽에서는 전화로 말하기가 꺼려지나 봅니다. 하지만 마키타 형님께서 직접 찾아오신다면 그때까지 장부를 찾아 확인해보겠다고 했습니다. 어떻게 할까요?"

"아, 그걸로 됐어. 벌써 근처까지 왔어."

"그렇습니까? 위치는 아십니까?"

"알아. 세이유 마트 근처였지?"

지금 주차한 곳이 바로 세이유 마트 앞이었다.

"야스타니와 이소베에게 고맙다고 전해주게. 자, 그럼."

"저, 형님!"

갑자기 목소리 톤이 바뀌었다.

"뭐야?"

"저…… 아까 그 여자, 뭐 하는 사람입니까?"

"그게."

레이코가 옆에 있어서 설명하기 곤란했다.

"돌아가서 얘기하자. 그만 끊지."

마키타는 가와카미의 대답을 듣지도 않고 서둘러 전화를 끊었다.

"갑시다. 가보면 무슨 거래인지 알려줄 것 같군."

"정말이에요?"

"내가 뭐 하러 이 마당에 거짓말을 하겠소?"

일단 자동차로 주차장까지 이동해서 거기서부터 레이코의 우산을 함께 쓰고 목적한 빌딩까지 뛰었다.

"마키타 씨, 다 젖었어요."

"이 비에 작은 우산은 쓰나 마나요."

레이코가 핸드백에서 손수건을 꺼내어 어깨와 소매를 닦아주었다.

이 여자가 형사만 아니었어도.

그렇게 생각하지 않으려 해도 결국 아쉬운 마음이 들었다.

레이코는 자기 어깨도 닦은 뒤에 우산을 접고 자동문 앞에 섰다. 와이오 플래닝의 정확한 표기는 'Y.O 플래닝'이었다. 로고가 반으로 갈라지면서 문이 열렸다.

"어서 오십쇼."

정장 차림에 성실해 보이는 남자가 두 사람을 맞이했다.

"아, 내가 마키타요. 야스타니나 가와카미라는 사람에게서 연락이 왔을 텐데."

"예. 압니다. 어서 들어오시죠."

밝은 점포 안에는 휴대전화 매장처럼 긴 진열대가 설치되어 있었다. 마키타와 레이코는 그가 권하는 대로 바로 앞 소파에 앉았다. 다른 손님은 없었다.

점원은 안으로 들어가더니 메모지 한 장을 들고 돌아와서 곧장 맞은편에 앉았다.

"사실 이런 건 어디까지나 고객의 개인 정보라서요."

"그 정도는 나도 알아."

"아, 네. 그런데 어디에 쓰시려는지…… 그것만이라도 알려주시면 저희로서도……."

"미안하지만 가르쳐줄 수가 없네."

점원은 정색을 하더니 표정이 굳어졌다.

"그쪽에서 특별히 신경 쓸 일은 없을 거야. 이 가게에 피해가 갈 일이 없을 테니까."

"예."

"야스타니 체면도 있고 하니 이쪽에서도 함부로 굴진 않겠네."

그렇게 말하며 마키타가 손을 내밀었다. 점원은 입을 굳게 다물고 신단에 공양을 올리듯 두 손으로 메모를 내밀었다.

읽어보니 '와카마쓰 시게유키, 니시신주쿠 8가 ××—×, 스가누마 빌라 202호, 7만 2천 엔'이라고 쓰여 있었다.

"고맙군."

마키타가 계산대 쪽으로 향한 점원의 야윈 어깨를 툭 치며 말했다.

점원은 반동으로 오줌이라도 지릴 듯이 깜짝 놀라 머리를 조아리며 대답했다.

"아닙니다. 별말씀을요."

여전히 거리에는 폭우가 쏟아졌다. 근처 편의점에서 가장 큰 비닐우산 두 개를 사서 차로 돌아왔다. 메모에 적힌 주소로 향했다.

니시신주쿠 번화가라고 해도 8가로 들어서면서부터는 평범한 주택가였다. 대부분은 이층집이었고, 단독주택 가운데 유독 낡은 집이 많았다. 비에 젖은 시멘트 외벽이 더없이 궁상맞아 보였다. 그 사이를 지나는 길은 폭이 좁고 가로등도 드물었다. 스가누마 빌라는 예상보다 빨리 찾아냈지만 주변 도로는 차를 댈 수 있을 만큼 폭이 넓지 않았다.

선택의 여지 없이 유료 주차장을 찾아 주차한 뒤 두 사람은 우산을 함께 쓰고 다시 빗속을 걸었다.

스가누마 빌라는 겐토가 살던 아카쓰쓰미 빌라와 분위기가 아주 흡사한 건물이었다. 초라한 목조 빌라. 그것 말고 달리 설명할 적당한 말이 없었다.

구조로 보면 좌우대칭으로 1층이 두 집, 2층도 두 집이었다. 모든 집들의 창이 마키타와 레이코를 향해 나 있고 1층 한가운데에는 2층으로 올라가는 내부 계단이 보였다. 1층 두 집으로 가려면 오른쪽 샛길을 따라 뒤로 돌아 들어가는 듯했다.

"202호였던가?"

"맞아요."

레이코가 우산을 접고 어두운 내부 계단으로 향했다. 마키타도 그녀를 따랐다.

막 뒤따라 올라가려니 바로 눈높이에 레이코의 엉덩이가 보였지만 거의 암흑이나 다름없는 곳이어서 흥분이고 뭐고 할 상황이 아니었다.

콘크리트 계단으로 올라갔다. 계단 꼭대기 막다른 곳의 바닥도 콘크리트였다. 내부 복도가 좌우로 나뉘어있었다. 뒤돌아서서 문을 확인하니 왼편이 201호, 오른편이 202호였다. 등 뒤의 창에서 바깥 집들의 불빛이 희미하게 비쳐 들었다.

레이코는 노크를 하려는 듯 주먹을 쥐더니 무엇 때문인지 몇 초 동안 그 자세로 꼼짝하지 않았다.

"뭐요?"

레이코는 주먹에서 집게손가락을 세우고 쉿 소리를 내며 입에 갖다 댔다.

뭐지? 꽤나 날카로운 눈초리였다.

현관문에 얼굴을 가까이 가져가서 문틈에 코를 대고 벌름거리며 킁킁 냄새를 맡았다. 이번에는 그 자세를 유지한 채 오른쪽으로 이동했다. 그쪽은 어둠이 비치는 창이었다. 방금 전과 같은 식으로 냄새를 확인했다.

레이코는 반투명 유리창 안을 꿰뚫어 보려는 듯 눈을 가늘게 떴다.

"마키타 씨, 오늘은 이대로 돌아가세요."

낮고 어두운 목소리였다.

"뭐라고요?"

레이코는 여전히 보일 리 없는 창문 안쪽을 주시한 채였다.

"전 지금 경찰을 부를 거예요. 그러면 당신과 어떤 관계인지 설명해야 하는데 지금은 그걸 피해야겠어요."

경찰을 부르다니?

"무슨 뜻이오?"

레이코는 등을 쭉 펴더니 이번에는 창 전체를 훑어보듯 눈동자를 움직였다.

"이 안에 틀림없이 죽은 사람이 있어요."

등에 새겨져 있는 부동명왕이 한순간에 뻣뻣해지면서 마비되기 시작했다.

"죽은 사람이라……."

레이코가 천천히 고개를 끄덕였다.

"어떻게 알았소?"

"보세요."

그녀는 턱을 들고 한 번 더 킁킁거리면서 콧소리를 냈다. 예쁜 콧구멍이 옴츠러들었다.

"모르시겠어요? 시취가 나잖아요."

모르겠다. 어쩐지 곰팡내가 나는 듯도 하지만 이런 낡은 빌라에서는 흔한 냄새 아닌가. 시취가 '송장 냄새'라는 데 생각이 미치기까지는 조금 시간이 걸렸다.

"외상에 의한 죽음은 아니에요. 피 냄새는 거의 나지 않아요.

사체에서 흘러나온 체액, 분뇨, 부패 냄새 조금…… 병사? 혹은 타살이라면 교살이나 독살. 그것도 아니라면 목을 매어 자살했거나. 그런 냄새가 나요."

갑자기 이 히메카와 레이코라는 여자가 으스스하게 느껴졌다.

요괴나 유령 같은 정체 모를 존재를 향해 품게 되는 오싹함이었다. 그 어여쁜 손으로 시체를 만지고 아무렇지 않게 입에 갖다 대는 장면까지도 쉽게 떠올랐다.

"그러니 부탁이에요. 오늘은 그냥 돌아가세요."

말투도 이제까지 그녀에게서 느꼈던 것과 달랐다. 사무적이면서 감정을 배제한 듯한 혹은 무언가에 사로잡힌 듯한 말투였다.

하지만 돌아가란다고 순순히 돌아갈 리 없었다.

"안에 누군가 죽어 있다니, 설마……."

레이코는 고개를 갸웃했다.

"야나이 겐토일 수도 있고, 어쩌면 세 번째 희생자일지도 몰라요. 냄새만으로 추측한 거라 확실하지는 않아요."

뭐야. 도대체 무슨 일이 일어났다는 거야?

레이코는 숨을 쉬더니 어깨를 축 떨어뜨렸다.

그제야 비로소 마키타 쪽을 돌아보았다. 원래 모습으로 돌아왔다. 처음 만났을 때 신주쿠에서 왼쪽 눈썹에 상처가 났다고 말해주었을 때, 차 안에서 안아주었을 때의 히메카와 레이코였다.

"그러니까 부탁이에요. 오늘은 이만 돌아가세요."

무심결에 마키타도 숨을 내쉬었다.

악몽에서 깬 듯, 꼬집히기라도 한 듯 이상야릇한 기분이었다.
"알겠소. 다시 연락하겠소."
고개를 끄덕이는 레이코를 보고서 계단을 내려갔다.
아래로 내려갔다가는 되돌아와서 위층을 올려다보았다.
어둠은 품은 창만 어렴풋이 보일 뿐 레이코의 모습은 사라지고 없었다.

그녀가 저대로 썩은 냄새가 나는 어둠 속에 녹아들지 않을까? 사라지지는 않을까? 두 번 다시 못 만나지 않을까?

터무니없는 생각들이 꼬리에 꼬리를 물고 일어나 몹시 괴로웠다.

4

이마이즈미의 전화가 울린 시각은 그가 아직 나카노 서 수사본부에 남아 있던 밤 8시경이었다.

수사 회의가 막 시작된 참이었다. 상석에 앉은 처지라 받지 않으려고 했지만 외부 창에 뜬 '히메카와 레이코'라는 글자를 보고 마음을 바꿨다. 예사롭지 않은 사태임을 감지했다.

옆에 앉은 마쓰야마에게 머리를 숙여 양해를 구한 다음 자리에서 일어나 복도로 나왔다.

통화 버튼을 누르고 여보세요 하고 대답하자 레이코가 쉴 틈도 주지 않고 쏟아냈다.

"늦은 시간에 죄송합니다. 요전에 말씀드렸던 정보를 추적해서 지금 니시신주쿠 8가에 있는 스가누마라 빌라에 와 있습니다. 아직 집 안에는 들어가지 않았습니다만 문틈으로 희미하게 부패한 냄새, 시체 냄새가 납니다. 어쩌면 안에 야나이 겐토가 죽어 있을지도 모르겠습니다."

현기증이 일면서 어지러웠다.

"그래? 알았네. 아직 신고는 하지 않았겠지?"

"네, 아직 안 했습니다. 만에 하나 집 안에서 시신을 발견하더라도 신고하지 않는 편이 낫겠죠?"

잠시 생각할 시간이 필요했다.

경찰에 신고를 해버리면 평범한 사건으로 처리된다. 통신지령본부는 경시청 지역부의 직할 부서였다. 그러면 형사부장 나가오카가 아무리 발버둥 쳐도 형사부에서 사건을 맡아 지휘하기가 어려워진다.

레이코는 그저 집 안에 겐토가 죽어 있지 않을까 추측했을 뿐이다. 실제로 열어보면 겐토는커녕 시신조차 없을지 모른다.

어쨌든 레이코에게는 이전에 한 번 써먹은 수법대로 집주인에게 급한 일이니 문 좀 열어달라고 해서 집 안을 확인하라고 할까? 하지만 그렇게 해서 레이코가 판단한 대로 겐토의 시신이 발견되면 어쩐다? 신주쿠 서에 반드시 신고해야 한다. 신고하지 않고 시신을 움직이면 그것은 누가 봐도 사체유기죄에 해당한다. 경우에 따라서는 사체손괴죄가 된다. 수사의 합법, 비합법 문제와 차원이 다르다.

어쨌든 겐토의 시신이 나올 것 같다는 게 문제였다.

그나저나 와다와 나가오카에게 보고는 해야겠지?

"레이코, 시취가 난다는 말은 사후에 어느 정도 시간이 흘렀다는 뜻으로 생각해도 되겠나?"

"네, 그건, 그럴 수도 있다고 생각합니다."

"그럼 서두를 필요는 없겠군. 현장 보전만 하고 조금 기다려. 위에 보고할 테니."

"알겠습니다."

전화를 끊자마자 이번에는 와다에게 전화를 걸었다. 와다는 마침 하치오지 수사본부에서 본부 청사로 막 돌아온 듯했다.

"이제 히몬야로 갈 생각이었는데."

"죄송합니다, 과장님. 그게 좀 기다리시죠."

"왜? 무슨 일 있나?"

"예, 실은……."

복도 막다른 곳까지 가서 주변에 사람이 있는지 재차 확인했다.

"그 야나이 겐토가 가명으로 임차했을 것으로 보이는 근거지를 히메카와 레이코가 니시신주쿠에서 찾아냈습니다. 게다가 집 안에서 시체 썩는 냄새가 난다고…… 방금 보고받았습니다."

잠시 와다가 대답하기를 기다렸다.

"역시 조사하고 있었구먼."

"죄송합니다. 제 책임입니다."

"그런 건 별로 상관없네. 나도 자네가 순순히 포기할 거라고는 애초에 생각지도 않았으니까. 그저 조사하라는 말을 똑 부러

지게 못 했을 뿐이야. 요즘엔 나도 꽤 소심해졌거든."

죄송하다고 하면서 한 번 더 머리를 수그렸다.

"알았네. 아무튼 이쪽으로 오게. 부장은 내가 잡아두지."

"부탁드리겠습니다."

한 번 더 양해를 구하고 이마이즈미는 전화를 끊었다.

가스미가세키 경시청 본부 청사 6층.

형사부장실로 들어가자 나가오카와 와다, 고시다 참사관이 탁자에 앉아 있었다. 시간은 이미 밤 10시에 가까웠다.

"늦었습니다."

나가오카는 이마이즈미에게 앉으라고 권하지 않았다. 이마이즈미도 서서 보고할 생각이었다.

나가오카는 한차례 헛기침을 한 뒤 말을 꺼냈다.

"이마이즈미 계장, 일을 퍽이나 곤란하게 만드셨더군. 내가 자네에게 확인하지 않았나? 히메카와 레이코 주임이 단독 수사를 하는 거 아니냐고."

이 대목에서는 그저 머리만 숙일 뿐이었다.

"정말 죄송합니다. 제가 시켰습니다."

"그런 건 상관없어요. 나에게는 자네 목이나 와다 과장 목이 히메카와 레이코의 것과 별반 다르지 않으니까."

자기 밑으로는 전부 쓰다 버리는 줄이라고 말할 셈인가.

"문제는 경찰 조직을 어떻게 지키는가 하는 점입니다. 9년 전 있었던 오점을 다시 문제 삼더니 이번엔 뭡니까? 용의자가 다른 폭력단 두목까지 살해했다는 말인가요?"

누가 후지모토 사건까지 보고했지? 가쓰마타?

"게다가 용의자가 사망했을지도 모른다니. 당신들 참 대단하군요."

분명히 그랬다. 피의자의 사망은 경찰에게는 큰 오점이었다. 아무도 뭐라고 대꾸하지 못했다.

"이렇게 사태를 악화시켜놓고 나보고 어쩌라는 말입니까?"

악화시킨 사람은 바로 당신이라고 받아친다면 얼마나 통쾌할까?

"네. 수사 과정에서 발생한 문제인 만큼 가급적 가택수색 영장 신청을 허가해주셨으면 합니다."

"수색해서 야나이 겐토의 시신이 나오면 어쩔 셈입니까?"

"물론 현장이 니시신주쿠라서 일단 신주쿠 서로 넘겨야 하는 상황입니다."

"그래서?"

"신주쿠 서 형사과와 공조해서 수사할 생각입니다."

"자기 부하 하나 통제하는 것도 시원찮은 당신이 날고뛰는 신주쿠 서 형사과를 좌지우지하겠다 이겁니까? 송장 냄새가 풍길 정도라면 차라리 흐물흐물 다 썩어서 신원 파악도 못 할 때까지 방치하면 어떻습니까? 신원 미상이 되면 나카노에서 일어난 사건과는 무관해지는 것 아닌가요? 그저 신주쿠 서가 변사체 사건 하나 처리하는 겁니다."

이제야 모두 이해가 갔다. 저쪽이 그런 의도라면 이쪽에서도 태도를 바꿔야겠지.

"맞는 말씀입니다. 사실 히메카와 레이코는 가택수색쯤 영장 없이도 충분히 해내는 형사입니다. 제가 이대로 통제하지 않고 방치해두면 이제 곧 제멋대로 온 집 안을 들쑤시겠죠. 그러다 시신이 나오면 곧장 센터에 신고할지도 모릅니다. 하지만 형사부 입장에서는 절대로 있어서는 안 될 일이겠지요."

나가오카의 얼굴빛이 변했다. 업신여기는 듯한 냉소를 지우고 노골적으로 이마이즈미를 쏘아보았다.

"협박하는 겁니까?"

"전 다만……."

"무사하지 않을 텐데요."

"그건 야나이 겐토의 정체가 밝혀졌을 때부터 각오했던 일입니다."

"당신 하나로 끝나지 않는다는 뜻이에요."

그러자 그때까지 팔짱을 낀 채 듣고만 있던 와다가 불쑥 앞으로 몸을 내밀었다.

"부장님."

표정은 부드러웠지만 눈에서는 강한 기운이 느껴졌다.

"부장님께서는 저희 형사들이 한 해 동안 몇 켤레의 구두를 신고 버리는지 아십니까? 저희가 가는 곳은 당신같이 높은 양반들이 걷는 반들반들한 타일이나 말끔하게 청소된 양탄자와는 차원이 다릅니다. 아스팔트 바닥, 오줌이나 토사물로 더러워진 뒷골목, 늪처럼 질퍽거리는 폭우 속의 공터…… 우리 형사들은 말이죠. 이 몸뚱어리가 더러워진들 괴로워하지도 짜증 내지도 않습니다. 그런데 정말 괴로운 건 여기란 말입니다."

촌스러운 회색 넥타이를 집게손가락으로 쿡쿡 찔렀다.

"수사가 물거품이 되면 누구에게도 아무 도움도 주지 못한 채 물러서야 합니다. 결국 유족에게는 고개도 들지 못하겠지요. 용의자가 죽기라도 해보십시오. 속죄할 기회도 주지 못했다는 안타까움과 사전에 왜 막지 못했을까 하는 수치심까지 더해집니다. 그렇게 이가 갈릴 만큼 분한 밤에는 여기가 가장 아프다 이겁니다."

와다는 양쪽 무릎에 손을 짚고 일어났다.

"어디 한번 해보십쇼. 제가 없어도, 이마이즈미 계장이 없어도 경시청은 무너지지 않겠지요. 물론 당신이 없어도 마찬가지고요. 한순간 똥물을 뒤집어쓴다 해도 저희는 눈도 깜짝 안 합니다. 제 목이 수사에 방해가 된다면 언제라도 처분해보시지요."

와다는 목례를 하고 이마이즈미 옆을 지나 출구로 향했다.

이마이즈미도 와다가 했던 대로 나가오카에게 머리를 숙이고서 와다를 뒤쫓아 갔다.

부장실에서 나오자마자 곧장 따라붙었다.

"과장님 죄송합니다. 제가……."

"됐네. 이마이즈미."

와다가 등을 툭 쳤다.

"나도 지금의 1과 체제가 무너질까 싶어 즈저주저했다네.

내 밥그릇도 아쉬웠거든. 완전히 부장 손에 놀아난 꼴이 되었지만 말이야. 하지만 위안이 들기도 했어. 형사라는 게 그렇게 한심한 존재가 아니라는 자부심이랄까. 히메카와 레이코였던가…… 그 녀석은 그걸 주장했던 거야. 이제라도 깨닫게 해주었지. 젊은 녀석들도 꽤 쓸 만해. 그런 젊은 녀석들에게 거치적거려서는…… 우리가 방해가 돼서는 안 된다네."

아니, 머뭇거린 쪽은 이마이즈미 자신이었다. 사실 부장의 그럴듯한 논리에 놀아난 사람은 자신이라고 생각했지만 좀처럼 입 밖으로 내지 못했다.

"가세, 이마이즈미."

"예? 어디를 말입니까?"

"니시신주쿠 말이야. 레이코가 기다리지 않나? 영장을 받아서 조사해야 하는지 아니면 긴급출동이 나은지 현장을 보고 결정하자고."

22년 전으로 돌아간 듯한 흥분이 몸속 깊은 곳에서 끓어올랐다.

"예!"

이마이즈미는 와다가 풋내기 같다고 생각하면서도 절로 고개가 숙여졌다.

곧바로 구사카에게 연락하여 니시신주쿠에 위치한 스가누마 빌라 앞에서 만나기로 했다.

밤 11시 10분. 그곳에는 구사카가 먼저 도착해 있었다.

"수고 많으십니다."

구사카는 크고 검은 우산을 받쳐 들고 건물 앞에 서 있었다.

"히메카와 레이코는?"

"안에 있습니다. 벌써 연락을 해서 집주인도 왔습니다."

"들어갔나?"

"아니요, 아직. 너무 시간이 늦어지면 집주인에게 연락하기가 곤란할 듯싶어 제 독단으로 불렀습니다. 협조하겠다는 약속은 임의로 받아두었습니다."

참 희한한 일이었다. 같은 일을 하는데도 구사카가 처리하니 마음이 놓였다. 두 주임끼리는 사이가 좋지 않았다. 그러나 전혀 성격이 다른 구사카와 레이코를 휘하에 둔 살인범 수사 10계는 어떤 의미로 보면 균형이 아주 잘 잡힌 팀이라고 이마이즈미는 생각했다.

"이쪽으로 오시죠."

구사카가 와다를 계단으로 안내했다.

올려다보니 2층에는 알전구가 켜져 있었지만 와다의 뒤를 따라 올라가려니 발밑에 그늘이 져서 컴컴했다. 난간도 없어서 엉겹결에 벽을 짚을 지경이었다. 하지만 장갑을 끼지 않아 그러지도 못했다.

"아, 과장님…… 수고 많으십니다. 일부러 오시게 해서 죄송합니다."

와다가 계단을 다 올라가자 레이코가 전에 없이 공손한 자세로 맞이했다. 나란히 서고 보니 레이코의 키가 와다보다 조금 컸다.

와다는 고개를 끄덕이는 것으로 인사를 대신하고 옆에 서 있는 집주인인 듯한 중년 여성에게 다가갔다. 나이는 60세 전후쯤일까.

"밤늦은 시간에 죄송합니다. 저는 경시청 수사 1과의 와다입니다."

예전부터 일상적으로 들어온 말이었다. 와다가 처음 만나는 사람에게 하는 인사였다. 부드러우면서도 듣는 사람의 마음속을 슬며시 파고드는 절묘한 간격과 음색을 지닌 말투였다.

"죄송합니다. 제 부하가 아무래도 의심스럽다고 해서요. 잠깐이라도 좋으니 집 안을 살펴봐도 되겠습니까? 별다른 일이 없으면 얼른 둘러보고 곧 돌아가겠습니다."

만약 구사카나 레이코가 이런 상황에 놓였다면 신경을 바짝 세우고 긴장감을 조성했으리라. 하지만 와다는 정반대였다. 관계자든 동료든 어느새 경계심을 늦추게 만들었다.

집주인도 마음이 놓이는지 고개를 끄덕이며 말했다.

"네, 그럼 이제 열어볼까요?"

"예, 그러시죠."

좁고 짧은 복도에 친절한 성인 다섯 명이 서로 설 자리를 양보하며 집주인을 202호 앞으로 나서도록 했다.

오래된 구식 나무 문이었다. 집주인은 손잡이 열쇠 구멍에 열쇠를 밀어 넣었다. 금속이 가볍게 미끄러지며 마찰 소리가 나는 것과 동시에 손잡이를 돌렸다.

문이 열리고 아주 잠깐 집 안의 어둠을 들여다본 순간이었다. 집주인은 숨이 막히는 듯 '욱' 소리를 내며 불쾌한 얼굴로 입과 코를 가렸다.

그럴 만도 하다. 분명히 이것은 부패한 냄새, 시취였다. 하지만 아직은 기껏해야 음식물 쓰레기와 분뇨를 섞은 정도였다. 익숙한 사람에게는 그리 역한 냄새가 아니었다.

"안쪽은 보시지 않는 편이 낫겠습니다."

"네, 먼저 나갈게요."

집주인은 와다 말대로 한발 물러섰다.

그 대신 흰 장갑을 낀 레이코가 문 앞에 섰다. 구사카도 나란히 섰다.

"그럼 제가 들어가보겠습니다."

레이코가 가볍게 목례를 하고서 어두운 실내로 들어갔다. 재빨리 좌우를 살피고 왼편으로 손을 뻗었다. 형광등이 깜박거리더니 곧이어 푸르스름한 불빛이 집 안을 채웠다.

이마이즈미도 장갑을 끼고 두 사람 뒤를 따랐다.

불이 켜지고 제일 먼저 눈에 들어온 것은 현관 안쪽 방이었다. 레이코 일행 쪽으로 오른편 어깨를 보이고 서 있는 사람 그림자가 있었다.

"한발 늦었군요."

예상은 했지만 탄식이 흘러나왔다.

비좁은 재래식 방이었다. 통로 바로 오른편에는 간소한 개수대가 있었다. 복도로 창이 나 있는 곳이었다. 그 안쪽에는 폭이 좁은 문이 있었다. 화장실인 듯했다.

정면과 우측 벽에는 창이 나 있었다. 둘 다 베이지색 커튼이 걸려 있었다. 왼쪽 벽은 칠을 한 포인트 벽. 안쪽에는 수납용으로 보이는 작은 미닫이 벽장이 보였다. 아마도 지금 올라온 계단 쪽으로 돌출된 구조일 것이다.

사람 그림자는 그 작은 미닫이에 의지하듯 서 있었다. 부등호 모양으로 무릎이 굽었고 가는 끈 같은 것이 목둘레를 죄고 있었다. 끈에 감긴 목은 비정상적인 길이로 늘어난 상태였다. 끈은 미닫이의 위쪽 끝머리에서 문 안쪽으로 사라졌다. 끈이 어떤 식으로 고정되었는지는 열어봐야 알 것 같았다.

발밑에는 새카만 액체가 흥건했다. 청바지 가랑이 사이 밑쪽이 갈색으로 더러워져 있었다. 얼굴은 머리카락에 가려 잘 보이지 않았다. 축 늘어져 덜렁거리는 오른손은 부어서 짙은 자줏빛으로 변색되었다. 시반(屍斑)이었다.

구두를 벗은 레이코가 다가가서 얼굴을 물끄러미 들여다보았다.

"야나이 겐토일 겁니다."

레이코는 흰 장갑을 낀 두 손을 모아 명복을 빌었다.

구사카는 가장 안쪽에 위치한 맞은편 모퉁이로 다가갔다. 그곳에는 금속 프레임 선반에 기자재가 여러 단으로 정리되어 높이 쌓여 있었다. 일반 오디오 세트라고 하기에는 좀 더 복잡해 보였다. 전면 오디오패널도 어딘가 복고적이었다. 하지만 실내에는 스피커로 보이는 물건도 레코드판이나 시디 수집품도 존재하지 않았다. 기자재 선반 왼쪽 줄 아래 칸에는 컴퓨터가 한 대 설치되어 있었다.

"구사카, 그게 뭔가?"

현관에서 이마이즈미가 묻는 말에 구사카는 쭈그려 앉아서 뒤도 안 돌아보고 대답했다.

"무전기……입니다. 도청용이죠."

시신을 살피던 레이코가 퍼뜩 놀라 돌아보았다.

"도청? 무슨?"

"아마 경찰 무선망 같습니다."

일어난 구사카에게 레이코가 다가갔다.

"아마라니. 하지만 도청은 불가능하잖아요?"

구사카가 그렇지 않다고 고개를 흔들었다.

"2000년도 들어 얼마 지나지 않았을 때쯤 경찰 무선이 한 차례 도청 당했었지."

"알아요. 좌익 게릴라 짓이었잖아요. 하지만 그 뒤로 개선하고 나서는……."

"그뿐이 아니야. 거의 같은 시기에 '라디오 프리크'라는 아마추어 무선통신잡지 운영자가 도청에 성공해서 그걸 잡지에 발표한 적도 있었어. 경찰청에서는 좌익 게릴라 사건을 계기로 해서 이미 신형 무선통신 도입을 발표한 뒤였던 터라 큰 피해는 없었을 거야. 하지만 그런 녀석들은 쥐새끼 방앗간 드나들듯 끊이지를 않지. 10년 정도면 따라잡힐까. 아니면 5년? 3년?"

이마이즈미가 뒤로 물러나서 복도로 얼굴을 내밀어 보니 와다와 집주인은 이미 그곳에 없었다. 아래층으로 내려간 듯했다. 어쨌든 그들의 대화가 들릴 염려는 없어 보였다.

"봐봐. 우선 이게 디지털 무전기야. 이리로 들어온 신호가 틀림없이 여기 하드디스크에 기록될 거야. 그 순간에는 아마도 단순한 디지털 노이즈겠지. 하지만 그 신호가, 여기…… 이건 직접 만든 기계 같은데. 어떻게 설계됐는지는 열어봐야 알겠지만 여기서 뭔가 다른 형태로 변환시키는 거야. 그것을 최종적으로 컴퓨터에 송신하고……. 이것도 그냥 컴퓨터가 아니네. 이 타워는 서버야. 여기서 자료를 수집해서 최종적으로 음성 데이터로 변환하는 건가? 어떻게 하는 거지? 하여간 일단 기록한 다음 해석하는 방식은 좌익 사건 때나 잡지 사건 때와 같은 수법이야."

레이코가 무언가 떠오른 듯 눈동자를 굴렸다.

"그러고 보니 야나이 겐토가 이시도 조직 관계자와 정보 거래를 해서 수입을 얻고 있었다던데……."

"그게 이거겠지. 그러니까 겐토는 폭력단에게 경찰 정보를 파는 장사를 했던 거로군. 여기에 설치했다는 점도 중요해. 정보계라면 도내 전역 어디에서나 같은 내용을 들을 수 있는데 여기라면 신주쿠 서 정보가 더 잘 들리지. 하긴 경찰무선통신기 전파에 반응하는지는 조사해봐야 알 일지만. 그래도 신주쿠 서의, 그것도 조직범죄 대책부나 생활안전반의 움직임이라면 조폭들 입장에서는 돈을 주고라도 입수하고 싶은 정보 아니겠어? 어쩌면 조직범죄 대책부 5과가 가택수색을 할 때마다 번번이 실패한 일도 이게 원인일지 몰라."

레이코가 코트 자락을 추스르며 자리에 풀썩 주저앉았다.
컴퓨터 키보드를 조금 들추고 그 밑에서 무언가를 빼냈다.
"계장님, 이거."
기다랗고 흰 봉투였다. 그것을 이마이즈미 쪽으로 가져왔다. 유서인가?
내용물은 선이 없는 복사용지 한 장이었다.
'나, 야나이 겐토는 누나 야나이 지에의 죽음에 복수하기 위해 고바야시 미쓰루를 죽였습니다. 그리고 고바야시를 수년에 걸쳐 비호한 폭력단 두목 후지모토 히데야도 죽였습니다. 이제 여한이 없습니다. 더 이상 살아갈 의지도 없습니다. 큰 죄를 저지르고 말았습니다. 안녕히.'
볼펜 글씨는 악필이기는 해도 정갈했다. 옆에서 들여다보던 레이코는 짧게 한숨지었다.
"이런 바보 같으니라고."
레이코 쪽으로 다가온 구사카에게도 보여주었다.
구사카는 훑어보더니 눈살을 찌푸렸다.
"시신의 지문을 후지모토를 살해한 권총에서 채취한 것과 대조하면 후지모토 살해범이 확정되겠군."
레이코가 구사카를 바라보며 말했다.
"겐토가 후지모토를 죽이다니, 그럴 리 없어요."
"그럼 이 유서는 뭐야?"
"겐토가 썼다고만 보기는 어렵잖아요."
"필적이 일치하면 어쩔 거야?"

"누군가 강제로 쓰게 한 거예요."

"누군가가……."

레이코는 입을 다물었다.

어쨌든 가장 좋지 않은 상황이었다.

5

경시청 본부 쪽 연락은 와다가 맡았다.

레이코는 그 통화를 바로 곁에서 들었다.

니시신주쿠 8가 ××―×, 스가누마 빌라 202호에서 26세 야나이 겐토로 추측되는 시신 발견. 목을 매 자살한 것으로 추정. 사망 후 수일이 경과한 것으로 보임. 유서가 발견되었고 현재 수사 중인 두 건의 살해 사건에 대한 범행을 자백하는 내용이 포함되어 있음. 나카노 서에 설치된 고바야시 미쓰루 살해 사건, 아타고 서에 설치된 후지모토 살해 사건 관련 내용임. 신속히 관계 부서에 통보하기 바람.

가장 먼저 현장에 출동한 팀은 신주쿠 서 지역과 계원 세 명이었다. 곧이어 본서에서 수사용 컴퓨터를 지참한 형사부 강력범죄 수사계 두 명, 조직범죄 대책부 소속 한 명, 생활안전과 소속 한 명이 출동했다. 거기에 형사부 감식과, 그 외 제복 경찰, 사복형사 이어서 신주쿠 서 소속 인원들까지 속속 현장으로 집결했다. 기동수사대도 두 팀이 출동했다. 밤이 깊어 이미 12시가 지나려는 시각이었으나 현장 주변은 마치 축제라도 벌어진 듯 시끌벅적했다.

이윽고 조직범죄 대책부 4과에서 미야자키 과장, 나카노 서에서는 4과 6계의 마쓰야마 계장과 수사관 두 명, 아타고 서에서는 4과 8계장, 수사 1과 4계장과 수사관 세 명이 현장에 나왔다. 와다와 이마이즈미가 그들에게 상황을 설명했다.

레이코와 구사카는 감식 작업에 입회했다. 현장에 들어간 경위, 상황, 인상, 건드린 것, 들어간 현장에 대해서 설명하고 신발자국과 발자국을 조사했다. 물론 유서 발견 경위도 설명했다.

그러는 사이에 수사 1과 형사조사관인 에토 경감이 계단으로 올라왔다. 검시는 그가 맡은 듯했다.

"오! 레이코. 그쪽이 여기 담당인가?"

"수고하십니다. 아니요. 저희 관할은 아닙니다만. 뭐, 여러 가지 사정이 있어서요."

"아, 그래?"

감식 활동에 알맞게 작업복 차림인 에토는 인사도 하는 둥 마는 둥 하면서 현장으로 들어갔다. 아직 수납장 문에 걸려 늘어져 있는 겐토 앞에서 합장했다.

"그럼 바로 시작하겠습니다. 기록 잘 부탁하네."

곁에 있던 감식과원이 고개를 끄덕였다.

"예, 잘 부탁합니다."

에토는 그 상태에서 겐토의 안색, 목 졸림 상태, 착의, 손 색깔, 전반적인 자세 등을 살펴본 뒤에 감식 기록원에게 구두로 전달했다. 그런 뒤에야 시신에 손을 댔다. 눈꺼풀을 벌리고 동공을 조사했다. 얼굴 피부를 눌러서 탄력 정도와 혈색 회복 상태를 확인했다.

"사망한 지 사흘쯤 됐나? 위장 내용물 같은 걸 조사한 뒤에 확정해야겠군."

이 견해가 옳다면 후지모토를 죽인 다음 날 자살했다는 이야기였다. 유서 내용과 일치했다.

"이제 눕힐까. 계속 이 상태로 두자니 좀 안됐군."

다행히도 애초에 방 한가운데는 아무것도 없었다. 시신을 눕힐 공간은 충분했다. 감식과원이 파란 천막을 깔았고 몇 사람이 힘을 합쳐 시신을 그러안았다.

"움직이나? 문은 열렸어?"

"앗, 아니요. 조금만 앞으로 당겨주십시오."

어떻게든 목에 끈이 감긴 상태로 시신을 움직이려고 했지만 어려운 모양이었다. 결국 시신을 세워둔 채 끈을 풀기로 했다.

목 주위에 팬 상처가 뚜렷하게 남은 겐토의 시신이 비로소 미닫이에서 내려졌다. 목과 미닫이를 연결한 끈의 소재는 전선 종류로 보였다. 컴퓨터나 무선기기, 여타 다른 기재를 연결하기 위한 것 같았다. 종류야 어떻든 꽤 질겨 보였다.

전선은 벽장 안에 있는 사다리에 연결된 상태였다. 전선을 미닫이 위쪽으로 빼내어 자신의 목에 감고 발을 떼는 식으로 목숨을 끊었다는 말인가?

에토는 현장 감식에서 타살 의혹은 없다는 견해를 보였다.

정식 사인은 액사(縊死). 목둘레 상흔에 의심스러운 점은 없었다. 상흔이 두부 위쪽으로 조금 이동한 상태였지만 그것은 사후 피부 건조로 인해 번져나간 현상으로 이해됐다. 피부가 찢어졌는데도 출혈은 없었으므로 살아 있을 때 생긴 상처일 가능성은 크지 않았다.

전선을 이용한 수법에도 수상한 점은 없었다. 타살일 경우에는 흉기가 되는 도구나 시신을 지탱하던 기물에 갈라짐이 생기는 등 파손 부위가 여럿 보이지만 이 현장에서는 벽장 미닫이에 그런 갈라짐 현상이 없었다. 또한 소변이나 대변의 흔적도 시신 바로 아래에 있었다. 타살의 경우에는 분비물이 사방으로 튀는 현상이 보이지만 여기서는 그렇지 않았다.

낯빛은 대체로 창백했다. 눈물 자국 및 타액 자국, 귀와 코에 생긴 출혈에도 수상한 점은 없었다. 양쪽 손독 바깥쪽과 손바닥, 손끝, 양쪽 발뒤꿈치 피부에 손상이 있었으나 이것도 절명 시 경련에 의한 것으로 누군가와 싸울 때 생기는 방어흔은 아닌 것으로 판단됐다. 또 손발 끝에 나타나는 시반도 지극히 자연스러웠다.

"나머지는 서로 이동해서 봅시다. 이 자리에서 다 드러내놓고 하자니 좀 껄끄럽구먼. 부처님도 언짢아하시겠어."

겐토의 시신은 감식과원이 가져온 들것에 실려서 신주쿠 서로 이송되었다.

12월 30일 오전 2시 30분.

레이코는 와다, 이마이즈미, 구사카, 하시즈메 관리관과 함께 경시청 본부 형사부장실에 와 있었다.

"레이코 주임. 명령을 어기고 단독 수사로 현장을 망친 사람이 당신인가요?"

형사부장인 나가오카는 갸름한 얼굴에 '나 공무원'이라고 써 붙인 듯했다. 나이는 쉰 살을 조금 넘은 정도였다. 이마이즈미와 동년배로 보였지만 분위기는 전혀 달랐다. 인상만 보면 활동적이기보다는 조용하고, 감정적이기보다는 이성적이며, 인정보다는 책략, 도리보다는 체면이 우선인 족속 같았다.

레이코는 머리를 숙였을 뿐 아무 대답도 하지 않았다. 이마이즈미가 불필요한 말은 하지 말라고 당부했기 때문이다.

"여러분에 대한 처분은 나중에 생각하기로 하겠습니다. 야나이 겐토의 사망 사건 공개는 지금은 하지 않겠어요. 유서라도 없었다면 단순 자살로 끝났을 테니. 유서는 이후에 발견된 것으로 합시다."

과연 미봉책이라고 생각할 때 나쁘지 않은 아이디어였다.

"다만 후지모토 살해와 고바야시 사건을 계속 이 상태로 두지는 못합니다. 다행히 연말 연휴가 시작되면 현장 기자는 모르겠지만 신문사와 텔레비전 방송국의 움직임은 다소 잠잠해질 겁니다. 내년 1월 4일까지는 고바야시 살해 사건, 후지모토 살해 사건, 야나이 자살 사건, 이 세 건을 개별 사건으로 처리할 증거를 갖추십시오."

4일까지라면 닷새밖에 남지 않았다.

레이코는 어처구니가 없었지만 잠자코 있었다.

"알겠습니까? 처리 결과에 따라 당신들 처우도 상당히 달라질 겁니다. 이마이즈미 경감, 나카노 서 건이 겐토의 자살이나 후지모토 살해 사건과 엮이지 않도록 고바야시 사건을 처리하세요. 와다 과장은 아타고 서 건이 후지모토 살해 사건에만 연결되게끔 만전을 기하시고요."

"하지만……."

운을 뗀 사람은 와다였다.

"겐토의 유서는 지금 신주쿠 서에 있습니다. 조직범죄 대책부도 보았습니다."

"그런 걱정이라면 문제없어요. 유서는 반드시 국립과학수사연구소 문서감정과로 돌아올 겁니다. 아시겠습니까?"

국립과학수사연구소는 형사부 부설 기관이었다. 그 유서가 나가오카의 손에 들어가는 것은 확실히 시간문제였다.

그래도 와다는 계속 물고 늘어졌다.

"그럼 겐토의 지문이 후지모토의 권총에 묻은 지문과 일치하면 어쩌실 작정입니까?"

"양쪽 수사본부 간의 접촉은 불가능합니다. 아니지, 나카노까지 포함하면 세 곳인가? 개별 사건으로 끝날 테니 당연하죠. 다행히도 후지모토 살해에 사용한 권총은 여기 있지 않습니까?"

나가오카는 비스듬하게 아래를 가리켰다. 경찰종합청사 2층의 형사부 감식과를 가리키는 듯했다. 자료실에서 야나이 지에 피살 사건의 관련 자료 대부분을 수거하도록 지시한 사람이 나가오카였다. 권총에 관한 모든 정보를 은폐하는 일쯤은 식은 죽 먹기일 것이다.

"남은 건 지문 자료뿐이니 문제없어요."

허튼 소리. 문제 중에서도 가장 큰 문제 아닌가.

레이코는 나카노로 가지 않고 감식과로 되돌아가서 권총의 지문 자료를 확보하겠다고 이마이즈미에게 말했다.

"하지만 지금 가봐야 아무도 없을 텐데."

손목시계 바늘은 새벽 3시 20분을 가리켰다.

"아침까지 기다리겠습니다."

이마이즈미가 동의를 구하는 얼굴로 와다와 하시즈메, 구사카를 바라보았다. 다들 고개를 끄덕였다.

"하지만 레이코, 무리하지 마라."

"네, 감사합니다."

레이코는 6층에서 그들과 헤어져 종합청사 2층으로 향했다.

도착해 보니 뜻밖에도 감식과는 비어 있지 않았다. 복도는 어두웠지만 특수 사진계 방에서 불빛이 새어 나왔다. 안을 들여다보니 계원 두 명이 일하는 중이었다.

레이코는 입구에서 인기척을 냈다.

"저, 밤늦게 실례합니다만."

레이코보다 조금 나이가 많은 사카이라는 여자 경사가 대답했다.

"히메카와 레이코 주임님, 무슨 일이세요? 이 시간에."

"저기, 오늘 날이 밝으면 지문 담당자도 출근하겠죠?"

"음......"

사카이는 천장을 쳐다보았다.

"방이 달라서 뭐라고 말씀드리기는 어렵지만 다카기 경장이라면 나올걸요. 그 사람은 항상 일에 파묻혀 사느라 병가가 아니면 휴일도 없이 출근하거든요."

다카기 경장이라면 레이코도 아는 사람이었다. 시급한 지문은 다카기에게 맡기는 것이 형사부의 철칙이었다.

"그래요? 알겠습니다. 그럼, 저 죄송하지만 아침까지 머물 곳이 없어서 그러는데 여기서 기다려도 괜찮을까요?"

"그럼요, 상관없어요."

사카이는 빈 책상을 레이코에게 권한 다음 커피를 타서 가져다주었다.

"고맙습니다. 저는 신경 쓰지 마시고 하시던 일 계속하세요."

"네, 미안해요. 조금 급한 일이라......"

레이코는 잘 마시겠습니다, 하며 종이컵을 받아 들고서 일로 돌아가려는 사카이에게 고개 숙여 고마움을 표했다.

하지만......

혼자 남아 냉정하게 생각해보니 실로 묘한 상황이었다.

나가오카의 명령대로 이제까지 발생한 세 건을 개별 사건으로 처리한다면 적어도 형사부에는 별다른 타격이 없을 듯했다. 하지만 레이코는 고바야시와 후지모토 살인 사건이 동일범의 소행이라는 조직범죄 대책부의 견해나 겐토의 유서 내용에 여전히 납득하지 못했다. 일개 만화 카페 직원이 일본 최대 폭력단 야마토회의 세 번째 파벌인 진유회 회장 후지모토를 살해했다고는 도저히 믿기지 않았다. 고바야시를 오랫동안 옹호해온 것이 후지모토의 죄라고 밝힌 유서 내용도 범행 동기라고 여겨지지 않았다.

겐토가 후지모토를 살해했다는 고백이 거짓이라면 같은 글에 적힌 고바야시 살해도 아직 의문투성이라는 말 아닌가. 겐토는 어쩌면 고바야시는 물론 후지모토도 죽이지 않은 것이 아닐까. 누군가의 계략에 빠져서 저지른 일은 아닐까. 만일 그렇다면 이 문제는 나가오카의 바람과는 전혀 다르게 겐토의 자살과 다른 두 사건이 무관하다는 결론에 이를지도 모른다.

불현듯 우치다 다카요의 얼굴이 떠올랐다.

그녀는 아직 겐토의 죽음을 모른다.

다카요의 목소리까지 머릿속에서 생생하게 떠올랐다.

"저도 혼자 도쿄에 올라와 외로웠거든요. 아, 도쿄에도 내처럼 외로운 사람이 있는가 보다, 하고…… 그렇게 생각하니까 왠지 눈을 못 떼겠더라고요."

결과적으로 다카요는 전보다 더 지독하게 외로운 신세로 남고 말았다.

'미안해. 나, 중요한 순간에 막지 못했어. 겐토를 도와주지 못했어. 배 속의 아이 아빠를 죽게 하고 말았어.'

도대체 이제부터 어떻게 해야 좋을까.

나가오카의 명령에 따라 야나이 겐토 건과는 별개로 고바야시 살인범을 잡아들여야 할까. 아니면 범인은 야나이 겐토라는 제보만을 믿고 지금까지 추적해온 수사 방향대로 밀어붙여야 할까.

모르겠다. 어쩌면 좋을지.

히메카와 레이코 경위님 하고 누군가 어깨를 건드리기에 얼굴을 들었다.

"아!"

어느새 책상에 엎드린 채 잠이 들었나 보다.

레이코를 깨운 사람은 사카이. 하지만 그 옆에는 다카기가 있었다. 통통하고 은테 안경을 낀 중년 남자였다.

"아! 아아…… 안녕하세요."

"레이코 경위님, 침."

사카이가 근처에 놓인 종이 상자에서 화장지를 두세 장 뽑아 건네주었다.

"이런, 죄송해요."

'그래도 그렇지, 남들 다 들리게 침이라고 말할 것까지는 없잖아.'

사카이가 조금 야속했다.

다카기가 입 주위와 책상을 닦는 레이코에게 얼굴을 들이댔다.

"저, 실은 저도 히메카와 레이코 경위님께 드릴 말씀이 있습니다만."

"네? 뭐죠?"

레이코가 엉겁결에 일어났다. 두 사람의 시선 위치가 갑자기 위아래로 뒤바뀌었다.

"아니, 그거 있잖습니까, 나카노에서 압수한 권총요."

다카기가 복도로 나가자고 하여 레이코는 사카이에게 머리 숙여 인사하고서 다카기를 뒤따라갔다.

"네, 저도 그 권총에 대해 조금 부탁드릴 게 있었어요."

옆에 있는 지문계 방까지 갔다. 다카기가 조명 스위치를 켰다.

"그런데 다카기 경장님이 제게 무슨 이유로?"

"아, 네. 그 사건의 권총 영치 조서를 쓰신 분이 레이코 경위님 맞죠?"

그랬다. 이오카가 애걸하는 바람에 피치 못해 써주기는 했다.

"그래서 권총의 지문을 조사해봤더니 왠지 아귀가 안 맞는 느낌이었어요."

아귀가 안 맞는다고?

"그건 무슨 뜻이죠?"

"저도 확실하게 이렇다 할 증거는 없지만…… 어쩐지 말입니다, 지문이나 손자국이 다른 때보다 또렷하게 나오더라고요. 보통 권총을 발사하면 그 충격으로 미끄러지거나 그렇지 않으면 손에 땀이 축축하게 배어서 지문이 뭉개집니다. 그런데 그 권총에는 거의 완벽하게 손자국이 꾹 찍혀 있더란 말입니다. 이상하지 않습니까?"

"그러니까 총기에 아주 익숙한 사람이 썼다는 말씀인가요?"

다카기가 고개를 갸웃했다.

"아닙니다. 그런 말이 아니에요. 그게 아니라……."

아하, 그렇지. 다카기는 지문이 겐토의 것이란 사실 따위는 모르고 하는 말이었다. 총에 익숙한지 아닌지로 판단할 리가 없었다.

"맨손으로 쥐고 쐈다는 느낌보다는, 오히려 제대로 장갑을 끼고 쐈을 때처럼 미끄럼방지 고무 면에 흔적이 남는 경우 있잖아요, 그거랑 비슷하다고 해야 하나. 왠지 그런 느낌이 듭니다."

으음.

"무슨 말씀인지 잘 모르겠어요."

"저도 잘 모르겠습니다. 그럼 이렇게 가정해보죠. 저 권총 지문의 진짜 주인은 따로 있다고요. 권총에 남겨진 지문 주인의 손 모양을 실리콘 같은 것으로 떠서 얇은 고무 재질로 복제해 장갑을 만들어 껴서 속이는 겁니다."

겐토의 손을 모형으로 떠서 고무장갑을 제작해 착용했다?

"그렇게 만든 장갑을 낀 손으로 당사자의 얼굴을 만져서 피지나 그 밖에 다른 오염물을 일부러 묻힙니다. 이것이 나중에 인주 역할을 합니다. 그 손으로 권총을 쥐고 쏘면 발포한 사람과 전혀 상관없는 사람의 지문과 장문(掌紋)이 성공적으로 권총에 남습니다. 그런데 그게 고무 재질이라서 필요 이상의 악력이 들어가는 거죠. 그래서 권총에 보통 수준 이상으로 지문과 장문이 뚜렷하게 남는 겁니다."

이 가설이 맞는다면 후지모토 살해범은 겐토가 아닌 다른 누군가라는 말이었다.

"다카기 경장님. 그 가정을 입증할 방법이 있나요?"

"그거야 실리콘 모형과 복제된 장갑을 발견하면 될 텐데……."

"다른 방법은요?"

"음, 복제된 사람의 손을 조사하면 아마 실리콘 성분이 남아 있지 않겠습니까? 처음에 지문이 들어왔을 때 완전히 기름투성이더군요. 실리콘 성분이 꽤 많이 남아 있을 겁니다."

겐토 시신의 손?

"뭐, 그 정도로 복제당했을 가능성이 있다는 말밖에 못 하겠죠? 가장 좋은 방법은 진짜 손에 동일한 권총을 쥐여주고 손가락 길이를 대조해서 뚜렷한 차이가 나타나면 입증 가능성이 생기겠지만 그렇게까지 결정적인 차이가 나올지는 모르겠군요."

그렇군.

레이코는 일단 지문 자료를 복사해서 따로 보관해두라고 다카기에게 부탁하고 지문계 방에서 나왔다.

본부 청사에서 나오자마자 이마이즈미에게 연락하여 권총에 묻은 겐토의 지문이 복제되었을 가능성을 보고했다. 그리고 가능하면 죽은 겐토의 손에 실리콘 성분이 남아 있는지 조사해달라고 부탁했다. 이마이즈미는 수사본부 동료 간의 접촉이 현재 불가능해서 조사가 어렵겠지만 일단 와다 과장에게 부탁해보겠다고 약속했다.

전화를 끊고 레이코는 숨을 크게 내쉬었다.

이렇게 해서 후지모토 살해범에 관한 겐토의 혐의를 벗길 실마리가 생겼다.

그러나 고바야시 건은 어떻게 하지.

겐토가 고바야시를 죽인 동기는 차고도 넘칠 지경이었다.

하지만 부엌칼 하나만 갖고 조직폭력배를 살해할 만한 재주가 겐토에게 있었는가도 의심해야 한다.

부엌칼 같은 흉기로 조직폭력배를 찔러 죽인다.

부엌칼로 조직폭력배를 찔러 죽인다.

레이코는 저도 모르게 소리를 지를 뻔했다.

떠올리기 싫은 상상이 머리 안쪽에서 비구름처럼 몰려왔다.

설마, 설마 하고 마음속으로 중얼거렸다.

마키타 이사오는 열여덟 살 때에 도쿠나가 일가의 총수, 도쿠나가 아키라를 회칼로 찔러 죽였다.

어쩌면 마키타가 고바야시를 죽인 뒤 후지모토마저 없애고 그 죄를 겐토에게 씌우려 했다고 가정하면…….

불가능한 이야기도 아니었다.

4과의 마쓰야마 계장은 4대 총수인 이시도 가미야가 입원하고 후지모토가 죽은 지금, 교쿠세이회의 마키타와 다이세이회의 미하라 주변에서 당장 후계 경쟁으로 인한 총격전이 벌어진다 해도 이상하지 않다고 했다.

마키타라면 후지모토를 죽일 동기가 충분했다. 후지모토만 없으면 마키타는 이시도 조직의 부두목 보좌에서 진정한 넘버 투로 승격된다.

그러나 고바야시 살해에는 동기가 없었다.

어떻게 된 거야, 마키타.

일부러 딴생각을 하려고 해도 마키타의 손길이 지금도 레이코의 몸에 남아 있었다. 담배 맛이 나는 혀, 갓 자란 수염, 목덜미를 훑는 입술. 맨살을 어루만지던 손바닥, 속옷 안으로 파고들던 손가락. 하나로 포개졌던 넓은 어깨, 듬직한 가슴, 향수 냄새. 오랫동안 느껴보지 못했던, 가슴이 뜨거워지고 머릿속이 마비될 듯한 감각.

하지만 모든 것이 착각이었을까. 그 모든 손길은 살인범이 레이코에게 던져준 먹이에 지나지 않았던 건가. 마키타의 목적은 레이코가 아니라 레이코가 쥔 수사 정보 따위였다는 말인가.

부정하고 싶었다. 마키타가 폭력배이기는 해도 그럴 사람이 아니라고 부정하고 싶었다.

그러나 불가능했다. 한번 싹튼 의심은 몰아치는 파도처럼 레이코의 열정을 빼앗고 한층 압도적인 힘으로 침식해 들어와서 마키타를 향한 마음을 와해시키려 했다.

천벌을 받았는지도 모른다. 이 상황은 자신이 경찰 조직을 배신하려 했던 것에 대한 응징이 아닐까.

마키타, 어째서…….

레이코는 마음속으로 마키타의 이름을 한 번 더 되뇌던 순간 흠칫 놀랐다.

때마침 손에 든 휴대전화가 진동했다.

틀림없이 마키타라고 확신하며 휴대전화를 열어 화면을 보았다.

예상과 달랐다.

"네, 여보세요?"

"여! 레이코! 잘 있었나? 가끔은 나랑 아침 식사라도 같이 하지그래?"

감찰의무원의 감찰의 구니오쿠 사다노스케였다.

지금 같아서는 누구든 괜찮았다. 구니오쿠가 이런 말을 들으면 기분 나빠하겠지?

"여! 오랜만이야, 레이코. 뭐야, 더 예뻐졌잖아?"

아무튼 기분을 전환할 필요가 있었다. 마키타는 깨끗이 잊고 머릿속을 초기화하고 싶었다.

"기분 탓인가? 오늘 따라 유독 섹시해 보이는데!"

이케부쿠로 역 근처 도시마 시민회관에 있는 패밀리 레스토랑이었다. 이른 아침이라 이런 곳밖에 없었다.

"우수를 머금은 성숙한 여인의 향취…… 그러면서도 훨씬 레이코다워 보이는데. 기왕이면 화사하게 미소라도 지어주면 안 될까?"

그건 불가능.

"죄송해요, 선생님…… 지금 제가 심각하지는 않지만 장단 맞출 기분까지는 아니거든요."

구니오쿠는 입을 삐쭉 내밀었다.

"왜? 일이 잘 안 풀려?"

"머리가 터질 지경이에요."

오랜만에 불붙은 상대가 조직폭력배에다가 지금 맡은 사건의 범인일지 모른다는 말은 입이 찢어져도 못한다.

"사건 때문이야?"

"네, 그야 물론이죠. 맞아요."

"시체 사진이나 현장 사진 갖고 있어?"

"예, 갖고 있어요. 하지만……."

"어디 봐봐."

감찰의가 하는 일은 비자연사한 시신의 검시였다. 주로 자살한 경우나 집 안에서 병사한 경우, 사고사 등이며 기본적으로 타살 분야는 영역 밖이었다. 그러나 레이코는 이제까지 구니오쿠에게 자신이 담당한 살인 사건에 대해 많은 조언을 받아왔다. 이번처럼 수사 자료를 보여주는 일이 특별한 케이스도 아니거니와 나쁜 일이라고도 생각지 않았다.

"이거예요."

가방에서 파일을 꺼내어 펼쳤다. 고바야시 미쓰루의 시체 사진과 현장 사진, 잡다하게 메모가 적힌 현장 입체도가 여러 장에 걸쳐 첨부되어 있었다.

"이거 참…… 어마어마하구먼."

"네, 난도질을 해놨어요. 거기에다 심장에는 최후의 일격까지."

구니오쿠는 시체 사진과 현장 사진을 견주어 보면서 사뭇 오케스트라의 지휘자가 지휘를 하는 듯한 몸짓으로 오른손 집게손가락을 움직이기 시작했다.

"선생님 뭐 하세요?"

"으음, 그림을 그려보는 거야."

그림이라니, 난투극?

"네? 범인이 칼부림한 과정이라도 짚어보는 건가요?"

"어…… 뭐, 그런 셈이지."

설마.

"그런 걸 이 자료만 보고도 아세요?"

"알고말고. 어느 정도는 말이야."

대단해. 어쩐지 한순간에 눈앞이 환해지는 기분이었다.

하지만 구니오쿠는 잠시 고개를 갸웃거리더니 낮게 한숨을 쉬었다.

"왜 그러세요, 선생님. 뭐죠?"

"아니, 뭐…… 각도가 너무 잘 맞아."

"각도라니, 무슨?"

"주변에 튄 핏자국 말이야."

핏자국의 각도?

"무슨 말씀이세요, 선생님. 그게 무슨 뜻이죠?"

"그러니까 이 벽이 여기고, 이 벽이 이쪽이지?"

구니오쿠는 사진을 파일에서 꺼내어 현장 입체도와 대응하는 곳에다 하나하나 늘어놓았다.

"이렇게 와서 이렇게…… 이 바닥의 핏자국은 이쪽에서 이렇게. 이 벽의 핏자국도 이렇게 와서 이렇게 되나? 그렇군."

"대체 무슨 말씀이세요? 전혀 모르겠어요."

결국 이론보단 실증이다. 실제로 재현해보는 것밖에 달리 방법이 없었다.

재현 장소는 분쿄 구 오쓰카에 위치한 도쿄 감찰의무원 3층 강당이었다.
"정말 이런 식으로 검증이 가능해요?"
"괜찮다니까. 전에도 해본 적이 있어. 그때는 똥이 어떻게 튀나 하는 거였지."

우선 근처 목재상에서 가느다란 각목을 사다가 커다란 나무틀을 몇 개 만들었다. 나무틀을 완성하면 그것을 세워 늘어놓고 각각을 맞추어 조립했다. 구니오쿠는 보기와 달리 목공에 자신 있는 눈치였다. 레이코는 망치와 못을, 구니오쿠는 나사와 전동 드라이버를 사용했다.
"선생님, 저도 그런 거 쓰고 싶어요."
"안 돼! 이건 내 전용이야."

그렇게 해서 강당 안에 고바야시가 살해된 거실과 똑같은 모양으로 $20\,m^2$ 남짓한 방을 만들었다.

거기까지 해놓고 이번에는 틀과 방바닥에 모조지를 붙였다. 종이는 이케부쿠로에 있는 잡화매장에서 대량으로 구입했다.
"선생님, 종이가 부족하지 않을까요?"
"으음. 그럼 갈아 붙일 양도 생각해서 다섯 배 정도 사 둘까?"

내일이 벌써 12월 31일, 섣달그믐이었다. 연휴가 시작된 다음 종이가 떨어지면 곤란한 일이었기에 이케부쿠로를 구석구석 돌아다니면서 모조지를 있는 대로 사들였다.

그렇게까지 하면서 방을 완성하는 데 꼬박 하루가 걸렸다.

"그런데 선생님, 이런 일만 해도 본업에 지장 없으세요?"

"뭐, 레이코를 위해서니까. 나중에 유급휴가 신청이라도 해놓으면 돼."

레이코는 작업을 마치고 한밤중이 다 되어 나카노로 돌아갔다. 낮에 이시쿠라에게 현장 확대 사진을 준비해달라고 부탁해둔 참이라 그것을 받으러 가는 길이기도 했다. 그런 뒤 다시 나카노사카우에 역 근처 캡슐 호텔에서 아침까지 묵었다.

다음 날 구니오쿠는 선지피가 가득 든 양동이와 커다란 스펀지, 부엌칼을 준비해두었다.

"이 사진하고 똑같이 저 벽을 향해서 부엌칼을 휘둘러봐."

"이렇게 우측으로 획, 하고 말이죠?"

"내 쪽으로 휘두르지 마."

"알아요. 위험하니까 비켜서세요."

선지피를 적신 스펀지를 부엌칼로 찔렀다가 잡아 뺐다. 그리고 피가 잔뜩 묻은 부엌칼을 '이얏!' 하며 벽을 향해 휘둘렀다. 하지만 생각처럼 쉽지 않았다.

"한 번 더."

구니오쿠가 지시하는 대로 선지피의 양을 조절하거나, 벽과의 거리를 조절하면서 부엌칼을 휘두르는 방향에 다각도로 변화를 주어 반복에 반복을 거듭하며 실험했다.

벽이 피투성이가 되면 다시 모조지를 갈아 붙였다. 선지피가 부족하면 다시 만들었다. 그렇게 해서 납득될 때까지, 현장과 똑같은 혈흔이 벽에 튈 때까지, 레이코와 구니오쿠는 몇 번이고 같은 작업을 되풀이했다.

6

새해가 밝았다. 1월 2일 월요일 오전 8시 30분.

레이코와 구니오쿠는 모조지를 모두 갈아 붙이고서 범행 당시와 가장 흡사하다고 생각한 방법으로 다시 한 번 실험했다.

고바야시가 쓰러져 있던 위치에 섰다. 거기에 양동이를 놓고 부엌칼에 선지피를 묻혀 사방 벽을 향해 휘둘렀다. 물론 모조지에 현장과 똑같은 혈흔이 남을 리는 없었다. 하지만 이번 실험에서는 혈흔의 각도와 피가 튄 형태가 사건 현장과 거의 비슷한 결과를 보였다.

그리하여 구니오쿠와 레이코가 도달한 결론은 이러했다.

고바야시는 수차례 난도질을 당했다. 물론 저항은 했으나 막아내지 못한 채 몸 전체에 상처를 입은 끝에 치명타가 된 마지막 일격을 심장에 맞아 죽음에 이르렀다는 추정은 틀렸다는 결론이었다.

실제로는 우선 심장에 최초의 일격을 맞아 치명상을 입고 거실 중앙 소파 옆에 쓰러졌다. 범인은 첫 번째 공격 후 고바야시의 몸에 일부러 상처를 내어 마치 격렬하게 저항했던 듯이 보이도록 여러 군데에 방어흔을 냈고 같은 위치에서 부엌칼에 피를 묻혀 사방으로 뿌렸음을 확인했다.

요컨대 범인은 조직폭력배인 고바야시를 단 한 번의 공격으로 죽음에 이르게 해놓고, 초보자가 저지른 서투른 범행처럼 보이도록 계획적으로 조작했다는 뜻이었다.

좀 더 정확하게 말하면 범인은 야나이 젠토와 같은 초보자가 아니라 폭력 행위에 훨씬 능숙하며 방어흔이나 살인 현장의 참상 등에 대해서도 익히 아는 이른바 '살인 전문가'라는 결론이었다.

구니오쿠는 더욱 신빙성 있는 의견을 내놓았다.

"분명히 살인에는 능숙한 자일지도 몰라. 냉정하게 해치운 데다 정확해. 하지만 거꾸로 말하면 너무 냉정했지. 설정이 지나쳤어. 굳이 어설픈 초짜 짓으로 위장하려다 되레 꼬리가 잡힌 셈이야. 살인엔 프로일지 모르지만 범행 은폐는 아마추어란 말이지. 자살로 보이는 타살, 병사로 보이는 타살, 사고사로 보이는 타살…… 난 이제까지 그런 식으로 은폐된 살인 현장을 수도 없이 봐왔어. 이래 봬도 오랫동안 자작극 여부를 밝혀주면서 경찰 수사에 공헌해왔다는 자부심도 있다고. 감찰의를 우습게 보면 곤란하다 이 말씀이야."

고바야시 피살은 즉 고수가 풋내기인 척하고 꾸민 범행이다.

레이코는 머릿속으로 당시 정황을 그려보았다.

거실 중앙에서 붓 대신 부엌칼을 움켜쥐고 고바야시의 혈액을 사방으로 흩뿌린 자는 다름 아닌 그 남자. 하지만 그 옆모습은 레이코가 본 적 없는 광기의 미소로 물들어 있었다. 지금은 그 얼굴을 똑바로 응시해야 할 때라고 마음을 굳게 다잡았다.
"저, 선생님."
"어?"
양동이를 든 구니오쿠가 레이코를 돌아보았다.
"만약, 만약에 말이죠. 자기 연인이 범인일지 모른다는 의심이 들면 말이에요. 만약 그런 상황에 처한다면 여자는 어떻게 해야 할까요?"
구니오쿠가 침을 꿀꺽 삼킨다.
"그…… 여자분은 남자에게 진심으로 반했나?"
"음…… 아마도."
구니오쿠는 선지피가 몇 방울 튄 천장을 올려다봤다.
"그렇다면…… 믿어주면 어떨까? 그 여자만이라도 끝까지 남자를 믿어주면 안 되나?"
모르겠다. 적어도 지금의 레이코로서는 쉽지 않다.

강당 뒷정리를 하는데 휴대전화가 울렸다. 화면에 '우치다 다카요'라고 떴다.
레이코는 얼굴에서 소름 돋는 한기를 느꼈다
아차! 본부 감식과에서 잠깐 생각났을 때를 제외하고는 다카요를 새까맣게 잊고 있었다. 배 속의 아이 아빠를 돕지 못했다고 제 일처럼 안타까워한 주제에, 무슨 일 있으면 연락하라면서 약속까지 했던 주제에, 지금까지 염두에 두지도 않았던 것이다.
확실히 자신에게는 그런 허술한 구석이 있었다. 수사에 몰두하기만 하면 그 밖의 다른 일들은 생각지 않는다. 형사이기 전에 한 인간으로서 큰 결점이었다.

그런데 다카요는 왜 이 시점에 전화를 했을까. 겐토의 죽음을 어디선가 알게 된 걸까. 아직 신문에 기사가 실리지는 않았을 텐데.

한숨을 푹 내쉬고 통화 버튼을 눌러 전화를 받았다.

"여보세요, 히메카와 레이코입니다."

"아, 저…… 우치다 다카요예요. 지금 전화 괜찮으신지요?"

간신히 들리는 희미한 목소리를 숨에 실어 내보내는 듯했다. 아무래도 지금 있는 자리에서 전화로 복잡한 이야기를 하기에는 적당치 않다고 생각했다.

"잠깐만요."

나무틀을 해체하던 구니오쿠에게 한 손을 들어 양해 표시를 하고 복도로 나왔다.

"네, 괜찮아요."

"아, 죄송해요. 저, 겐토가 죽었다는 말이 사실인가요?"

역시 알았구나.

말문이 막혔지만 이제 거짓말을 한들 무슨 소용이 있겠는가.

"네, 사실이에요."

한숨을 삼키는 소리가 들리더니 다카요는 한동안 말이 없었다.

"미안해요, 연락 못 드려서. 부서 일도 있고 경찰 쪽에도 여러 사정이 있어서…… 정말 미안해요."

거짓말. 잊고 있었던 것뿐이면서, 하고 내심 생각하며 레이코는 물었다.

"그런데 어떻게 겐토 씨 일을 알게 됐죠?"

"집에 갔더니 문에 노란색 테이프가 걸려 있었어요. 마침 거기 이웃사람이 나와 있어서 물어봤더니 죽은 것 같다고 하더라고요."

노란색 테이프라면 신주쿠 서가 가택수색을 했다는 말일까?

어쩌지? 뭐라고 설명하면 좋을까? 겐토에 대해서 다카요에게 어디까지 말해야 될까?

레이코가 망설이는 사이에 다카요가 말을 이었다.

"형사님, 실은 겐토가 저한테 문자메시지를 보냈더라고요."

난데없이 이건 무슨 말일까.

"그래요, 어떤 내용이었죠?"

"그게 통 뭔 말인지 잘 모르겠어요. 만약 무슨 일이 생기면 찾아서 쓰라고만 하니, 내용은 그뿐이에요. 그다음에는 이상한 영어로 돼 있어가지고."

이상한 영문 메시지라니.

"발송된 날짜가 언제인가요?"

"마지막으로 만화 카페에서 만나고서 바로요."

그렇다면 지난달 18일. 겐토가 사망하기 1주일쯤 전인가?

레이코는 당장 가겠다고 말하고 전화를 끊었다.

다카요가 10시부터 아르바이트라고 해서 레이코는 곧장 만화 카페로 찾아가겠다고 약속했다.

"안녕하세요."

카운터 안쪽에 있던 다카요는 울었는지 눈 주위가 퉁퉁 부었고 불그레했다. 허리를 숙여 인사를 하고 바로 즈머니에 손을 넣어 휴대전화를 꺼내 들었다. 폴더를 열고 몇 차례 버튼을 누르더니 레이코 쪽으로 돌려 보여주었다.

"일부러 와주셔서 고마워요. 그런데 이게 뭘까요?"

분명히 문자메시지 내용은 다카요가 전화를 통해 말한 그대로였다.

만약 무슨 일 생기면 이걸 찾아서 써줘.
C:\WINDOWS\system32\softwareDistribution\Setup\ServiceStartup\wups.dll\7.2.6001.788

레이코는 바로 알아차렸다.

"이거 파일 경로예요."

"파일경로요?"

다카요가 되물었다.

"네, 그러니까 이건 컴퓨터의 폴더 위치를 나타내는 거예요. 여기 C 드라이브에 WINDOWS 폴더가 있고 그 안에 다시 system32 폴더가 있다는 뜻이죠. 나뭇가지처럼 점점 확장되는 구조예요. 이해가 되나요?"

다카요는 인상을 찌푸리며 고개를 갸웃거렸다.

"죄송해요. 제가 사실 만화 카페에서 일하면서도 컴맹이라.

손님이 뭘 물어봐도 대답 못 하는 경우가 많아요."

이것을 수수께끼 영어 문장이라고 여길 정도였으니 그럴 만도 했다.

"네. 하여간 이 경로로 들어간 폴더에 뭐가 있는지 찾아봐야 해요."

다 아는 듯이 말했지만 이 경로만 가지고는 어떤 컴퓨터의 파일을 조사해야 되는지 짐작도 가지 않았다. 'C'는 대개 컴퓨터의 메인 드라이브로 지정된 이름이었다. 어떤 단서도 되지 못했다.

혹시라도 무슨 일이 생기면 찾아서 써달라고 다카요에게 말했으니 겐토의 집에 있는 컴퓨터는 아닐 것이다. 니시신주쿠의 집은 더욱 아니다. 가능성이 있다면…….

"당연히 다카요 씨 집에도 컴퓨터가 있겠죠?"

"없어요. 비싼 데다 있어봐야 전 쓰지도 않고요."

결국 이 만화 카페 안에 있다는 얘기였다.

문득 등 뒤를 돌아보았다. 어두침침한 만화 카페. 목재 칸막이로 구획된 부스는 대충 세어도 스무 개쯤 있는 모양이었다.

"다카요 씨, 여기에 컴퓨터가 몇 대 있죠?"

"열여섯 대요."

"지금 자리에 있는 손님은?"

"그러니까 네 명이네요."

성가시지만 전부 살펴봐야 했다.

레이코는 우선 다카요의 휴대전화 속 문자메시지를 자신의 휴대전화로 수신했다. 다카요는 컴퓨터에는 문외한이었지만 휴대전화에는 능숙했다. 그러고 보니 요전에 겐토의 사진을 적외선 통신으로 척척 보내주기도 했다.

"수신하셨어요?"

"네, 왔어요. 됐어요."

레이코는 그 문자메시지를 외장 메모리카드에 저장하고 그것을 휴대전화에서 분리했다. 이것을 컴퓨터와 호환되는 어댑터로 연결하면 문자메시지의 경로가 아주 간단하고도 정확하게 컴퓨터로 옮겨진다.

다카요에게 어떤 부스가 사용 중인지 확인하도록 한 뒤에 재빨리 작업에 착수했다.

우선은 A5번부터 검사했다.

각 부스에 설치된 컴퓨터에 자신의 외장 메모리카드를 삽입하고 아무 파일이나 무작위로 폴더를 열었다. 화면 위쪽에 보이는 주소창에 저장 장치의 경로를 복사하여 붙여 넣었다.

그러자 곧 '7.2.6001.788'이라는 경로가 가리키는 가장 하위 폴더가 떴다. 그 폴더 안에는 'wups.dll'이라는 파일 한 개뿐이었다. 이 'dll'이란 분명히 다른 응용프로그램과 공유해서 사용하는 하위 프로그램에 붙여진 확장자였다. 즉, 간단히 열어 사용하는 파일이 아니라는 뜻이다. 적어도 컴퓨터에 미숙한 다카요가 어떻게 해볼 만한 종류의 문제가 아니었다.

따라서 이 컴퓨터는 탈락이었다. 레이코는 저장 카드를 쥐고 옆 부스로 이동했다. 똑같은 방법으로 메모리카드를 넣고 패스워드가 가리키는 주소를 열었다. 하지만 여기서도 '7.2.6001.788' 안에 보존되어 있는 파일은 'wups.dll' 뿐이었다. 옆에 있는 텔레비전 전용 부스는 건너뛰고 A2번을 조사했다. 그다음으로 사용 중인 부스는 건너뛰고 옆자리를 조사했다.

낭패다. 사용 중인 부스를 제외하고 모든 컴퓨터를 살펴보았지만 전부 7.2.6001.788로 검색된 폴더 안에는 'wups.dll'밖에 들어 있지 않았다. 어떻게 된 일일까? 겐토는 정말 다카요가 파일을 열 수 있을 거라고 믿었을까? 아니다. 그럴 리 없다. 컴맹이나 다름없는 다카요가 이 파일에서 어떤 의미를 찾는 것은 도저히 불가능하다.

레이코는 일단 카운터로 돌아왔다. 다카요는 카운터 안에서 둥근 의자에 앉아 멍하니 금전등록기 화면만 쳐다보고 있었다.

"다카요 씨, 잠깐만요."

다카요는 깜짝 놀라 고개를 들고 일어났다. 레이코가 다가가도 전혀 알아차리지 못한 듯했다.

"아! 예?"

"이 카페에 지금 부스에서 쓰는 것 말고 또 다른 컴퓨터가 있나요? 문제가 있어서 치워두었다든지."

그러자 다카요는 '아!' 하면서 카운터 안쪽을 가리켰다. 직원용 대기실인가? 폭이 좁은 문이 보였다.

"직원용 컴퓨터 한 대가 안에 있는데요."

그러면 그렇지, 진작 좀 말해주었으면 좋았을걸.

"그것도 살펴봐도 될까요?"

"아, 네 그럼요, 돼요."

안내를 따라 방으로 들어갔다. 약 5제곱미터 크기의 작은 방 안쪽에는 분명히 영업용으로 쓰는 것과 똑같은 컴퓨터가 한 대 설치되어 있었다. 항상 저렇게 두는지 전원이 켜진 채였다.

"실례하겠습니다."

'wups.dll' 외에 '1217.mp4'라는 파일이 있었다. 동영상이나 음성이 담긴 파일이다. 그렇다면 '1217'은 혹시 12월 17일인가. 고바야시 미쓰루가 살해당한 날이다.

파일을 클릭하자 미디어 재생 프로그램이 가동되면서 들릴 듯 말 듯 희미한 소음이 흘러나오기 시작했다. 영상은 나오지 않았다. 무언지 정체 모를 단순한 음성 파일 같았다.

소리를 키웠더니 갑자기 '쌔액' 하는 커다란 소음이 울렸다. 마이크에 대고 손으로 문지르는 듯한 소리였다. 아마도 옷이 스친 모양이었다. 뭐지? 몰래 녹음이라도 하는 건가?

일단 재생을 멈추었다.

"다카요 씨. 헤드폰 있어요?"

"네, 드릴게요."

다카요는 작은 방에서 나가더니 머리와 귀를 단단히 감싸는 큰 헤드폰을 가져다주었다.

"고맙습니다. 전 잠시 이걸 듣고 있을 테니까 일 보세요."

"네, 알았어요."

다카요가 나가는 모습을 보고 나서 헤드폰 잭을 컴퓨터에 연결하고 머리에 썼다. 그런 다음 재생을 클릭.

소리를 더 키우자 때마침 사람 목소리가 들렸다. 그러나 마이크 위치가 멀어서인지 내용을 파악하기는 어려웠다.

상당히 길이가 긴 파일이었다. 화면 하단에 나타나는 분량 표시를 보니 '00:00:48 / 01:45:22'라고 나타나 있다. 총 한 시간 45분짜리 음성이었다.

겐토는 대체 두 시간 가까이 무엇을 녹음했을까?

얼마 동안은 레이코도 무슨 일이 일어날지 예상이 되지 않아 지긋이 소음에 귀를 기울였다. 하지만 점점 지루해져 슬몃슬몃 슬라이더를 움직여서 뒤로 이동시켰다. 그러나 그것마저도 더욱 귀찮아져 과감하게 한 시간 반가량 지난 부분까지 단번에 건너뛰었다. 몇 초 동안은 소음밖에 들리지 않았다.

그때 갑자기 이런 목소리가 흘러 나왔다.

"아, 이럴 때일수록 평소처럼 지내는 것도 중요하겠지. 그래도 좀 더 기다려보라고. 이제 곧 올 테니까.'"

낯익은 목소리였다. 낮고 굵은 권위적인 목소리.

잠깐 침묵이 흐른 뒤에 초인종 소리가 나더니 누군가 새로 등장한 듯한 기색이었다.

"수고했어. 결과는 어떻게 됐나?"

처음 그 목소리였다.

이제는 확실했다. 그것은 마키타의 목소리였다.

옷자락 스치는 듯한 소리가 계속됐다.

"자, 보라고. 어떻게 됐는지."

무슨 말일까. 무얼 보여주고 있을까?

그런 뒤로 몇 초 동안 아무 소리도 들리지 않았지만 레이코도 더 이상 무신경하게 슬라이더를 뒤로 넘기지 않았다. 겐토는 어딘가에서 마키타와 만나 대화를 녹음했다. 분명히 무언가 중요한 의미가 담겨 있다.

"어떤가? 이것이 선생이 원했던 고바야시의 최후야."

선생이라니 누구지? 하지만 고바야시 미쓰루의 최후를 바랐다면 역시 선생이라는 자는 겐토란 말인가?

"내가 보증하지. 고바야시는 확실히 죽었어. 이제 만족하나?"

그랬구나.

아마도 누군가가 고바야시 미쓰루를 살해한 뒤에 사진이나 영상처럼 육안으로 볼 수 있는 형태로 만든 증거를 겐토가 확인하는 장면이 확실했다.

요컨대 마키타는 겐토에게서 의뢰를 받아 고바야시 미쓰루 살해를 다른 누군가에게 청부했다는 얘기였다.

종장

비가 쏟아지던 그날 사무실로 돌아오자마자 가와카미가 물었다.
"형님, 그 여자는 뭐 하는 사람입니까?"
평소 가와카미는 마키타가 만나는 여자에 대해 이런 식으로 참견하지 않았다. 누구십니까, 하고 최소한의 예의를 갖추어 물었다.
틀림없이 무언가 눈치를 챈 듯 보였다.
히메카와 레이코라가 지금까지 마키타가 상대한 여자들과 차원이 다르다는 느낌을 받은 모양이었다.
"그 여자, 경시청 형사야."
순간 가와카미의 낯빛이 변했다.
"어째서……."

"뭐, 여러 가지 일이 있었지."

"무슨 말씀이십니까?"

"됐어. 자네는 몰라도 돼."

솔직히 말하면 마키타 자신도 알지 못했다. 레이코를 어떻게 하면 좋을지. 그녀와 어떤 관계를 맺고 싶은지.

"우리 쪽 사람입니까?"

"아니야."

"그럼 뭡니까?"

"됐다니까. 넌 신경 쓸 필요 없어."

짐짓 화가 난 척하며 이야기를 끝냈다.

그 뒤로 마키타는 이전보다 훨씬 더 주의 깊게 신문을 읽고 텔레비전 뉴스를 살폈다. 겐토의 사망 기사가 나올까 신경 쓰이는지 안절부절못했다.

예상했던 기사는 없었다. 세상은 이미 정월을 맞는 분위기로 흥청거렸다. 야나이 겐토 사건은커녕 후지모토 히데야라는 폭력단의 거물급 간부가 살해된 사실조차 모두 잊어버렸나 싶을 정도였다.

희한하게도 다음 날인 30일에는 4과의 고사카조차 사무실에 얼씬거리지 않았다. 수사에 무슨 진전이라도 있었나. 아니면 마키타에 대한 흥미가 사라졌거나 후지모토 살해 사건과 자신이 무관하다는 결론이라도 내렸나. 그리고 일전에 레이코가 같이 갔던 집 안에 야나이 겐토가 죽어 있을지 모른다고 했던 말과 관련이 있으려나.

레이코에게서도 아무 연락이 없었다.

그렇게까지 협조했는데 이렇다 저렇다 한마디 소식조차 없었다. 그런 부류가 형사란 족속들인지. 정보만 가로채고 그것에 어떤 가치가 있는지는 입을 굳게 닫아버리는 자들이었다. 자신이 형사였다면 어땠을까 하는 상상부터가 무의미하기는 했지만 아마도 크게 다르지 않았을 것 같다. 정보를 받았다고 해서 그 결과를 상대에게 일일이 알려주지는 않겠지.

그럼 자신이 먼저 연락해볼까 하고 생각했다. 전에 그 일은 어떻게 됐냐고 물어봐도 되지 않을까. 얼굴을 보고 싶다고 해도 괜찮지 않을까, 바쁘다고 거절당할지 모르지만 그래도 괜찮을 듯했다. 목소리만이라도 듣는다면 그걸로 충분하다고 생각했다.

하지만 생각과 달리 마키타는 먼저 전화를 걸지 못했다. 자기 안의 유치한 부분을 인정하고 싶지 않은 심리와 레이코가 형사라는 두려움이 공존했다. 예상치 못한 순간에 색깔을 바꾸는 그 눈빛이 자신의 등 뒤에 포복해 있는 음울한 세계를 쉽게 간파하지 않을까 하는 두려움이었다.

휴대전화 목록에서 레이코의 번호를 검색하고는 지웠다. 다시 검색하고는 지웠다. 그러기를 수차례 반복했다.

그때 미하라 데쓰오가 가끔은 고기라도 덕으러 가지 않겠냐고 찾아왔다. 요즘 좀 뜸했다며 낯익은 클럽 여자는 쌜쭉한 얼굴로 가게에 좀 들르라고 뽀로통하게 말했다. 가와카미는 롯폰기에 있는 '실크' 재개장 일정을 의논하는 데 함께 가달라고 부탁했다. 마키타는 전부 거절했다. 그럴 기분이 아니라고 물리쳤다. 맥주만 마시고 텔레비전을 보면서 사무실에 틀어박혀 꼼짝하지 않았다.

시시한 새해 특집 방송뿐이었다. 얼굴과 팀 이름이 따로 노는 코미디언들. 무엇이 재미있는지 모르겠지만 명절 때만 텔레비전에 나오는 나이 많은 만담가. 못난이 주제에 큰 가슴만 내세워서 아둔한 머리를 감추려는 그라비아 아이돌. 유심히 보면 개중에는 안아본 여자가 한둘쯤 섞여 있기도 했다. 그런 무리가 억지로 자아내는 웃음소리를 잔물결처럼 흘려듣고 때로는 자장가 삼아 꾸벅거렸다.

잠결에 전화가 왔을 때 마키타는 아주 잠깐 오늘이 며칠인지, 아침인지 낮인지조차 분간하지 못했다.

휴대전화 시계를 보니 15시 30분이었다. 날짜는 1월 3일.

발신자는 히메카와 레이코였다.

"여보세요."

처음에는 꿈이라고 생각했다.

"예."

"일전에는 여러 가지로 감사했어요."

낮고 사무적인 목소리였다.

두 사람의 관계는 그날을 계기로 바짝 가까워졌다고 생각했지만 이 말 한마디로 훌쩍 멀어지는 느낌이었다.

"뭐, 그건 됐고. 그 집은 어땠소?"

"네, 그 일에 대해 다시 드릴 말씀이 있어요."

마키타가 지난번처럼 격 없이 말해도 레이코는 결코 맞장구치지 않았다. 그 정도로 심각하단 말인가? 아니면 바로 그 성격이로군. 그냥 부끄러움 때문이라고 해석해도 되려나.

"알겠소. 어디로 가면 되겠소?"

"지난번…… 그 주차장에서."

그날 일을 잊지 않았다는 뜻으로도 들렸다. 아니, 그건 지나친 자만일지도 모른다.

"알았소. 몇 시에?"

"몇 시가 좋으시겠어요?"

벽시계를 보았다.

"한 시간 후에 보는 건 어떻소?"

"그럼 4시 반에."

"그럽시다."

"자, 그럼."

전화를 끊은 뒤에도 두근거림은 전혀 없었다.

이제껏 경험했던 흥분과는 다르게 오히려 간질간질한 설렘이었다.

마침 가와카미가 와 있어서 근처까지 운전을 맡겼다. 15분 정도 일찍 도착하여 가와카미는 차에 남기고 혼자 주위를 거닐었다.

새해를 맞은 시로가네다이에는 비가 내렸다. 그다지 세찬 비는 아니었지만 그래도 설날 사흘 연휴 내내 비라니. 눈에 띄게 인적이 드물었다. 거리를 걸어도 거의 사람과 스치는 일이 없었다. 그 덕에 기분 좋게 산책을 만끽했다. 비닐우산을 통해 올려다본 흐린 하늘도 마키타의 가라앉은 기분에 제격이었다.

약속 시간보다 5분쯤 먼저 지난번에 갔던 아파트로 향했다.

어떻게 안으로 들어갈까, 잠시 고민했다. 어차피 만나는 장소는 주차장 안이었다.

차로 내려갈 때처럼 콘크리트 경사로를 걸어 내려가기로 했다. 경사로가 끝난 부분까지는 바깥 불빛이 비쳐 들기라도 했지만 주차장 내부는 달랐다. 밤낮없이 형광등으로 환해지는 세계였다. 지면이 초록색으로 칠해진 탓인지 희어야 할 빛도 초록빛에 더 가까워 보였다.

이전에 차로 지나갔던 길을 따라 걸어 들어갔다. 레이코가 그 위치를 정확하게 기억하고 있을지 의문이었지만 적어도 마키타는 기억했다. 입구에서 직진하다가 막다른 곳에서 오른쪽으로 꺾어 들어가는 길이었다.

곧장 걸어가다가 모퉁이에서 돌면 나오는 곧게 뻗은 통로 끝이 약속 장소였다. 지난번 차를 세웠던 곳에 사람 그림자가 보였다. 검은 코트 깃을 세우고 양손을 주머니에 찌른 채 어깨너비로 발을 벌리고 서 있는 키가 큰 여자였다. 꼼짝도 않고 물끄러미 자기 쪽을 바라보는 듯했다.

마키타는 천천히 다가갔다. 이상하게도 좋아하는 여자를 만나러 가는 기분이 아니었다. 오히려 각성제나 밀수한 권총을 거래할 때 느끼는 긴장감과 비슷했다.

바닥에 그려진 흰색 화살표가 그녀 쪽으로 뻗어 나갔다. 화살표는 바로 앞 기둥 하나쯤에서 오른쪽으로 휘었다. 까딱하면 화살표 지시대로 따라가기 쉬웠다. 그녀에게 닿지 못하고 주차장을 빙빙 돌다 그대로 출구로 향할 듯이.

마침내 그 우회전 화살표가 있는 곳까지 왔다. 마키타와 레이코 사이에는 아직 차 한 대 길이만큼 거리가 있었다.

"늦지는 않았을 텐데."

시간을 확인하지는 않았다. 마키타도 왼손은 주머니에 넣은 채다.

그러자 그녀 쪽에서 오른손을 꺼냈다. 그녀가 총을 쏠 리는 없는데 마키타는 자기도 모르게 발걸음이 주춤했다.

"네, 1분 전이에요."

휴대전화로 시간을 확인하고는 바로 주머니에 넣었다.

"이야기라니, 뭐요? 일전의 그 송장 냄새 나는 빌라?"

그녀가 끄떡였다.

"네, 역시 그 안에 야나이 겐토가 죽어 있었어요. 목을 매 자살했죠."

조명등처럼 천장에 매달려 있었을 겐토의 마른 몸을 상상했다.

"그랬소? 겐토는 결국 죽은 거요?"

그녀가 이번에는 왼쪽 주머니에서 무언가를 꺼내 들었다.

"유서가 있었어요. 이건 유서를 찍은 사진이에요. 내용을 알고 싶나요?"

알고 싶은지 묻는다면 당연히 알고 싶다. 하지만 그 내용을 레이코의 입을 통해 듣기가 두렵다.

"아니면 마키타 씨는 벌써 아는 내용인가요?"

무슨 농담인가 싶었지만 그녀의 얼굴은 웃고 있지 않았다.

"무슨 뜻이오?"

"혹시 짚이는 데 없으세요?"

"없소. 있을 리 없잖소."

그러자 갑자기 금방이라도 울음이 터질 듯 그녀의 얼굴이 일그러졌다.

"솔직하게 말해줘요."

"뭘 말이오?"

무슨 의도에서 하는 말인지 파악하기 힘들었다.

"어째서 내가 안다는 거요?"

그 말에는 대답하지 않았다.

"됐고, 이제 가르쳐주시오. 그 유서에 뭐라고 쓰였는지."

그녀는 손에 쥔 것을 열어보지도 않고 말했다.

"겐토는 이 유서에…… 고바야시 미쓰루와 후지모토 히데야를 살해했다고 고백했어요."

바람도 불지 않는데 온몸이 떨렸다.

"그런 어리석은…… 겐토가 후지모토를 죽일 리 없소. 동기도 없는 데다 애초에 불가능한 일 아니오?"

"그럼 고바야시 살해 동기는 짐작 가는 점이 있나요?"

멀리서 자동차가 다가오는 소리가 들렸다. 어디쯤에선가 커브를 도는 듯했다. 그녀가 계속 물었다.

"마키타 씨는 겐토가 고바야시를 살해한 동기를 아시나요?"

이 지경까지 와서 시치미를 떼봤자 소용없는 일인가?

"네, 알고 있소. 그 녀석은 고바야시를 증오했소. 그 녀석의 누나를 죽인 자가 고바야시였다고 하는 이야기는 들어서 알았소."

"그런 얘기를 듣고 당신은 어떻게 했죠?"

이 여자는 어디까지 아는 걸까?

"어떻게……라니?"

그 전말을 무슨 수로 설명하겠는가.

"당신은 겐토가 고바야시를 증오한다는 사실을 알고서 겐토를 뭐라고 유혹했나요?"

유혹하다니? 무슨 뜻인지 도통 이해가 가지 않았다.

또다시 어디선가 타이어가 미끄러지며 날카로운 소리를 냈다.

"말하기 어려우시면 제가 먼저 말해도 될까요?"

마키타가 잠자코 있자 그녀는 손에 들고 있던 유서를 주머니에 넣고서 그 자세로 이야기를 시작했다.

"당신은 겐토가 고바야시를 증오한다는 사실을 알고 그 살해 청탁을 받아들였어요. 아마도 겐토는 복수를 대신 이뤄준 당신을 분명히 신뢰했을 거예요. 하지만 당신은 그를 배신했어요. 나중에 경찰에게 고바야시 살해범이 야나이 겐토라고 제보 전화를 걸었죠. 아는 여자를 이용해서……."

제보라니 무슨 말이지? 아는 여자?

"게다가 고바야시 살해 수법을 마치 겐토의 범행으로 보이게끔 아마추어 짓으로 위장했어요. 그렇게 해서 야나이 겐토를 살인범으로 만들었다는 확신이 생긴 당신은 다음 목표로 옮겨 갔죠. 진유회 후지모토 히데야를 살해하고 그 권총에 겐토의 지문을 묻혀서는 나카노 서 관내에서 발견되도록 조작했어요. 일부러 누군가를 이용해서 겐토 본인이 권총을 들고 배회하다 도망가면서 떨어뜨린 듯 연극까지 했죠."

저 입을 막아버리고 싶은 충동과 끝까지 듣고 싶은 호기심이 가슴속에서 뒤엉켰다.

"그리고 마무리로…… 고바야시 살해 후 납치한 겐토를 후지모토 살해 뒤에 목을 매 자살하게끔 만들었어요. 두 사건의 범행에 대해 자백하는 유서를 쓰게 한 뒤였죠. 당연히 자살을 강요했겠죠. 너 스스로 죽지 않으면 지금 사귀는 여자가 어떻게 될지 장담하지 못한다, 그런 식으로 협박하지 않았나요? 아니면 혹시 그녀의 배 속에 겐토의 아이가 있다는 사실을 애초에 알았나요? 그것까지 들먹여서 겐토를 위협했나요? 여자와 아이가 어떻게 되든 상관없느냐고 말이에요."

모른다. 그런 일 따위는 금시초문이었다.

"아니오. 믿어줘요. 난……."

"믿고 싶어요!"

그녀가 몸을 움츠리며 소리쳤다.

"나 역시 당신을 믿고 싶어요. 하지만 그게 안 돼요. 고바야시라는 트릭도, 후지모토 살해 시점도 전부 당신과 들어맞잖아요. 겐토의 자살까지 포함해서 전부…… 전부 당신에게 짜 맞춘 듯 사건이 흘러가잖아요."

그녀가 이를 악물고 고개를 떨어뜨렸다.

부드러운 머리카락이 어깨 앞으로 사르륵 쏟아져 내렸다.

"좋아했는데, 믿었는데……."

들릴 듯 말 듯 희미한 목소리였다.

그러나 마키타는 알아들었다.

좋아했다고 믿었다고, 그녀는 분명히 그렇게 말했다.

가장 듣고 싶은 말이었다. 그 무엇보다 그녀가 해주기를 바랐던 말이었다. 하지만 이런 상황에서는 듣고 싶지 않았다. 전혀 다른 순간에 전혀 다른 곳에서 들어야만 했다. 그것도 과거형이 아닌 현재형으로…….

그렇다면 이제는 믿지 않는다는 뜻인가? 좋아하지 않겠다는 뜻인가? 내가 폭력배라서? 살인을 했기 때문에? 하지만 당신은 이미 모든 사실을 인정해주지 않았던가? 인정했기에 몸을 맡겨주었잖아? 가슴을 열고 안겼잖아. 틀림없이 이 자리에서.

그때와 무엇이 달라졌지? 나는 아무것도 변하지 않았다. 변했다면 그것은 당신이다. 어째서. 겐토의 시체가 발견되어서? 유서가 나와서? 어째서 전부 내 탓이란 말인가? 왜 내가 저지른 짓이라는 것인가? 밀려드는 상념들로 혼란스럽기 짝이 없었다.

그때 마키타 쪽에서나 레이코 쪽에서도 모두 사각 범위에 드는 오른쪽 기둥 그늘에서 누군가가 나타났다

"제가 말씀드리지 않았습니까? 형님은 이 일에 직접 나서시면 안 된다고."

가와카미였다. 손에 든 권총이 레이코를 향해 있었다.

"이봐, 너! 무슨 짓이야?"

마키타는 간신히 발을 내디뎠다.

"하필 이런 형사를 끌어들이시다니 더 이상 두고 볼 수가 없습니다. 처리해야 합니다."

가와카미가 레이코와 거리를 좁혔다. 총구를 레이코의 관자놀이에 갖다 댔다. 그러나 그대로 쏠 작정은 아닌 듯했다. 우선 레이코의 등 뒤로 돌아가 꼼짝 못 하게 붙들었다. 어디로 끌고 갈 작정이지?

"그 사람 놔줘."

"이런 여자 따위는 이제 관두세요. 형님은…… 형님은 더 높은 곳만 보셔야 합니다."

가와카미, 너…….

"전 형님이 성공하셨으면 좋겠습니다. 점점 더 윗자리로 올라가셔야 합니다. 이시도 간판을 등에 업고 마침내는 야마토회를 차지하셔야 한다 이겁니다. 이런 데서 이따위 여자나 감싸주는 시시한 짓은 그만두십시오."

큰일이다. 가와카미뿐이 아니었다. 뒤에는 시게루까지 있었다. 게다가 평소보다 더 분위기가 수상쩍었다. 눈을 있는 대로 크게 뜨고 마키타를 응시한 채 비웃고 있었다.

그 손에는…….

* * *

기둥 그림자에서 가와카미라는 마키타의 부하가 권총을 쥐고 불쑥 나타났다. 게다가 몇 걸음 뒤에는 한패가 있었다. 왜소한 체구의 남자. 레이코는 어쩐지 그 얼굴이 낯익었다.

치켜 올라간 눈.

설마 그 여자인가. 아카쓰쓰미의 빌라에서 나왔던 고양이 눈을 한 여자? 아니, 남자인가? 여자? 어느 쪽이지?

가와카미는 레이코와 어울렸던 마키타를 비난했다. 더 이상 두고 보지 못하겠다며 여자는 처리해야 한다고 차갑게 내뱉었다. 총구를 겨눈 채 레이코를 붙들고 있었다. 그러나 레이코는 아직까지는 괜찮다고 생각했다. 시간을 좀 더 끌 수 있다고 확신했다.

가와카미가 말을 이었다.

"전 형님이 성공하셨으면 좋겠습니다. 점점 더 윗자리로 올라가셔야 합니다. 이시도 간판을 등에 업고 마침내는 야마토회를 차지하셔야 한다 이겁니다."

머리를 얻어맞은 듯한 충격을 받았다. 자기도 모르게 마키타를 바라봤다. 마키타도 놀란 얼굴이었다.

무슨 의미일까.

마키타가 아니란 말인가. 일련의 사건은 전부 이 가와카미라는 남자의 계략이었나.

혼란한 마음이 레이코의 반응 속도를 떨어뜨렸다.

낯빛을 바꾼 마키타가 돌진해 왔다. 시선은 레이코의 왼쪽에 있는 고양이 눈을 한 남자 쪽을 주시했다. 엉겁결에 레이코도 그쪽으로 얼굴을 돌리자 남자가 손에 칼을 쥐고 레이코를 향해

왔다.

 아뿔싸! 양손을 가와카미에게 잡혀 있어서 옴짝달싹하지 못했다. 상황 파악이 한발 늦었다. 달려드는 마키타의 등 뒤 10여 미터 떨어진 곳에서 자동차 그늘 속에 숨어 있던 유다, 하야마, 기쿠타가 뛰어나왔다. 그들 말고도 현장 수사관, 지원 나온 특수반 계원들이 그곳을 포위하듯 경계하고 있었다. 전원 방탄조끼를 착용하고 권총을 휴대했다. 그러나 그것도 지금 이 순간에는 모두 무용지물이었다.

 꼭 필요한 순간에 움직인 사람은 마키타 한 명이었다.

 "비켜!"

 레이코 앞을 가로막고 서는 마키타.

 그 등에 가려 흘낏 보이는 고양이 눈의 남자.

 흠칫했다.

 남자는 레이코가 목적이 아니었다.

 틀림없이 마키타를 주시하고서 그를 목표로 해서 허리에 찼던 칼을 찌르려고 했다.

 툭! 몸과 몸이 부딪치는 둔탁한 소리가 났다.

 "전부 움직이지 마!"

 밀물처럼 쏟아져 들어오는 우레와 같은 발자국 소리. 날카롭게 울리는 웃음소리. 레이코를 붙잡고 있던 힘은 풀렸고 사람 그림자가 벽처럼 주위를 에워쌌다. 눈앞에서 마키타의 등이 앞으로 푹 고꾸라졌다.

 "확보! 확보!"

손을 뻗자 마키타의 커다란 등에 바로 닿았다.

다가가 껴안자 묵직한 몸이 그대로 레이코의 팔 안으로 쓰러졌다.

레이코는 지탱하지 못하고 그 자리에 주저앉았다.

"마키타 씨?"

그의 눈이 졸린 듯 깜빡였다.

"마키타 씨…… 마키타 씨!"

하얀 셔츠의 옷깃 근처로 검은 무늬가 떠올랐다.

셔츠 속에서부터 검은 얼룩이 번져나갔다.

"마키타 씨, 정신 차려요. 마키타 씨."

"구급차!"

누군가가 외쳤다.

레이코가 얼룩을 만지려 하자 어디선가 고함 소리가 들렸다.

"비켜, 만지지 마!"

왜. 왜 이런 일이…….

내가 불러내서? 나 때문에 마키타가 이런 끔찍한 일을 당했나? 이봐요, 그런가요?

"아니."

눈을 떠요. 이봐요, 마키타 씨. 눈을 뜨고 나를 봐요.

"안 돼, 안 돼!"

이렇게 빌게요. 그만해요. 이런 장난은 싫어요.

농담이죠? 내가 당신을 의심해서, 그래서 짓궂게 구는 거죠? 되갚아주려는 거죠? 이봐요, 사과할게요. 당신을 의심했던 거,

사과할 테니까 용서해 줘요. 이제 이런 연극은 그만해요. 눈 뜨고 '속았지!' 하면서 웃어봐요. 내가 필요하다고 했죠? 나를 갖고 싶다고 했죠? 그래요. 이제는 당신 마음대로 해도 좋으니까. 그러니까 용서해줘요, 마키타 씨.

제발 부탁이에요. 그 손으로 다시 한 번 나를 안아줘요.

1월 3일 16시 58분. 가와카미 요시노리는 총기 및 도검류 소지법 위반, 이토 시게루는 총기 및 도검류 소지법 위반과 살인미수 등의 혐의를 받고 현행범으로 체포되었다.

가와카미는 체포된 뒤에 고바야시 미쓰루와 후지모토 히데야, 야나이 겐토의 살해를 이토 시게루에게 청부했다고 진술했다. 수사본부는 차후 재입건도 염두에 두고 계속 조사를 진행했다.

한편 시게루는 모든 범행에 대해 묵비권으로 일관했다. 취조를 시작할 당시만 해도 본인 신원조차 밝히지 않았지만 가와카미의 진술과 증거 조사로 그 정체가 서서히 드러났다.

시게루에게는 여장 취미가 있어서 평소에는 '이토 루미'라는 이름으로 지내는 모양이었다. 가까운 사람조차도 시게루의 이중생활을 전혀 모르는 듯했다.

시게루와 가와카미는 약 14년 전 가와카미가 '핫추즈'라는 타코라이스 체인점을 시작할 무렵부터 어울린 사이였다. 두 사람은 처음부터 애인 관계였다고 한다. 물론 가와카미는 이토가 남자라는 사실을 알고 교제했다. 결국 가와카미에게도 남색 성향이 있었다는 뜻이다.

그러나 와타나베 유타라는 진유회 단원이 아마도 시게루를 여성으로 착각하여 짝사랑했고, 그것이 '핫추즈' 전체의 문제로 커진 무렵부터 두 사람 사이에 금이 가기 시작한 모양이었다. 문제 해결에 도움을 준 마키타 이사오에게 가와카미가 마음을 빼앗기자 이를 질투한 시게루는 가와카미 곁을 떠났다.

하지만 시게루는 가와카미를 끝내 잊지 못했던 것으로 보인다.

마키타의 부하로 들어가서 교쿠세이회에 가입한 가와카미의 마음을 자기 쪽으로 돌이키고자 시게루 역시 검은 사업에 몸을 던졌다. 장기인 여장술을 한껏 발휘해서 사기와 공갈, 불법마약 밀매, 뒷소문 따위를 수집하는 동안 살인에까지 손을 뻗었던 모양이다.

가와카미는 입안의 혀처럼 구는 시게루를 여러 가지 일에 이용해왔다. 결국에는 둘 사이의 성적인 관계도 회복되어 시게루는 검은 사업에서나 사생활에서나 가와카미의 보조 역할로 되돌아갔다.

그러나 그들의 갈등이 칼로 물 베기처럼 해소된 것은 아니었다. 가와카미의 마음은 오히려 마키타를 향해 있었다. 그것을 시게루는 견디지 못했던 모양이다. 때때로 불만을 표시하기도 하고 가와카미에게 교쿠세이회에서 발을 빼도록 애원하는 지경까지 이르렀다. 하지만 가와카미는 그 애원을 본체만체하면서 시게루를 이용하기만 했다. 가와카미는 마키타가 자신이 남색이라는 것을 몰랐을 거라고 진술했다. 가와카미는 두 얼굴의 가면을 쓰고 마키타 앞에서는 남들처럼 여자를 희롱하기도 했다고 한다.

그러다가 일련의 범행이 시작되었다.

우선 시게루는 고바야시 미쓰루를 교묘히 속여서 방으로 불러들여 찔러 죽였다. 다음 날 오전에 자기 집으로 돌아온 겐토를 납치했다. 그런 다음 경찰에 야나이 겐토를 용의자로 제보하면서 지문 조작 작업도 빼놓지 않았다. 그 전부터 이토 루미 신분으로 유혹해두었던 후지모토 히데야를 권총으로 사살한 뒤 겐토의 지문을 그 권총에 묻혀서 경찰 쪽에 흘러들게 했다. 그 모든 범행을 시게루 혼자 해치웠다. 가와카미도 아이디어를 냈고 겐토를 납치할 때 협력하기도 했지만 실행범은 어디까지나 시게루라고 진술했다. 물론 그들의 진술을 곧이곧대로 믿고 사건을 종결할 수는 없었다. 계속 조사를 진행하여 사건의 전말을 밝혀내기 위한 증거를 수집해나갈 것이었다.

레이코도 본부의 일원이었으므로 당연히 수사에 참가했다. 하지만 가와카미와 시게루를 취조하는 일은 아니었다. 그들이 동거했던 집의 가택수색 팀에 지원하여 맡은 소임을 다했다. 자세히 말하면 현장에서 압수한 본뜨기용 실리콘이나 복제용 액체합성고무가 어떻게 범행 위장에 쓰였는지를 입증하는 일이었다.

이유는 단 하나였다.

그것이 마키타와 가장 멀리 거리를 둔 수사 범위라고 여겼기 때문이다.

사건 발생 뒤에 마키타는 신주쿠 시내에 있는 병원 응급실로 후송되어 몇 시간에 걸쳐 대수술을 받았다. 시게루가 마키타를 찔렀을 때 마구잡이로 손을 놀려 칼을 두세 번 휘저었는지 한 차례 찔린 것 치고는 내장이 심각하게 손상된 상태였다. 그래서 출혈이 좀처럼 멈추지 않는다고 했다.

오늘도 마키타는 병원에서 생사의 갈림길을 헤매고 있었다.

"레이코 아가씨, 좀 쉬지그래."

시모이가 틈틈이 걱정해주었다. 그러나 하던 일을 멈추면 또다시 마키타가 떠올랐다. 무력하게, 그가 회복하기만을 기도하는 게 고작이었다.

"괜찮아요. 아직 멀쩡해요. 시모이 계장님은 이제 돌아가세요. 여러 가지로 귀찮게 해드렸는데 여기는 제가 맡을게요."

감식과에서 가지고 온 실리콘과 고무 성분에 관한 보고서를 읽고 그것을 겐토에 대한 사체검안서 내용과 대조하여 수사보고서로 작성했다. 화학 전문용어가 많아 난해했지만 오히려 그 점이 현재 레이코에게는 큰 도움이었다. 마키타에 대한 생각이나 그를 필요 이상으로 의심했던 어리석음에 대한 자책. 그런 상념을 외면하려는 스스로를 합리화시킬 구실로 삼았다.

또한 맡은 일을 완수하여 1과를 구하고 싶은 바람도 있었다. 얼마나 완벽하게 나가오카가 원했던 대로 될지는 모를 일이었다. 다만 어떻게 해야 고바야시 사건에서 야나이 겐토를 분리시킬 수 있는지. 9년 전 사건을 건드리지 않고 종결지을 방법은 없을지. 레이코는 지금 그 방법을 찾아야 했다.

단독 수사를 감행했다는 이유로 같은 편이 피해를 입는 결과만은 바라지 않았다. 9년 전 사건에 대한 연관성만이라도 지운다면 와다나 이마이즈미도, 10계도, 히메카와 반도 별다른 문책 없이 무사하리라.

그곳은 살인 담당 형사로 자신을 키워준 부서였다. 이를테면 레이코에게 1과는 학교였고, 10계는 학급, 히메카와 반 구성원은 책상을 나란히 하는 급우이자 형제나 다름없었다. 레이코는 남들에게는 강한 척해도 그들 앞에서라면 눈물을 감출 필요도 없었고 약한 모습을 보여도 괜찮았다.

그런데도 이번 사건에서 자신은 그들을 거의 배신한 것이나 마찬가지였다. 후회했다. 도리를 거스를 뻔했다. 이 일은 자신이 지은 죄에 대한 벌이라고 여겼다. 그래서 필사적으로 해결해야 했다. 그보다는 무언가 방법이 있다고 믿었다. 지금 이곳에 존재하는 수사 자료 어디쯤엔가 나가오카와 협상할 만한 자료가 틀림없이 있다고 생각했다.

1월 13일 금요일 오전 11시.
경시청 본부 청사 6층 1회의실.
기자 회견석 한가운데에 앉아 있는 사람은 와다 과장이었다. 오른쪽에는 하시즈메 관리관이, 왼쪽에는 이마이즈미 계장이 자리 잡고 있었다.
"작년 12월 17일에 발생한 폭력단 로쿠류회 단원인 고바야시 미쓰루 사건과 더불어 12월 25일에 발생한 진유회 회장 후지모토 히데야 살해 사건에 대한 수사 결과를 발표하겠습니다."

회의실은 수많은 보도진으로 가득 찼다.

일제히 플래시가 터졌고 그 소란이 가라앉은 뒤에야 와다가 입을 열었다.

"앞선 두 사건은 지정 폭력단 교쿠세이회 단원이었던 43세 가와카미 요시노리가 계획하고 36세 이토 시게루가 실행한 사건으로 보고 현재도 조사를 진행하는 중입니다. 두 사람은 1월 3일 미나토 구 시로가네다이 3가 ×아파트 단지 내에서 폭력 사건을 일으켜 총기 및 도검류 소지법 위반 및 살인미수 현행범으로 같은 날 16시 58분에 체포되었습니다. 당시 소속 단체인 교쿠세이회 회장 48세 마키타 이사오가 이토 시게루의 칼에 찔려 6일 밤 8시 50분 병원으로 후송되었으나 사망했습니다. 이로 인해 이토 시게루의 피의 내용은 살인 두 건과 살인미수 한 건에서 살인 세 건으로 바뀌었습니다. 그럼 이어서 사건의 자세한 경위를 말씀드리겠습니다."

레이코는 회의실 맨 뒤에서 기자 회견을 지켜보는 중이었다. 와다가 뭐라고 발표할지는 레이코를 비롯한 본부 수사관도 전혀 알지 못했다.

그래서 와다가 9년 전 야나이 지에 살해 사건부터 언급하기 시작했을 때는 깜짝 놀라고 말았다.

"이상의 진술에서 드러난 사건의 전말은 야나이 겐토가 누나의 죽음에 대한 원한으로 고바야시 미쓰루 살해를 마키타 이사오에게 의뢰하였고 그것을 가와카미 요시노리가 중개하여 이토 시게루가 실행했다는 내용입니다. 그리고……."

후지모토 히데야 살인 사건에 대해서도 숨김없이 발표했다. 가와카미 요시노리가 마키타 이사오를 이시도 조직 내에서 출세시킬 목적으로 범행을 계획하여 이토 시게루에게 사주했다. 게다가 두 사람은 두 사건을 야나이 겐토의 범행으로 조작한 뒤 겐토가 스스로 자살하게끔 몰아갔다.

상당히 복잡한 경위였으므로 텔레비전이나 일간지 기자는 정황을 금방 이해하지 못하는 듯 보였다. 그러나 한 1과 담당 기자는 달랐다. 수사 과정의 문제점을 날카롭게 지적했다.

"1과 과장님께 묻겠습니다. 말씀대로라면 이번에 발생한 일련의 사건은 9년 전에 있었던 야나이 지에 살해 사건 조사 중에 경시청이 용의자를 피해자의 부친 야나이 아쓰시 씨로 몰아갔던 것이 근본적인 원인이었다는 얘기처럼 들리는데요, 그 점에 대해선 어떻습니까?"

플래시가 일제히 번쩍거렸다.

와다가 마이크를 입으로 가까이 가져갔다.

"지적하신 대로입니다."

같은 기자가 질문을 계속했다.

"다시 말해 야나이 아쓰시 씨는 범인이 아닌데도 딸을 죽인 범인으로 몰려 그것을 괴로워한 나머지 경찰의 권총을 빼앗아 자살했다는 말씀입니까?"

"9년 전 사건의 진상은 지금도 명확치 않습니다만 당시 수사 정보 누설과 그에 따른 언론보도가 야나이 아쓰시 씨의 자살을 초래했다는 점은 사실이라고 생각합니다."

"그럼 야나이 겐토가 꾸민 고바야시 미쓰루 살인 사건은 9년 전의 수사가 실패하지 않았다면 일어나지 않았을 사건이라고 생각해도 되겠군요?"

이상했다. 저 기자, 사건 내용을 완벽하게 파악하고 있지 않은가.

"경시청이 9년 전 사건의 진상을 규명하는 데 소홀했다는 점에서 일정 부분 책임이 있다고 생각합니다."

회의실 전체가 술렁였다. 탁자 양옆에 자리한 형사총무과 직원도 아연실색한 얼굴로 마주보았다.

"또 하나 묻겠습니다. 9년 전의 불기소 사건이 발단이 되어 이번 일련의 사건이 발생했습니다. 거기서 야나이 겐토를 포함해 네 명의 희생자가 나왔습니다. 경시청은 그 책임을 어떻게 생각하십니까?"

와다와 양옆에 앉은 하시즈메와 이마이즈미는 동시에 자세를 바로잡았다.

하지만 어디까지나 대답은 와다의 몫이었다.

"9년 전 당시 수사 관계자 대부분은 이미 경시청에 없습니다. 하지만 이번 고바야시 미쓰루 살해 사건 발생 시점에 야나이 겐토를 수사선상에 포함시키지 못했던 점은 지금의 경시청 형사부에 책임이 있다고 생각합니다."

"게다가 사건이 연쇄적으로 발생한 건 어떻게 생각하십니까?"

"희생자 세 명이 잇달아 나왔다는 점에서 책임을 통감합니다."

다른 기자가 끼어들어 큰 소리로 질문했다.

"그것에 대한 책임은 어떻게 지실 겁니까?"

와다는 회의실 전체를 둘러보며 마이크를 고쳐 들었다.

"형사부장을 비롯해서 이 수사에 관련된 형사부 간부가 마땅히 각자의 자리에서 물러나야 한다고 생각합니다."

말을 끝내고 와다가 자리에서 일어나자 하시즈메와 이마이즈미도 따라 일어났다.

"사건을 미연에 방지하지 못하여 시민 여러분께 큰 불안과 심려를 끼쳐드린 점 진심으로 사죄드립니다."

세 사람이 머리를 숙였다. 다시 한 번 일제히 터지는 플래시.

고개를 든 와다가 출구로 향했다. 총무과 직원이 그를 호위했다. 사진을 더 찍으려는 기자, 그 자리에서 소속 회사로 전화를 거는 기자, 회의실에서 뛰어나가는 기자 등 가지각색이었다.

그런 소동 가운데 접이식 의자에 앉은 채 어깨를 떠는 남자가 있었다. 가까이 다가가 보니 조금 전 와다에게 제일 먼저 질문을 던진 1과 담당 기자였다.

옆얼굴을 보는 순간 생각이 났다. 조요 신문의 소네 기자였다. 와다와 종종 술을 마시러 가거나 과장 집무실에서 마주 앉아 잡담을 나누는 막역한 사이였다. 그는 울고 있었다. 연필과 노트를 움켜쥔 채 이를 악물고 있었다.

레이코는 아무 말도 하지 않았다.

복도는 여전히 아비규환이었다.

레이코는 기자와 카메라맨을 헤치고 간신히 과장실에 다다랐다. 총무과 직원이 삼엄하게 문 앞을 지키고 있었다. 하지만 레이코가 흘깃 쏘아보자 한 사람이 재빨리 비켜섰다.

하시즈메와 이마이즈미는 소파에 앉아 있었다. 와다는 안쪽 집무실 책상에 앉아 통화 중이었다.

한동안 말없이 수화기를 들고만 있다가 잠시 후에 전화 끊겠습니다, 하고 한마디 한 뒤 수화기를 내려놓았다.

레이코는 목례를 하고 안으로 들어갔다.

"과장님, 아까 그건 도대체 어떻게 된 일입니까"

와다는 뜻밖에도 레이코에게 미소를 지으며 일어났다.

"레이코. 이번 일에 고생이 많았지? 자네가 없었다면 사건이 이렇게 해결되지 않았을 거야. 고맙다고 말하고 싶군. 정말 고맙네."

레이코는 끝까지 듣지 않고 말했다.

"그런 말이 아니잖아요. 회견에서요. 그 말씀은 총사퇴라는 뜻 아닙니까?"

"맞아. 새로 시작하는 거야. 수사 1과를 싹 바꾸는 거지."

"어째서……."

몸을 가누지 못하고 자신도 모르게 과장의 책상에 두 손을 짚었다.

"전 이런 결과를 바라고 지금까지 수사했던 게 아닙니다."

"그래, 그럴지도 모르지. 하지만 이번 결정은 내 나름대로 고민 끝에 내린 결론이야. 나 혼자만의 결정이 아니라 하시즈메나 이마이즈미도 상의 끝에 찬성한 일이라네."

"그럴 리가. 하지만 마키타나 겐토가 죽은 마당에 9년 전 사건 따위를 거론하지 않아도 사건 설명은 충분하지 않습니까? 입건도 가능하잖아요? 그렇다면 나가오카 부장님도 이 일에?"

와다는 미소를 머금은 채 고개를 천천히 가로저었다.

"그런 자가 설치게 놔두면 세상을 위해서도 안 될 일이야. 그럼, 안 되고말고. 경찰 전체에도 좋은 영향을 주지 못하지."

와다는 역시 자신이 희생할 심산으로 이 기자 회견을 열었다는 말인가. 의도적으로 친분이 있는 기자에게 부탁하여 민감한 질문을 던지게 함으로써 공개적으로 책임 문제를 언급했다는 이야기다.

"히메카와 레이코. 오랜 시간을 한 가지 형태로 정체되어 있는 조직은 바람직하지 않아. 부서지기도 하고 가지를 쳐내면서 새로운 기운을 채워나가야 해. 조직은 붙잡고 늘어질 대상도 아니고 기어오를 대상도 아니야. 각자가 땅에 발을 딛고 버티고 서서 지탱해야 할 존재라네. 지금 자네처럼 말이야. 조직 구성원이 모두 자네만 같아도 좋겠지만 유감스럽게도 그렇지가 않아. 어떻게든 자기 한 사람만은 뒤로 물러서서, 가능하다면 아예 엮이지 않고 조금이라도 전망 좋은 곳에 올라가서 편의를 누리려고 하지. 아무리 봐도 그런 인간들만 우글우글한 것 같아. 웬만하면 모든 경찰들에 그런 의식이 만연했다고 생각하고 싶지는 않지만 말일세."

레이코는 더 이상 뭐라고 대꾸할 말이 없었다.

"자네 상사까지 말려들게 한 데에는 변명의 여지가 없군. 그리고 내 바람이 어디까지 이루어질지 모르겠네만 자네는 지금 이대로 수사 1과에 남아주었으면 좋겠어. 이 몸을 걸고서라도 그 바람만은 이루어지도록 돕겠네."

와다가 레이코의 어깨를 두드리자 그 반동으로 눈물이 쏟아졌다.

"히메카와 레이코, 난 수사 1과가 좋아. 이런 꼴로 자리에서 물러나고 싶지는 않았네만 자네 같은 형사와 마지막까지 함께 일했다는 것을 자랑스럽게 생각한다네. 둘도 없이 귀한 훈장이라고 생각해."

따뜻한 손이었다. 부드럽고 말랑말랑한데다 고왔다.

"새로운 1과를 만들게, 히메카와 레이코. 자네가 만들어가. 자네들 한 사람 한사람이 만드는 거야."

"네."

겨우 그뿐, 제대로 답할 수 없었다.

목에 무언가 걸려서 레이코는 고개만 끄덕였다.

와다는 그 뒤로 돗토리 현 경찰학교 교장으로 임명되어 경시청을 떠났다. 교장이라고 하면 듣기에는 그럴듯하지만 돗토리 현 경찰 규모로 보면 학교장은 경장에 해당하는 지위였다. 원래 직위가 총경이기는 했지만 경시청 소속 경찰관이 다른 지방으로 이동하는 일은 드물어서 그것이 징계성 인사이동이라는 점은 누가 봐도 분명했다.

그리고 돗토리 현 경찰 본부장으로 취임한 사람이 나가오카 치안정감이었다. 당연히 좌천이었지만 나가오카의 이동이 먼저 정해지고 와다가 그 영향을 받았는지 아니면 단순한 우연이었는지 레이코는 알 재간이 없었다.

한편 하시즈메는 하치오지 서의 부서장, 이마이즈미는 히가시무라야마 서 형사과 과장 대리로 옮겨 갔다. 강력반 10계는 완전히 해체되어 구사카를 포함한 몇 사람만이 수사 1과에 남고 나머지는 다른 과로 이동하거나 관할 서로 나갔다.

와다는 희망적으로 말했지만 레이코가 무사한 채 끝날 리가 없었다.

2월 20일, 월요일.

"수사 1과에서 온 히메카와 레이코입니다. 잘 부탁드립니다."

레이코는 이케부쿠로 서 4층, 형사과 강력계에 서 있었다. 직함은 담당 계장. 계원은 레이코를 포함해서 여덟 명. 경위가 네 명, 경사가 세 명, 순경이 한 명이었다.

"여기 급한 대로 이 책상이라도 쓰세요. 근데 좁아서 어쩌죠?"

"아니에요. 괜찮습니다."

책상은 총괄 계장 옆자리였다. 사무실 귀퉁이에 닿을락 말락한 위치로 거의 맨 구석이었다.

이상하게 기분은 개운했다.

물론 모든 것을 잃었다는 아픔은 아직 남아 있었다. 자신을 흠모해주었던 부하도, 진심으로 존경했던 상사도, 지금은 어느 한 사람 레이코 곁에 없었다. 마키타로 인해 뻥 뚫린 가슴도 아직 메워지지 않았다.

특히 비라도 내리는 날이면 마키타와 폭우 속을 뛰어다녔던 그날 밤이 떠올랐다. 아무리 비가 내려도 그날처럼 반짝반짝 빛나는 거리는 이제 다시 만날 수 없다.

문득 하늘을 올려다보며 내릴 리 없는 비를 기대할 때도 있었다.

마키타를 추억하고 싶어서. 그를 가까이 느끼고 싶어서.

안타깝게도 이동 첫날인 오늘 도쿄 하늘은 구름 한 점 없이 화창했다. 마치 이제 그만 머릿속을 말끔히 비우라는 것 같았다.

그래. 그걸로 됐어. 여기서부터 다시 시작하자고 마음을 다잡았다. 나중에는 가스미가세키 본부에 다시 입성해서 자신이 직접 기쿠타 일행을 불러들여 히메카와 반을 재결성하자고 결심했다.

"그럼, 우선 총괄 계장님. 현재 강력계가 맡은 미결 사건 자료부터 전부 보여주세요. 손도 대지 못했거나 방치해둔 사건이 있으면 전부 제가 맡을게요."

자, 지금부터 정신없이 가볼까.

옮긴이 **이로미**

1974년 성남에서 출생하였고, 인하대학교 사학과를 졸업했다. 대학 때부터 한일 간의 문화와 역사에 깊은 관심을 가져, 세종대 정책과학대학원 국제지역학과에서 일본학 전공으로 석사 학위를 받았다. 일본 문학지 『후네』, 『썸썽』, 『구자루센』 등에 한국 시인의 시를 다수 번역하여 소개했으며, 이효석이 1940년대에 발표한 『녹색의 탑』을 포함한 소설 다섯 편과 산문 열일곱 편 등 일본어 작품을 한국어로 번역한 바 있다. 그 밖에도 과학 인문서 『아인슈타인과 원숭이』를 비롯하여 『고양이와 함께 행복해지는 놀이 레시피』, 『산월기·이릉』, 『삼색털 고양이 홈즈의 등산열차』 등 일본 소설을 번역하였고, 혼다 데쓰야의 레이코 형사 시리즈 일곱 편의 역자이기도 하다.

인비저블 레인

초판 1쇄 인쇄일 2018년 8월 13일
초판 1쇄 발행일 2018년 8월 25일

지은이	혼다 데쓰야
옮긴이	이로미
펴낸이	정은영
주간	배주영
경영지원	양상미 김윤하 김은혜
제작	이재욱 현대엽 박규태
디자인	워크룸 김혜원
마케팅	한승훈 이새롬 나윤주 강민재 윤혜은 황은진

펴낸곳	㈜자음과모음
출판등록	2001년 11월 28일 제2001-000259호
주소	04047 서울시 마포구 양화로6길 49
전화	편집부 (02)324-2347 경영지원부 (02)325-6047
팩스	편집부 (02)324-2348 경영지원부 (02)2648-1311
이메일	neofiction@jamobook.com
ISBN	978-89-544-3861-2 (04830)
	978-89-544-3857-5 (set)

잘못된 책은 교환해드립니다.

이 도서의 국립중앙도서관 출판예정도서목록(CIP)은 서지정보유통지원시스템 홈페이지
(http://seoji.nl.go.kr)와 국가자료공동목록시스템(http://www.nl.go.kr/kolisnet)에서
이용하실 수 있습니다.(CIP제어번호: CIP2018024747)